À tous les enfants de la rue Fabre,
les petits et les grands.

Rachel Fontaine

Black Magic

PRIX ROBERT-CLICHE 1985

roman

Quinze

Black Magic

Couverture:
- Maquette:
  KATHERINE SAPON
- Illustration aérographe:
  FRANÇOIS ROBERT
- Photomontage:
  PETER PUSZTAÏ
- Photo de l'auteur:
  PIERRE DIONNE

Maquette intérieure:
- Conception graphique:
  JEAN-GUY FOURNIER

Équipe de révision

Daniel Ariey-Jouglard, Jean Bernier, Michelle Corbeil, René Dionne,
Louis Forest, Monique Herbeuval, Hervé Juste, Jean-Pierre Leroux,
Odette Lord, Linda Nantel, Paule Noyart, Normand Paiement,
Jacqueline Vandycke

Copyright 1985, Les Quinze, éditeur
Dépôt légal, 2e trimestre 1985
Bibliothèque nationale du Québec

ISBN 2-89026-340-1

LES QUINZE, ÉDITEUR
(Division de Sogides Ltée)
955, rue Amherst, Montréal
H2L 3K4
tél. : (514) 523-1182

Distributeur exclusif pour le Canada :
AGENCE DE DISTRIBUTION POPULAIRE INC.
(Filiale de Sogides Ltée)
955, rue Amherst, Montréal
H2L 3K4
tél. : (514) 523-1182

Première partie

mardi, 2 juillet.

1. Voyelles

Ce matin du 2 juillet, Sophie Desnoyers s'éveilla avec un mauvais goût dans la bouche. La veille au soir, elle s'était glissée entre les draps en suçotant une paparmane. Il lui arrivait de se coucher avec ce genre de bonbon qui fond subrepticement si bien qu'on peut l'oublier sous la surprise du sommeil. Elle se sentit, une fois de plus, flouée par les sournoiseries de la nuit. Malgré sa vigilance, le sommeil l'avait transportée hors des limites de ses sens, laissant la pastille se liquéfier toute seule. Sophie promena sa langue râpeuse sur les parois hérissées de ses papilles, pointes dressées comme les aiguilles d'un jeune cactus. La menthe décomposée avait gardé une saveur tiède de salive enfarinée. Elle goûta l'âcre relent de son involontaire abandon, avala trois fois pour chasser l'amertume et contempla les lueurs naissantes du jour.

Sa chambre n'avait pas de fenêtre, un rideau de bambou filtrait avec économie la lumière venant de la pièce attenante. Elle vit d'abord un long fil blanc qui sortait d'une soucoupe ronde, courait sur le plafond et descendait dans le vide retenant un large abat-jour clair; des feuilles vertes et transparentes, des pétales roses achevaient de s'étioler sur le papier de riz jaunissant. Sous la lampe se dressait une table basse cou-

11

verte de feuillets en désordre: dessins, croquis ou simples gribouillages. Les murs bleus en étaient tapissés, cartons bigarrés où s'inscrivaient d'innombrables taches colorées. Quand il n'y aura plus de place sur les murs, je les collerai au plafond, pensa Sophie en comptant les rares espaces libres.

Elle ferma les yeux, chercha sous les globes obscurs de ses paupières un indice, une piste quelconque propre à l'aider à retrouver son rêve. Nulle image ne se forma dans cet abîme aveugle; l'encre noire du sommeil infiltrait sa mémoire. Chaque matin lui ménageait le même silence, la même insolente dissimulation. "C'est infernal m'man, je ne rêve jamais, moi", s'impatientait Sophie. "C'est impossible, lui répliquait Fabienne, c'est seulement que tu ne t'en souviens pas. Essaie un peu de rester allongée à ton réveil et laisse l'engourdissement te quitter doucement. Tu verras comme les images s'animent d'elles-mêmes..." Elle avait essayé. Ça et bien d'autres choses. Rien. Elle avait même emprunté en cachette le magnétophone d'Alexandre afin de capter les imperceptibles murmures de ses rêves. Peut-être parlait-elle en dormant? Mais non. Rien. La cassette lui avait moqueusement fait entendre de légers froissements de draps, l'agaçante mélopée du coucou, la sourde rumeur du dehors. Rien d'autre? Bah, un délicat ronflement aussi, plus ténu qu'une brise d'été. Sophie en avait donc déduit: ou bien qu'elle ne rêvait pas, ce qui lui paraissait absolument improbable, ou bien que ses rêves s'enfuyaient comme des nuées d'oiseaux migrateurs. Malgré des connaissances anatomiques très élémentaires, Sophie situait fort justement le coffre-fort de ses souvenirs à l'intérieur de son appareil cervical. J'aurai bientôt le cerveau troué comme une passoire, songea-t-elle en posant ses pieds nus sur le bois lisse du plancher. Vers quelle nébuleuse s'envolaient donc ses visions oniriques? Elle glissa ses jambes fines dans les deux trous de sa culotte sans trouver de réponse. Elle se coula dans une blouse indienne, enfila ses jeans, chaussa ses babouches de caoutchouc.

Comme d'habitude son regard s'arrêta sur un carton rose fixé au mur où s'alignaient des lettres colorées: "A" noir, "E" blanc, "I" rouge, "U" vert, "O" bleu. Elle corrigea mentalement l'ombre bleue du "O" imparfaitement arrondie. Elle les avait elle-même dessinées alors qu'elle était toute petite. Fabienne lui avait dit: "Ce sera plus facile pour toi de reconnaître les voyelles si elles ont chacune leur couleur." Sa mère avait ouvert le petit livre à couverture bleu poudre et lui avait patiemment dicté les lettres en les traçant à côté sur une feuille de papier. Sophie les avait recopiées sur le carton et les avait ensuite coloriées. Elle ne les avait plus oubliées. Maintenant elle pouvait lire toutes les pages du livre et bien davantage.

Les moineaux pépiaient bruyamment avec un enthousiasme batailleur. Attirée par le refrain matinal, Sophie se dirigea vers le salon lorgnant au passage le reflet de son visage dans le miroir ovale du couloir. D'un geste large et vigoureux, elle tira de chaque côté de la fenêtre les souples rideaux de coton et s'assit sur le rebord du châssis. La double fenêtre était ouverte au maximum, aspirant une brise fraîche et revigorante. Sophie huma avec délices l'odeur des pains Durivage qui achevaient de cuire dans la boulangerie, tout près. Elle aimait cette heure engourdie quand le matin dort encore.

Les trottoirs étaient déserts, les balcons portaient des chaises dérisoirement vides. Les maisons à trois étages, hautes, étroitement serrées, masquaient les trois quarts d'un ciel gris. Sur leurs façades de briques rousses, les escaliers dégringolaient leurs accordéons de marches. Le perron du dépanneur d'en face était déjà jonché des gros paquets des journaux du matin; sur la plus haute pile, Moutarde, le chat des Chalifoux, méditait sur le ronronnement monotone de l'incinérateur municipal.

Sophie épia tranquillement chaque fenêtre de la maison devant elle. Un détail révélait parfois une présence, là un rideau qui s'écarte, là une lampe qui s'allume en dépit du ciel déjà pâlissant, au loin le claquement sec d'une portière. Très lentement, la rue Fabre s'éveillait, fabriquait un à un les bruits rassurants du matin. Sophie pensa qu'elle connaissait bien peu les résidents des maisons d'en face. Environ cinq ou six seulement, qu'elle ne prit pas la peine d'énumérer. Assez curieusement, ses voisins, ses compagnons de jeux, ses meilleurs copains, ses vrais amis habitaient tous de ce côté-ci de la rue, là où la ruelle favorisait leur complicité. Même les parents voisinaient peu leurs vis-à-vis, se contentaient de les saluer poliment sur les galeries. Une inexplicable frontière séparait la rue; par un étonnant mimétisme, les gens singeaient le singulier entassement des maisons.

Un puissant grondement couvrit bientôt la rumeur des voitures défilant dans la rue Papineau et un imposant camion de Coke s'immobilisa devant le regard attentif de Sophie juste au moment où Ferdinand Latendresse descendait trois par trois les marches branlantes du 5342. La foulée longue et pressée, il traversa obliquement la rue, les yeux distraitement posés sur ses grands souliers de cuir mou. "Salut Ferdinand", cria Sophie, comme il passait rapidement devant la fenêtre. "Tiens, bonjour petite bonne femme! Comment va ta vie ce matin?" répondit-il sans s'arrêter de sorte que sa voix courut se perdre dans le joyeux tintement de bouteilles que le camionneur déposait par lourdes caisses sur le balcon du dépanneur. "Fort bien", susurra-t-elle pour elle-même sachant que Ferdinand n'attendait pas sa réponse, lui faisant toute confiance sur la qualité de son humeur matinale. Elle observa sa silhouette haute et mince disparaître à l'angle de Saint-Grégoire. C'était véritablement le seul ami qu'elle avait en face.

Le livreur de Coke, ses caisses maintenant empilées sur le perron, attendait impatiemment que les Beausoleil viennent enfin répondre à son troisième coup de sonnette. Le couple avait en effet la fâcheuse habitude de compter sur un quelconque fournisseur pour l'aider à se sortir du lit. Enfin, la porte s'ouvrit sur la robe de chambre écarlate de madame Beausoleil qui s'effaça aussitôt pour laisser entrer le camionneur et sa cargaison.

Sophie se détacha de l'écran de la fenêtre. Depuis qu'elle habitait cette rue et aussi loin qu'elle puisse reculer dans sa mémoire diurne, elle s'éveillait la première et s'installait à une fenêtre comme à un poste d'observation. Parfois c'était dans la cuisine d'où elle surveillait les amours tourmentées des chattes du quartier, parfois dans la chambre de Fabienne où le paysage tout différent prenait toujours plus de temps à s'animer: la ruelle, les cours, les potagers et les insondables hangars. Mais elle préférait nettement la grande et haute fenêtre du salon, l'unique devanture des maisons rassemblées dans leur bienveillant coude à coude sous les arbres bruissant d'oiseaux. Le seul fait d'être là bien éveillée, alors que la plupart des gens dormaient encore, lui procurait un sentiment de puissance qu'elle ne connaissait pas autrement. Comme si elle-même eût pu tirer les ficelles, une à une, de ce gigantesque théâtre de marionnettes endormies. C'était, lui semblait-il, une juste revanche sur ces êtres qui pouvaient goûter le plaisir de rêver.

Dans sa chambre, elle fit de la lumière et s'assit à sa table de travail. Elle trouva une feuille blanche parmi le fouillis de papier, écrivit fébrilement quelques lignes. Pour combler les absences de ses nuits, elle s'inventait le jour des histoires à dormir debout. Ce matin, elle se sentait en verve, son crayon mécanique patinait sur le papier. Elle s'arrêta sceptique, relut les quatre phrases. Bof! Ça n'allait guère plus loin qu'une vague promenade de somnambule. Elle plia la feuille et la fourra dans sa poche. On remuait à côté. Des pas s'approchaient. Une tête apparut, ronde, souriante:

— Sophie Dagobert, ta blouse est à l'envers!

Sophie se leva, examina dans la glace les coutures effilochées de son vêtement, les volutes inversées des fleurs sur le tissu. Sérieuse, elle déclara:

— Tsé Fabi, c'est pas mal, ces petites fioritures aux épaules. Comme ça j'ai l'air d'une libellule.

Fabienne se posta derrière sa fille. Elles se contemplèrent un moment dans le rectangle brillant: même visage espiègle, la pommette haute, le nez petit mais frondeur, les lèvres fines aux riantes commissures. Leurs yeux pareillement bleus se baladaient de l'une à l'autre sans se croiser. Fabienne repoussa la tresse brune de ses cheveux.

— C'est vrai qu'on se ressemble, dit-elle rêveuse.

— Pareilles, on est pareilles, m'man, jumelles! Enfin presque. Quand je serai grande, Sophie se haussa sur la pointe des pieds, força sa mère à plier les genoux, oui, comme ça, quand je serai grande, je serai ton double.

— Hmmm?

Fabienne plissa le front. Quand Sophie aurait l'âge de lui ressembler, Fabienne elle, aurait sans doute changé de visage. Elle haussa les épaules, tourna la tête vers sa fille, lui indiqua dans la glace leur double reflet:

— En attendant, regarde, nous sommes quatre. C'est troublant, non?

Ouais! Et lesquelles sont les vraies, tu crois?

— Les affamées, gronda Fabienne, les dévoreuses de céréales, celles dont les estomacs sont des gouffres sans fond.

— Moi, j'ai l'appétit dans les talons, gémit Sophie en faisant claquer ses sandales. Si je ne mange pas très vite, je vais t'avaler toute ronde, ajouta-t-elle en entourant la taille de sa mère.

Fabienne répondit à l'étreinte par un gros bec sonore qu'elle plaqua sur la joue de sa fille. Chaque jour elle se félicitait d'avoir mené à terme une grossesse qu'elle n'avait pas tout d'abord désirée. *Elle se revoyait assise sur le bout d'une chaise dans le bureau du docteur Attendu, après l'examen de routine, souhaitant qu'il rédige un peu plus vite que de coutume la prescription d'Ortho Novum* qu'il lui renouvelait*

---

* Ortho Novum: pilules contraceptives.

tous les six mois. *Le docteur relisait pour la troisième fois, lui sembla-t-il, le petit carton rose qu'il tenait entre les doigts.*

— Saviez-vous que vous êtes enceinte, madame Desnoyers?

Fabienne ferma les yeux sur la pendule vaguement aztèque suspendue au mur latéral et mesura dans un éclair l'immensité de la joie qui venait de s'insinuer en elle. Elle ouvrit les yeux. La qualité de la sensation physique foudroyante qu'elle venait de ressentir colora ses joues. Elle regardait le petit vieil homme à demi-chauve assis devant elle qui venait de lui offrir le plus étrange orgasme qu'elle eût connu. Elle pensa à l'archange Gabriel et contint un fou rire qu'elle aurait eu du mal à expliquer. Elle ne put que balbutier:

— Non. Je ne savais pas. Non, oh! non! Oui, je vais prendre un autre rendez-vous. Oui. Je vous téléphonerai. Elle ne l'écoutait pas. Oui, c'est ça. Au revoir!

Il l'avait reconduite jusqu'à la salle d'attente en lui tenant le bras. Elle n'avait plus de jambes. Elle pensa étourdiment qu'elle les avait oubliées dans le bureau. Elle souriait. Il lui semblait avancer sans marcher. Comme une automate, elle prit le gilet qui flottait, lui aussi, bien au-dessus du portemanteau et elle sortit de la maison en planant. L'autobus l'attendait au coin de la rue; le chauffeur lui sourit, les passagers aussi. Elle vogua jusqu'au siège arrière et s'y laissa glisser. Sa culotte était mouillée. Un nouveau frisson la parcourut. Quelqu'un s'était introduit dans son ventre, elle n'allait plus vivre seule.

Fabienne se souvenait des heures de pure euphorie écoulées ensuite en dialogue amoureux avec son ventre. Il lui fallut plusieurs jours pour enfin s'étonner de sa surprenante réaction. Jamais Fabienne n'avait voulu d'enfant. Du moins n'avait-elle jamais sérieusement songé à devenir mère, sans qu'il n'y ait, à côté d'elle et penché sur le même berceau, un être approximativement mâle, doué de toutes les qualités d'un

père. Or les garçons, puis les hommes avaient pénétré dou-
cement dans sa vie. Elle les aimait, les caressait, les nour-
rissait, les logeait. Elle se défendait de les retenir. Ils re-
partaient, ne laissant que peu de traces, des miettes sur la
table, des cendres sur le tapis. D'autres passaient, pénétraient,
repartaient. Fabienne jetait les miettes de pain, les vieux
mégots et les kleenex durcis dans la poubelle. Clap! Les
vidangeurs passaient le mardi et le vendredi.

Pendant huit ans, elle avait avalé la pilule avec une régu-
larité d'horloge, assurée d'écarter ainsi tout événement
fâcheux. Il y avait eu, bien sûr, quelques oublis: les vacances
à Shippegan, la boîte brisée, les comprimés éparpillés dans le
sac de plage, mêlés aux cailloux et aux coquillages sa-
blonneux. Et cette fin de semaine passée chez Jean-Pierre, le
coffret malencontreusement resté sur sa table de nuit. Sa vie
amoureuse connaissait alors une exceptionnelle stabilité. Elle
ne put donc douter de l'identité du père choisissant toutefois
de le garder dans l'ignorance de son rôle de géniteur. Elle
s'était écartée très doucement de lui, espaçant méthodi-
quement leurs rencontres. Quelqu'un de plus précieux
réclamait tous ses instants, quelqu'un qu'elle ne voulait pas
partager.

— À quoi tu penses, m'man? T'es dans la lune!

L'"'événement fâcheux" la regardait, munie de son indéfinissable sourire, au-dessus de la boîte de *Rice Krispies*.

— Je pense à toi ma mouche. Je t'aime gros, tu sais?

— Gros comment?

— Gros comme l'univers.

— L'univers. Tu n'y penses pas, m'man? C'est beaucoup
trop grand. On risquerait de s'y perdre toutes les deux. Est-ce
que tu pourrais pas m'aimer un peu plus raisonnablement, un
peu plus petit?

— Bon, dit Fabienne amusée, comme la maison alors?

— La maison? Sophie prit le temps de déglutir. O.K. La
maison, mais avec Ferdinand dedans!

18

Fabienne reconnut le petit pincement au coeur, mi-plaisir, mi-douleur que déclenchait le prénom et refusa, comme d'habitude, d'y accorder la moindre attention. Le café venait de monter dans le récipient supérieur de la cafetière avec ce bruit si enveloppant qu'elle aurait pu tout aussi bien ne pas entendre l'équivoque réponse. Elle se leva, transporta la cafetière sur la table. Avec des gestes de chat, Sophie se débarbouillait le museau sous le jet tremblant du robinet. Un tout petit silence restait entre elles comme une question. Il fut interrompu par une voix perçante qui les fit se retourner toutes deux vers la porte de la cuisine. Dix doigts et un nez très blancs s'écrapoutissaient sur la moustiquaire.

— Comment va le monde à matin?

— Il tourne, lança Sophie. Entre, Alexandre, j'allais justement te chercher.

Sophie souleva le crochet et ouvrit la porte. L'enfant sourit à Fabienne.

— J'ai pas encore déjeuné. Y a-tu encore du bon beurre d'Arabe?

Et sans attendre il déposa deux tranches de pain dans les portières métalliques du grille-pain, les referma bruyamment et brancha l'appareil.

— T'es vraiment pas gêné, lui reprocha Sophie, d'ailleurs y a que du caramel.

— Hmmm! C'est presque aussi bon.

Alexandre, le pyjama trop long traînant sur d'énormes pantoufles en minou bleu royal, maniait les pinces à saucisses s'occupant à capturer le pot de caramel juché sur la deuxième tablette de la très haute armoire. Le bocal vacilla et atterrit entre les mains prudentes de Sophie tandis qu'Alexandre retournait les tranches de pain noircies dans le grille-pain brûlant.

Fabienne lui fit une place sur la table. Elle aimait bien ce petit effronté qui s'installait comme chez lui pour dévorer ses tartines bien grillées en babillant comme un oiseau. Il avait onze ans, trois de plus que Sophie. Mais il préférait invariablement la compagnie des plus jeunes. Il pouvait ainsi user de l'autorité qui lui faisait défaut avec les enfants de son âge et camoufler plus aisément les lenteurs de son développement. Avec Sophie il passait sans ambages de l'attitude de l'admirateur béat à celle, suffisante, du désinvolte chef de gang. Les deux comportements touchaient également Sophie. Elle manquait parfois d'audace, Alexandre en avait pour deux. Elle vénérait en lui la ruse légendaire du renard.

Racontant pêle-mêle les séquences du film d'hier soir, le dernier mauvais coup du frérot, les étonnantes générosités du boss de son père, la trame compliquée du rêve de tout à l'heure, Alexandre captivait son auditoire, la bouche pleine, s'interrompant de temps en temps pour se lécher les doigts. Son discours, difficile à suivre, bourré de mots incompréhensibles issus d'anglicismes bredouillants, passionnait Fabienne. Par des questions pertinentes posées précisément là où Alexandre devait reprendre son souffle, elle réussissait à débrouiller adroitement les fils enchevêtrés du récit, rendant à peu près intelligibles ses savoureuses anecdotes. Sophie, depuis longtemps rompue au jargon de son compagnon de jeux, guidait et corrigeait au besoin les patientes traductions de sa mère. Largement inspiré du joual et du français, le dialecte devait beaucoup à l'imagination débridée de la famille Chalifoux et à son talent inimitable pour déformer les mots.

Il suffisait à Fabienne de prêter l'oreille aux conversations retentissantes de ses deuxièmes voisins pour se convaincre qu'Alexandre était bien le fils de Georgette et Roger Chalifoux et petit-fils de Rose-Armande Chalifoux qui comptaient à eux trois une bonne douzaine d'années d'études. Mais la minceur de leur savoir était inversement proportionnelle à la somme de débrouillardise qu'ils avaient déployée au fil des années pour accumuler: un chalet à la campagne en voie de finition depuis bientôt quatre ans, un troque cat par cat entièrement doublé de tapis turquoise et, dans leur sous-sol fini, une grande table de poule, la tévé payante et une chaîne stéréo dont les tiouneures étaient capables d'enterrer les cloches de l'église Saint-Stan, les jours de cérémonie. Non pas que les Chalifoux aient voulu afficher ainsi leur ferveur religieuse; le nombre d'expressions sacrées contenues dans leur langage quotidien disait assez leur préoccupation à ce sujet. Non. Mais les baptêmes puis les mariages, les premières communions et autres confirmations fournissaient à la famille, nombreuse et dispersée, des occasions d'oublier la dernière chicane.

Georgette, la mère d'Alexandre, bien qu'elle eût manifesté peu d'intérêt pour les études, tirait habilement parti des quelques notions de calcul glanées à la petite école: elle achetait tout au meilleur prix. Et quand elle ne trouvait pas d'usage aux objets entassés dans ses quatre garde-robes, elle dispersait, prodigue, son butin dans ses foyers de prédilection. Fabienne avait été très vite victime de ses élans de générosité et comptait plusieurs bibelots bariolés, qu'elle échappait de temps en temps, Oups! Hon! en faisant le ménage.

Sophie et Alexandre parlaient avec animation d'un château de carton. Fabienne, l'oreille assoupie, écoutait distraitement leur conversation. L'oeil fixé sur une figurine en papier mâché rouge, mauve et turquoise représentant une jeune négresse à turban, elle songeait précisément à la transporter dans le salon, histoire de défier les lois les plus élémentaires de la physique, quand Alexandre surprit son regard et lui sourit malicieusement.

— Tu l'aimes-tu le beau pendatif de ma mère?

Fabienne d'étonnement renonça à son monstrueux projet. Elle se sentait démasquée par les yeux insistants d'Alexandre. Non, elle exécrait cette caricature grotesque. Embarrassée, elle allait parler des goûts et des couleurs lorsque Sophie intervint.

— Tu peux être sûr qu'elle l'aime. Penses-tu que maman l'aurait accrochée au mur sans ça?

Fabienne chercha dans les prunelles bleues de sa fille la lueur de connivence qu'elle voulait y trouver. Mais Sophie poursuivait, imperturbable:

— Elle est pourtant pas spécialement belle; ses yeux sont trop grands, ses lèvres trop épaisses et t'as vu la couleur de son turban, une vraie mascarade...!

Et, pour appuyer ses remarques, elle s'était dressée sur sa chaise et à l'aide de son couteau, comme Marie-Thérèse au tableau, elle pointait les babines molles, les yeux exorbités, la coiffure trop voyante, quand par mégarde elle toucha le petit clou qui retenait la plaquette...

— Oups! Hon!

L'objet s'était fracassé sur le sol.

— T'as fait exciprès. T'es contente là?

— Mais non, je voulais juste te dire que même pas belle, on l'aimait quand même ta négresse.

— Ben là est pus regardable, est toute défigurée.

Fabienne soupira. Le dégât était hélas réparable. Trois morceaux seulement gisaient sur le plancher.

— On va la recoller, avait-elle dit sans entrain.

— Ben non, ça fait rien. Ma mère en a deux autres dans chède. Viens Sophie, on va recontinuer notre château.

Alexandre ouvrait déjà la porte.

— Minute, Sophie libellule!

Sophie s'arrêta, fixa Fabienne sans comprendre. Celle-ci la regardait en souriant. Sophie se frotta le nez, pencha la tête.

— Ah oui! C'est vrai, ma blouse est à l'envers. Attends.

Elle souleva prestement le tissu, les bras croisés. Alexandre se détourna en riant. Elle lui cligna de l'oeil et réenfila sa blouse à l'endroit. Et voilà, chantonna-t-elle. Elle pivota sur elle-même, tâta sa poche arrière.

— Oh! j'allais oublier. J'ai un message pour toi, Fabienne.

Elle lui tendit le carré de papier et, en baissant mystérieusement la voix, elle ajouta sur le ton de la confidence:

— C'est pour la boîte magique. Bon. À tantôt, m'man, je reviens pour dîner.

— C'est ça, Fabienne, à tantôt pour dîner.

Alexandre, l'air chafouin, avait lancé la phrase attendant un sourire ou une approbation quelconque à l'invitation qu'il venait de quêter si hardiment. Fabienne se rappela les tablettes à peu près vides du frigo, décida qu'elle pourrait certainement séparer en trois petites portions le reste du pâté chinois. Elle fit un geste à Alexandre qu'il reconnut aussitôt comme un acquiescement. Il lui montra ses palettes luisantes et s'éloigna derrière Sophie sans fermer la porte.

Fabienne observa leurs silhouettes frêles disparaître dans la ruelle. Une chaleur humide et moite s'installait dans la cour. Fabienne referma la porte, but en grimaçant une gorgée de café froid. Elle déposa le message sur la table sans le lire; remit de l'ordre dans la cuisine, une façon bien à elle de faire le ménage de ses pensées. Les objets reprenaient leur place, les questions trouvaient leurs réponses. Sophie avait-elle volontairement laissé tomber la petite figurine? Cette idée la tracassait. Sophie n'était pas méchante. En aucun cas elle n'aurait désiré chagriner Alexandre. Mais elle n'était pas maladroite non plus. Et son geste avait eu quelque chose de si calculé, de si délibéré... Fallait-il y voir une sorte de complicité avec le projet inavoué de Fabienne? Sophie avait-elle deviné son méprisable dessein? Hier encore, elles avaient toutes deux commenté sans ménagement l'horrible figurine.

Fabienne déplia le message que Sophie lui avait confié. Sa fille avait coutume de lui livrer ses rêveries sous forme de secrètes missives. Fabienne y répondait avec ferveur, quand elle trouvait le temps de s'attabler devant une page blanche. Ces communications épistolaires concrétisaient leur entente, révélaient la profonde distance entre leurs gestes et leurs mots.

Fabienne lut le paragraphe; l'écriture était soignée, les lettres pleines et hautes:

Quand il fait nuit dehors et que c'est l'été je sors par la fenêtre. Je m'accroche aux étoiles j'escalade les nuages je m'assois sur le plus haut. Là je regarde dans toutes les maisons avec une puissante lunette. Sais-tu ce que je vois? Non? Mystère. Je te le dirai demain.

Fabienne replia le papier sans sourire. Les messages étaient parfois obscurs; Sophie raffolait des énigmes et s'amusait froidement à brouiller les pistes. Fabienne connaissait par coeur les ruses innocentes de sa fine mouche; il y avait certes un brin de malice derrière la belle limpidité de son regard mais surtout une si parfaite ingénuité. Quelque chose d'autre aussi, mais quoi?

La cuisine était rangée maintenant. Fabienne repassa un coup de chiffon sur la table fraîchement nettoyée, le vernis par endroit commençait à s'écailler. Elle entendit et reconnut le pas du facteur sur la galerie d'en avant, le bruit feutré des enveloppes glissées dans l'étroite fente de la porte qui tombaient sur le plancher du vestibule. Elle enfouit vivement le billet de Sophie dans une boîte noire qui sentait le chocolat. Le courrier et peut-être le chèque du B.S.*, pensa-t-elle, en avançant dans le couloir.

---

* B.S.: Bien-être social.

2. Le Pacifique

Sophie, une fois dans la ruelle, avait fait remarquer à Alexandre l'inconvenance de sa tenue.

— Tu vas tout de même pas construire notre château en pantoufles et en pyjama?

Après avoir dépassé la maison des Wall, ils s'étaient donc arrêtés chez lui. Sophie préférait rester dehors.

— Ça ira plus vite!

Alexandre avait pénétré dans la cuisine sur la pointe des pieds dans l'espoir de passer inaperçu. Sa grand-mère tricotait en se berçant. Les Chalifoux habitaient un logement très semblable à celui de Fabienne et Sophie: non loin de la cuisine, une pièce fermée, la chambre de mémère, puis de chaque côté d'un long couloir obscur, deux grandes pièces doubles que les parents avaient jugé plus commode de séparer. Georgette calculait que plus il y avait de chambres, plus on y logeait de monde. Elle avait donc installé ses deux fils ensemble à côté du salon où dormait souvent le frère de Roger quand il se chicanait avec sa blonde et elle avait constaté avec satisfaction qu'il lui restait encore une chambre d'espère. Pour ne pas qu'elle reste vide, c'était de l'argent perdu, elle l'avait louée à Hubert qui travaillait avec Roger. Il y avait généralement un remarquable va-et-vient dans la maison. Alexandre fut surpris d'entendre les paisibles craquements du plancher sous la berçeuse de mémère.

— Viens icitte toué que j'te parle. Té encore allé quêter du manger chez Sophie? Comme si on n'était pas capabe de t'en donner, nous autres. Attends un peu que j'le dise à ton pére. Lui, y travaille au moins...

Rose-Armande fit une pause pour avaler sa salive. Sa bouche édentée lui en fournissait bien que trop à son goût. Elle continua, la voix haute:

— A t'a-tu donné du gâteau au moins, le bon gâteau aux épices? Tu y diras qu'a t'en donne un morceau pour moué pis j'y tricoterai des chaussettes. Y m'reste du jaune orange pis du mauve, penses-tu qu'alle aimerait ça?

Alexandre ne répondit pas. Sa grand-mère continua:

— Ta mère est chez ta tante Dodo. Pis ton frère est dans sa chambre, en pénitence. Y a encore pissé au lite, le salaman!

Alexandre avança dans le couloir, ouvrit la porte de sa chambre. La pièce était sombre. Une ampoule rouge éclairait faiblement les murs entièrement tapissés d'un papier métallique aux reflets argentés. Il ne vit pas tout d'abord son frère tant l'ombre était épaisse. Paulo était assis par terre, les jambes entourées de ses bras. Ses yeux luisaient comme ceux d'une bête aux aguets. Alexandre sursauta.

— Tu m'as fait peur.

Paulo continua de le fixer. Alexandre enjamba le matelas du divan-lit et chercha ses vêtements. Les deux frères étaient d'aspect fort différent. Alexandre avait les traits fins, les cheveux bruns, les yeux vifs et noirs de Georgette; Paulo, les sept ans robustes, tenait de Roger une carrure bien enrobée, un teint clair, des mèches épaisses et blondes. Par instinct ou par narcissisme, chacun des deux parents avait choisi de préférer celui des deux enfants qui lui ressemblait; Georgette défendait Alexandre contre les attaques fréquentes de Paulo lequel se réfugiait impunément sous les paumes puissantes et protectrices de Roger. L'harmonie familiale était donc

26

souvent menacée, moins par la mésentente des parents que par le perpétuel affrontement des enfants.

Alexandre, tout en s'habillant, feignait d'ignorer son frère. Ce dernier l'observait haineusement.

— Cé pas juste, réussit-il à marmonner, les dents serrées par la colère.

— T'avais rien qu'à te r'tenir, lui lança Alexandre.

Il enfila son chandail. Paulo tendit la jambe et le fit trébucher. Alexandre chancela, tomba à moitié et, se retenant sur une main, allongea son bras resté libre vers le visage de Paulo. Les deux frères s'empoignèrent et gigotèrent sur le plancher. Alexandre essayait de se dégager en riant et, de sa voix haut perchée chantonnait:

— J'vas dîner chez Sophie, Ha! Ha! J'vas dîner chez Sophie!

La fureur et les coups de pied redoublaient, Paulo réussit à heurter son frère. Mais jouissant d'une vivacité de nerveux, Alexandre put s'esquiver et referma vivement la porte, tirant de tout son poids sur la poignée. Paulo fit de même de son côté et, ponctuant ses efforts de violents coups de genoux, il cria rageusement:

— M'as te tuer, maudit chien sale!

Mémère arriva en boitillant et en se frottant les reins. Alexandre lâcha prise, la porte s'ouvrit brusquement et Paulo se retrouva assis au fond de la pièce.

— Allez-vous arrêter de vous chamailler, mes géribouères? Alexandre, efface-toué, Sophie t'attend dans ruelle. Pis toué Paulo, marche te coucher ou ben j'te câle ton pére de suite.

Puis voyant que l'enfant blond, ne bougeant pas, l'observait sans parler, toute sa haine ramassée dans son regard, son coeur de vieille grand-mère se ramollit. Rose-Armande n'avait pas de préféré. Elle les avait bercés tous les deux avec la même tendresse bourrue. Pendant que sa bru travaillait au dehors à faire le ménage des autres, elle avait joué

27

le rôle de mère pour ses petits-enfants. Bien que subjuguée par le charme espiègle de l'aîné, elle nourrissait une admiration craintive envers le plus jeune. "Tout le portrait de son pére", marmonnait-elle en frissonnant. Elle s'approcha de Paulo qui n'avait pas bougé, se pencha vers lui et lui souffla dans l'oreille:

— Mé, si té fin, j'y dirai pas.

Paulo ne broncha pas. Elle ajouta magnanime:

— Pis, tu pourras sortir après dîner.

Mais le regard de l'enfant restait désespérément lourd de reproches. Alors, elle fouilla les grandes poches de son tablier et lui tendit un bonbon. Paulo le lui arracha des mains.

— Pauv'tit gars, va. Si tu veux, taleure, mémère te fera un bon gride-cheeze.

Et elle observa, satisfaite, le sourire retrousser les lèvres collantes de son petit-fils.

Alexandre s'était hâté vers la cuisine. Il fureta dans le tiroir à ustensiles, en tira un grand couteau dentelé, un plus petit à lame droite et une spatule noircie. Alexandre cacha ses outils dans un grand sac en papier qu'il trouva dans le garde-manger, y ajouta deux pommes et le fond d'un paquet de biscuits. En entendant les pas et les grognements de mémère, il se faufila dehors.

— Les mouches! cria Rose-Armande en refermant la porte.

Sophie était assise sur l'avant-dernière marche de l'escalier du deuxième. Elle caressait le gros Moutarde alangui sur ses genoux.

— Écoute sa belle musique. On dirait qu'il a un oiseau dans le gorgoton.

— Cé pas un oiseau, cé t'un moteur à réaction.

Alexandre s'assit près de Sophie et promena une main distraite dans la moelleuse fourrure du félin.

— Regarde. Il ouvrit le sac. Regarde, on va pouvoir découper les cartons. Viens!

Sophie déposa précieusement le gros matou au pelage doré et s'éloigna en sautillant. Un pas, un petit saut, un pas, un petit saut. Alexandre la suivit en l'imitant. Ils firent ainsi tout le trajet dans la ruelle jusqu'à Saint-Grégoire. Les pommes bondissaient dans le sac qu'Alexandre agitait à contretemps et les couteaux menaçaient de percer le papier. Les maisons de briques rouges, les hangars gris dansaient devant leurs yeux. En passant devant la cour des O'Leary, Sophie, toute essoufflée, demanda à Alexandre:

— Et si on invitait Thom?

— Non! fit Alexandre d'un ton tranchant.

Elle n'entendit pas le reste de sa phrase. Un chien noir les regarda tristement passer au bout de sa laisse.

Ils s'arrêtèrent, hors d'haleine, au coin de la rue. Titi Lachapelle, calé dans son bégouéle*, fonçait sur eux en imitant la sirène des pompiers. Ils l'évitèrent en riant et traversèrent la rue Saint-Grégoire. Là s'étalait dans tout son désordre l'incomparable terrain de jeu.

C'était un vaste champ d'herbes folles, de buissons rabougris entourant une ancienne petite gare où s'arrêtaient encore de vieux wagons grinçants. Tous les enfants l'appelaient affectueusement *Le Pacifique* du nom de la canadienne compagnie de chemins de fer. Mais l'appellation pouvait varier à l'infini selon les humeurs et les activités de ses habitués. On l'avait parfois nommé bucoliquement le jardin des merveilles ou le paradis terrestre, plus rarement il avait été un forum romain habité de lions rugissants; le plus souvent toutefois c'était *Le Pacifique*, abritant le paradoxe des querelles enfantines.

Aujourd'hui cependant, c'était le site enchanteur et privilégié du futur château de Sophie Desnoyers et d'Alexandre Chalifoux. Ils avaient, la veille, pendu à la branche d'un vieil arbre très malmené par des générations de grimpeurs un

---

* Bégouéle: *big wheel*, tricycle à grosses roues pour les bambins.

écriteau barbouillé sur lequel on pouvait lire: *CHÂTEAU DESNOYERS*. Ces mots avaient été grossièrement raturés. Un peu plus bas s'inscrivaient d'autres lettres mal formées, presque illisibles, également biffées: *CHATOT DES CHALIFOUX*. Enfin, un peu plus bas une inscription non équivoque et définitive: *CHÂTEAU DES CHATS-NOYÉS, PROPRIÉTÉ PRIVÉE.*

Les deux enfants contemplèrent fièrement leur pancarte. À côté de l'éloquente affiche trônaient trois immenses boîtes de carton. Alexandre se les était procurées dans la cour du magasin de meubles au coin de Saint-Grégoire et Papineau *La Famille Coloniale* où l'on vendait de beaux meubles antiques, selon Georgette, des meubles drôlement quétaines, disait Fabienne.

La construction leur parut peu avancée. Hier le château leur avait semblé déjà bien édifié, aujourd'hui il avait l'air désarticulé de trois grosses boîtes de carton ayant manifestement contenu, l'une un réfrigérateur, les deux autres, une cuisinière et une lessiveuse. Les appareils étaient illustrés sur le carton. Ils allaient devoir cacher tout ça. Ils ébauchèrent un tas de plans avant de se mettre à l'ouvrage. Sophie désirait que la plus haute boîte soit placée au milieu des deux autres, Alexandre préférait un édifice en étages. Ils discutèrent un moment. Alexandre fit valoir son autorité de mâle de onze ans mais Sophie, experte en matière de château, vint vite à bout de la fragilité de ses vaniteux arguments. Ils eurent ensuite l'idée, fort heureusement en même temps, de rendre les pièces communicantes et convinrent de percer d'abord une porte extérieure. Une entrée principale, avait dit Sophie, à deux battants comme celle des vrais châteaux.

Sophie, la tête pleine de livres d'images et découvrant à huit ans la séduisante musique des mots, se répétait inlassablement: mâchicoulis, forteresse, barbacane, donjon, échauguette, meurtrière; elle en savourait toute l'étrangeté, confondait leur signification, décorait les créneaux de tourelles, mastiquait les vocables comme elle l'eût fait de biscuits croustillants.

Les deux enfants travaillaient en silence, avec application. Sophie traçait, Alexandre corrigeait, reprenait le crayon, accentuait certains traits. Puis le grand couteau dentelé perça le carton et se mit à suivre le pâle dessin des lignes. La tâche fut longue et exigea patience et attention. Le couteau déchirait plus souvent qu'il ne découpait mais l'ouverture fut bientôt faite à peu près comme ils l'avaient souhaité. Le plus difficile fut ensuite de plier le carton de chaque côté afin d'entrouvrir chacun des volets de la porte. On s'aperçut que l'un des battants était plus étroit et on dut reprendre le travail, tracer et découper à nouveau la ligne supérieure. Enfin, Sophie et Alexandre purent pénétrer dans la pièce principale du château.

— Cé pas ben grand, avait constaté Alexandre.

— Non mais c'est haut. Regarde, on peut rester debout.

— Y fait noir parsampe. Y faudrait une fenêtre.

— Oui, au-dessus de la porte. Et puis une autre là derrière, plus petite, une meurtrière.

— Quoi?

— Ben oui, une petite ouverture pour surveiller l'ennemi.

— L'ennemi?

— Ben quelqu'un qui passe, n'importe qui, j'sais pas moi...

Sophie repoussa une boucle brune sur son front. Avec Alexandre, il fallait toujours expliquer.

— T'sé, avec les deux autres pièces, on pourra inviter du monde. Oui. On fera une grande fête quand le château sera fini.

Ils s'assirent dans l'herbe et restèrent quelques instants sans parler. La sueur avait collé leurs cheveux sur leur front. Absorbés par leur effort, ils avaient oublié la pesante chaleur qui s'était installée dans le champ broussailleux. Maintenant, à l'abri des rayons d'un soleil brûlant, ils goûtaient les plaisirs de l'ombre.

— Penses-tu que ta mère voudrait que tu couches ici? Alexandre avait posé la question d'une voix timide étouffée par l'épaisseur du carton.

— On non! Jamais!... Et puis j'aurais bien trop peur, moi.

— C'est vrai, moi aussi... Ça doit être plein de maniaques la nuit ici. Plein de monstres. Plein de fantômes!

Alexandre se souvint en frémissant de sa balade au Paci-*fique un soir de l'été dernier. Il y avait égaré un beau radio tout neuf que son père avait rapporté de la shoppe. Son père revenait souvent du garage où il travaillait avec des tas d'objets hétéroclites; ses innombrables tchums les lui vendaient à des prix imbattables ou tout simplement lui en faisaient cadeau. Ces biens si facilement acquis perdaient beaucoup de leur prix aux yeux d'Alexandre et c'est sans aucune gêne qu'il avait emprunté le radio pour agrémenter son après-midi de jeux. Ses amis avaient été très impres-sionnés par la rutilance de l'appareil; ils s'étaient pourtant vite fatigués du son de papier chiffonné qui sortait de la boîte de métal. Et Alexandre l'avait complètement oublié lorsqu'il était retourné chez lui. C'est seulement tard après le souper, alors qu'il somnolait devant le poste de télévision grésillant, qu'il s'était brusquement souvenu de sa distraction.*

Il se glissa, à pas de chat, hors de la maison. La ruelle, faiblement éclairée, semblait déserte. Il courut sans s'arrêter jusqu'au trottoir longeant le terrain: le champ était un grand trou noir. Il écouta, avec sa main, son coeur qui battait fol-lement dans sa poitrine. Ce bruit sourd couvrait tous les autres. Il se sentait tout à coup privé d'oreilles et de regard. Il avança un pied hésitant et crut s'enfoncer dans un sable mouvant. Il allongea l'autre jambe et se mit à marcher en levant bien haut les genoux, ne sachant plus si le sol avait d'habitude cette fuyante consistance. Il chercha sans le trouver l'un des étroits sentiers qui conduisait à une petite butte. Les buissons épais allongeaient ses pas et diminuaient son précaire équilibre. Il finit par arriver près d'une grosse roche qu'il crut être celle de sa cachette. Il chercha la boîte familière dans laquelle lui et ses amis enfouissaient leurs découvertes: des pierres, un canif rouillé, des bouts de ficelle, une bouteille vide, des plumes d'oiseau, une montre sans aiguille. Il tâta la surface rugueuse et fraîche du rocher, rencontra des branches, des piquants, une canette de bière défoncée, mais pas de boîte. Il reprit sa marche, la trouva plus facile et se surprit à siffler entre ses dents. Mais soudain Alexandre s'arrêta interdit. Tout son corps venait de heurter une masse haute, chaude et molle qui s'était aussitôt évanouie. Du moins le supposa-t-il puisqu'il avait lui-même immédiatement tendu les bras pour repousser l'obstacle invisible. Or, ses mains n'avaient alors touché que le vide. Il pensa, avec une grande terreur, que cette masse devait être quelqu'un, un être humain. Nul animal ne pouvait être si grand, nul arbre n'aurait eu cette tiédeur douteuse. Il écouta un instant comme pour déceler à travers le silence une voix qu'il craignait d'entendre. Il crut percevoir une sorte de soupir. Soudain saisi d'une incontrôlable panique, il se mit à courir en gémissant faiblement. Il courut ainsi une éternité jusqu'aux pâles lueurs de la rue, alors que le claquement sec de ses semelles sur le ciment, puis sur l'asphalte, put se faire rassurant.

Alexandre n'avait parlé de son aventure à personne. Il était certain d'avoir touché un fantôme. Tôt le lendemain de cette nuit où il n'avait pu fermer l'oeil, il était retourné au *Pacifique*. Le champ était lumineux, la rosée couvrait les herbes d'un vernis éclatant. Il avait vite repéré le radio; personne ne s'en était emparé. Donc ce qu'il avait entendu soupirer la veille n'était pas un voleur. Qu'est-ce que c'était alors?

Il frissonna, se rapprocha de Sophie. Elle démêlait ses fines boucles brunes en se servant de sa main comme d'un peigne. Elle se tourna vers lui:

— Les fantômes, ça n'existe pas. C'est juste des histoires inventées pour faire peur.

— Que tu dis. En tout cas, moi, j'ai déjà touché un fantôme.

— Oui? Et c'était comment?

Alexandre réfléchit, chercha des mots mous et chauds.

— C'était comme de l'air et comme du feu, dit-il hésitant.

Sophie fouilla les petits yeux noirs d'Alexandre. Elle était sûre que les yeux ne racontent pas de mensonges, qu'ils sont là pour faire de la lumière dans les pensées des autres. Elle vit la peur briller dans les pupilles de son ami.

— Tu sais des fois on s'imagine. Tiens moi, hier soir, dans ma chambre, alors que j'allais m'endormir, j'ai vu un tout petit bonhomme avec une toute petite tête tournée vers la porte. Une toute petite tête mais un nez énorme et un drôle de béret penché sur son visage. Je n'avais pas peur parce qu'il ne bougeait pas. J'ai fait quelques mouvements dans mon lit mais il ne s'est pas retourné. Alors, j'ai tendu le bras vers lui. Il est tombé par terre. J'ai ramassé ma robe, mon chandail et mes petites culottes et je les ai déposés à plat sur le bureau. Puis je me suis recouchée. Il n'y avait plus de petit bonhomme.

Alexandre ne répondit pas. Son histoire à lui était bien différente. Il n'avait pas vu ou cru voir un être vivant, il l'avait senti, il l'avait touché... personne ne pouvait réellement comprendre son angoisse. Il essaya de s'allonger entre les murs de carton, il dut plier les genoux. Sophie le regardait du coin de l'oeil.

— Tu veux jouer? lui chuchota-t-elle.

Elle parlait à voix basse. Ils parlaient toujours à voix basse quand ils jouaient au "méchant". C'était un jeu qu'ils s'étaient inventé ensemble. Un secret. Nul autre enfant ne le connaissait, ne le partageait. Alexandre et Sophie devaient être seuls, à l'abri des regards curieux, préférablement dans l'occasionnelle intimité de leur chambre respective. Quand

Sophie était la "méchante", Alexandre était la victime. Alexandre devait alors retirer son chandail ou sa blouse et s'allonger les bras relevés au-dessus de la tête. La "méchante" Sophie se penchait alors sur lui et à l'aide d'une plume, d'un pinceau ou tout simplement de ses doigts, elle devait lui chatouiller les aisselles. Évidemment il était strictement interdit de rire, la première victime qui s'esclaffait était immédiatement condamnée à changer de rôle.

Sophie attendait, impatiente, la réponse d'Alexandre. L'enfant, ses cheveux bruns mêlés aux herbes vertes, avait fermé les yeux. Un demi-sourire ourlait ses lèvres entrouvertes.

— Tu veux jouer? insista Sophie, tout bas.

— Oui.

Elle souleva doucement le chandail de coton ouaté, Alexandre se laissait faire. Les yeux clos et le sourire disparurent sous le tissu, Sophie laissa le chandail à moitié relevé sur le visage d'Alexandre. Il ne fallait pas que la victime puisse voir son bourreau. Elle trouva un grand foin aux grappes dures, une poignée d'herbe et elle se mit en devoir de chatouiller les dessous de bras de son ami. La réaction fut instantanée: la poitrine blanche d'Alexandre se souleva en fines secousses.

— T'as ri, constata froidement Sophie.

— Laisse-moi une chance, fit la voix sourde d'Alexandre, tu sais ben que chus plusse nerveux que toi.

— Bon.

Sophie recommença, cette fois avec les doigts. Alexandre tint à peine trois secondes.

— J'sais pas c'que j'ai à matin. J'pas capable de m'détendre. Enwaïe, couche-toi, c'est à ton tour.

Sophie retira sa blouse et s'étendit à la place d'Alexandre. Elle voulut se cacher le visage avec son vêtement. Alexandre l'en empêcha.

— J'aime ça te regarder, ajouta-t-il, presque timidement.

Sophie ferma les yeux. Elle écouta le chant strident de la cigale, le vrombissement ténu des voitures au loin. Elle avait posé ses deux mains l'une sur l'autre sous sa nuque, ses jambes étaient pliées, les genoux pointés haut. Elle était bien ainsi, tout à fait confortable. Elle sentit bientôt les doigts fébriles de son ami effleurer son aisselle gauche, puis la droite, puis les deux conjuguées. C'était bon. Surtout quand les doigts fureteurs s'approchaient imperceptiblement de ses discrètes aréoles, pâles comme des halos de lune. Alors, il fallait résister, retenir son souffle, maintenir une étrange envie de rire ou de pleurer. Il fallait imaginer les mains vives et furtives d'Alexandre courir légèrement comme sur un piano. C'était bon. Il fallait choisir entre le chatouillement et la caresse. Ou bien c'était drôle, ou bien c'était bon.

— Tu ris même pas, soupira Alexandre.

Il commençait à en avoir assez de ce jeu dans lequel il avait toujours le mauvais rôle. Sophie, elle, pouvait rester longtemps sans rire, lui, jamais plus d'une minute. C'était injuste. Il se promit, comme après chaque défaite, de ne plus recommencer.

— Tu gagnes tout le temps!

— Que veux-tu, je suis détendue, moi.

— C'est pas juste.

— C'est tu de ma faute si t'es un vrai paquet de nerfs?

Sophie avait repoussé les deux battants de la porte. Ils sortirent l'un après l'autre de leur boîte de carton. Le soleil perçait à peine le voile humide couvrant le ciel. Des abeilles, des guêpes, des mouches s'affairaient dans les buissons, la cigale chantait. La chaleur avait déposé sa lourde nappe sur toute la surface du champ; chaque arbre, chaque feuille, chaque brin d'herbe allumé se consumait doucement.

— Encore une vague de canilune, avait dit Alexandre en s'essuyant le front.

— Canicule! corrigea Sophie.

Munie du grand couteau et juchée sur une chaise sans dossier, elle découpait une fenêtre ronde au-dessus de la porte.

— Comme ça, on aura de l'air. Et de la lumière.

— Mé on pourra pus la fermer.

— Ça fait rien, on mettra un rideau.

— J'ai faim.

— Un rideau bleu avec des fleurs blanches.

— J'ai faim.

— Non. Un rideau rose avec des fleurs mauves.

— Sophie, bon!

— Quoi?

— J'ai faim!

— Mange ta main, pis garde l'autre pour demain!

Sophie se retourna et descendit de son escabeau. Alexandre était assis par terre et déchirait des morceaux de carton en minuscules parcelles. Sophie rangea les couteaux dans le sac, tendit une pomme à son ami.

— Sophie, ta mère t'appelle!

Les deux enfants sursautèrent. Ils n'avaient pas vu Benoît Beaubien qui s'était approché d'eux en contournant le château. C'était un grand adolescent maigre aux longs segments osseux. Au bout d'un cou long et étroit, il portait une petite tête disproportionnée qui n'avait pas l'air de lui appartenir. Quand il bougeait, quand il marchait, la petite tête dodelinait comme si elle allait tomber. Dans son mince visage, deux yeux immenses d'un vert terni prenaient toute la place de sorte que le nez et la bouche minuscules étaient ramassés en bas.

La plupart des enfants se moquaient de lui et l'appelaient grand flanc mou. On disait de lui qu'il était demeuré. Sophie, négligeant de vérifier la signification du mot, croyait que sa curieuse conformation l'obligeait à demeurer à la maison. Elle lui trouvait des ressemblances avec une tortue: ses gestes lents, sa petite tête, ses cheveux rares, ses grands yeux glauques lui rappelaient le sympathique et tranquille animal

37

des fables de La Fontaine; ainsi le jugeait-elle avec une certaine indulgence, confondant sa lenteur avec une éventuelle sagesse.

— Vous faites une cabane? avait-il demandé en prenant tout son temps, sa grosse voix de gorge polissant les mots dans sa bouche.

— Non. Un château, avait fièrement répondu Sophie.

— Un château en carton? J'ai jamais vu ça!

— Ben non. C'est vrai. C'est rare. C'est bien pour ça qu'on le fait. Des cabanes, c'est banal. Tandis qu'un château c'est original. Non?

— Ah!

— ...

— Ouais.

Benoît Beaubien n'avait pas l'air convaincu. Il fit patiemment le tour des boîtes et avança la tête dans le hublot que venait de percer Sophie. Puis il recula. Sophie l'imita et, tout en croquant sa pomme, se fit un plaisir de lui expliquer en détail les pièces qu'elle voulait ajouter, les tours rondes, les rideaux bleu et blanc, non, rose et mauve, les mâchicoulis, les créneaux, les donjons, le pont-levis, les barbacanes... Benoît l'écoutait en balançant la tête, ses grands yeux étonnés nageant en cadence.

Alexandre avait suivi, médusé, les brillants commentaires de sa compagne. Ébloui par la toute neuve sonorité des mots, il vit peu à peu se dresser devant lui l'étonnante forteresse que Sophie inventait et chargeait, avec une exagération outrancière, d'un attirail inutile et grotesque. Il fut brusquement inondé d'une admiration sans borne envers cette petite fille qui lui faisait l'honneur d'être son amie. Poussé par un élan d'aveugle reconnaissance, il se leva et, d'un geste maladroit, posant un genou en terre, il baisa la main qui tenait la pomme et, d'une voix que l'émotion ou la faim avait enrouée, il déclara:

— Viens ma reine. Ta mère doit nous attendre pour dîner!

3. *Débordements*

Quand je ferme les paupières, des centaines de fourmis noires se promènent sur une grande toile rouge. Ça chauffe et ça chatouille. Quand j'entrouvre les yeux, je vois le ciel jaune rayé de petits fils noirs. Ce sont mes cils. J'ai de longs cils noirs qui font comme des balais autour de mes yeux. Ma mère dit que j'ai des yeux de fille, tout le monde dit que j'ai des yeux de fille. Je préférerais mieux avoir des yeux de garçon!

Mathieu tourna la tête vers la rue. Il était étendu sur un matelas pneumatique, couché sur le balcon du troisième étage. De là-haut, il pouvait voir la belle ligne de dentelle que dessinaient les corniches des maisons de la rue Fabre. En face, sur la galerie du deuxième, monsieur Doucette, assis sur une chaise de cuisine, était appuyé sur le rebord du balcon, les coudes allongés, la tête penchée, une petite bouteille brune dans sa main. Une bouteille de bière. Mathieu se demandait souvent si c'était la même qu'il tenait ainsi du matin au soir, le voyant parfois la soulever vers sa bouche d'un grand mouvement qui renvoyait tout son buste en arrière. Il doit bien la vider quelquefois et en prendre une nouvelle. Mathieu se promit de vérifier dès maintenant et de ne pas quitter sa place avant que le bonhomme n'ait fait de même.

En bas un petit groupe avançait rapidement. Il reconnut les parents Lachapelle qui poussaient à grands pas le carrosse du jeune Toto, suivis de Sébastien puis de Titi plus loin derrière. Mathieu pensa à une bande de canards comme il en avait vu à la ferme de son grand-père, leur duvet jaune, leur bec doux et luisant comme du plastique.

Le soleil était chaud. Il le voyait au milieu de ses yeux fermés. Une grande tache claire qui devenait toute noire quand il tournait la tête. Il s'amusa longtemps, longtemps à rester immobile comme le faisait sa mère quand elle se faisait griller avec lui sur le balcon.

Quand il ouvrit les yeux, monsieur Doucette avait disparu. Sa chaise restait toute seule et l'attendait. La bouteille brune aussi. Titi Lachapelle filait sur les trois roues de son bégouéle, traînant une boîte de conserve au bout d'une ficelle. Un vacarme de tous les diables. Mathieu se boucha les oreilles. Quelqu'un sortait de chez le dépanneur, la chemise à carreaux bleus, la tête dénudée d'Ambroise Doucette. Il tenait quelque chose à la main que Mathieu ne pouvait voir parce que monsieur Doucette lui tournait le dos. Il devait jaser avec le dépanneur. Est-ce qu'il avait acheté une autre bouteille? Mathieu entendit des pas qui montaient dans l'escalier extérieur. Il y eut un bruit métallique. Des boîtes qu'on ouvre et qu'on referme. Deux fois. Les pas redescendirent, plus vite. En étirant le cou, Mathieu vit sautiller la casquette noirâtre du facteur.

Mathieu se tourna sur le côté, face à la porte grande ouverte du salon. Il avait chaud, son dos était mouillé. Son pyjama collait sur sa peau. Il replia son coude droit, y déposa sa tête. Tout d'abord il ne vit que du noir. Puis, peu à peu, il se mit à distinguer la masse brune du fauteuil de cuirette et une forme à côté qui bougeait doucement. Sa mère était assise sur le tapis devant un petit miroir carré posé sur la table basse; elle dessinait un trait brun autour de ses lèvres. Le crayon suivit parfaitement la ligne rose, là où la pommade s'arrêtait. Avec un pinceau fin, sa mère appliqua une nouvelle couche de rose sur ses lèvres. Elle prit ensuite le petit miroir carré, le retourna et l'éloigna à bout de bras. De sa main libre, elle se mit à ébouriffer ses cheveux bouclés et se tourna vers Mathieu. Ses yeux verts et brillants délicatement cerclés de noir se plissèrent et Mathieu vit qu'elle souriait. Elle se releva souplement et pivota sur elle-même. La jupe large se souleva et se gonfla comme un ballon bariolé; les grandes fleurs oranges et roses s'épanouirent sur le tissu turquoise. Mathieu extasié pensa que sa mère était plus belle encore que la poupée Barbie de Mélanie. Elle s'approcha de lui et effleura sa joue de sa main courte, humide et douce. Il vit ses ongles longs, nacrés, très longs et très brillants et détourna la tête.

— Mathieu va être content aujourd'hui. Son popa vient le chercher. Mathieu va mettre son beau pantalon neuf en toile beige et son petit veston de monsieur. Mathieu va mettre son T-Shirt vert mousse et ses souliers lacés. Mathieu va être ben beau pis ben fin. Ça fait longtemps qu'il a pas vu son popa. Son popa va venir le chercher pis y vont faire une belle promenade ensemble. En camion, dans la belle vanne mauve. Y vont peut-être aller à Joliette chez grand-moman Véronneau, ou ben au cinéma, ou ben au parc Lafontaine, ou ben chez Mac Dônald.

Sa mère parlait lentement, d'une voix égale, détachant consciencieusement les mots les uns des autres.

— Pis si la madame est là, celle qui était avec popa la dernière fois, Mathieu va être bien gentil avec la madame. Mathieu parlera pas de moman. Ni rien.

Mathieu se tourna vers la rue. Monsieur Doucette avait repris sa place sur la chaise de cuisine du deuxième. Il tenait un journal qui cachait la moitié de son visage. La bouteille brune était toujours là. Paulo Chalifoux entrait chez le dépanneur. La grosse madame Brind'Amour sortait deux chaises sur sa galerie.

41

— MA-THIEU, cria une petite voix flûtée, juste en bas. J'm'en vas me baigner. VIENS-TU?

Mathieu se leva et se pencha sur la rue. Le nez en l'air, Jérémie attendait sa réponse.

— NON, lui répondit Mathieu sur le même ton. J'ai une sortie aujourd'hui. J'M'EN VAS. Avec mon PÈRE, ajouta-t-il, avec un brin de fierté dans la voix.

La tête blonde et bouclée de Jérémie retomba piteusement. Il contempla sans amitié ses vieux running shoes. "Ah!" fit-il, si faiblement que Mathieu ne put l'entendre.

— Salut, poursuivit Mathieu. On se verra demain. Et il agita vivement la main en montrant les deux rangées brillantes de ses dents de lait.

— Viens Mathieu, viens t'habiller.

Mathieu pénétra dans la pièce fraîche. Il faisait à nouveau très noir. Il se dirigea à l'aveuglette vers le fond du salon, s'assit sur son lit et déboutonna tranquillement la blouse de son pyjama. Sa mère parlait entre ses dents:

— Y avait dit dix heures. Y'é encore en retard. Si ça se trouve, y'é encore plus lambine qu'avant. J'espère qu'y va venir au moins. Ça fait deux fois qu'y nous fait le coup. Qu'y dit qui va venir, pis qu'y vient pas. La dernière fois, y a même pas téléphoné. Cé tu une façon de s'occuper de son fils, ça?

Chantal étira nerveusement la seule mèche blonde de sa chevelure brune. Elle se pencha sur le lit, tapota l'oreiller, tendit la couverture sur le drap replié, lissa du revers de la main la bande blanche immaculée, balaya sur les vêtements de Mathieu des poussières invisibles. Une bonne odeur de *Fleecy* s'échappait des draps.

Elle examina, critique, la chambre minuscule de Mathieu. Les jouets étaient à leur place sur leur tablette: les dix-sept Schtroumpfs, le solide Goldorak, les trente-neuf bonshommes de guerre complotaient une bataille rangée. Sur la porte du placard un Superman géant volait au secours de l'énorme Snoopy en peluche affalé dans un coin. Le bureau de bois peint, brillant comme un miroir, supportait une série d'étagères remplies de boîtes aux couleurs vives s'empilant jusqu'au plafond. Des avions, des voitures, une fusée, un tracteur, des soucoupes volantes, un voilier occupaient la moindre parcelle d'espace.

Chantal regardait satisfaite l'ordre impeccable dans lequel s'alignaient les affaires de son petit homme, qu'elle époussetait chaque semaine avec une maniaque minutie. Elle souhaita que Phil s'attarde un peu dans la chambre de Mathieu et qu'il voie avec quelle attention, quelle prévenance, quel détachement elle s'occupait de leur fils. Mais Phil ne remarquait jamais rien. Quand il était venu, six mois auparavant, il n'avait même pas vu le nouveau lit de grand garçon de Mathieu. Un lit qu'elle avait dû payer par versements; mois après mois, parce que la maigre pension qu'il lui postait toujours en retard ne suffisait pas avec le B.S. à satisfaire leurs plus essentiels besoins.

Mais elle n'allait pas l'achaler avec ces ennuyeuses questions d'argent. Elle n'allait pas lui reprocher ses indifférences, ses retards, ses coupables oublis. Elle allait être parfaite: muette, souriante et belle. Inaccessible mais infiniment désirable. Oui. Il allait en baver le salaud. Regarde, rince-toi l'oeil, mais pas touche. Bas les pattes!

Mathieu, le sourire prudent, se tenait tout raide devant sa mère et attendait qu'elle le contemple. Il crut, en voyant l'éclair brillant de son regard, qu'elle le trouvait beau. Elle inspecta froidement l'enfant, corrigea un faux pli agaçant sur le pantalon, s'arrêta sur le large visage ouvert de son fils. Pas de doute, la même peau brune, le même poil noir de corbeau, la même ossature trapue que Phil. Elle considéra sans surprise la tête ronde de son fils. Il a son front de taureau, ses yeux, son teint. Mais il a mon nez de porcelaine et mon menton de chat. Et mes cils aussi et je ne sais quelle grâce qui n'appartient qu'à lui. Elle se courba, frotta sa joue contre la sienne; un baiser l'aurait tachée.

43

— Est-ce que je peux aller jouer dehors? demanda Mathieu, en guise de réponse à la caresse.

— Non. Tu vas te salir. Tu ferais mieux d'écouter la télévision. C'est l'heure de tes bonshommes.

— J'ai chaud, moman. Est-ce que je peux enlever le veston?

— Oui, mais tu le remettras quand il arrivera.

— Penses-tu qu'y va venir?

— J'sais pas. Y'é déjà onze heures et demi. En tout cas, si y'é pas là à midi, nous autres, on va manger au restaurant.

— Youppi! Oui! Oui! Au restaurant.

Mathieu battait des mains. Il préférait de beaucoup cette éventualité à la visite de cet étranger qu'on appelait son père. Il était mal à l'aise avec cet homme qui ne savait jamais quoi lui dire.

— Si le chèque est arrivé... ajouta Chantal, soudain hésitante.

— Ben oui moman. J'ai vu le facteur tantôt. Y passait des enveloppes brunes...

— Bon. J'y vais.

Chantal laissa tomber ses mules roses et se chaussa de sandales fines et hautes qui firent Clac, Clac, Clac, Clac, Clac, en descendant les marches de l'escalier intérieur. En ouvrant la porte, elle vit tout de suite la grosse vanne mauve stationnée en face. Elle ne sut pas immédiatement si elle en éprouvait du plaisir. Phil était sous le balcon d'Ambroise Doucette et jasait avec lui. Les deux hommes parlaient fort mais Chantal ne put entendre ce qu'ils se disaient. Elle fouilla dans l'une des boîtes noires fixées sur la brique et retira la précieuse enveloppe et un dépliant de pizzéria. Tiens. Si je faisais venir une pizza, on pourrait tous manger ensemble... comme avant. Mais non. Cé t'encore moi qui va payer. Non.

Chantal observa la maison d'en face. Monsieur Doucette l'avait vue maintenant. Il leva sa bouteille de bière en signe de salut. Phil se retourna, quitta brusquement le buveur. Il traversa la rue rapidement sans quitter sa femme des yeux. Chantal monta lentement l'escalier intérieur, Phil la rattrapa en soufflant et glissa une main humide sous la jupe vaporeuse. Chantal laissa filer un petit rire qu'elle réprima aussitôt. Comme pour se reprendre, elle accéléra l'allure, tenta de se recomposer un visage impassible et, parvenue en haut, bifurqua vers la cuisine. Phil la suivit et s'écrasa lourdement sur une chaise. Chantal s'assit en face de lui.

L'homme dégageait une forte odeur de bière mêlée à de suspects effluves d'after-shave. D'une grosse main velue, il frottait pensivement une forte barbe de trois jours. Chantal scruta les épaules puissantes, les traits robustes, les lèvres épaisses. Elle savoura les premières ondes de plaisir et de dégoût qui commençaient à la pénétrer. Elle prit une cigarette dans le paquet vert, l'alluma et tira voluptueusement une longue bouffée de fumée. Sa joie s'amplifia encore lorsqu'il lui demanda, d'une toute petite voix, si elle n'avait pas une petite bière dans son frigidaire. Elle rejeta doucement la fumée. Une petite voix d'enfant suppliant, de demandeur, de victime. Pfff! Les rôles étaient renversés. D'habitude, c'est elle qui devait se faire implorante, qui devait demander, réclamer, quêter.

Une petite bière han? Juste une dernière. Y en a eu combien de dernières avant la dernière. Sept? Huit? Té plein comme une botte. Ça fait combien de jours que té sua brosse? À place d'une bière, t'aurais besoin d'un bon café pour te'r'mettre les yeux dans les trous. Chantal ne dit pas ce qu'elle avait pensé tout bas. Au lieu de quoi, elle se leva, remplit la bouilloire d'eau froide, la plaça sur le grand rond du poêle. Elle tourna le bouton sur *high* et vint se rasseoir posément.

Phil l'avait observée sans mot dire. Il se leva à son tour et trouva lui-même la bouteille qu'il avait réclamée. Il fut surpris de l'assurance avec laquelle sa main se posa ensuite sur le décapsuleur, là où il était quatre ans auparavant. Sa main avait donc plus de mémoire que sa pauvre tête embrumée. Il balaya du regard la petite cuisine étincelante. Il en apprécia l'ordre, la fraîche odeur de lessive et de *Monsieur Net*. Poussé par une subite curiosité, il voulut vérifier le contenu d'une armoire. Il ouvrit une à une toutes les portes, fasciné de retrouver à leur place les objets familiers. Chantal suivait avidement ses mouvements, amusée de la stupeur grandissante de son mari. Du même pas incertain, il s'approcha d'elle. Chantal écrasa sa cigarette dans le cendrier orange. Phil, derrière son dos, posa deux mains moites sur ses épaules nues. Elle ne bougeait pas, retenant son souffle. Une main mal assurée glissa et remonta la pente douce du cou, chercha et retrouva frémissante la fine cicatrice qu'elle avait derrière l'oreille depuis l'enfance. Les doigts pressèrent légèrement la marque et reprirent leur marche hésitante sur la courbe de la gorge. Ils roulèrent prestement sur le sein rond et ferme et palpèrent familièrement le mamelon soudain gonflé. Chantal émit un gémissement.

— Touche-moi pas, murmura-t-elle, d'une voix sourde et haletante. Mathieu arrivait dans le couloir. Il marchait sur des oeufs. Ses souliers lui faisaient mal et craquaient à chaque pas. Son coeur battait comme un tambour. Cinq fois, il avait tenté de se détacher des images du petit écran pour venir saluer son père, cinq fois il s'était rassis, espérant que ses parents viennent le rejoindre. Mais personne n'était venu et un monsieur cravaté parlait maintenant sur l'écran de la télévision. Et puis les bateaux n'arrêtaient pas de passer dans son estomac. Il imaginait les petits sous-marins faisant l'aller-retour dans son tube digestif, comme les poissons rouges des Chalifoux quand ils venaient cueillir leur nourriture à la surface de l'eau. Les bruits qui sortaient de son ventre devaient être les signaux de détresse que lançaient les bateaux à Mathieu.

Mais là, dans le couloir, les glouglous s'étaient tus derrière le tam-tam tonitruant de son coeur. Un grand homme aux cheveux noirs était penché sur sa mère assise près de la table de la cuisine. Elle, regardait Mathieu. Elle avait les mêmes yeux brillants et perçants que tout à l'heure quand elle l'avait trouvé beau. Il pensa honteusement à son veston resté sur le divan. Il arrêta sa marche précautionneuse. La bouilloire chauffait sur le grand rond du poêle.

L'homme se releva et retira la main qui touchait à sa mère. Sa voix gronda par-dessus les coups de tambour.

— Viens Mathieu, viens dire bonjour à popa.

Mathieu avança. Ses jambes étaient toutes légères. Il s'approcha de l'homme et tendit sa main droite comme sa mère lui avait dit de faire quand il devait saluer un autre homme. L'homme prit sa main dans celle qui avait touché sa mère. Elle était grande et mouillée avec des poils très noirs couchés dans les jointures. L'homme la secoua deux fois et la laissa retomber. Il souriait. Une drôle d'odeur s'échappait de sa bouche. Mathieu le trouva très grand car il devait lever la tête pour voir son sourire, comme quand il regardait les étoiles. L'homme dit que Mathieu était devenu un grand garçon, qu'il avait l'air bien sage et bien poli. Il lui dit qu'ils allaient faire une belle promenade ensemble, tous les deux, entre hommes. Mathieu dit qu'il avait faim. Sa mère dit qu'il pouvait manger une pomme en attendant. Que elle et Mathieu iraient ensuite manger au restaurant quand l'homme serait parti. L'homme ne souriait plus. Il cria que c'était lui qui allait emmener Mathieu au restaurant. Sa mère lui cria qu'il était trop soûl. Ils continuèrent à se chicaner en criant mais Mathieu ne comprenait plus parce que la bouilloire chauffait fort sur le grand rond orange.

L'homme s'empara de la bouteille de bière, la porta à sa bouche et renversa la tête si loin derrière que Mathieu crut qu'il allait tomber. Mais il se redressa, déposa la bouteille vide sur la table et en prit une autre dans le frigidaire. Il ouvrit ensuite le tiroir à ustensiles, prit le décapsuleur et décapuchonna la bouteille. Le bouchon s'éleva dans l'air, vola au-dessus de la table, rebondit sur la poubelle, glissa sur le prélart jusque sous la laveuse. Mathieu se pencha pour le ramasser. Quand il se releva, sa mère était en train de vider le contenu de la bouteille brune dans l'évier. Le liquide jaune faisait des petites bulles dorées avant de disparaître à travers les trous noirs du lavabo.

L'homme s'était vivement approché de sa mère et essayait de reprendre la bouteille à moitié vide. En la tirant vers lui, il perdit l'équilibre et s'écrasa sur le plancher. Mathieu vit que le visage de l'homme était devenu rouge et que ses yeux semblaient vouloir sortir de leurs orbites. Sa mère recommença à parler; sa voix était sèche et forte et montait lentement pour parler plus fort que la bouilloire qui chauffait sur le grand rond orange du poêle. Elle disait toutes sortes de mots, des mots qu'il ne comprenait pas et d'autres qu'elle ne voulait pas que Mathieu dise. Des mots sales. Des mots comme en crachait Paulo Chalifoux quand il était en colère. Sa mère était en colère contre l'homme assis par terre. Elle criait maintenant et la bouilloire sifflait.

Sa mère s'arrêta de parler et courut vers le poêle. L'homme qu'elle appelait Phil se releva. Il courut lui aussi vers le poêle. Au moment où sa mère retirait le bouchon-sifflet de la bouilloire, l'homme tendit le bras et lui donna une grande claque sur la joue. Le sifflement s'arrêta et fut aussitôt suivi d'un grand cri qui perça les oreilles de Mathieu. L'homme tenait maintenant la bouilloire. Sa mère pleurait comme un bébé. Sa belle robe était toute mouillée et collait sur son ventre. Une petite goutte de sang rouge sortit de son nez et roula jusqu'à sa bouche. De longues coulisses noires glissaient sur ses joues et lui barbouillaient les lèvres. L'homme déposa la bouilloire. Il se tourna vers Mathieu et s'approcha; il s'accroupit. Mathieu recula.

— Toi, tu vas tout de suite chez les voisins. Moi, j'emmène ta mère à l'hôpital. Elle s'est fait mal avec l'eau chaude. Cé t'un accident. Cé pas grave. Les docteurs vont la soigner.

— J'veux y aller avec elle.

— Tu peux pas. Les garde-malades veulent pas. Connais-tu quelqu'un qui pourrait te garder?

— Ben oui, Fabienne.

— Bon. Va chez elle. Moi, j'emmène ta mère.

— Non. J'veux rester avec moman. MOMAN!

Mathieu se précipita auprès de sa mère. Elle se lamentait en se berçant, recroquevillée sur une chaise.

— J'veux rester avec toi moman!

L'enfant l'entoura de ses bras. Chantal poussa une longue plainte et Mathieu s'écarta bouleversé.

— Touche pas à moman, Mathieu. Fais comme popa a dit. Va te faire garder chez Fabienne.

Et elle reprit ses lamentations, cachant son visage barbouillé dans ses mains tremblantes. Mathieu sentit des picotements autour de ses yeux et sa vue s'embrouilla. Mais il ne voulait pas que l'homme le voie pleurer. Il avança mécaniquement et passa devant lui sans lever la tête. Ses deux petites mains pendaient au bout de ses bras; il tenait les doigts serrés, ses ongles s'enfonçaient dans sa peau. Il marcha jusqu'à la porte, l'ouvrit et vit que celle d'en bas, la porte du deuxième, était restée ouverte. Une odeur sucrée émanait des vieux murs et des marches de bois. Une odeur qu'il aimait bien. Aujourd'hui elle lui donnait mal au coeur.

Mathieu se hâta vers le soleil qui faisait en bas de la cage d'escalier un grand rectangle de lumière et pénétra dans le brasier aveuglant. Une musique rythmée et obsédante sortait d'une fenêtre tout près. La galerie de monsieur Doucette était vide; la chaise était toujours là mais la bouteille avait disparu. En touchant la dernière marche, Mathieu eut un brusque hoquet. Il eut seulement le temps de contourner la rampe et de s'agenouiller derrière l'escalier. Un frisson le secoua tout entier et un liquide rosâtre dégoulina de sa bouche. Il vit les petits morceaux de banane et les taches brunes des céréales. Il cracha et recracha le fil qui s'étendait de la nappe visqueuse jusqu'à son menton.

Il entendit au-dessus de sa tête des pas qui se rapprochaient. Caché derrière les marches, il vit passer des souliers noirs très grands et très pointus puis les hauts talons effilés des sandales de sa mère. Les pieds s'arrêtèrent à hauteur de son visage. Il stoppa sa respiration. Les pieds étaient si proches qu'il aurait pu les toucher, les pieds de l'homme et ceux de sa mère. Il voyait à travers le fin nylon le rose nacré des ongles peints. Il eut une autre nausée mais les pas s'éloignèrent et disparurent derrière la portière mauve du camion.

Mathieu s'assit dans la terre sèche au milieu des vieux papiers déchiquetés et décolorés: les emballages de popsicle et de gommes balounes, des paquets de journaux enroulés d'un élastique, des circulaires, des cailloux, un ballon jaune poussiéreux et crevé. Il sortit de sa poche un kleenex propre et s'essuya la bouche. Quand il se releva, la vanne mauve avait disparu. Devant l'espace vide, Steve Wall astiquait le chrome brillant de sa minoune rutilante. Il rythmait ses gestes saccadés aux battements répétés d'une batterie invisible. Une musique de machine à laver, disait Fabienne. Cette musique emplissait toute la rue, envahissante comme la chaleur.

L'enfant avança en vacillant cherchant l'ombre des grands érables sur le trottoir. Ses jambes étaient raides et sonores comme les baguettes d'un tambour. Il dépassa la maison des Chalifoux, celle des Wall, poussa la barrière de fer forgé et grimpa sur la galerie du 5333. Il appuya sur la sonnette et pressa son nez contre la vitre tiède, abritant ses yeux de ses mains pour voir à l'intérieur. À travers les mailles serrées du rideau au crochet, le couloir resta vide. Il sonna deux autres fois, pressant longtemps le bouton noir. Rien ne bougeait. Alors, il remarqua le petit papier rose collé un peu plus haut sur la vitre de la porte.

Il ne put lire les mots écrits sur le billet. Mais il reconnut des lettres que Fabienne lui avait apprises. Il y avait la lettre *S*. Celle-là, il la connaissait bien; c'était la lettre de Superman et aussi la première lettre du nom de Sophie. Mais il ne vit pas la lettre *M*. Celle qui commençait le mot Maman, celle qui commençait le mot Mathieu. Il essaya de déchiffrer les signes mystérieux. Ça devait être quelque chose comme: *Salut les copains, partie aux commissions*. Ou bien: *Salut les copains, il fait trop beau pour rester à la maison. Venez donc me trouver au parc. Je suis cachée sous le grand saule, côté coeur*. Ou bien encore: *Sophie est au* Pacifique, *Alexandre à son cours de karaté, Jérémie et Mathieu à la piscine et moi dans mon bain. Revenez donc plus tard*. Mathieu reconnut la courte signature: *Fabi*. Mais impossible de lire les trois phrases au-dessus.

Deux grosses larmes venant d'on ne sait où s'arrêtèrent au bord des longs cils noirs de Mathieu. Le papier rose se dédoubla, les lettres se mélangèrent et devinrent toutes mouillées. L'enfant se retourna, quelqu'un s'approchait sur le petit trottoir bordé de gazon. Mathieu se frotta les yeux et reconnut Paulo Chalifoux.

— Est partie à banque, dit celui-ci en s'arrêtant pour ramollir sa gomme baloune. Est allée changer son t'chèque. Tu viens-tu te faire garder?

— Oui.

— Ta mère est pas là?

— Non. Ma mère a eu un accident.

— ...

— ...

— Ça te tentes-tu de jouer aux autos? M'as te passer mon beau char blanc avec l'étouêle rouge.

— ...

— Pis même l'aute si tu veux, le char de course...

51

— J'ai pas le goût de jouer. J'ai faim.

— T'as pas dîné?

— Non.

— Viens chez nous. Ma mère va te faire une bonne sanouitche.

— Laisse faire. J'vas attendre Fabienne.

— Ben non viens, j'te dis.

Paulo lui entoura l'épaule de son bras et le força à avancer. Trop content de profiter de la présence de Mathieu, qu'il voyait rarement sans son inséparable Jérémie, il l'entraîna chez lui. Une agréable fraîcheur accueillit les deux enfants dans l'obscurité du couloir. De chaque côté du passage, les chambres étaient closes. Dans la cuisine, Georgette, assise devant la table où somnolait un gros chat blanc, parlait au téléphone:

— Cé comme j'te dis. Cinquante piasses, cé pas cher. Mé cré moué, cré moué pas, Roger peut l'avouère pour dix ou quinze piasses de moins. P'tête même qui pourrait te l'avouère pour trente, mé là chus pas sûre. Dans t'lé cas, m'as y en parler. Attends meunute...

Georgette boucha le récepteur du plat de sa main.

— Quécé j'té dis moué? J'té dis d'aller jouer douors!

— Je l'sais m'man. Mé Mathieu, y a pas dîné. Pis y a faim. Tu veux-tu y faire une bonne sanouitche?

— M'as t'en faire des sanouitches, moué! Bon. J'te laisse, Sonia. J'te rappellerai. Waïe! C'est ça.

Georgette s'étira pour raccrocher l'appareil fixé au mur.

— Bon. Quécé que tu me dis toué là? Cé tu vrai que t'as pas mangé? Té tu passé en d'sous d'la tabe?

— Ben non. C'pas ça. Ma mère a eu un... accident.

— Han? Un accident? Quelle sorte d'accident?

— Ben, a s'est toute ébouillantée.

— Comment ça? Commence qu'a faite son compte?

— Cé l'homme, j'veux dire mon père qui l'a battue.

— Ton père? Ton père est tu r'venu?

52

— Non. Y était juste v'nu pour me sortir.

— Ah! le salaman, ah! l'enfant d'chienne, ah! le tabarnouche de Saint-Aspic.

Mathieu baissa la tête. Deux larmes (les mêmes?) se préparaient à sortir. Paulo s'aperçut de son trouble. Il avait une compréhension sans borne pour les affamés.

— Fais lé manger m'man. Tu voué ben qu'y a faim.

Georgette se leva pesamment en continuant à proférer sa litanie d'injures. Elle sortit le pain et le beurre de pinottes, une assiette, se ravisa, en sortit une deuxième, un couteau et commença à tartiner généreusement les tranches de pain.

— J'en veux moi aussi, dit Paulo.

— Bon ben, va te chercher une assiette. Pis ramène le lait, pis trois verres. Pis le Quick aussi, pis des cuillères.

Marnowe allongea ses pattes blanches sur la table. Mathieu toucha timidement la douce fourrure. Il mangeait en silence, s'essuyant proprement la bouche après chaque bouchée. Paulo mastiquait bruyamment. De tranquilles ronflements sortaient de la chambre de mémère. Deux grosses mouches au ventre phosphorescent bourdonnaient dans la porte moustiquaire. Georgette se leva et prit un pot dans le garde-manger. Elle étendit une épaisse couche de confiture sur sa tartine de beurre de pinottes. Elle tourna sa cuillère dans le verre de lait au chocolat.

— Qui cé qui te garde en attendant? demanda-t-elle, après avoir avalé une grande gorgée de liquide.

— Ben cé Fabienne. Mé est pas là.

— Non. Est partie changer son t'chèque, ajouta Paulo, la bouche pleine. J'lé vue taleure. A m'a dit qu'a s'rait pas longtemps. Après, on va aller voir si est r'venue.

Il repoussa la mèche blonde qui lui tombait sur l'oeil, enfonça un dernier croûton de pain dans sa bouche déjà pleine et, les joues encore arrondies par les aliments, il réussit à balbutier:

— Câline. J'viens d'envaler ma gomme!

4. Black Magic

Tout de suite après dîner, Fabienne était partie pour la banque. Après beaucoup d'hésitations, Sophie et Alexandre s'étaient enfin mis d'accord pour passer l'après-midi à la piscine du parc Laurier. Alexandre trouvait qu'il faisait trop chaud pour continuer le château. Sophie disait, encore un autre projet à l'eau. Alexandre que, ben non, on le continuerait demain le château. Sophie que, pourquoi pas après le souper, alors qu'il ferait plus frais. Alexandre que, c'est vrai, vu qu'y fait clair jusqu'à huit heures et demi. Sophie, qu'ainsi on pourrait voir le soleil se coucher sur le château. Que bon ben on irait se baigner.

Les deux enfants avaient quitté la maison en courant pendant que Fabienne prenait soin de coller une message sur la porte à l'intention des enfants qui viendraient inévitablement sonner chez elle. "Est-ce que Sophie est là? — Est-ce qu'on peut jouer dans ta cour? — Voudrais-tu nous sortir la petite table et les tabourets? — On va te faire un beau dessin! — Peux-tu nous prêter tes crayons de couleur? — As-tu des pinceaux? On va peinturer ton balcon. Non, non, on va faire semblant. Juste avec de l'eau..." Fabienne avait toutes les patiences. Et une multitude de sourires au creux du coeur.

Sophie n'avait que quatre ans quand elles avaient emménagé rue Fabre, dans ce vaste et sombre logement aux plafonds démesurément hauts, aux murs épaissis par d'innombrables couches de peinture et de tapisserie. Pièce par pièce, Fabienne avait décapé des murs entiers de leurs vieux revêtements de toile; elle avait bouché les fissures, sablé, peint, reverni, retapissé. Trois longues saisons de travail acharné en compagnie d'une jeune collaboratrice exigeante et zélée ne tolérant pas la moindre imperfection.

Et puis, l'été venant, une nuée d'enfants s'était abattue sur leur foyer tout neuf comme des migrateurs affamés d'espace et de nouveaux paysages. Tout d'abord réticente à l'idée d'ouvrir une fenêtre sur son bonheur béat, Fabienne s'était doucement laissée envahir par ces curieux oisillons, séduisants et bavards. Elle avait dû renoncer à l'ordre minutieux, à l'impeccable propreté de certaines pièces, se réservant toutefois l'intimité du grand salon, de sa chambre et de la cuisine. Leur appartenaient donc plus ou moins, selon le bon plaisir de Sophie, l'indispensable salle de bain, l'atelier, une salle de travail simplement meublée d'une grande table et d'une série d'étagères encadrant la haute fenêtre et, juste à côté, séparée par un large store de bambou, la chambre de Sophie. Cette dernière y avait évidemment pleine autorité: n'y entrait pas qui voulait. Sophie avait eu du mal à s'adapter à ce nouveau régime où le partage faisait loi. Unique propriétaire de ses biens, elle avait longtemps ignoré le plaisir de prêter, d'échanger, de donner. En nouant et dénouant les fils fragiles de ses amitiés, elle découvrait lentement l'utile importance du désintéressement.

Les premiers enfants à s'infiltrer dans leur logis avaient bien sûr été les plus proches, ces fouines de Paulo et Alexandre, lesquels avaient eux-mêmes entraîné une foule d'amis tandis que d'autres arrivaient des maisons voisines: le lunatique Jérémie Rossignol, le paisible Mathieu Jasmin, les timides frères Lachapelle, l'ingénieux Yvon Bouffard, le malicieux Francis Gauthier, les inséparables Thom et Jeff O'Leary et bien d'autres encore. Un microcosme de petites créatures bruyantes et grouillantes comme une portée de chatons. Tous des garçons!

Quelque peu étonnée, Fabienne avait pu bientôt constater, dans la mesure où sa maison devenait un instrument démographique important, que toutes les mères résidant sur le côté est de la rue Fabre, entre Saint-Grégoire et Laurier, avaient mis au monde des enfants mâles. Fallait-il y voir une sournoise revanche sur les nombreuses femmes esseulées qui devaient cumuler les deux rôles du papa et de la maman?

Quoi qu'il en soit, et bien que depuis quatre ans le cercle des camarades de Sophie se fût agrandi jusqu'à entourer les artères de l'école, les plus fidèles envahisseurs restaient inconditionnellement les plus anciens qui, nimbés de leur autorité de vieux habitués, défendaient vaillamment leur territoire. Ils y faisaient la loi. Une loi maladroitement inspirée de celle de Fabienne qui avait dû intervenir bien des fois afin de démêler l'écheveau tortueux de leurs disputes. "C'est lui qui a commencé. — Non, c'est pas moi, c'est toi." Dans l'impossibilité où se trouvait Fabienne de reconnaître le vrai coupable, elle lançait aux belliqueux, avec un brin de malice: "Le vrai coupable n'est pas celui qui a commencé, c'est celui qui CONTINUE." Cette petite phrase lapidaire avait pour effet de clore, pour un temps, le bec des jeunes querelleurs.

Par un souci de justice et un légitime besoin de solitude, Fabienne s'était vue forcée de contrôler la fréquence des visites de l'insatiable troupeau. Alexandre Chalifoux, dans un désir d'aveugle générosité, avait voulu la seconder dans ce contrôle. Il avait imaginé un système compliqué de pointage dans un carnet et notait consciencieusement les allées et venues de ses camarades ainsi que leurs occupations, le nombre et la durée de leurs visites. À la fin de la semaine, il remettait cérémonieusement le bilan à Fabienne. Mais les plus vieux du groupe avaient vite contesté ce procédé qui contraignait le vérificateur à une présence continuelle et quelque peu arbitraire. Fabienne avait donné raison aux protestataires et avait choisi par la suite d'assumer seule le difficile rôle de médiateur. Elle comptait désormais davantage sur ses intuitions.

Puis les mères étaient venues, elles aussi, sonner à sa porte. Elles demandaient s'ils étaient là. Fabienne les faisait entrer. Elles voyaient les dessins de leurs enfants couvrant les murs de l'atelier. Elles s'assoyaient dans le petit fauteuil du grand salon tapissé de livres. Elles écoutaient le coucou sonner trois heures. Elles regardaient les images anciennes dans les cadres de bois brun. Elles suivaient Fabienne dans la cuisine. Elles trouvaient la maison tellement grande. Oui, elles voulaient bien d'un petit café. Oui, avec un morceau de gâteau. Elles mastiquaient à belles dents. Elles buvaient du bout des lèvres. Fabienne les reconnaissait. Elles avaient le même appétit, le même timbre de voix pour dire que c'était bon. Pareilles à leurs enfants, capricieuses et gourmandes, dures et fragiles. Elles parlaient d'eux, elles parlaient d'elles. Elles se hâtaient vers le souper à préparer. Elles repartaient en s'excusant.

Elles revenaient le lendemain: "Pourrais-tu faire dîner Jérémie? J'ai une réunion au centre. — Ton gâteau est pas mal bon. Pourrais-tu m'en faire un pareil? M'as t'acheter c'qui faut. — Pourrais-tu garder Mathieu? Vas-tu faire tes commissions? Tu passes devant le cordonnier? Mon talon est encore cassé. — Oui. Oui. Oui." Fabienne ne savait pas dire non. Sophie répétait:

— Fabienne, ton coeur est comme un autobus, tu fais grimper tout le monde dedans.

Fabienne souriait:

— Tu voudrais tout de même pas qu'il roule vide, sans personne pour le faire s'arrêter?

Fabienne descendait la pente légère vers Gilford. Il faisait chaud. Sans regarder par terre, elle essayait de ne pas marcher sur les rainures du trottoir.

— Titi peux-tu l'aller chez toi fèle un beau dessin?

Le petit garçon, accroupi dans le sable près d'un escalier, levait sa tête blonde vers elle, une pelle dans sa main poussiéreuse.

— Pas maintenant Titi. Un peu plus tard peut-être...

Fabienne poursuivait son chemin. Le moindre refus provoquait en elle de sombres réflexions. Et si cet enfant avait, là, maintenant, besoin de son oreille, de sa disponibilité et de sa grande table à dessin, n'était-ce pas cruel de remettre à plus tard son désir?

Elle repoussa sa tresse derrière l'épaule, traversa la rue. Trois boulangers de Durivage étaient assis dans l'herbe et la regardaient passer, trois grands sourires accrochés au bas de leur toque blanche. Fabienne pencha la tête, observa ses pieds nus dans ses sandales fines. Elle venait de marcher sur la ligne sombre du ciment. Elle détestait ses orteils gras qui se gonflaient à chaque pas. Elle se souvint de sa terreur quand, petite fille, on lui avait demandé de retirer ses bas pour glisser ses pieds nus dans de rustiques sandales de cuir brun. Elle jouait le rôle de saint François d'Assise dans une séance à l'école. Soeur Sainte-Madeleine lui avait demandé de retirer ses chaussettes. Le mot l'avait fait sourire mais elle avait refusé. Soeur Sainte-Madeleine lui avait ensuite ordonné de le faire, mais devant l'air buté de Fabienne elle avait supplié, imploré, conjuré, pour l'amour de saint François, de bien vouloir ôter ses bas. Rien n'avait su y faire. Le soir de la représentation, devant une salle remplie de chapeaux et de cornettes, Fabienne avait récité d'une voix monocorde, les joues bien rouges et le coeur battant, l'émouvant poème du saint franciscain, les orteils remuant dans la chaude laine des grands bas.

Fabienne s'interrogea sur l'épaisseur de ses doigts de pied. Elle n'était pas grosse; ses hanches et son ventre étaient à peine épaissis par une maternité et trente-quatre ans de bouffe irrégulièrement copieuse. Ses épaules étaient larges, certes, encore amplifiées par sa petite taille; pourtant ses attaches étaient fines, ses mains courtes mais nerveuses. Fabienne croyait dur comme fer que la plus infime partie du corps possède la même charpente, l'identique structure du corps tout entier. Comment était-il possible alors que ses orteils offrent une apparence si disproportionnée? Et pourquoi ne ressemblaient-ils pas à sa silhouette ou même à son visage par exemple?

Rien de bien original là-haut; rien de trop décevant non plus. Elle jugeait son visage le plus banalement du monde: ordinaire. Ni plus, ni moins! Les yeux, sans doute, présentaient un intérêt indéniable; le reste toutefois en atténuait l'éclat. Une tête sympathique et expressive nullement comparable à ses dix voisins d'en bas, rondouillets, bedonnants, eût-on pu dire, mais auxquels elle reconnaissait une irremplaçable utilité.

Fabienne s'arrêta au coin de Laurier. Passerait-elle à *La Plume Fontaine* avant de se rendre à la banque? La porte de la librairie était ouverte. Le gros chien Plouc dormait dans l'entrée. L'intérieur du magasin était sombre. Elle vit en s'approchant de la vitrine le profil anguleux de Ferdinand Latendresse. Il parlait avec animation à une tête hirsute qui émergeait du comptoir. Michel Bouchard, le propriétaire, assis sur une chaise basse à côté de la caisse, secouait à courts intervalles la masse de ses cheveux noirs.

Fabienne choisit de poursuivre sa route et de remettre à plus tard son achat, un insignifiant rouleau de papier collant. Elle se sentait toujours en faute en sortant de la librairie, son paquet minuscule enfermé dans sa main. Ses maigres revenus ne lui permettaient que des folies raisonnables. Avant la naissance de Sophie, alors qu'elle travaillait encore, elle pouvait se payer des provisions de lecture et classer les livres précieux, par ordre de préférence, dans les grands cubes de bois que lui avait fabriqués Jean-Pierre.

Les livres, elle les empruntait maintenant à la bibliothèque De Lorimier au coin de Saint-Zotique. La promenade à pied était juste assez longue pour ménager une brève pause à mi-chemin, l'été un cornet aux pistaches, l'hiver une petite tasse d'expresso dans un café italien. Les soixante marches de l'escalier intérieur grimpées, Sophie les comptait chaque fois à voix haute, elles se retrouvaient toutes deux dans la grande salle silencieuse et démodée. Fabienne se laissait griser par ce mélange si particulier d'odeurs d'encre, de papier et de bois et de cette senteur imprécise propre aux vieux édifices. Sophie courait vers la section des enfants pendant que Fabienne circulait entre les rayonnages, retrouvant les noms familiers, les jaquettes usées et jaunies, les pages écornées à moitié détachées des reliures. Le choix était vaste et, malgré le nombre restreint de nouveaux titres, elle finissait toujours par retenir plus de livres qu'elle ne pourrait en lire.

Les commis transparents, laconiques et sans âge se tiraient de leur chaise, estampillaient les fiches, retournaient se cacher derrière les piles chambranlantes. Il semblait à Fabienne que l'incessant murmure des milliers et des milliers de mots, figés, gravés sur les pages blanches des livres, privaient les bibliothécaires de leurs sens. Comme si cette musique imperceptible des phrases écrites les vidaient de leur sang. Comme dans les manufactures bruyantes où le grondement incessant des machines couvre à peine les criardes rengaines de la radio et d'où les ouvriers sortent le soir exsangues et abrutis. Les commis engourdis par l'assourdissante polyphonie des mots levaient des masques ennuyés quand Sophie revenait toute excitée en chuchotant à tue-tête ses inénarrables découvertes.

Cet après-midi, Fabienne marchait sans se presser. En dépit de la lourde chaleur, elle se sentait légère, aérienne. Elle humait l'été comme un grand bol de soupe fumante; elle aimait l'humidité sur sa peau, le goût salé de la sueur, la salive fraîche dans sa bouche. À chaque pas, l'air immobile lui ménageait des bouffées de brise tiède. Les oiseaux riaient dans les arbres gonflés de feuilles.

En tournant le coin de Garnier, elle aperçut dans la vitrine d'un fleuriste un fragile bouquet de myosotis: les pétales bleus, délicats, veloutés, les minuscules yeux jaunes, poudreux comme des soleils. Elle calcula machinalement le prix des quatre épiceries du mois, le loyer, la somme des "encas", la réserve pour le cadeau de Sophie. Pas un sou à libérer du carcan du budget. À moins que les profits de la vente des gâteaux chez le dépanneur... Mais l'été, les gâteaux se vendaient moins. Et c'était mieux ainsi. Il y avait bien assez du soleil pour réchauffer la cuisine. Et puis les frêles marguerites poussaient dans les broussailles du *Pacifique*. Non. Ça n'était qu'un caprice. Elle n'y céderait pas.

Elle vit de loin la longue file à l'intérieur de la Caisse Populaire. Elle s'en voulut une fois de plus de ne pouvoir attendre quelques jours avant de changer son chèque et de devoir comme tous les autres, comme toutes les autres, allonger l'interminable queue. Elle reconnut plusieurs voisins dans la foule patiente qui se déplaçait à petits pas. Elle hésita dix secondes. Demain, après-demain même, elle pourrait revenir. Le réfrigérateur gardait encore quelques réserves et elle conservait un vieux billet de cinq dollars au fond de l'armoire. Oui, bon, mais après-demain les salariés feraient la queue à leur tour. Et puis, elle avait toujours une hâte fébrile de changer ce bout de papier contre de vrais billets. Elle se sentait alors plus riche et délivrée de cette honte pesante sur son coeur. Elle revoyait sans cesse les yeux de sa mère quand elle lui avait annoncé, après la naissance de Sophie, qu'elle désirait quitter son travail, qu'elle n'avait plus de temps pour Sophie, qu'elle se refusait à la laisser en garderie. Sa mère n'avait rien dit. Elle avait seulement regardé sa fille, comme ça, très rapidement puis elle avait replongé ses mains dans l'eau savonneuse et déposé une deuxième assiette dans l'égouttoir. Un juge devait assassiner les coupables de semblable façon. Un simple regard. Pendant plus de trois ans, Fabienne avait fui ce regard, ne consentant à s'y soumettre qu'en de rares occasions. Ensuite les enfants étaient venus lui voler le temps de ses amères réflexions. Elle avait raconté à sa mère la petite histoire de sa nouvelle famille; elle avait ri et sa mère avait ri avec elle. Et leurs quatre yeux s'étaient mouillés quand Sophie avait dit au Noël de ses cinq ans: "Grand-mère, je suis ravie de faire enfin ta connaissance."

Fabienne se haussa sur le bout des pieds pour voir quel chiffre s'allumait sur le panneau indiquant le prochain guichet libre. Cette fois-ci, elle allait bien calculer et tomber pile et devinerait exactement son numéro quand elle serait devant l'écran lumineux. Si elle flairait juste, elle repasserait devant la boutique du fleuriste, elle ouvrirait la porte grinçante et demanderait le prix du troublant bouquet de myosotis. S'il coûtait plus de trois dollars, elle ressortirait en disant merci. Mais s'il...

Même sur le bout des pieds, Fabienne ne voyait pas le signal; c'était parfois si ennuyeux d'être petite. Elle pensait qu'elle aurait eu plus de chance en s'accroupissant et en épiant entre les jambes. Quelles idées folles lui passaient parfois par la tête! Décidément, cette promiscuité avec les enfants la rendrait dingue; leur ingénuité était certainement contagieuse. *Les maladies seules sont contagieuses et rien d'exquis ne se propage par contact.* Elle avait lu cette phrase en fouillant dans les livres quand Sophie avait eu les oreillons. Certes la phrase était belle; le mot "exquis" surtout titillait ses papilles. Comment pourtant ajouter foi à l'exactitude de cette sentence en évoquant la joie communicative, le sourire, le rire, l'appétit, le bâillement, le sommeil, le silence, le calme, la sérénité, le plaisir? Toutes ces affections heureuses n'avaient-elles pas l'art de se propager comme des microbes? Agréables maladies que celles que lui refilaient sa tendre marmaille aux gestes candides. Comment des écrivains hautement prisés pouvaient-ils mystifier si hardiment?

La file raccourcissait devant elle. En se penchant, elle put voir le chiffre sept s'allumer. Elle aperçut en même temps un petit sac en cuir vert bouteille finement brodé de fils de soie rose, lilas et vert jade. Elle suivit des yeux la bandoulière le long de la manche blanche jusqu'à l'épaule et s'arrêta sur le nuage de mousse rousse de la chevelure de la mère de Jérémie. Cinq ou six personnes seulement la séparaient de Julie. Plutôt que d'allonger le bras ou de chuchoter son nom, Fabienne opta pour l'appel télépathique. Elle se dit qu'avec tous les séjours mystiques que son amie faisait dans l'au-delà de sa conscience, elle devrait être sensible à ce genre de sollicitation. Fabienne concentra donc toute son attention sur un point invisible de la toison de Julie, qu'elle voyait maintenant parfaitement au-dessus des autres têtes, et se mit à émettre des formes-pensées comme elle avait appris à en produire en lisant les livres d'un quelconque gourou. "Salut Julie. Alors, on vient cueillir le sale argent du méchant gouvernement bourgeois qui ne cesse de cracher sur les pauvres assistés sociaux? Alors, on vient chercher sa provision de pois chiches et de tofu afin de nourrir sainement un corps sans cesse agressé par les jappements de mémère Chalifoux et les fumées corrosives du hideux incinérateur?"

Julie se retourna. Fabienne regarda affectueusement le profil net, volontaire, le nez droit et vigoureux, la mince vitre cerclée du métal brillant des lunettes, la lèvre frémissante, les myriades de taches de son auréolées des boucles folles de cheveux. Julie ne l'avait pas vue. Fabienne tenta une nouvelle offensive l'oeil fixé sur le front légèrement bombé. La tête de Julie se détourna et retrouva son immobilité de statue. Ça ne marche pas, pensa Fabienne déçue, ça ne marche que quand on y croit. Elle vit son amie s'éloigner vers le guichet numéro onze.

Plus que six et c'est à mon tour. Bon, Ambroise Doucette va vers le trois. Je ne l'avais même pas vu. C'est vrai qu'il est à peine plus grand que moi. Plus que quatre. Vite un numéro. Disons le cinq, non il vient de s'allumer, alors pourquoi pas le un? Non, il est fermé, alors le deux. Va pour le deux. Oui, le deux. Un plus un, deux. Le chiffre neuf s'alluma bientôt, quand elle fut devant la boîte grise. Ah non! Gentiment elle laissa passer la vieille dame derrière elle et aussitôt le chiffre DEUX s'illumina. Ça y est, j'ai gagné! Bof, en trichant un peu, mais qu'importe, c'est la première fois que je gagne à ce jeu-là, se dit-elle ravie en avançant vers le guichet numéro deux, sa main droite tenant un délicat et imaginaire bouquet de fleurs bleues.

Quand elle sortit de la banque, Julie Rossignol l'attendait en s'éventant avec le cahier des spéciaux de l'épicerie Métro. Elle portait une tunique blanche qui tombait souplement sur des pantalons blancs. Une longue écharpe, également blanche, s'enroulait autour de sa tête, repoussant la tignasse orange et floconneuse, et revenait se lover autour du cou effilé. Fabienne aurait préféré à toute cette blancheur, l'ambre, le feu couvant sous les roses braises, l'ocre vieillie, le vert palpitant sous le sable séché, toutes couleurs convenant mieux, lui semblait-il, à sa rousseur. Julie toutefois arborait le blanc comme un drapeau: elle était membre à l'essai de la "Fraternité drabe", une secte mystérieuse philanthro-pacifico-naturiste.

Elle se pencha vers Fabienne et colla trois petits becs humides sur ses joues: gauche, droite, gauche. Elle lui dit qu'elle devait passer chez Métro, qu'elle avait un énorme marché à faire, qu'elle n'avait plus rien à manger dans toute la maison, que Jérémie n'avait même pas petit déjeuné, qu'elle non plus d'ailleurs, le dîner on n'en parlait pas, que le damné chèque arrivait toujours trop tard, qu'il fallait une solide carapace pour survivre sur cette bonne vieille boule de planète. Fabienne regardait la peau diaphane de son amie végétarienne.

"La terre est ronde. C'est bien étonnant mais elle l'est, disait Julie, joignant le geste à la parole. Rien que de naturel pour une planète. Et en plus, elle tourne. Bon, là aussi, c'est son droit le plus légitime. Mais nous tous qui vivons dessus, dessus ou dessous c'est selon, sommes irrémédiablement entraînés à faire de même. Or, vois-tu, il y a là quelque chose de menaçant pour notre santé physique et mentale. Je te dis qu'il n'y a rien de bon à tourner ainsi sans pouvoir s'arrêter. Regarde Jérémie quand il se prend pour une toupie, eh bien quand il s'arrête, il se met à délirer, il répète à l'infini des mots qui n'ont pas de sens. Tu vas me dire que c'est très difficile maintenant d'interrompre le mouvement. Où irions-nous? (...) Je te donne cent fois raison. On ne peut tout de même pas s'accrocher aux nuages... D'ailleurs aujourd'hui, avec le temps qu'il fait, on ne pourrait même pas dénicher le contour d'un strato-cumulus."

C'était vrai, le ciel était opaque et jaune. C'était bien avec Julie. Et reposant. Elle faisait elle-même les questions et les réponses. Elle vérifiait seulement, de temps en temps, si Fabienne écoutait, attendait le petit geste du menton, poursuivait son discours. Et ça n'était jamais banal ni ennuyeux. Il y avait toujours des étoiles, des mystères, des interrogations profondes sur le sens si déroutant de la vie.

"Et si on décidait de marcher en sens inverse de la rotation? répliqua méditativement Fabienne. Si tout à coup on se mettait à avancer en sens contraire, peut-être qu'on annulerait ainsi l'effet négatif du mouvement de la terre et qu'on perdrait quelques chances de devenir maboules? Comme ce serait bon de pouvoir avancer, sans obstacle et de faire à pied un grand tour de terre. Avec juste de petites pauses pour manger et pour dormir. Crois-tu que ça pourrait prendre toute une vie et qu'enfin, au bout du long voyage, quand on retrouverait à nouveau sa maison, après cette si longue route, on aurait juste l'âge de s'y asseoir et d'y mourir contents?"

Fabienne et Julie s'arrêtèrent devant l'épicerie *Chèvrefils*. Derrière la vitre, les trois caissières s'affairaient frénétiquement à leur comptoir. L'épicerie était bondée.

"Écoute, dit Julie, je n'ai pas envie d'attendre ici comme tout à l'heure à la banque. Je ne trouve plus rien quand il y a autant de monde. Je prendrai l'indispensable chez le dépanneur et je reviendrai demain. Viens. Je vais te concocter un de ces cafés comme tu les aimes. Un bon café noir sans nuage. Avec un tantinet de sucre pour chasser l'amertume. À moins que tu ne préfères une limonade. Oh non, je l'ai finie tout à l'heure. C'est proprement tout ce que j'ai dans l'estomac. Et puis toi, tu boirais ton café dans un sauna..."

Les deux femmes cheminaient doucement et conversaient en marchant. Le soleil blême montrait parfois sa face usée indiquant par là qu'il avait chaud lui aussi sous son unique couverture d'humidité. Fabienne allongeait son pas pour le rythmer aux longues enjambées de son amie. C'était tout ce qu'elle avait à lui reprocher, à Julie, d'être si grande. Si Fabienne calculait juste, il fallait à ses courtes jambes deux fois plus de pas et donc deux fois plus d'efforts et de fatigue pour parcourir la même distance que pour les longues jambes de Julie. Étonnant, non? Si Julie franchissait un parcours de trois kilomètres, Fabienne n'usait-elle pas ses sandales sur l'équivalent de six kilomètres? Inexplicablement, elle ne se souciait pas de cet écart en compagnie des hommes. Grands et petits s'accordaient à sa cadence. Du moins, le croyait-elle. Peut-être ses traîtres pieds, pour une raison obscure, omettaient-ils en ces occasions de l'avertir de leur essoufflement!

Elles tournaient le coin de Fabre quand Fabienne pensa soudain qu'elles venaient de passer devant la librairie *La Plume Fontaine* et qu'elle avait oublié de s'y arrêter. Il ne restait pas le moindre bout de papier collant à la maison. Bien sûr elle pouvait tout aussi bien utiliser des punaises pour épingler les messages mais celles-ci laissaient de vilains points noirs sur la surface claire des murs. Et puis, nulle prise sur les vitres, appareils ménagers et miroirs, toutes parois lisses et glissantes que Fabienne et Sophie avaient l'habitude de couvrir de leurs billets. Petits carrés bleus, blancs, roses ornés de leurs sages écritures, l'une courte, ramassée, ronde, l'autre ovoïde aux longues boucles gracieuses.

Dès que Sophie avait su tenir un crayon entre ses doigts incertains, elles avaient entamé leur correspondance. Ce furent d'abord d'hésitants dessins auxquels Fabienne répondait en écrivant un mot derrière l'énigmatique griffonnage: celui qui semblait davantage correspondre à l'ébauche de la jeune artiste. Après une évasive période de bonshommes vinrent bien vite les soleil — maison — Sophie — maman — Fabi, que sa fille apprit à reconnaître, puis à reproduire en caractères d'imprimerie. Sophie, que le jeu amusait follement, sut rapidement lire, écrire et répondre aux missives de sa mère. Le jeu des messages prit peu à peu une place considérable dans leur relation, à mesure que Sophie grandissait. Il permettait de dire ce que la bouche se refusait à faire. Il imprimait sur le papier les moments de colère, de bouderie, de remords, les élans de tendresse, les gestes de réconciliation. Il servait de révélateur. Ce qu'on ne voulait ou pouvait se dire, on se l'écrivait. Fabienne voyait bien quelques pièges insidieux dans ce mode de communication peu conformiste; n'y avait-il pas une part de mystification dans l'acte d'écrire? Elle repoussait ses incertitudes comme ses cheveux sur son front. Ce geste balayait ses remords.

Fabienne conservait pieusement tous ces bouts de papier comme d'autres le faisaient de boucles blondes et de photos surexposées. Dans des boîtes en carton que Fabienne appelait les boîtes noires, Sophie les boîtes magiques, parce qu'elles avaient jadis contenu de délicieux chocolats noirs aux saveurs raffinées.

Fabienne et Julie pénétrèrent dans la boutique surchauffée du dépanneur. Pendant que Julie choisissait les indispensables victuailles pour ne pas mourir de faim, Fabienne demanda à madame Beausoleil:

— Avez-vous du papier collant?

— Oui. J'en ai là, avait-elle marmonné en pointant du doigt les rouleaux accrochés derrière le comptoir.

— Pas celui-là, dit Fabienne en reluquant le prix. Vous savez celui qui n'est pas brillant et qu'on dit invisible? Il n'abîme pas les murs et se détache facilement. On l'appelle papier magique, je crois...!

La dépanneuse la regarda sans sourire. Toutes les mêmes celles-là. Capricieuses et chatouilleuses sur les prix.

— Ben non. On peut pas tout avoir. Nous, on dépanne. Cé toute!

Le ton était tranchant, sans réplique. Fabienne ressortit avant Julie, rose de confusion.

— Je crois qu'elle me déteste, murmura-t-elle ensuite à Julie, quand cette dernière apparut en portant son sac brun.

Julie renchérit sur la mauvaise humeur continuelle de madame Beausoleil et sur la haine sournoise qu'elle nourrissait à l'égard de ses clientes, particulièrement à l'égard des femmes jeunes et seules, disait Julie en grimpant l'escalier jusqu'à la porte rouge du deuxième. Elle déposa son sac dans les bras de Fabienne, fouilla ses poches, son petit sac vert bouteille, la boîte aux lettres et se maudit d'avoir encore oublié ses clés. Elle toucha la poignée, la porte s'ouvrit et elle échappa un grand sourire en constatant qu'elle avait également oublié de mettre le verrou. Fabienne, le gros sac brun dans les mains, trébucha sur les running shoes trempés de Jérémie.

— Ah! soupira Julie. C'est donc pour ça que la porte est ouverte. Heureusement qu'il a sa clé autour du cou. Sinon, il serait comme moi, toujours à la chercher là où elle n'est pas. JÉ-RÉ-MIE, JÉRÉ-MIE? lança-t-elle de cette voix différente qu'elle prenait pour parler à son fils.

Une fine et souple chatte noire galopa jusqu'à Julie.

— Pénélope, où est Jérémie? demanda-t-elle sérieusement à l'animal en fixant l'or de ses pupilles.

Pour toute réponse la chatte émit un curieux son rauque que sembla comprendre Julie. Celle-ci avança dans le couloir longé d'un seul côté par deux pièces doubles qu'elle examina brièvement. Elle constata avec une pointe de regret qu'il n'était pas là, qu'il avait dû repartir tout aussitôt après avoir laissé traîner sa serviette et ses chaussures. Elle prépara le café filtre dans la cuisine, donna à manger à une Pénélope insistante, rangea ses provisions et s'assit devant trois petits pots de yogourt.

Fabienne, penchée sur sa tasse, soufflait sur les volutes de fumée que dégageait l'odorant café. Julie parlait. De Jérémie. De son admirable adaptation aux vacances, de ses baignades fréquentes et infiniment saines, de son teint hâlé, de ses admirables boucles blondes qui continuaient de friser si joliment en dépit de ses huit ans tout neufs, de sa conduite de plus en plus irréprochable, des serviettes mouillées qu'il oubliait encore parfois de suspendre mais qui moisissaient de moins en moins souvent sous le lit, de la montagne de linge qu'elle aurait bientôt à porter à la buanderie parce qu'il mouillait encore ses draps.

Fabienne l'écoutait distraitement, les yeux posés sur les innombrables éléments du décor de l'appartement. Lourdes étoffes de velours encombrant les fauteuils du petit salon, fins voilages de dentelles découvrant les fenêtres, oripeaux bariolés, tissus fanés, nappes effilochées suspendues aux murs couverts de petites images, de petites tablettes où trônaient d'inutiles et troublants petits objets. Julie compensait la rigueur et la pâleur de ses vêtements par la joyeuse débauche de couleurs de sa maison. Si différentes et si semblables dans nos cultes, pensait Fabienne. Julie au centre des images, moi au milieu des mots.

Julie parlait. Fabienne regardait les icônes austères, les portraits anciens patinés du vernis jaunissant, les miniatures persanes, les masques brillants ou noirs comme de l'ébène...

— Et Sophie? demanda Julie abruptement, tout à coup alertée par le trop long silence de Fabienne.

— Oh! Sophie... Mais quelle heure est-il donc? demanda Fabienne en sursautant, songeant à la pile de vaisselle souillée restée sur le comptoir.

— Sûrement l'heure de souper! s'écria Jérémie derrière la moustiquaire. L'enfant ouvrit la porte et vint précipitamment enfouir ses frisettes blondes dans le giron de sa mère.

— Oh! Julie, Julie, j'suis si content de te voir, je t'aime tant, glapissait-il.

— Je t'aime, je t'aime, je t'aime, répétait Julie comme une prière, en promenant ses doigts effilés le long des boucles dorées.

Comme des amants enfin réunis, ils se regardaient émerveillés, poussaient de petits soupirs haletants, se palpaient, s'étreignaient, gloussaient de bonheur. Fabienne, habituée à leurs démonstratives retrouvailles, attendait, une lueur malicieuse au fond des yeux. Jérémie, soudainement lassé de son rôle de soupirant éperdu, se détacha brusquement de sa mère et vint joyeusement humecter les joues de Fabienne. Puis sans un mot et sans quitter son sourire béat, il entreprit une fouille minutieuse des armoires et du garde-manger. Mais ses yeux s'agrandirent de dépit quand il eut constaté le même vide que la veille et dans les armoires et dans le vieux frigidaire usé.

— Y'a encore rien à manger dans cette foutue maison! M'man, t'as pas fait les épiceries? demanda-t-il, au bord des larmes.

Avec une patience contrôlée, Julie raconta à son fils la longue file à la banque, la trop longue file à l'épicerie et la visite éclair chez le dépanneur.

— Y'a du pain et des sardines, conclut-elle d'une voix qui n'admettait plus de réplique, en étalant le frugal repas devant son fils.

— Que cé donc plate d'être pauvre! gémit Jérémie.

Puis sans regarder Julie, il ajouta hésitant:

— Si j'avais un père au moins, on serait riche!

Les yeux de Julie rapetissèrent derrière ses lunettes. Elle fixa Fabienne d'un air faussement contrit. Un silence mince et éloquent égrena l'éternité de ces cinq secondes. Jérémie renifla, Fabienne se râcla la gorge:

— Après ta collation, elle lorgnait les tristes sardines dans l'assiette, après ton goûter, tu pourras venir faire un bricolage chez moi. J'ai une boîte grosse comme ça de bâtons de popsicle. On pourra faire un avion. Ou bien un bateau.

— Non une fusée, déclara Jérémie en avalant un poisson.

— Bon. Comme tu voudras, avait dit Fabienne en se levant.

Julie, en l'embrassant, droite, gauche, droite, lui avait chuchoté un timide merci à l'oreille.

5. *Les mouches*

Quand Fabienne sortit de chez Julie, la chaleur l'écrasa comme une masse étourdissante. Elle chancela légèrement. Le café, pensa-t-elle, en palpant son coeur sous la mince blouse de coton. Deux petites têtes l'attendaient sur sa galerie; elle reconnut les épis blonds de Paulo, le casque noir des cheveux brillants de Mathieu. Elle dévala vitement l'escalier. Assis côte à côte sur la rampe branlante du balcon, les enfants balançaient leurs courtes jambes en cadence. Paulo la vit le premier, il fonça sur elle en criant: "Fayenne, Fayenne! Mathieu vient s'faire garder. Sa mère est toute brûlée."

Fabienne se tourna vivement en direction de la maison de Mathieu s'attendant à y voir elle ne savait quel épais nuage de fumée. Seule l'étuve du soleil embrasait la rue paisible et déserte. Mathieu arrivait tranquillement derrière Paulo. Il marchait prudemment, empêtré dans les jambes trop longues d'un pantalon ajusté débordant sur des chaussures lourdes et luisantes. Ses cheveux très noirs et très raides retombaient en pluie fine autour de ses grandes prunelles tristes. Paulo essayait d'expliquer à sa place ce qu'il avait pu comprendre de l'accident.

— Laisse parler Mathieu, dit Fabienne.

L'enfant pencha sa tête ronde, la redressa avec effort et fixa les volutes rose et ocre de la blouse de Fabienne. Il parlait lentement, avec cette sorte d'hésitation ou de langueur qui lui était coutumière. En phrases brèves et hachurées il fit le récit minutieux de la visite de son père, la bière versée dans le lavabo, l'homme assis par terre, la colère de sa mère, la volée d'injures, la colère de l'homme et la grande claque qu'il avait ensuite donnée à sa mère alors qu'elle tenait la bouilloire, la bouilloire renversée sur la belle robe de sa mère. Il se tut.

Un petit groupe d'oiseaux tournoyait dans le ciel. Des mouettes? Des goélands? Fabienne avala sa salive, essuya ses mains moites sur sa jupe et lâcha un soupir ennuyé. Mathieu la regardait avec attention. Elle ne dit rien. Elle détacha le message collé sur la vitre, tourna la clé dans la serrure, poussa les deux enfants devant elle et referma la porte. La maison était sombre et fraîche. Une insistante odeur de vanille flottait dans l'air. Paulo s'arrêta dans l'atelier et courut se jucher sur un tabouret de bois devant la grande table. "M'as te faire un beau dessin", dit-il d'un air pénétré.

Mathieu suivit Fabienne dans le couloir. Il s'attachait à ses pas. En des moments semblables, après ce type d'incident orageux, l'enfant se fermait comme une huître. Une fois son exposé de la dernière dispute froidement narré, comme l'eût fait un spectateur blasé devant une pièce trop souvent répétée, il gardait un silence consterné. Il regardait Fabienne, épiait ses réactions, attendant quelques commentaires tels que d'autres voisins ne manquaient pas d'en formuler. Fabienne se taisait, espérant que Mathieu se fasse lui-même sa propre opinion. S'il en avait une, il ne la révélait pas. Quel drame cruel se jouait derrière son front buté? Quelle sourde tempête s'endormait sous la nappe du silence?

Mathieu sur les talons, Fabienne pénétra dans la cuisine. Elle s'arrêta interdite. Un grand nombre de morceaux de vitre s'entassaient au bas de la porte. Fabienne s'approcha de la fenêtre; un des carreaux en avait été fracassé et un grand trou, de la grandeur d'une soucoupe, avait laissé pénétrer deux

74

grosses mouches qui bourdonnaient allègrement au-dessus des assiettes du dîner. Elle conclut tout de suite à un accident: la porte était encore verrouillée, on n'avait pas tenté de l'ouvrir.

— Je l'sé moué, qui a fait ça, déclara Paulo lequel, ne pouvant rester seul deux minutes, les avait rejoints dans la cuisine.

— Cé Thom et Jeff. J'les ai vus taleure qui couraient dans ruelle avec un bâton.

— On n'accuse pas sans preuve, avait répliqué Fabienne d'une voix lasse, plus agacée par la perspective d'avoir à remplacer la vitre que par la vaine recherche du ou des coupables. Elle connaissait la fâcheuse réputation des frères O'Leary et des invraisemblables mauvais coups qu'ils commettaient dans le quartier. Cependant, elle n'avait jamais été victime encore de leur prétendue malveillance et malgré la désapprobation unanime des amis de Sophie, elle les recevait régulièrement sous son toit. Déjà une dépense imprévue, songea-t-elle en tâtant la petite sacoche sur sa hanche. Oh, pas grand-chose, un tube de mastic, une vitre de très moyenne dimension, même pas le prix d'un fragile bouquet de myosotis.

— Chus sûr que cé-t-eux autres, Fabienne, j'les ai vus...

— Ben même si j'les ai pas vus, moi aussi, chus certain. Thom a déjà brisé une vitre chez nous, avec une balle, pis y avait faite exiprès. À part de ça, y m'a déjà volé trois bonshommes de guerre pis ben d'autres affaires, ajouta Mathieu, plus évasivement. Tu devrais le punir, Fabienne. Tu devrais pus jamais le laisser rentrer.

— M'as y casser a gueule, moué, ajouta Paulo.

— Moi aussi, fit Mathieu en serrant les poings.

Fabienne se penchait sur les débris de verre. Vite une idée pour les détourner de leur haine.

— J'ai une idée, dit-elle joyeusement. Pendant que je répare le dégât, vous allez me faire un dessin, un beau dessin plein de couleurs comme je les aime. Et le plus joli, on va l'installer là, pour cacher la blessure de la fenêtre.

Elle s'en voulut tout aussitôt de ses paroles. Comment saurait-elle juger de la qualité des dessins sans que les deux enfants y voient une toute autre préférence que celle marquée par telles ou telles couleurs? N'était-ce pas toujours encourager une compétition qu'ils nourrissaient eux-mêmes avec tant d'acharnement? Car tous voulaient occuper la meilleure place au palmarès des amitiés de Fabienne. Sachant que la première était tout légitimement réservée à Sophie, ils convoitaient à qui mieux mieux la seconde, s'ébrouant comme des jeunes coqs quand ils croyaient gagner du terrain sur le sentier de son coeur.

En prononçant cette phrase irréfléchie, Fabienne avait vu naître une mince flamme énigmatique dans les grands yeux sombres de Mathieu. Assurance? Rivalité? Mathieu allait gagner le concours! Il connaissait les faiblesses de Fabienne, son penchant pour les couleurs vives et les feuilles bien remplies. Pendant les huit mois qu'elle avait gardé Mathieu, alors que sa mère retournait à l'école afin de terminer son cours secondaire, il avait eu maintes occasions de jauger ses préférences. Et puis il dessinait bien. Il le savait. Sa mère le lui avait répété bien des fois tout en lui faisant remarquer que la cheminée de sa maison devait fumer abondamment et que le soleil devait être invariablement présent dans ses paysages, préférablement auréolé d'une profusion de rayons. La mère de Mathieu avait entendu dire par une fille qui connaissait une autre fille, laquelle connaissait un vague pédagogue, que la fumée dans la cheminée et le soleil, entouré ou pas de nuages, exprimaient le sentiment de bien-être de l'enfant dans son foyer. Chantal, que la quiétude de son fils préoccupait au plus haut point, ne manquait pas de l'inviter à user sans ménagement de boucane et d'une multitude de rayons afin d'interpréter favorablement ses humeurs.

Fabienne sourcillait parfois devant les inimitables tableaux de l'enfant. Évitant de semer le doute derrière l'ombre des cils soyeux, elle négligeait de l'avertir que les occupants de sa maison à pignon souffriraient sans doute d'une chaleur excessive dans le décor estival où un tuyau oblique répandait des nuages douteux. Fort heureusement pour Fabienne, l'imagination du petit homme débordait le cadre contraignant du foyer et s'épanouissait dans de belles explosions de couleurs où les fumées et les rayons n'avaient plus de place.

Les deux enfants avaient précédé Fabienne dans l'atelier. Ils avaient étalé sur la table plusieurs feuilles de couleur et trois sortes de crayons. Grimpés sur les tabourets, ils travaillaient en silence. Les longues mèches blondes de Paulo traînaient sur le papier. De temps à autre, il sortait un bout de langue enrobé de gomme baloune.

Fabienne se souvenait avec précision de la première visite de Paulo à l'atelier. Énervée par trois coups de sonnette interminables elle avait ouvert sa porte avec un peu d'impatience. C'était un après-midi d'automne gris et pluvieux. Les feuilles mortes, balayées par le vent, roulaient sur le trottoir. Elle avait cherché l'importun qui avait osé sonner sans vouloir se montrer. Il était caché sous l'escalier, blond et crotté, timide et farouche. Elle s'était accroupie près de lui, observant curieusement le nouveau visage barbouillé.

— Qu'est-ce que tu veux?

L'enfant l'avait regardée droit dans les yeux.

— J'veux clâler.

— Qu'est-ce que tu dis?

— J'veux clâler!

— Quoi?

— J'veux clâler! CLÂLER!

Fabienne n'y comprenait rien. D'impuissance elle l'avait fait rentrer. Il ne portait qu'un mince chandail de coton et le vent était froid. Il avait clairement répondu Paulo quand elle lui avait demandé son nom, puis il avait répété son incompréhensible supplique. Fabienne l'avait conduit à l'atelier, il avait ouvert des yeux émerveillés sur les crayons de couleur alignés sur la table; il s'était assis aussitôt et avait immédiatement dessiné un merveilleux bonhomme sans nez, sans corps, avec des bras et des jambes pareils à des notes de musique. Ensuite, et comme s'il avait eu un devoir urgent à accomplir, il s'était enfui en criant: "J'te l'donne." Le lendemain seulement, Fabienne avait appris de la bouche d'Alexandre que la famille Chalifoux comptait deux garçons, que Paulo était son jeune frère et qu'il baragouinait le même jargon. Alexandre, poussé par un désir cupide de bénéficier seul des faveurs de Fabienne et Sophie, leur avait caché son existence.

Par la suite, Paulo était revenu quotidiennement "clâler" ses bonshommes. Fabienne lui apprenait à prononcer le mot "colorier", lui, apprenait à dessiner. Avec une spontanéité pas encore altérée par l'école et qu'agrémentait encore sa maladresse, il racontait naïvement sa famille, ses terrains de jeu, ses rares amis et son camp en bois rond. Fabienne avait suivi avec ravissement le timide parcours du crayon sur le papier, les petits personnages qui s'ajoutaient un à un à chaque croquis et qui parfois encombraient toute la feuille. "Comme il y a du monde dans ta tête, disait alors Fabienne, et comme il y a de la musique." En ce temps-là, c'était la période bleue où, davantage préoccupé par le plaisir de tracer des lignes, il oubliait les autres couleurs et n'utilisait que celle du ciel quand il fait beau et qu'on a envie de croquer la vie comme une pomme. Des scènes d'automne dans lesquelles de minuscules bonshommes en culotte longue grimpaient de hautes échelles, appuyées tant bien que mal sur de courts pommiers vacillants. Les fins échelons bleus irréguliers, les luisantes taches rouges inscrites sur le fond bleu des pommiers bleus tintaient telles des clochettes dans un pré. "On dirait de la musique", s'était exclamée Fabienne en contemplant le tableau. Et Paulo avait montré joyeusement les trois trous noirs de ses dents manquantes, la gratifiant de son premier sourire. Une période sereine entre toutes pendant laquelle l'enfant avait fait preuve d'une remarquable et inhabituelle conduite. Au fil des jours et des humeurs, d'autres intervalles s'étaient succédé ombrant les belles taches naïves de grands cernes noirs et gris; Fabienne pouvait les retrouver à son gré dans la haute pile des dessins...

Fabienne observait les deux enfants s'absorber dans leur travail de création. Un tel silence était rare; du fond du salon, le coucou en comptait les précieuses secondes. Paulo lâcha soudainement son crayon et croisa les bras sur sa poitrine.

— L'ai manqué! proclama-t-il, de sa bouche boudeuse et sale.

— Tourne la feuille et recommence, murmura Fabienne et prends tout ton temps.

— Oui prends tout ton temps, répéta mécaniquement Mathieu, en coloriant une pointe rouge et effilée en haut de sa feuille.

Paulo reprit son crayon à contrecoeur, refit à peu près les mêmes lignes sur l'envers du papier. Il eut l'air satisfait mais s'arrêta à nouveau et couvrit la feuille de ses mains grandes ouvertes.

— Faut pas que tu voies. C't'une surprise!

Mathieu imita son geste. Ils insistèrent ensemble pour que Fabienne quitte la pièce.

— Va-t'en dans ta cuisine.

— Pis va laver ta vaisselle.

— Quand on aura fini, on ira te l'montrer.

— Va-t'en!

Cruelle ingratitude! Fabienne obtempéra sans répliquer. Quelques minutes de solitude lui feraient le plus grand bien. Dans la cuisine, une troisième mouche zigzaguait autour de la poubelle; les deux autres, toujours posées sur les assiettes, se frottaient frénétiquement les pattes. Fabienne s'empara d'un des napperons restés sur la table et l'agita au-dessus des deux bestioles. Elles s'envolèrent lourdement: l'une prit le chemin des toilettes pendant que l'autre, après un rapide tour de lessiveuse, entreprit d'aller s'assommer sur une vitre. Elle retomba mollement vis-à-vis du carreau brisé, Fabienne la repoussa prestement à l'extérieur et boucha l'ouverture à l'aide du napperon rigide.

Et de une, pensa Fabienne. Me voilà presque seule. Elle inspecta le plafond et les murs, arrêta son regard sur un point noir agrandi par le clou de la figurine brisée. Le coucou sonna un coup dans le grand salon vide. La demie de trois ou de quatre heures? Avec lui on ne savait pas. Il annonçait placidement les demi-heures de la même douteuse façon, un seul coucou, bref et sibyllin. Le pire c'était après minuit, après qu'il eut fait l'effort d'entonner douze fois le même refrain. Après donc, si par mégarde, plongé dans l'obscurité de ses pensées, on oubliait une seule fois d'écouter ses rapides sorties, on se voyait forcé d'attendre jusqu'à deux heures pour savoir avec certitude qu'il était largement temps de s'endormir.

Mais il ne devait pas être plus de trois heures et demi, sinon, si le coucou avait sonné la demie de quatre, Sophie serait déjà rentrée et aurait déjà mouillé les joues et le cou de Fabienne avec ses boucles sentant le soleil et l'eau. Et Sophie aurait dit qu'elle avait faim et Fabienne aurait mangé avec elle les bonnes tartines de pain brun. Et elles auraient babillé tranquillement et Fabienne se serait permis un deuxième café dans la petite tasse de porcelaine blanche. Elles auraient composé le menu du souper qu'elles aimaient prendre tard l'été parce que les jours étaient longs.

La sonnette se fit entendre au bout du long couloir. Fabienne achevait de laver la vaisselle, elle s'essuya les mains. Mathieu et Paulo s'étaient précipités à la porte et l'ouvraient déjà lorsqu'elle arriva dans le vestibule. Les mains dans les poches, le sourire volontairement goguenard, Jérémie Rossignol levait sa tête bouclée:

— Salut Fabienne, puis s'adressant aux deux enfants il ajouta: Fabi m'a invité, je viens faire un bricolage. Allez, ouste, dehors!

Les enfants réagirent aussitôt.

— Aïe, attends menute, on est arrivés les premiers, on était là avant toi...

— Pour qui tu t'prends, maudite tête enflée?

La dernière phrase, lancée hargneusement par Paulo, effaça l'assurance de Jérémie. Le sourire devint un pauvre rictus. Fabienne intervint durement:

— Écoute Jérémie, je ne t'ai pas invité pour que tu viennes faire TA LOI. Ni pour que tu mettes tes amis à la porte...

— Bon. Si c'est comme ça!

Jérémie s'était détourné. Il ne bougeait pas. Mathieu s'approcha du plus grand tchum qu'il avait au monde. Son ami le dépassait en effet d'une bonne tête. Il posa affectueusement la main sur son épaule.

— Écoute vieux, commence pas à bouder. Nous, on était là avant toi, mé on veut bien que tu viennes pareil.

Cette si chaleureuse invitation n'eut pas l'air d'émouvoir Jérémie. Il se retourna. De grosses larmes roulaient sur ses joues hâlées. Il se mit à sangloter et à crier en même temps. Il accusait Fabienne de la pire trahison. Il disait que c'était elle, Fabienne, qui l'avait invité et qu'elle lui avait promis, promis et même juré, qu'ils seraient seuls tous les deux.

Fabienne soupira et s'assit sur le bois usé et décoloré de la galerie. Elle avait à nouveau très chaud. Jérémie avait la fâcheuse habitude de déformer les mots et de leur faire prendre le sens de ses irréalistes désirs. Elle tira l'enfant vers elle et caressa les boucles fines et humides. Elle lui expliqua le plus posément du monde qu'elle l'avait invité oui, qu'elle n'avait cependant pas spécifié qu'ils seraient seuls, non, que d'ailleurs Mathieu devait se faire garder chez elle et que Paulo, lui, s'en irait tout de suite après son dessin.

Ce fut au tour de Paulo de protester. À ces mots, il lança violemment les trois crayons qu'il tenait à la main.

— Cé pas juste, cé pas juste, répétait-il furieusement.

Fabienne ramassa les crayons, repoussa les enfants dans la maison. Elle maudit en silence le chiffre trois. Il était source d'incessantes disputes entre les enfants. Les duos étaient le plus souvent harmonieux; les triangles, jamais! Et le troisième larron n'était pas toujours le dernier arrivant. Mathieu et Paulo regagnèrent leur place tandis que Jérémie regardait négligemment le résultat de leurs patients efforts. De toute évidence, Paulo était très fier de son dessin. Il hésita un moment avant de le tendre à Fabienne: son départ n'en serait que plus rapproché... Il lui montra courageusement sa feuille de papier.

Tout autour d'un grand rectangle rouge qui avait bien l'air d'être une table se tenait une foule de petits personnages ouvrant de grandes bouches dans leur tête ronde. Au centre du rectangle, le fils cadet des Chalifoux avait dessiné en rose les sept étages d'un énorme gâteau surmonté d'une croix noire.

— Cé une tabe avec du monde qui mange du gâteau, avait expliqué Paulo. Cé la fête de quand mon pépère est mort.

— Et y avait beaucoup de monde? demanda Fabienne pour dire quelque chose.

— La maison était pleine. Même qu'on a enfermé dans chède Moutarde, pis Marnowe. Y avait pus de place pour eux autres.

Paulo avait mis un tel mouvement dans son illustration que les personnages avaient tout bonnement l'air de s'empiffrer.

— La bouffe, toujours la bouffe! dit Fabienne en riant. Paulo, tu es l'enfant le plus gourmand que je connaisse, et ce disant, elle pressa tendrement la tête blonde contre sa poitrine.

L'enfant nageait dans la plus profonde extase.

— Cé tu vrai que tu l'aimes, mon dessin?

— Il est très vivant, ajouta Fabienne sans sourire en songeant à la croix noire au-dessus du gâteau. Et très coloré. Et toi Mathieu?

— Attends! j'ai presque fini. Il s'était interrompu pour lorgner d'un oeil morne l'oeuvre de son voisin de table. Il acheva de tracer un étrange signe avec son crayon noir.

— Tiens, tu peux regarder.

Sur sa feuille placée à la verticale, il avait colorié une gigantesque fusée à trois étages. La base en était rose, supportée par deux puissantes pattes en forme de sac, ovales et gonflées. Suivait une forme longue et cylindrique entièrement pourpre, immédiatement surmontée d'un cône rouge et effilé, piqué d'une fine antenne jaune. Des longues flammes oranges prenaient naissance au bas de l'appareil et venaient lécher les deux tiers de l'engin. Sur la maigre surface restée blanche, Mathieu avait tracé d'épaisses lignes noires incurvées.

— Cé des oiseaux, avait répondu Mathieu, devant l'étonnement de Fabienne, de gros oiseaux noirs.

— Lequel que t'aimes le mieux? demanda l'impatient Paulo.

— À vrai dire..., Fabienne jouait le jeu de l'indécision, tournant et retournant la tête. À vrai dire, ils sont beaux tous les deux.

— Cé toujours comme ça, constata Mathieu, déçu mais résigné.

— C'est parce que c'est vrai, insista Fabienne, ils sont beaux tous les deux.

— ...

— ...

— Ben moi, j'aime mieux la fusée, fit Jérémie qui avait fini par se moucher.

Mathieu, condescendant maintenant qu'il avait un appui, ajouta que tout de même le dessin de Paulo était bien beau parce qu'il y avait plein de monde dedans. Fabienne ramassa les deux dessins et demanda à Paulo de la suivre dans la cuisine. Paulo rechigna. Fabienne réitéra son invitation. Paulo ne bougeait pas. Elle dit qu'elle avait quelque chose pour lui. Il se lécha les lèvres, fit une hideuse grimace à Jérémie lequel haussa les épaules et il marcha derrière elle.

En découpant deux bons morceaux de gâteau aux carottes, elle lui expliqua qu'il avait déjà eu deux séances de bricolage cette semaine, qu'il fallait laisser sa place aux autres... L'enfant l'écoutait-il, les yeux agrandis rivés sur le gâteau disparaissant sous le papier ciré?

— Est-ce que tu vas l'accrocher mon dessin?

— Oui. Les deux dessins. Mais pas maintenant. J'ai plus de papier collant.

— M'as t'en apporter. Mon père en a plein à shoppe.

— Mais non!

— Ben oui! Ch'te dis qu'ynna plein.

Fabienne protesta encore. L'enfant sans l'écouter s'empara des paquets et s'enfuit en claquant la porte.

Celui-là, il fallait toujours acheter ses départs par des gâteaux ou un grand verre de jus de fraises. Quelques années plus tôt, du temps de ses quotidiennes fréquentations de l'atelier, elle avait dû assister impuissante aux bruyantes protestations de l'enfant quand elle lui signifiait de partir. Paulo refusait toujours de laisser sa place à un autre. Elle devait alors soulever ce poids lourd d'inertie, le tirer péniblement sur la galerie et refermer vivement la porte en réajustant le verrou. Parfois, entre deux efforts pour le traîner jusque-là, l'enfant s'échappait et trouvait refuge sous un lit ou dans un placard. C'était là, agenouillée dans l'obscurité des dessous de lit et devant les muettes parois des portes closes, que Fabienne avait découvert les ressources du chantage. Ça marchait à tout coup. Encore fallait-il savoir user de mesure dans la menace.

84

C'était une erreur que de punir l'enfant pour toute une semaine; il valait mieux le priver d'une seule visite. L'important était de tenir parole et de ne pas céder à une seule de ses supplications. C'était long. On parlementait. On échangeait des promesses, on se taisait. Paulo sortait enfin de sa cachette, le menton sur la poitrine et quittait lui-même la maison.

La partie n'était pas gagnée pour autant. Une fois dehors, l'enfant ne s'en allait pas. Il cherchait un caillou dans la cour, un balai sur la galerie. Il se faisait marteau-piqueur. S'il ne trouvait rien, il se servait de ses pieds ou de sa tête et martelait le plancher, la fenêtre, la porte. Après deux coucous de cette fanfare monotone, Fabienne se lassait. Elle sortait sur la galerie. Les pourparlers recommençaient. Elle entrait dans la cuisine, fouillait le garde-manger, ressortait, revenait. Une petite voix s'enfuyait dans la cour: "M'as r'venir demain."

Maintenant, Paulo partait plus volontiers quand Fabienne le lui demandait. Plus de crises, plus de concerts assourdissants. Elle voulait y voir plus que la simple évolution de l'enfant vers un âge raisonnable. Elle se disait que la fermeté et la patience dont elle avait fait preuve avec Paulo, appuyées par quelques marques de générosité, avaient certainement contribué à transformer son comportement. Quelques doutes s'insinuaient pourtant à travers les rêveuses flatteries dont s'abreuvait Fabienne, en essuyant les derniers ustensiles dans l'égouttoir. Si Paulo vendait à présent si légèrement ses départs, n'était-elle pas, elle-même, la première à payer bien aisément en échange de quelques moments de solitude et de silence? À l'intérieur de ce négoce tacite, laquelle des deux parties réussissait-elle à garder ses valeurs les plus sûres? La toute relative quiétude de Fabienne valait-elle que le jeune Paulo, derrière le contentement de son ventre, entretienne l'idée encore un peu confuse que la vie n'est somme toute qu'un grand jeu de marchandage?

Paulo n'allait-il pas revenir tantôt en brandissant, son cruel sourire aux lèvres, les trois rouleaux de papier collant en disant: "Tiens Fabienne, mon père te les donne. Y est fin mon père han Fabienne! Y te donne plein d'affaires, mon père. Han Fabienne?" Tellement content de sous-entendre sous les mèches blondes et le brun luisant de ses yeux que le marché la favorisait encore et qu'elle serait éternellement redevable au père pour avoir sucré le bec du fils.

La sonnerie de la porte et celle du téléphone retentirent en même temps. Fabienne décrocha le récepteur pendant que Mathieu et Jérémie s'occupaient de la porte. Chantal était au bout du fil. Elle raconta de sa voix neutre et curieusement calme les événements du matin. Sa version différait à peine de celle de Mathieu. Seulement quelques épithètes suggestives venaient-elles préciser les états d'âme des combattants. C'était long avec Chantal. Elle prenait tout son temps. Elle meublait ses phrases de lourds silences, rejetait longuement la fumée de sa cigarette. Fabienne posait des questions courtes et précises. Chantal souffrait moins maintenant. À l'hôpital, ils lui avaient donné des calmants. Elle était chez sa mère. Elle y passerait quelques jours, le temps de reprendre des forces. Fabienne voulait bien garder Mathieu jusque-là. Oui, bien sûr. D'ailleurs, il en avait l'habitude. Il y avait ici de quoi lui changer les idées. Non, il avait très peu parlé de l'incident. Non, aucun commentaire sur son père. Mais non, les vêtements n'avaient pas d'importance, Sophie avait une garde-robe qui conviendrait parfaitement à Mathieu. Quoi? L'enfant se sentirait déguisé? Pourquoi pas? Les enfants adorent les déguisements. Une brosse à dents? Elle en achèterait une demain. Oui. Chantal pouvait dormir tranquille et se reposer. Et téléphoner demain. Oui.

Fabienne regagna l'atelier. Elle était certaine d'y retrouver Paulo et ses papiers collants. Il avait dû profiter du téléphone pour s'installer à la table de travail et commencer un autre dessin. Oh! le chenapan! Oh! le vilain galopin! Médisante Fabienne! Julie était dans l'atelier et contemplait méditativement les frisettes de son fils, lequel traçait les dernières lignes d'une impressionnante fusée supergalactique. Lui n'avait pas oublié la salle des scaphandres, les chambres, la cabine de pilotage, les moteurs et les amortisseurs. Il pouvait réciter sans se tromper les quinze éléments de la fusée de Tintin imprimés à la page 35 de l'album *Objectif Lune*. À huit ans, il ne savait encore ni lire, ni écrire: "Ça ne fait rien, disait-il, puisque je les connais par coeur."

Mathieu regardait fasciné tout ce que ne contenait pas son dessin. Tantôt Julie lui avait dit que sa fusée ressemblait à un phallus. Il avait ri comme s'il comprenait ce que le mot voulait dire. Mais il ne le savait pas. Il trouvait tout de même que le mot était drôle parce qu'il ressemblait à un autre mot que Chantal lui disait quand il oubliait de mettre son foulard l'hiver. "Va-t'en pas la falle à l'air." Et elle le recouvrait du long ruban de laine bleue. La falle, ça devait donc être le cou. Mais Julie avait de drôles d'idées de prétendre que sa fusée ressemblait à un cou. Sa fusée ressemblait à une fusée. À rien d'autre qu'une fusée. Oui, Julie avait de drôles d'idées. La mère de Mathieu le lui avait dit souvent. Cette idée de ne pas manger de viande, c'était bizarre non? Parce que Julie ne voulait pas tuer d'animaux. Pourtant ni Mathieu, ni sa mère ne tuaient d'animaux. Ils achetaient leur viande à l'épicerie, comme tout le monde. Et là, les bouchers ne tuaient pas d'animaux. À moins que derrière les grandes portes des frigidaires...? En tout cas, on n'entendait pas leurs cris. Les bouchers devaient faire ça gentiment. Ils devaient les endormir. Et puis la viande, c'était bien aussi bon que ce qu'on mangeait chez Jérémie. Des pois. Toutes sortes de pois et de toutes les formes et de toutes les couleurs. Mais des pois, toujours des pois. Que ça devait être ennuyant! Un phallus, qu'est-ce que ça pouvait bien vouloir dire? Il allait le demander à Fabienne quand Julie serait partie. En attendant, il allait faire une autre fusée, ou bien non, un autre dessin, une maison avec une cheminée et un soleil.

Mathieu prit une nouvelle feuille.

— J'vas faire un beau dessin pour ma mère, déclara-t-il gravement.

Jérémie découpait les quinze pièces de sa fusée. Fabienne fit un signe à Julie. Elles se retrouvèrent dans le grand salon obscur, de l'autre côté du couloir. Julie s'affala sur le divan bleu, ses longues jambes étendues devant elle. Fabienne s'assit sur le petit fauteuil de rotin. Julie avait retiré le bandeau blanc de ses cheveux; sa tignasse moussait comme un nuage allumé au soleil couchant.

— On est bien chez toi; le silence, la fraîcheur...

C'était le charme discret de ces logements tout en longueur qui se pressaient avec économie les uns sur les autres. Les hautes mais rares fenêtres sises aux deux extrémités de l'appartement procuraient une ombre épaisse et fraîche, même en plein coeur de l'après-midi. Mais si peu de lumière se plaignait Fabienne et, les jours de pluie et l'hiver, un gris si pénétrant. "C'est bien mieux comme ça, lui répliquait Sophie, sinon on ne voudrait même plus sortir dehors tellement on serait bien dedans."

— Oui, on est bien, avait dit Fabienne en lorgnant le coucou.

Quatre heures dix. Sophie allait bientôt rentrer.

— Écoute, reprit Julie, je ne suis pas venue ici pour profiter de ton ombre et de ta paix. Ni du silence admirable à peine troublé par les battements du coucou.

Elle disait cela, un sourire malicieux plissant ses yeux.

— J'ai un petit service à te demander. Un petit service de l'ordre de ceux que tu me rends si souvent et dont je ne te dis pas assez tout le plaisir que j'en ai.

C'était joliment tourné et parfaitement exact. Fabienne repoussa sa tresse en souriant. Julie poursuivait.

— J'ai une amie, Martine. Tu ne la connais pas. Une nouvelle recrue de la "Fraternité". Bon. Elle vient d'accoucher d'une fille belle comme un croissant de lune. C'est sa première. Tu sais ce que c'est. Et elle est seule. Enfin presque. Il y a bien un homme dans sa vie, mais il est très occupé à gagner leur pain quotidien. Alors, j'ai pensé que je pourrais la libérer pour quelques heures des douces contraintes de la maternité. Seulement, il y a Jérémie. Tu sais qu'il ne raffole pas des bébés. Enfin, c'est un garçon. Si donc tu voulais t'occuper de lui pendant que j'irais m'occuper de l'autre?

Fabienne hésita une fraction infinitésimale de seconde. Julie se leva précipitamment. Elle avait compris. Fabienne expliqua:

— C'est que, j'ai déjà Mathieu pour quelques jours. Elle raconta brièvement l'accident chez les Jasmin. Julie écoutait à moitié. Ses gestes étaient nerveux, précipités.

— Ça ne fait rien. J'irai avec Jérémie. Ça ne lui fera que du bien. Il est grand temps qu'il commence à penser aux autres. Et puis c'est une belle et vaste maison. Seulement je crois qu'ils n'ont pas de téléviseur, ajouta-t-elle, un ton plus bas.

Elle entra dans l'atelier.

— Viens Jérémie. On s'en va.

— Où ça?

— Dans la grande et belle maison de Martine. La voix était faussement joyeuse.

— Ah non! Pas là! Elle a même pas la télévision. Moi, j'y vais pas. Fabienne?

L'enfant avait tourné son regard embué, déjà prêt à entamer son opération de séduction. Fabienne penchait une tête contrite.

— Je regrette Jérémie. Aujourd'hui c'est impossible.

L'enfant voulut répliquer mais sa mère lui empoigna vigoureusement le bras et le tira vers la porte.

— Fabienne est fatiguée, déclara Julie, en resserrant son étau.

Elle déposa trois petits becs polis sur les joues roses de Fabienne, réajusta sa longue écharpe et se faufila dehors.

— Repose-toi bien, Fabienne, lui avait-elle dit en refermant la porte.

*   *   *

Est-ce que Mathieu pouvait écouter la télévision? Oui, Mathieu le pouvait. Fabienne elle, irait se reposer comme son amie Julie le lui avait recommandé. Elle devait être fatiguée. Oui, ça devait être la fatigue qui l'avait poussée tout à coup à refuser de rendre ce petit service. Ce si petit service. Comment avait-elle pu le décliner? Comment avait-elle seulement osé penser qu'elle puisse le faire? Mais elle l'avait fait. Oui, elle avait dit non. Enfin pas vraiment. Une soudaine hésitation avait décidé pour elle. Julie avait entendu l'inaudible désaveu bien avant qu'il ne germe dans l'esprit de Fabienne. Or, Fabienne ne l'avait pas détrompée. C'est à ce moment précis que le non était devenu sonore, retentissant. Maintenant il était là, minuscule accroc sur le fil de leur amitié.

Faut dire qu'elle avait du front tout le tour de la tête, cette Julie Rossignol, de lui proposer de garder son fils alors qu'elle-même allait en garder un autre. Non, une autre. Enfin c'était tout comme. Pourquoi pas tout simplement lui demander carrément d'aller veiller le bébé de son amie, hein? Bon! Fabienne sentit qu'en poursuivant son raisonnement rancunier, elle allait devenir injuste envers Julie. Elle ne le voulait pas. Elle repoussa une mèche sur son front.

Une grosse mouche tourbillonnait au plafond. Fabienne prit la cafetière expresso, dévissa les trois parties de l'ustensile et fit couler de l'eau bien froide dans la base de métal. Elle ajusta le petit récipient, y versa trois cuillerées de café odorant et déposa la partie supérieure en la retournant plusieurs fois. La mouche bourdonnait follement autour de sa tête.

Tout de même ce refus, ce premier *non*, elle allait le célébrer. C'était un événement dans sa vie de mère à temps partiel. Un précédent dans sa carrière de femme dévouée à ses voisins. Une femme si compréhensive, disait Chantal, tellement patiente, ajoutait Georgette. Un peu trop tolérante, remarquait Julie. "Toi, c'est pas pareil." Toutes trois le lui répétaient à la moindre occasion. Parce qu'elle avait une fille au lieu d'un garçon, parce qu'elle se débrouillait fort bien avec l'argent du B.S., parce qu'elle avait la chance d'habiter un logement deux fois plus grand à un prix dérisoirement bas, parce qu'elle avait des amis au lieu d'un tchum. "Toi, c'est pas pareil."

Et tout le mal qu'elle se donnait pour que leur vie soit confortable, à Sophie et à elle? Les gâteaux qu'elle vendait chez le dépanneur, les aliments qu'elle allait quérir très loin, à pied, afin d'économiser; les livres, les films dont elle se privait, les vêtements qu'elle achetait chez Croteau ou dans les boutiques indiennes? Tout cela n'était-il pas suffisant pour leur ressembler, pour qu'on l'accepte comme l'une des leurs?

Non, pas pareil, ruminait Fabienne en contemplant la mouche qui venait de se poser sur la table. Elle, Fabienne Desnoyers, était investie d'une mystérieuse mission visant à sauver l'humanité toute entière. Première étape: l'observation. Il s'agissait de s'infiltrer au sein du petit peuple, de copier les gestes des gens, d'adopter leurs habitudes et leur langage, même si c'était difficile sans éveiller leurs soupçons, bref, d'imiter l'ensemble de leur comportement.

Deuxième étape: l'adaptation. La plus facile, bien que la plus délicate. Fabienne avait trouvé le moyen le plus sûr, les enfants. Ils étaient le lien le plus tangible entre Fabienne et leurs parents. Certains d'entre eux la considéraient même comme leur "seconde" mère. Pouvait-on trouver une meilleure preuve de sa réussite?

Troisième et dernière étape: l'animation. Fabienne en était là. La mouche s'approchait tranquillement de la tasse où fumait le café noir. L'animation, l'action. Cette période de son mandat était la plus stimulante. Elle commençait aujourd'hui avec ce premier *non* lancé innocemment. Elle allait enfin pouvoir agir sur ces gens qui l'entouraient; les sortir de leur torpeur, de cet amas de routines dans lesquelles ils s'enlisaient. Elle allait les provoquer, les choquer peut-être, bousculer leurs principes et surtout, décrocher l'image trop idéaliste qu'ils s'étaient faite d'elle.

La mouche ne bougeait plus. Fabienne souleva lentement les doigts. L'insecte resta immobile. Missionnaire en pays civilisé, subventionnée à même les fonds du Bien-être social. Sa main retomba sur la table. La mouche s'envola, revint se poser, insistante, à deux doigts de l'index de Fabienne. Convertir les Chinois drabes de l'Amérique, oui, mais les convertir à quelle religion? Le petit catéchisme de Fabienne ne le précisait pas. Tout au plus évoquait-il de vagues notions d'amour et d'altruisme. Fabienne jeta à nouveau sa main sur la table. Elle sentit sous sa paume le petit corps visqueux et disloqué.

— Tu l'as tuée? demanda Mathieu dans l'embrasure de la porte, devant le gouffre du couloir.

— Oui, dit-elle simplement, hésitant à ajouter qu'elle n'avait fait que l'aider à rejoindre ses soeurs au paradis des mouches, sachant que cette réflexion simpliste risquait d'entraîner toute une série de questions embarrassantes sur l'existence du paradis. Or, au point où elle en était dans ses élucubrations, elle refusait d'ajouter un seul élément, fût-il des plus séduisants, à l'entonnoir de son raisonnement.

Mathieu regardait Fabienne essuyer la tache dans sa main. Une petite patte noire, pliée en accent circonflexe, collait sur la surface de la peau. Mathieu s'approcha et retira la patte de mouche qu'il déposa dans le cendrier blanc à côté des dessins.

— Fabienne, c'est quoi un phallus?

— C'est un pénis, un sexe d'homme. Mais pourquoi cette question?

L'enfant expliqua en ses mots la comparaison de Julie.

— Est-ce que tu trouves, toi, que mon dessin ressemble à un pénis?

Fabienne scruta sur le papier la forme vigoureuse, les couleurs vives...

— Tu sais, Mathieu, chacun voit dans un dessin ce qu'il veut bien y voir. Elle sourit de cette réponse quelque peu accablante pour son amie. Pour ma part, j'y vois une fusée. Oui, une fusée qui va bientôt s'élever dans le ciel et chasser tous ces gros oiseaux noirs. Mais regarde.

Elle prit la feuille et la tenant éloignée au bout de son bras, comme la mère de Mathieu avait fait ce matin avec le miroir carré, elle ajouta:

— Regarde. De loin comme ça, on dirait une maison.

— Une maison? dit l'enfant. Une maison bien haute alors?

— Ou bien non, un château. Oui, la tour ronde et pointue d'un château qui prend feu.

— Oui, réfléchit Mathieu, un château qui brûle. Mais écoute, moi je voulais dessiner une fusée.

Sa voix tremblait et ses yeux devinrent brillants comme deux billes dans les trous de neige au printemps.

— Et tu as parfaitement réussi Mathieu. Seulement, vois-tu, il y a des gens qui n'y voient pas une fusée, et qui l'appellent autrement.

— Mais, c'est une fusée, répétait l'enfant. Une fusée bon, une fusée, une fusée.

Ses protestations furent interrompues par un bruit feutré au loin, au bout du couloir. Sophie arrivait par la porte d'en avant. Elle était rouge, essoufflée, contente et si fatiguée. Elle avait une faim de Sophie, disait-elle en embrassant Fabienne dans le cou. Elle raconta la baignade, les plongeons hauts

93

comme ça, les trois fausses noyades d'Alexandre, le jeu de poursuite qu'ils avaient inventé sous l'eau. Elle parlait avec animation, s'arrêtant à peine pour mastiquer les grandes bouchées de pain beurré qu'elle avalait en reprenant son souffle. Fabienne écoutait sa fille intarissable voyageant dans le flot impétueux de ses paroles. Elle regardait le blanc des yeux roses de Sophie, les joues rondes et brillantes, le nez fin et retroussé, la bouche volubile, les boucles serrées et luisantes. Sophie parlait du château qu'ils allaient continuer ce soir. Mathieu parut intéressé.

— Un château?

Sophie expliqua, le geste large, l'imposante construction commencée au *Pacifique*. Mathieu pourrait-il l'accompagner?

Fabienne opina du menton en se levant. La sonnerie de la porte venait de retentir.

— Encore des enfants? gronda Sophie. Ça doit être Paulo. Je l'ai vu qui sortait de chez le dépanneur. Est-ce qu'ils vont un jour te laisser la paix? Ils ne t'ont pas trop dérangée, j'espère?

— Non, non, fit Fabienne en marchant dans le couloir. Ses sandales humides collaient à ses talons: flac, flac, flac, flac. À travers le fin rideau dentelé, elle aperçut une silhouette sombre, haute et immobile. Elle avait une telle habitude du profil courtaud des enfants qu'elle s'étonna: Julie serait-elle revenue? Mais non, ces vêtements sombres... Ça devait être un colporteur. À moins que...? Elle ramena sa tresse brune sur son épaule, tourna la poignée d'une main, le verrou de l'autre.

— Bonjour!

Ferdinand Latendresse se tenait devant elle. Il était un voisin attentionné, le seul qu'elle et Sophie connaissaient en face. Un homme sympathique et délicat. Un ami? Oui. Un ami. Un sourire d'une timidité inaccoutumée plissait les commissures de ses lèvres. Ses bras étaient encombrés de paquets. Fabienne vit tout de suite celui qui dépassait largement des autres et qui dissimulait mal un bouquet de fleurs.

Elle reconnut la familière brûlure sur ses joues et sur ses oreilles. Que c'était détestable de rougir ainsi sans raison. Mais elle vit le même malaise empourprer le teint clair de son visiteur. Cette constatation lui donna du courage. Elle laissa tomber dans le silence les grelots d'un rire gêné; les notes joyeuses lui rendirent la parole:

— Salut Ferdinand. Ou bien tu te trompes de jour ou bien tu te trompes de porte. C'est pas aujourd'hui mon anniversaire...

— Non. Je sais, avait dit Ferdinand en se tortillant comme Alexandre quand il avait envie.

Elle l'avait pris au dépourvu. Le boniment qu'il avait préparé ne commençait pas ainsi.

— Non, c'est le mien, poursuivait-il en bredouillant. Non, j'veux dire, c'est tout comme. J'ai quelque chose à fêter, quelque chose d'étonnant, de renversant, d'extraordinaire. Il retrouvait peu à peu son aisance à discourir. Je viens de me trouver une job. Oui. ENFIN! Et je m'invite à souper. Non. Je vous invite, chez vous, à partager mon banquet.

Et il tendit à Fabienne la moitié de ses paquets et le bouquet. Sophie battait des mains derrière. Fabienne s'écarta pour laisser passer Ferdinand et referma la porte.

.

6. Comment ça s'écrit déjà?

Chair Fabiène
Je t'écrie pace que j'ai pas faite exprai
j'ai cassé ta vitre pace que Jeff me...

Thom arrêta sa main sur le papier. Comment ça s'écrit déjà "chatouillait"? Que c'est difficile d'écrire. Pas de trouver les mots. Ça, ça vient tout seul. Mais de les écrire pour ne pas qu'ils aient l'air de se promener avec des béquilles, comme dit Fabienne. Bah, j'ai juste à trouver un autre mot. Euh... agaçait. Tiens, oui, agaçait.

L'enfant pencha la tête et commença à tracer les lettres. Jeff l'avait agacé sur la galerie de Fabienne. Thom tenait un bâton. Un vieux manche à balai qu'il avait trouvé dans la ruelle. Il voulait s'en faire un drapeau, un beau drapeau rouge comme il en avait vu dans le dictionnaire de Fabienne. Celui avec le marteau et la faux et avec la petite étoile jaune perchée dessus. Il y avait plein de drapeaux dans les deux premières pages du gros livre mais c'est celui qu'il préférait. De quel pays déjà? Il ne se rappelait plus. Il y avait quatre lettres d'inscrites dessous, juste quatre lettres. Fabienne, elle, aimait mieux celui du Japon: tout blanc avec un cercle rouge comme un soleil. Bien que trop facile à faire! Lui, Thom O'Leary, il

97

allait fabriquer le plus beau drapeau qu'on ait vu flotter sur la rue Fabre. C'est pour ça qu'il allait chez Fabienne, pour lui emprunter un carré de toile ou de feutrine. Fabienne avait toujours ce qu'il fallait pour ses bricolages. Mais une fois rendu sur le balcon d'en arrière, Jeff s'était mis à lui dire que le bâton était à lui parce qu'il l'avait vu le premier. C'était vrai. Mais puisque Thom avait pu mettre la main dessus avant Jeff, le bâton était à lui, bien à lui. Jeff voulait lui enlever le bâton. Il avait commencé par le tirer vers lui de toutes ses forces puis, voyant qu'il n'arriverait pas à le lui prendre, Thom était bien plus fort que son frère, Jeff s'était mis à chatouiller Thom. Thom avait reculé brusquement en riant et en protestant et le bâton avait tout à coup frappé la vitre. Ça n'était pas sa faute, plutôt celle de Jeff.

Ou plutôt non, c'était un accident. Fabienne avait toujours beaucoup d'indulgence pour les accidents. Elle disait qu'on n'y pouvait rien. Que tout ce qu'il restait à faire, c'était de ramasser. Et elle allait chercher le petit balai et le porte-poussière: à chacun de réparer son dégât. Parfois, elle le faisait elle-même. Quand c'était trop coupant, ou collant, ou mouillant comme avec les pots de colle et les verres de jus de fraises. Là, il fallait sortir le seau, la vadrouille et s'asseoir tranquille jusqu'à temps qu'elle ait fini. Après, on pouvait continuer à jouer.

Thom pesait fort sur son crayon. Quand il arriva au troisième s du mot "agassais", la mine s'écrasa sur le papier et se déchaussa du bois qui l'entourait. L'enfant se gratta la tête. Sa main s'étonna de ne pas trouver les mèches épaisses et douces sous les doigts. À la place, il toucha une mince couche de poils drus et raides comme la fourrure de son chien.

"Une brosse", avait ordonné tout à l'heure sa mère au barbier. "Comme ça, ils en auront pour l'été." Et Jeff et Thom s'étaient assis chacun leur tour sur le gros fauteuil noir et avaient tristement regardé tomber leurs cheveux, les mèches brunes de Thom se mêlant aux mèches blondes de son frère. Y vont toutes rire de nous autres, avait ensuite pensé Thom en contemplant sa tête tondue dans le grand miroir du barbier.

— Y vont toutes rire de nous autres! avait-il clamé à sa mère sur le chemin du retour.

— Qu'y risent tant qu'y voudront, avait répondu la voix sèche de Maria. Y riront point pantoute quand y verront leur belles têtes mangées par les poux.

De toute façon, y risent toujours de moi, pensait l'enfant en tentant de replacer la mine dans le trou effiloché du crayon. Sa tête s'agita vivement et secoua son corps tout entier d'un bref mouvement incontrôlable. Thom était affublé d'un vilain tic nerveux qui déclenchait autour de lui des cascades de rire. L'enfant replaça patiemment le crayon au bord de la marge rouge. À nouveau, la mine céda et roula dans le gravier.

Thom était assis sur une marche de l'escalier qui grimpait au deuxième étage; ses jambes pendaient dans le vide au-dessus d'un amas de vieilles planches de bois. Une marche plus haut, il avait étalé son cahier brouillon de troisième année. Il relut à voix basse sa courte lettre. Il fallait ajouter quelque chose. Quelque chose pour que Fabienne comprenne que c'était un accident cette fois-ci. Parce que des vitres, il en avait cassé en masse dans les maisons de la rue Fabre et ça, tout le monde le savait. Fabienne aussi sans doute; les autres n'avaient pas dû manquer de bavasser et de lui dire toutes les vitres qu'il avait brisées sans les ramasser. Il devait aiguiser son crayon et lui écrire que c'était un accident. Ensuite, il lui ferait un joli dessin plein de couleurs comme elle les aimait.

Il pencha la tête vers la maison. Sur la galerie, Pictou grignotait inlassablement le poil noir et usé de son derrière. Quand le chien surprit le regard de l'enfant, il assit son postérieur épilé et martela joyeusement de sa queue le bois décoloré du balcon. À travers le trou béant de la moustiquaire à moitié arrachée, Thom vit sa mère allant et venant de la table aux armoires. Thom quitta son pupitre improvisé, caressa en passant le mufle mouillé de Pictou.

— Tu devrais nous aider au lieu de rêvasser, lui lança sa mère dès qu'il fut dans la cuisine.

Elle et son frère Jeff emballaient de la vaisselle dans des journaux et les rangeaient dans des boîtes de carton.

— J'ai quèque chose à faire m'mân. Aïe Jeff, où c'est qu'est l'aiguisoir?

— J'sais pas mouâ, avait répondu son frère cadet sans interrompre son travail.

Thom pénétra dans la pièce exiguë qui leur servait de chambre. Dans l'étroit espace restant entre les deux lits collés aux deux murs, se tenait de guingois une commode haute et massive au lustre égratigné. Trois lourdes caisses de bois s'y superposaient, menaçant le précaire équilibre du support auquel manquait une patte, laquelle avait été remplacée par une simple brique. Les murs de la chambre avaient été entièrement tapissés d'illustrations déchirées dans des magazines. Robots, clowns, Sacré-Coeur, Mickey Mouse, voitures géantes et crocodiles se côtoyaient en toute amitié. Au plafond traînaient des lambeaux de tapisserie à fleurs expliquant en partie le choix étonnant du revêtement des murs.

Thom se haussa sur la pointe de ses pieds nus et fouilla à tâtons dans la deuxième des caisses de bois. Il palpa une petite boîte carrée soigneusement ficelée et tira doucement sur la corde. La moitié du contenu de l'étagère se déversa sur le plancher. Soixante-dix-sept billes multicolores rebondirent et roulèrent sur le prélart crevassé.

— Qu'est-ce que tu fais? cria une voix impatiente.

Thom écouta attentivement par-dessus le roulement continu des billes courant sur les fissures du sol... Aucun pas ne s'approchait de sa chambre.

— Rien, m'mân, j'cherche l'aiguisoir!

Thom s'assit sur le lit, détacha les boucles des trois ficelles et souleva le couvercle de la boîte carrée. Il retira un à un les objets qu'elle contenait et les étala sur la couverture rouge et moussue: un canif à lames rétractables, un crayon mécanique sans mine, trois gommes à effacer blondes et carrées comme des caramels, un ouvre-bouteille aimanté et un minuscule globe terrestre greffé à un aiguisoir. Il couva d'un regard avide son butin de jeune escamoteur. Les objets semblaient briller d'une sourde lueur dans la pénombre de sa chambre sans fenêtre. L'éclat du neuf, murmura Thom en faisant claquer sa langue, caressant le plastique brillant du canif à trois lames. Un éclat qu'il tenait à conserver totalement à ses captures.

Une fois les articles utilisés, ils iraient rejoindre le monceau de pacotille accumulée au hasard de ses prises et sans autre valeur qu'une banale utilité. Mais là, dans l'obscur écrin du carton granuleux, son trésor demeurait intact, à l'abri de toute fonction, de tout usage, pour l'unique plaisir contemplatif de son propriétaire.

Thom ne volait que des articles impeccablement neufs. D'ailleurs, depuis quelques semaines, il ne volait plus. Il avait trouvé un autre mot plus conforme à ses inclinations. Thom *suptilisait.* Il y avait dans ce nouveau terme une finesse, un réseau de nuances subtiles qui s'accordaient mieux, lui semblait-il, à l'innocence de son geste, à la pureté de ses intentions. Il promena dans sa bouche, comme un glaçon trop froid, le mot dont il déformait par ignorance l'orthographe et la prononciation: *suptiliser.* À tous ceux qui le traitaient de maudit voleur il offrirait cette réponse cinglante: "Moi, j'vole pas, j'suptilise." Et vlan! Ça leur clouerait le bec. Puisqu'il ne dérobait jamais à ses camarades les beaux jouets qu'il convoitait pourtant, il avait toutes les raisons de se gratifier d'un titre plus honorable. Après tout, il ne piquait, euh suptilisait que dans les endroits où l'abondance s'affichait dans tout son anonymat. À qui appartenaient donc les deux rangées de gommes à effacer alignées sur le comptoir de papeterie à *La*

Plume Fontaine? Michel Bouchard ne se servait-il pas toujours d'un stylo-feutre?

Thom contempla le globe-aiguisoir et le prit entre ses doigts noircis. Il allait être souillé désormais, usagé. Il n'aurait plus sa place au milieu des objets neufs. Les billes immobiles dispersées sur le prélart regardaient Thom de leurs yeux globuleux. Un nouveau tic secoua tout son corps comme tout à l'heure dans la cour. Thom se leva, remit en place le contenu de la boîte, renoua les ficelles et ramassa le chandail troué, les voitures miniatures, le nounours borgne traînant par terre. Il en fit un paquet informe qu'il repoussa au fond de la caisse en prenant soin de bien camoufler la boîte carrée. Puis, voyant le sac chiffonné, déchiré et inutilisable, il farfouilla sous le lit, trouva un chausson de laine grise, vérifia la solidité des mailles et y enfouit les billes de couleur. Ensuite, il jeta négligemment le bas sur son lit et glissa l'aiguisoir dans sa poche gauche, la droite était percée. Le globe terrestre faisait une bosse ronde sur sa hanche.

En se dirigeant vers la cuisine, il s'arrêta devant la porte ouverte d'une pièce étroite et petite. Son père, assis sur un divan-lit, fixait l'écran verdâtre du téléviseur. Sur le gazon phosphorescent, un joueur de baseball noir piétinait sur place. Deux voix masculines parlaient l'une après l'autre, d'un ton monocorde. Thom ne comprenait pas, les voix discutaient en anglais.

— Qui cé qui joue, p'pâ? Qui cé qui gagne, p'pâ?

Le p'pa grommela une réponse inintelligible, avala une longue goulée de sa bouteille de bière qu'il reposa dans le pli de son ventre et continua de fixer l'appareil. Thom haussa les épaules. Ça ne l'intéressait pas. Il avait posé la question pour signifier sa présence comme pour saluer son père de cette façon si particulière qu'ont les hommes de se dire bonjour en parlant d'autres choses.

Il avança jusqu'à la cuisine, la main posée sur la forme ronde de sa hanche. En voyant la tête tondue de son frère il se souvint brusquement de la sienne et songea qu'il devait avoir le même air de soldat en permission. Il scruta minutieusement les traits mis en relief par la coupe de cheveux. Les deux frères ne se ressemblaient pas. Jeff avec cet aspect maladif et malingre qu'une terne blondeur et un teint mat confèrent à certains enfants. Ses yeux étaient pâles, ses traits mous et sans vie. Il avait l'air décoloré et sa voix traînante s'ajustait à sa physionomie.

— L'as-tu trouvé, Thom, l'aiguisouâre?

— Oui, fit Thom en observant sa mère.

C'est à elle qu'il ressemblait, pensa-t-il. À cette petite femme énergique aux traits sombres et vigoureux, aux yeux vifs, à la voix tranchante comme une lame de couteau. "J'ai du sang indien dans mes veines d'Acadienne", lançait-elle fièrement, les yeux brillants, quand le ton montait parfois entre elle et son mari. Lui, Harry O'Leary, n'avait d'Irlandais que le nom et une vague rousseur dans ses cheveux et sur son corps potelé. Il avait négligé d'être curieux au sujet de ses ancêtres et maintenant plus personne n'était là pour répondre aux lassants interrogatoires de son fils aîné. Thom savourait avec arrogance l'étonnant mélange injecté dans ses veines. Il se disait que, sans que sa couleur en soit altérée, son sang enrichi d'une triple hérédité devait bénéficier de mystérieuses vitamines malgré une apparence très semblable à celle de ses compagnons de jeu. Ceux-là n'avaient pourtant pas manqué de lui crier des noms, eux si banalement québécois, quand ils avaient appris la pluralité de ses origines.

De tous les ascendants qu'il se connaissait, l'Indien avait toute sa faveur. Maria lui avait brièvement parlé du peuple Montagnais. Il n'en avait retenu que le nom aux résonances puissantes de grands cailloux qui s'entrechoquent. Thom voyait un Indien au centre de ses rêves éveillés; un homme grand, robuste, dominant les hautes cimes des fiers sapins. Cet homme était nu jusqu'à la ceinture, il portait une culotte de cuir recouvrant son sexe et une partie de ses cuisses musclées; sa peau était très brune avec de mouvants reflets rouges comme la terre argileuse de l'Acadie. Ses cheveux étaient noirs, du noir bleuté des ailes des corneilles. L'homme marchait, les branches craquaient sous la corne dure de ses pieds nus. Il marchait sans s'arrêter, grimpait la pente douce, la pente raide de la haute montagne. L'homme se reposait, parcourait des yeux l'horizon, reprenait sa marche. Cet homme était son grand-père, Thom en était sûr. Et il marchait inlassablement, seul, avec seulement les arbres pour ralentir son pas. Thom projetait sans arrêt le film sur l'écran de ses rêveries, pensant que l'homme interrompait un jour sa marche acharnée au sommet de la gigantesque montagne et que là, sur le pic aigu de la pyramide touffue, il délasserait enfin son grand corps fauve d'ocre rouge.

L'enfant tendait une oreille distraite lorsque, dans la maison de bois gris de Petit Port, sa mère, dont les souvenirs s'éveillaient soudain, ranimés par le décor de son enfance, racontait fébrilement les voyagements de sa famille. Thom repoussait sourdement les images qu'elle évoquait de peur de ternir le contour précis de ses propres fantasmes.

Thom sursauta. Sa mère, tout en continuant à vider les armoires, s'était mise à parler en lui jetant des regards brefs et perçants:

— Demain faut pas y compter. C'est toute la journée du magasinage et des commissions. Jeudi on n'en parle pas. Faut qu'on soye deboute à cinq heures, pis qu'à six, on soye toutes paquetés et fins prêtes à partir. J'ai dans mon idée que touâ, Thomas, t'as encore rien faite dans ta chambre pis que tes affaires sont pas parées.

— Ben m'mân, t'avais dit qu'on partait rien que samedi!

— J'sais ben, fit la mère de sa voix bourrue, mais le char est réparé pis le chèque est arrivé. Y a donc pas de raison qu'on moisisse icitte jusqu'à samedi. Ça fait que tu s'rais mieux de faire tes bagages de suite. Apporte-z-en pas trop quand même, le char est pas grand, pis la maison là-bas...

Sa mère s'était interrompue. Un presque sourire ornait ses lèvres entrouvertes. Si cela n'avait dépendu que d'elle, Maria aurait volontiers passé tous ses jours à Petit Port dans la maisonnette si semblable à celle de son enfance. Mais Harry arrivait tout juste à endurer deux mois d'été au bord de la mer, les yeux rivés à l'antique poste de télévision noir et blanc.

Une main sur la hanche, l'autre sur la poignée de la porte, Thom s'apprêtait à sortir. La voix de sa mère immobilisa son geste. Avait-elle vu la bosse ronde gonflant sa poche?

— Thomas! M'écoutes-tu quand j'te parle? J'viens de t'dire d'aller préparer tes affaires.

— Ben oui m'mân, mais j'ai quèque chose à finir.

— Pis qu'est-ce que tu fais pas de souliers? Tu t'penses déjà rendu à Petit Port!

— C'est que... mes lacets sont toutes mangés, m'mân. Pis j'ai pus de corde pour les attacher. Tantôt, j'vas aller voir dans ruelle. C'est jour de vidange, m'mân, fit Thom en lui lançant un regard complice.

Le gros rire de Maria fusa dans la cuisine. Un rire de Père Noël, pensait Thom. Il aimait sa mère quand elle riait. Ce si gros rire jaillissant de cette si petite femme n'avait pas l'air de lui appartenir. Il croyait découvrir alors un être différent habitant le corps nerveux de sa mère; un être tendre, détendu, amical. Maria regardait les pieds sales de son fils. Quel débrouillard tout de même! Quel fieffé renard! Thomas n'avait pas son pareil pour dénicher dans la ruelle les trouvailles les plus étonnantes.

Tout en l'observant quitter la cuisine en riant, elle promena ses yeux vifs sur les murs et l'ameublement. L'escabeau, l'armoire en métal, les trois petits cadres avec des poissons, la carpette qui cachait habilement le grand trou du prélart, le grillage de la porte, la poubelle même étaient des produits des cueillettes bi-hebdomadaires de Thom. Sans compter les trois

105

autres pièces du petit logement pratiquement meublées de la même façon. Bien sûr, les objets n'étaient pas neufs. Il n'aurait fallu quelquefois qu'un coup de pinceau ou une simple goutte de colle pour leur rendre un aspect convenable. Le temps surtout lui manquait; je ne peux pas tout faire, se dit-elle en fixant le trou rond, grand comme une pièce de dix cents qui perçait le chandail bleu poudre de Jeff.

L'enfant était assis au bout de la table et emballait des assiettes dans des feuilles de papier journal. De temps en temps, il penchait la tête sur le rectangle de papier et tentait de lire les mots imprimés. Après une année d'école, il savait lire plusieurs mots. Il en reconnaissait quelques-uns sur les grandes feuilles étalées sur la table. Tiens, le mot *pape*. Il se souvint du petit carton bleu avec le mot *pape* écrit dessus. Il ouvrit la bouche et la referma sur le mot *pape* sans qu'aucun son en sortit. Sa mère l'observait en silence. Jeff est étrange, songea-t-elle, j'ai des fois l'impression d'avoir donné naissance à un muet. Il peut rester des heures sans prononcer un seul mot. Comme pour la détromper, l'enfant se mit à parler de sa voix flûtée et traînante.

— Est-ce que c'est fini m'mân? Chus tanné de faire ça m'mân. Est-ce que je peux aller avec Thom? Hein m'mân? M'mân? Qu'est-ce que j'apporte mouâ? Est-ce que tu peux m'aider à faire ma valise? C'est quelle valise que j'ai mouâ? Thom en a une, lui, pourquoi j'en ai pas mouâ, m'mân?

Sa mère soupira. Muet, Jeff? Quand son frère n'était plus là, Jeff devenait un véritable moulin à paroles. Il babillait inlassablement comme s'il avait dû se priver très longtemps de l'usage de sa langue. Maria regarda longuement celui des deux fils qu'elle couvait le plus comme pour se défendre d'aimer davantage celui qu'elle admirait. Jeff était chétif et tellement malléable. Au cours des nombreuses bagarres réunissant les enfants du quartier, Jeff prenait toujours tous les coups. Malgré les tentatives de l'enfant pour se tenir à l'écart, il devenait immanquablement la cible des poings les plus vigoureux, alors que son frère, déjà loin, épiait la prévisible issue de la bataille. Jeff revenait alors en braillant et en maudissant son aîné lequel bien souvent avait provoqué la querelle.

Bientôt, très bientôt, tout cela allait cesser. Après-demain, ils prendraient à nouveau le chemin de leur fuite saisonnière, enfin à l'abri des regards inquisiteurs de leurs voisins. Ces voisins haineux, ces voisins haïssables toujours à l'affût de la moindre incartade, prenant plaisir à les traiter d'ivrognes dès qu'ils voyaient plus d'une caisse de bière vide sur la galerie. Il pouvait bien gueuler lui, Roger Chalifoux, qui buvait tout autant que Harry et elle réunis mais qui avait une belle grande cave pour cacher ses bouteilles. Peuh! Elle allait s'en payer une bonne brosse bien tassée à la santé de ses voisins hypocrites dont les enfants mal élevés et mal embouchés n'étaient même pas capables de prononcer leur nom comme du monde. Des retardés, ces bâtards-là et qui passaient leur année scolaire à coups de cadeaux et de menaces aux professeurs.

Maria s'essuya le front. Elle avait chaud tout à coup et sa gorge était sèche. Elle mesura d'un regard circulaire l'étendue de la tâche qu'il lui restait à terminer. Toutes ces choses à emporter! Il fallait presquement vider la maison et plier, serrer, comprimer. Jeff, la bouche ouverte, regardait sa mère attendant une réponse qui ne venait pas.

— M'mân, j'peux-tu aller jouer dehors? Chus fatigué de paqueter m'mân.

— Finis ta caisse pis vas-y dehors si tu veux pas m'aider.

Sans se préoccuper du ton revêche de sa mère, Jeff s'anima d'une ardeur fiévreuse et remplit rapidement la boîte à côté de lui. Puis sans un mot, il sortit de la maison. En sautant les deux marches manquantes du balcon il entendit la porte du réfrigérateur se refermer bruyamment et le son familier d'une canette qu'on débouche. Ploc! Pictou dormait sur la pile de bois pourri; Jeff faillit s'enfarger dans la corde emmêlée de sa laisse. Thom avait regagné son pupitre d'occasion et balançait ses pieds nus au bout de ses jambes, ses pantalons levaient de petits nuages de poussière. En voyant approcher son frère, il referma précipitamment son cahier.

— Cé quoi ça? demanda Jeff en visant le globe terrestre.

— Cé rien, dit Thom en essayant de remettre l'aiguisoir dans sa poche.

— Où que tu l'as pris? continua Jeff de sa voix traînante.

— Cé quelqu'un qui m'l'a donné, mentit Thom.

— Ben pourquoi tu l'caches d'abord?

— Parce que.

— Parce que quouâ? insista Jeff.

— Parce que j'ai pas l'goût de te l'montrer! conclut Thom excédé.

Thom s'était relevé et avait enfin réussi à replacer l'aiguisoir au fond de sa poche. Il souleva son mince chandail de coton, glissa le cahier brouillon entre sa peau humide et sa ceinture et rabaissa le vêtement. Ainsi plastronné, il se dirigea rapidement vers la ruelle.

— Thom, est-ce que je peux y aller avec touâ?

Et sans attendre la réponse Jeff le suivit d'un pas décidé.

Thom se retourna furtivement. Toujours à traîner après moi comme un mauvais rhume. Cette pensée le fit sourire. "Oui, comme un mauvais rhume", murmura Thom en contemplant le teint blafard de son frère.

— Qu'est-ce que tu dis, Thom? Attends-moi, Thom! Marche pas si vite Thom!

La ruelle était presque déserte à cette heure, les femmes déjà occupées à préparer le souper, les hommes à demi assoupis sur leur bouteille de bière, les enfants accrochés au petit écran du téléviseur, les chats endormis sous la fraîcheur des balcons. Thom scruta les deux rangées de sacs noirs alignés de chaque côté de l'étroite route cimentée. Il reluqua quelques boîtes de carton, véritables mines d'or de ses récoltes. Les sacs, il ne les ouvrait plus que rarement s'étant trop souvent sali les mains sur des déchets poisseux et malodorants. Il fallait du flair pour opérer en vrai maître chiffonnier. Et du doigté aussi. Et des jambes rapides permettant de fuir au moindre bruit suspect.

Tous ses sens aux aguets, il s'approcha lentement de l'amoncellement d'ordures appuyées à la clôture de la maison voisine: quatre gros sacs noirs de peu d'intérêt, deux sacs de papier brun d'où dépassaient des journaux chiffonnés, mais une boîte petite, plate et mystérieuse, imparfaitement refermée sur un bout de tissu bleu et brillant. Thom souleva le sac lourd et mou, probablement des déchets de table, et se pencha sur le carton déchiré.

— Quécé qu'tu fais là, maudit sauvage? Tu viens encore écornifler dans nos vidanges toué, maudite face de chien bâtard. Té pas tanné de t'vautrer dans not'charogne pis d'v'nir péter nos sacs à déchats.

Mémère Chalifoux s'arrêta pour ravaler la salive de sa bouche édentée.

— Va-t'en d'icitte toué ou ben j'te garoche aux vidangeurs.

Thom s'était aussitôt précipité dans la cour des Wall et attendait que la tempête d'injures se taise. Jeff avait craintivement regagné la bordure de leur cour et lui faisait des signes désespérés. Thom l'appela d'un grand geste de la main. Jeff lui répondit en secouant très vite sa tête de gauche à droite. Puis envahi d'un courage soudain, il se mit à courir vers Thom. La grand-mère, toujours sur son balcon, le vit passer comme une flèche.

— Garde-moué l'autr' asteure, le suiveux. Toujours collé à son vaurien de frère. Une vra mouche à marde! Allez-vous-en donc maudits sauvages, pis r'tournez donc doyouce que vous v'nez!

Rose-Armande Chalifoux parlait fort. Elle avait une voix puissante qu'on entendait jusque chez Fabienne. En voyant des formes sombres se dessiner derrière les portes moustiquaires, Thom jugea plus prudent de s'éloigner et de commencer plus loin leur cueillette. Ce qu'il fit avec Jeff glanant, ici un arrosoir troué, là un vieux tapis effrangé, ailleurs des pots de verre ébréchés, des serviettes en assez piteux état, deux appuis-livres à tête de cheval, une boîte à lunch sans fermoir. Il restait une vingtaine de maisons avant la rue Laurier. Thom conseilla à son frère d'aller porter chez eux ce premier chargement. Jeff refusa tout net. Il allait devoir repasser devant la maison des Chalifoux. Thom le rassura: "A doit être rentrée asteure, la vieille folle." Jeff obéit. Pendant ce temps Thom trouva une taie d'oreiller pleine de chiffons, de rubans, de dentelles. "Pour les bricolages" s'était-il exclamé en souriant au grand drapeau rouge qui flottait dans sa tête. Jeff revenait en courant, les mains vides, le souffle court.

— Tiens, c'est assez pour aujourd'hui, dit Thom en plaçant la poche gonflée dans les bras de son frère. Va porter ça à maison. Moi, j'ai une commission à faire.

— Aïe Thom, c'est toujours mouâ qui va porter les paquets. Tu m'prends-tu pour ton valet?

Paquets, valet, tu fais des rimes Jeff!

Les deux enfants riaient en prononçant les mots, paquets-valet, paquets-valet.

— Paquet-voleur! lança Jeff hilare.

— Bon, va porter ça, avait dit Thom en retrouvant brusquement son sérieux, la tête secouée du tic convulsif.

Jeff vit que son frère ne riait plus. Que son visage ressemblait au visage de sa mère quand Jeff disait des choses drôles qui faisaient rire son père. Il avait peur de Thom quand ses yeux devenaient plus noirs que le poêle à bois de la maison de Petit Port. Jeff pencha la tête et s'éloigna vers la maison en tenant sa grosse poche et en traînant ses souliers trop grands sur le ciment.

Thom descendit jusqu'au petit bout de ruelle au nord de Laurier. Il n'y avait plus que d'insondables sacs noirs et des ballots de journaux. Cependant, juste sur le coin avant de remonter Fabre, il trouva deux bouteilles de Coke que des enfants sans doute avait remplies de sable. Il les vida soigneusement sur le trottoir et les essuya sur son pantalon. Quelle chance! Il allait pouvoir les échanger pour de l'argent comptant. C'était certainement ce qu'il avait trouvé de plus précieux, avec la poche de vieux chiffons.

Il hésita toutefois, ses deux bouteilles au bout des bras. Il y avait bien un Perrette sur le coin de Laurier à côté de *La Plume Fontaine* mais le nouveau gérant avait refusé, la semaine dernière, de lui acheter sa bouteille vide, parce que, lui avait-il dit, Thom était resté trop longtemps dans le magasin. C'était vrai. Thom était resté une bonne demi-heure devant une petite vitrine triangulaire à regarder la petite aiguille d'une montre tourner sur le cadran, pendant que le patron servait des clients. Quand la trotteuse passait sur le chiffre douze, Thom s'éloignait du comptoir et allait s'installer ailleurs, devant le présentoir de revues, par exemple, ou près des étalages de bonbons. Mais il s'arrangeait chaque fois pour revenir au moment précis où la petite aiguille repassait devant le chiffre douze. C'était difficile parce qu'il ne devait pas compter les secondes dans sa tête. Pendant ce temps, l'autre aiguille, la plus grande des deux, avançait quoique beaucoup plus lentement. Thom était fasciné de voir comme le temps passait vite de cette façon. Mais le gérant n'avait pas l'air de comprendre le jeu et trois plis profonds s'étaient creusés en haut de ses yeux caverneux. À la fin, quand la grande aiguille s'était posée sur le six, la grande main du gérant avait entouré le bras de Thom, l'avait entraîné dehors et sa grosse voix lui avait lancé un volée de bêtises en même temps que sa bouteille vide. Il l'avait même traité de maudit voleur. Pourtant Thom n'avait pas une seconde pensé *à suptiliser* quoi que ce soit, trop occupé à observer le temps passer.

Thom tourna le coin et remonta la pente douce de la rue Fabre. Il se disait qu'il prendrait peut-être la chance de revendre ses bouteilles chez le dépanneur si madame Beausoleil n'était pas là. La dépanneuse ne l'aimait pas beaucoup depuis que lui, Thom, son frère Jeff et leur cousin Patrick s'étaient présentés chez elle déguisés en cambrioleurs. Jeff avait trouvé un pistolet à eau dans les vidanges et Thom avait eu l'idée de simuler un vol chez le dépanneur. Ils avaient tous trois enfilé de vieux bas de nylon sur leur tête et avaient pénétré dans le magasin en criant: "La bourse ou la mort." Patrick disait que les vrais bandits s'adressaient ainsi à leur victime. Madame Beausoleil avait eu l'air de comprendre car elle avait aussitôt levé les bras en tremblant de tout son corps, tout juste comme dans un vrai hold-up. Voyant leur blague prise au sérieux, Thom s'était approché de la femme et, histoire de la rassurer, avait pressé la gachette de plastique noir. Un mince filet d'eau avait fait une grande coulisse sombre sur la robe rouge de madame Beausoleil. On aurait juré du sang. Même que Thom avait eu peur, un moment. "C'est rien que de l'eau", lui avait-il crié comme pour s'en persuader lui-même. Elle n'avait pas trouvé ça drôle. Pourtant, monsieur Beausoleil, lui, avait ri longtemps quand il avait appris l'incident.

Thom en marchant toucha le cahier brouillon qui lui collait à la peau; il était gondolé et humide. Thom approchait de la maison de Fabienne, son coeur battait plus vite soudain. Il n'allait pas sonner pour lui remettre sa lettre, il allait simplement la glisser dans la fente de la porte, là où le facteur déposait le courrier. Il n'aurait pas besoin de lui expliquer son geste et s'il y avait des enfants chez elle, il n'aurait pas à supporter leur regard moqueur.

Mais il y avait quelqu'un devant la porte chez Fabienne. Un grand homme sombre aux cheveux frisés qui portait des paquets. Thom passa devant la maison sans s'arrêter et se retourna pour faire un signe à Fabienne; l'homme était rentré, Fabienne referma la porte, elle ne l'avait pas vu. Thom se dit qu'il reviendrait plus tard. L'homme était un ami de Fabienne; peut-être était-il venu réparer la fenêtre brisée? Alors il valait mieux que Thom revienne plus tard, demain seulement, alors que son mauvais coup serait à moitié pardonné.

Sur le perron d'en face madame Beausoleil se berçait. Elle le regarda d'un oeil mauvais. Le corps de Thom fut secoué d'un nouveau tic; pour le camoufler ou pour l'oublier, il se mit à courir. Quand il entra chez lui, la porte était déjà ouverte, il faisait chaud dans la maison. Il entendit des pleurs venant de la cuisine. Jeff braillait, affalé sur une chaise, la tête renversée sur le dossier. En revenant dans la ruelle, il avait rencontré Alexandre et Paulo. Ils lui avaient donné, Alexandre une jambette, Paulo une grande claque sur la bouche et ils avaient emporté la "tête" d'oreiller remplie de chiffons et de dentelles. Et ils lui avaient crié des noms. Quand Maria vit entrer Thom elle parla fort pour couvrir les gémissements de Jeff. Elle lui dit:

— Thomas va chercher des bouâtes dans la ruelles. Si elles sont pleines, vide-les, j'en ai besoin pour finir de paqueter.

113

Deuxième partie

mercredi, 3 juillet.

7. La petite mort

"Comme tu voudras..." avait répondu Fabienne quand Ferdinand lui avait demandé: "Préfères-tu que je m'en aille, maintenant?" Il était assis sur le bord du lit et lui tournait le dos. Elle avait dû, à son insu, émettre une pointe de regret dans l'équivoque réponse car le grand corps nu de Ferdinand s'était à nouveau allongé auprès d'elle et Fabienne avait senti frémissante une bouffée de désir envahir tout son être. Leurs corps magnétiques une autre fois soudés, Fabienne et Ferdinand les avaient laissés s'affoler sous la bonne tempête, brève et fougueuse. Ils avaient ri ensuite, un peu sottement tous les deux, en entendant les flic flac de leurs peaux trempées et glissantes qui se détachaient l'une de l'autre en protestant. Et ils avaient reposé leurs mèches mouillées sur l'unique oreiller.

Comme c'est bon, pensait Fabienne en regardant le plafond. Mais comme c'est bête de n'avoir que ce mot à la bouche alors que l'aventure est si hallucinante. C'est tout ce qu'on trouve à dire dans un moment pareil: c'est bon, je suis bien. Et c'est tout ce qu'ils avaient trouvé pour meubler les silences de leurs premières étreintes: "Es-tu bien là? C'est-tu bon?" "Oui, j'suis bien, oui, c'est bon." Petites phrases rebattues n'arrivant pas à exprimer le plaisir foudroyant qui les unissait, les propulsait dans une galaxie sans frontière où le soleil avait des milliers de visages. Les mots ont une telle limite quand on fait l'amour. Peut-être vaudrait-il mieux s'en passer et ne s'en tenir qu'aux bons vieux grognements, grommellements, roucoulements, murmures; toutes onomatopées plus propices à évoquer la troublante musique de planètes inconnues.

Qu'en pensait Ferdinand? Serait-il prêt à tenter une expérience monosyllabique et polyphonique? Ou la jugerait-il trop primitive et par trop bêtifiante? Fabienne n'osait pas lui poser la question tout de suite. C'était trop tôt. Après tout, ils n'en étaient qu'à leur baptême amoureux; leurs deux années de rencontres platoniques ne leur avaient pas encore permis d'effleurer le sujet. D'ailleurs aurait-il envie de renouveler l'exploit de s'allonger près d'elle dans un lit si étroit?

Fabienne observa les grands pieds de Ferdinand inconfortablement appuyés sur le rebord du matelas; de toute évidence le lit ne leur fournissait pas l'espace nécessaire à leur délassement. Étrange tout de même comme on regarde mal les gens qui nous entourent. Voilà maintenant deux ans qu'elle connaissait ses pieds, deux étés qu'elle les voyait à peu près tous les deux jours frétiller dans leurs sandales et elle ne s'était pas encore arrêtée à les contempler. Du moins pas de cette façon, avec cet émoi fondant que lui causait leur promiscuité. Elle les trouva beaux. Fins et nerveux, les doigts quasiment aussi longs que son propre auriculaire. Comme tout son corps du reste, avec cette même robuste fragilité. Elle caressa doucement du regard les jambes maigres et poilues, les cuisses musclées, le pénis mou et immobile à présent et la grande poitrine d'adolescent qu'elle jugeait tendre, enfantine, vulnérable. Un homme.

Depuis combien de temps Fabienne n'avait-elle pas goûté la si exquise plénitude d'un sexe d'homme dans son ventre? Quatre ans, cinq ans, peut-être. Après la naissance de Sophie et par un contraignant hasard, Jean-Pierre était brusquement réapparu. Fabienne s'était laissée griser par la douceur de leur intimité retrouvée. Qu'il était bon parfois de s'appuyer sur une épaule ferme. Mais Jean-Pierre avait observé avec une curiosité suspecte les progrès de sa petite bonne femme de fille. Il avait posé des questions; d'abord distraitement avec un sourire amusé, puis avec de plus en plus d'insistance. Fabienne les avait toutes éludées. Un jour, elle avait quitté le logement, le quartier. Elle était partie sans laisser d'adresse. Son bonheur avec sa fille était trop vaste, trop absolu; elle se refusait à le partager.

Fabienne vivait depuis dans une chasteté monacale. Ses mains seules fouillaient les sentiers du plaisir. Mais Fabienne n'arrivait pas à chasser l'idée que ces instruments de jouissance lui appartenaient. Vaines caresses trop prévisibles et trop routinières, elle se lassait de leur parfaite indifférence. Elle choisissait donc pour un temps l'extatique continence qui lui ménageait des réveils délicieux et mouillants jusqu'à ce qu'un désir de vérifier le bon fonctionnement de ses organes lui commande à nouveau un hâtif recours à l'habileté de ses doigts.

Fabienne couva des yeux un petit cadre fixé au-dessus d'une commode en bois clair sur le mur vert de sa chambre. C'était la copie d'un tableau peint par un peintre qu'elle affectionnait: il posait un regard ingénu sur les êtres et les choses. La peinture représentait une femme noire couchée dans un paysage désertique et nocturne. La femme était allongée sur le sable brun et semblait dormir quoique en approchant de très près son visage, on pouvait soupçonner un demi-sommeil. Ses vêtements étaient tissés de souples rayures claires et brillantes, ils illuminaient la nuit d'une sourde lueur comme s'ils avaient conservé dans leurs plis toute la luminosité d'un jour éclatant. La nuit était bleue, d'un bleu profond, piquée de rares étoiles et trouée par une lune irréprochablement ronde et blanche. C'est pourquoi on ne voyait pas immédiatement l'énorme lion penché sur la bohémienne endormie. Les taches allumées de la robe et de la lune écartaient l'oeil du gros félin, lequel se confondait plus ou moins avec les montagnes d'ambre et d'or. Mais dès qu'on voyait son ombre gigantesque se profiler sur les contours assombris du paysage où semblait sourdre une aube pâle, on se sentait pénétré d'un léger vertige. Inquiétude? Insolite langueur?

Toute la scène baignait dans un étouffant mystère. Le lion allait-il éveiller la femme noire endormie? Pour l'instant il paraissait indubitablement inoffensif, seulement occupé à flairer la fraîcheur de sa peau. N'allait-il pas toutefois, à l'aide de son souffle puissant, vaincre le suave abondon de la bohémienne? Et la femme se voyant désarmée, solitaire, engourdie, n'allait-elle pas, par un cri de frayeur, éveiller les belliqueux réflexes sauvages? Le tableau ne le révélait pas. Le peintre avait seulement fixé sur la toile le sublime instant de la noire énigme entre la vie et la mort. Avait-il cherché à réhabiliter l'antique bonne entente des êtres vivants? Qui saurait interpréter avec exactitude les obscurs desseins d'un illustre douanier?

Fabienne tourna sa tête sur l'oreiller. Elle était si près de Ferdinand qu'elle pouvait voir les fines ciselures de la peau sous les gouttes de sueur. Des boucles brunes collaient sur les tempes. Le front était grand, fuyant, le nez très long curieusement recourbé comme le bec d'un oiseau. Un aigle, pensa Fabienne en voyant les petits yeux très noirs se déplacer de droite à gauche.

Ferdinand se sentait observé. Il posa un bec timide sur le nez de Fabienne. Voilà plus de vingt fois qu'il reprenait dans sa tête le scénario qu'il avait préparé pour tout à l'heure, redécoupant sans cesse les images, intervertissant l'ordre des séquences, puis, se ravisant et reprenant depuis le début au moment où il posait le pied dans le local de l'agence de voyages *Les Deux Pôles*. Il avait rendez-vous ce matin avec monsieur Pigeon, son futur patron.

Son pied droit chaussé d'un soulier de cuir souple une fois posé sur le plancher de terrazzo du bureau, il allait avancer le gauche, semblablement recouvert, et il allait le poser à côté de l'autre, assurant un solide équilibre à son corps tout entier. (Ne pas oublier tantôt de troquer mes sandales élimées contres mes vieilles godasses retapées.) Ainsi, il pourrait se pencher aisément vers monsieur Pigeon si celui-ci était assis ou montrer des chaussures impeccables si l'homme se trouvait en position de contempler ses grands pieds. Là, il tendrait une main propre et soignée (ne pas oublier de me laver les mains ni de me curer les ongles) et secouerait chaleureusement celle que monsieur Pigeon ne manquerait pas de lui présenter. (Penser aussi à désodoriser mes dessous de bras.) En même temps que cette vibrante poignée de mains, qu'il veillerait toutefois à ne pas éterniser, il gratifierait monsieur Pigeon de son irrésistible sourire (les dents) et saluerait le bonhomme d'un "bonjour monsieur Pigeon, comment allez-vous ce matin?" (L'haleine.)

Là, Ferdinand ne savait plus très bien. Cette question ne paraîtrait-elle pas obséquieuse, voire indiscrète? Quel besoin avait donc Ferdinand de connaître les humeurs de son futur patron? Si le directeur de l'agence était en rogne, n'allait-il pas profiter de l'occasion pour se libérer de son fiel? Et si monsieur Pigeon avait le matin joyeux, la conversation ne risquait-elle pas d'être détournée des légitimes préoccupations de Ferdinand?

Car il avait des questions bien précises à lui poser au sujet de son nouveau travail, des questions dont il avait négligé l'importance lors de l'entrevue d'hier, confus qu'il avait été de se voir embauché si rapidement. Qu'est-ce qu'il ferait au juste dans cette agence de voyages? Quel serait son rôle, mais aussi son salaire et son horaire? Fabienne l'avait un peu alerté au souper en lui soumettant ce questionnaire étourdissant auquel il n'avait pas su répondre; elle avait trouvé si drôle que Ferdinand ne s'en soit pas informé.

Bof, après six mois de chômage désespérant, il aurait volontiers consenti à balayer des planchers, la nuit, au salaire minimum. D'ailleurs il s'était essayé quelquefois à nettoyer les trottoirs devant les petits commerces de la rue Mont-Royal. Sans grand succès, il est vrai; on l'avait pris pour un gars de la Ville; et il n'avait récolté que de maigres pourboires pour arrondir ses chèques d'assurance-chômage. Mais c'en était fini de ces situations humiliantes; il allait bientôt tourner la page de cet épisode burlesque de quémandeur d'emplois.

Le nez de Fabienne était mouillé. Toute sa peau était luisante de sueur. La nuit dernière elle n'avait pas résisté aux maladroites entreprises de séduction de Ferdinand. Il en avait été étonné. C'est même Fabienne qui, après quelques baisers furtifs et inconfortables dans la cuisine, avait proposé sans ambages: "Si on allait se coucher?" Ferdinand n'avait pas répondu tout de suite. Se croyant renvoyé dans son lit de célibataire, il s'était à regret levé de sa chaise et avait tranquillement commencé à rassembler ses affaires en vidant son sixième ou septième verre de vin. Fabienne l'avait regardé un moment sans comprendre; elle s'était rapprochée et avait glissé dans son oreille: "Nous deux, dans le même lit." Ferdinand en était resté pantois. Si longtemps que le sourire qui avait creusé de charmantes fossettes aux joues de Fabienne s'était lentement effacé. "Oh, tu ne veux pas?" avait elle murmuré d'un air déçu. "Mais oui, ça fait au moins un an que j'attends ça!" avait balbutié Ferdinand. "Moi aussi", avait-elle ajouté en riant et en l'entraînant dans la chambre verte.

Et le temps qu'ils avaient pris tous deux pour s'avouer leurs désirs avait décuplé leur ardeur. Ils s'étaient aimés à toute vitesse, pressés de se connaître enfin dans leurs corps. Il y avait eu ensuite cette engourdissante pause entre le sommeil et les fébriles attouchements, prélude à d'autres éblouissantes unions.

— Faut vraiment que j'y aille maintenant, dit Ferdinand.

— Tu veux prendre une douche? questionna Fabienne.

— Oui, je la prendrai chez moi. J'ai un tas de petites choses à faire, presser mon pantalon, frotter mes chaussures... J'ai rendez-vous ce matin avec monsieur Pigeon.

— Oh! fit Fabienne mi-rieuse. Tu vas enfin savoir ce que tu vas faire.

— Quelle heure est-il? s'inquiéta Ferdinand.

— J'sais pas! Le coucou s'est arrêté, je crois. D'après la lumière, il doit être aux environs de six heures. Y a un réveille-matin dans la chambre de Sophie.

Ferdinand s'était levé et retrouvait un à un ses vêtements sur le plancher. Il enfila ses caleçons, son sexe pointait sous le coton bleu foncé. C'est bizarre un sexe d'homme, pensait Fabienne. C'est parfois si encombrant, si voyant. Je préfère pour ma part savoir le mien là où il est, à l'abri des regards indiscrets. Ferdinand ouvrit la porte de la chambre et quitta la pièce sur le bout des pieds, ses sandales à la main. Il repassa bientôt, la même démarche prudente et comique: "Y est six heures et quart" et continua vers la cuisine. Fabienne écoutait, curieuse, les bruits peu familiers; dans la toilette, Ferdinand se gargarisait, urinait, tirait la chasse d'eau. Ses pas se rapprochèrent, il avança vers le lit, toujours sur la pointe des pieds, et se pencha sur la bouche de Fabienne. Longuement. Quand elle ouvrit les yeux, il n'était plus là. Elle attendit quelques instants, la maison était silencieuse, il réapparut un moment dans l'encadrement de la porte. "C'était bon", chuchota-t-il en se grattant frénétiquement l'oreille.

Fabienne s'étira langoureusement en entendant la porte se refermer. Elle se sentait en même temps très lasse et très réveillée. Elle avait envie de dormir, seule, au milieu de son lit. Elle renifla, à petits coups, les odeurs tièdes de sueur et de sperme et tira sur le drap qui pendait au bout du lit. Elle s'en couvrit toute entière et observa sous cette tente verte et lumineuse la toison rousse de son pubis. Je m'aime, tu m'aimes, il m'aime; nous nous aimons, vous nous aimez, ils m'aiment! Sa peau était laiteuse. Son sexe, encore affolé par les vibrantes secousses, battait furieusement. Mon coeur est déménagé, se dit-elle en fouillant les poils humides. Tais-toi donc, pouls de mon coeur qui bats dans mon pubis. J'appelle le grand voile du silence. J'appelle la petite mort de la nuit. Mais le sommeil ne venait pas. Son esprit babillait inlassablement. Elle fut contrainte de faire un peu de ménage dans ses pensées.

Quand Ferdinand était arrivé hier, il avait retiré de son sac à poignée un kilo de boeuf à fondue, deux boîtes d'huîtres fumées, une salade Boston, deux tomates, un concombre, une baguette de pain, trois fromages, six pâtisseries à la crème, trois petits pots de sauce crémeuse et deux bouteilles de vin Les Culottes de Velours. Il avait étalé le tout sur la table. Il avait dit à Fabienne: "C'est à mon tour de te recevoir. Aujourd'hui, je suis ton cuisinier."

Et Fabienne s'était assise et avait déballé le paquet gris et rose qu'il lui avait planté dans les mains: trois gros pompons rouges qu'elle avait vus l'après-midi même dans la vitrine du fleuriste, à côté du fragile bouquet de myosotis. Elle avait remercié Ferdinand, l'avait embrassé sur la joue et avait déposé les fleurs dans un pichet d'eau fraîche. Mathieu avait compté les fleurs: "Une pour Fabienne, une pour Sophie, une pour Mathieu." Il était content, il avait souri en montrant toutes ses dents. Sophie l'avait entraîné dehors, ils avaient bien le temps de continuer le château avant le souper.

Fabienne avait trouvé trois fonds de bouteille dans l'armoire; elle avait pressé quatre oranges, un demi-citron, deux pamplemousses et mélangé tout ça dans deux grands verres avec beaucoup de glaçons. Ils avaient trinqué en riant: "À ta nouvelle vie, Ferdinand", avait dit Fabienne.

À elle aussi, la vie semblait neuve. Ça devait être ça l'insouciance, pensait-elle en regardant les grands doigts de Ferdinand laver la salade. Elle avait l'envoûtante impression de quitter son corps par moments et de n'y retourner que pour savourer le liquide froid et sirupeux qui glissait dans sa gorge. Elle écoutait Ferdinand qui parlait, s'interrompant de temps en temps pour chercher des ustensiles ou couper les légumes. Il racontait l'incroyable hasard: Michel Bouchard, son ami libraire, avait lui-même un ami propriétaire d'une petite librairie rue Fleury. Cet ami était aussi l'ami d'un ami qui travaillait dans une agence de voyages et qui abandonnait son poste pour rejoindre un ami en Europe. C'était donc l'ami de l'ami de Michel qui avait révélé au libraire de la rue Fleury lequel en avait informé celui de la rue Laurier qu'il y aurait une place disponible à l'agence *Les Deux Pôles*.

Fabienne s'y perdait un peu. Elle flottait de plus en plus au-dessus de la cuisine. "Que vas-tu faire dans cette agence? L'occasion sera belle pour toi de partir en voyage. Seras-tu guide ou seulement conseiller?" Ferdinand ne savait pas. Il avait tout simplement oublié de s'en inquiéter. Il avait répondu: "Ça n'a pas d'importance. Je ferais n'importe quoi, j'aurais fait n'importe quoi pour fuir ma honteuse condition de chômeur. Tu sais, toi, quel insupportable oisif j'étais devenu." Fabienne sourit. Elle le savait.

Ils avaient eu de nombreuses discussions au sujet des cadeaux de l'État; toutes ces prestations d'assurance-chômage et de bien-être social. Ferdinand les appelait des bonbons. Il disait que toute la société était prise au piège, qu'on l'avait enfermée dans une cage dorée et qu'on l'étourdissait, qu'on l'annihilait en lui lançant des sucreries empoisonnées. Fabienne n'était pas de cet avis. Elle croyait que les cadeaux de l'État étaient des subventions faites en premier lieu pour survivre puis pour parfaire les aptitudes de chacun. La société industrialisée et informatisée avait de moins en moins de métiers sur mesure et de carrières touttes prêtes à offrir. À chacun d'inventer l'emploi le plus conforme à ses ressources et de participer ainsi au mieux-être de la collectivité. Si les assistés sociaux étaient des téteux, des profiteurs, des parasites de la société, qu'étaient alors les fonctionnaires, les artistes, les capitalistes, les gouvernants? Qui vivait aux dépens des autres?

— On est tous dans le même bateau.

— Tu parles à travers ton chapeau, avait un jour lancé Ferdinand sans tourner sa langue sept fois dans sa bouche. C'est ta dépendance ancestrale qui émerge, c'est parce que tu es une femme, avait encore insisté Ferdinand.

Fabienne n'avait pas répondu. Ferdinand s'en était mordu les muqueuses buccales jusqu'à ce que ses papilles ne soient que des plaies vives. Elle l'avait ignoré pendant deux longues semaines. Sophie avait cru bon d'intervenir. Elle avait imité l'écriture de Fabienne. Sur un bout de papier vert plein de promesses, elle avait écrit: *Ferdinand, y a deux femmes qui s'ennuient de toi en face.* Et elle avait traîtreusement signé *Fabi.* Ferdinand ne s'y était pas trompé, il avait découvert la supercherie et avait su profiter de son à-propos. Le lendemain il s'était aussitôt précipité chez elles; une même flamme joyeuse brillait dans leur semblable regard. Laquelle des deux femmes s'était le plus ennuyé? Il n'aurait su le dire. Il s'était excusé, avait tenté de réparer l'irréparable; Sophie s'y était opposée: "On n'en parle plus jamais", avait-elle déclaré d'un ton définitif.

Fabienne avalait à petites gorgées gourmandes, en espaçant le plus possible les déglutitions délectables, pour faire durer plus longtemps l'agréable sensation de flottement. Il lui semblait qu'un très long silence avait suivi la dernière phrase de Ferdinand et que c'était à elle de prendre la parole maintenant.

Il avait ouvert impatiemment toutes les armoires. Il cherchait quelque chose. Il avait oublié d'acheter l'huile pour cuire la viande. Il allait devoir retourner à l'épicerie. Mais non, Fabienne avait des concentrés de bouillon. C'était aussi bon et tellement plus digeste. Elle fut contente de se lever et d'avoir quelque chose à faire. Elle n'avait pas l'habitude de rester assise sans s'occuper. Sa voix était toute drôle, lointaine, comme celle d'une étrangère. Cette boisson l'enivrait. Elle le dit à Ferdinand qui la prit par la taille et l'entraîna dans une valse extravagante autour de la table. Il était très grand, elle très, très petite. Plus ils se rapprochaient, plus il lui sembla grand. Ils s'arrêtèrent enfin de tourner. Elle avait très chaud, elle était essoufflée, étourdie. Une douche lui ferait du bien. Elle le dit à Ferdinand qui s'inquiéta. Est-ce qu'elle allait être malade? Mais non, il y avait longtemps qu'elle ne s'était sentie aussi bien.

Elle versa le consommé, l'eau, les cubes de bouillon et le gingembre dans le caquelon de fonte émaillée, le déposa sur un rond du poêle à feu doux. Ses gestes étaient précis quoique lents, démesurément allongés; elle jouait dans un film au ralenti. Elle prit du linge propre dans sa chambre et s'enferma dans la salle de bain, au bout de la cuisine. Elle resta sous la douche une bonne heure et demi, elle l'aurait juré. Quand elle sortit, plus fraîche que les pompons rouges sur la table, Sophie, Mathieu et Ferdinand l'attendaient assis, leur fourchette à la main. Ils s'étaient tous mis à rire et à parler en même temps. Une vraie fête, commentait Sophie. Le souper était excellent: les huîtres savoureuses, la salade fondante, la viande cuite comme on la préférait, le vin velouté à souhait.

— Quel drôle de nom pour un vin! avait dit Sophie, Les Culottes de Velours...

On s'était passé la bouteille pour étudier l'étiquette. Les cupidons réjouissaient Mathieu, il ricanait sans pouvoir s'arrêter, la bonne humeur était contagieuse. Sophie lut à haute voix: négociants à Saint-Jean-des-Vignes, France. Ferdinand s'émoustillait. Il commença à raconter la France: le pur tracé des vignobles, les villages enfouis dans leur écrin de verdure, les pierres usées, gravées, veinées par le passage du temps, l'ombre paisible des cafés, il regardait Fabienne. Sophie l'écoutait médusée. "Et les châteaux?" demandait-elle. Ferdinand s'emballait. Ceux d'Italie, ceux d'Allemagne, ceux d'Irlande? Il avait passé sept mois à visiter l'Europe. Il en avait rapporté plus de six cents photos, bien mieux, des diapositives. Mais oui, il voudrait bien aller les chercher tantôt. Après le souper. Les enfants battaient des mains. Ils avaient moins faim tout à coup. Le dessert pouvait attendre. Les fromages aussi. Ferdinand dut manger un peu plus vite les derniers cubes de viande, Mathieu et Sophie les faisaient cuire pour lui.

Ils s'étaient tous assis dans le grand salon tapissé de livres et avaient regardé les deux cent quarante diapositives. Les meilleures, avait assuré Ferdinand. Sophie et Mathieu débordaient d'enthousiasme. Ferdinand expliquait, volubile. Fabienne écoutait, regardait en silence; elle était fascinée. Ferdinand était un photographe sensible: sa caméra s'attardait volontiers sur une fenêtre, un chat, un berger dans la campagne. Tiens, il y avait donc encore des bergers ailleurs que dans les livres. Et des marronniers, des platanes, des châtaigniers, des oliviers: voilà donc à quoi ils ressemblaient tous ces arbres dont les feuillages inconnus avaient orné les paysages de ses premières lectures. Et ces villages qu'on aurait cru sculptés dans leurs rochers: toits de chaume, toits d'ardoise, toits de tuiles rondes. Les mots avaient enfin des visages dont elle pouvait se repaître. Je vis dans un monde fermé, avait pensé Fabienne avec amertume. Peut-être Ferdinand a-t-il raison. Mes maigres subventions me condamnent à jamais à vivre dans une cage. À d'autres le plaisir de voir de leurs yeux cette admirable richesse.

— C'est fabuleux, avait dit Fabienne à Ferdinand, quand les enfants s'étaient lentement assoupis sur le divan après en avoir redemandé encore et encore avec des voix de plus en plus petites, de plus en plus chevrotantes.

— Et ne va pas penser que j'exagère. J'ai eu les mêmes yeux émerveillés des enfants pour regarder tes photos. Tu as soulevé pour moi les voiles d'un monde que je ne connaissais que d'une façon livresque. Et, à mon grand étonnement, à mon plus grand ravissement, la réalité de tes images submerge les patientes gymnastiques de mon imagination. Je fabulais, bien en deçà de l'écrasante beauté du réel. Je vivais dans l'ignorance du concret, toute prête à croire en l'illusoire pourtour de mes chimères. Alors que le monde est tout naturellement là, à la portée de nos regards. Ferdinand, tes voyages me donnent envie de m'faire pousser des ailes.

C'est en substance ce qu'avait dit Fabienne en palpitant des narines, en papillonnant des lèvres, les deux lacs bleus sombres de ses yeux scintillant de petites vagues papillotantes. Elle était assise par terre, la tête appuyée sur le coin du divan où dormaient Mathieu et Sophie, leurs jambes emmêlées. Ferdinand s'approcha de Fabienne et s'assit à côté d'elle.

— Ne t'envole pas tout de suite, lui chuchota-t-il, et soudainement il voulut la bercer, caler sa petite tête frémissante sous son aisselle. Au moment précis où Ferdinand pencha ses boucles luisantes sur la chevelure cuivrée de Fabienne, l'importun coucou sonna placidement onze heures. Fabienne se leva, s'ébroua:

— Occupons-nous plutôt de nos tendres oisillons.

Ferdinand souleva précieusement le corps frêle de Sophie. Avec des gestes gauches et tendres il la transporta dans sa chambre. Fabienne déplaçait les coussins derrière Mathieu. Elle le déshabilla ne lui laissant que ses petites culottes qu'il portait même sous son pyjama. Pudeur? Habitude? elle s'en irritait à chaque fois. "On est si bien tout nu", lui disait-elle quand il les remettait vitement après son bain. Elle fut tentée de les lui retirer, à son insu, juste pour lui prouver comme le corps se repose mieux ainsi. Me voilà bien subversive aujourd'hui, songea-t-elle. Mathieu souleva les deux coquilles frangées de ses paupières comme s'il avait deviné les malicieuses intentions de sa gardienne. Mais ses prunelles étaient vides, exemptes de toute intelligence. Il les referma aussitôt.

Le sommeil est une petite mort, se dit Fabienne. Une minuscule échappée sur le grand lit immobile du néant. Oh! que la vie est brève! Elle souleva le petit corps docile, étendit le drap frais sous la peau humide et abrilla l'enfant. Elle caressa, douces, douces, douces, les mèches soyeuses. Mathieu était calme de cette paix rayonnante qu'ont tous les êtres en dormant. Cette émouvante distance qui érige des murailles de transparence devant vos plus proches amis, qui fait de vos enfants, de vos parents, de vos amants, des étrangers inertes, des enveloppes inutiles. Où vont la nuit les esprits de tous ces êtres qui dorment dans leur maison? Vers quel pays, dans quelle voie lactée dirigent-ils le fol équipage de leur imaginaire enfin délesté de la bouée de leur conscience? Fabienne ne vit rien sous le rideau noir des cheveux qu'elle écarta sur le front de Mathieu; rien que le front pur et parfaitement lisse d'un enfant qui dormait. La puissante fusée rose, violette et rouge avait emporté l'âme de Mathieu vers une destination connue de lui seul.

Ferdinand bardassait dans la cuisine. Avant de l'y rejoindre, Fabienne s'arrêta dans la chambre de Sophie. Elle caressa du doigt la joue rebondie sous le demi-sourire. *Mon enfant, ma sœur, songe à la douceur...* Une musique cristalline dansait en sourdine dans l'oreille de Fabienne et s'enroulait en spirale autour de sa mémoire. "Vogue, vogue, le petit bateau dans ta tête, murmura-t-elle à sa fille, mais prends bien garde, la terre est ronde m'a dit Julie." Le visage impénétrable, Sophie dormait. Le rêve aurait-il enfin raison de ses oublis? Fabienne entrebâilla la porte.

Ferdinand avait tout rangé. Des piles d'assiettes soigneusement rincées s'érigeaient sur le comptoir. Sous le bouquet de pompons rouges suaient trois morceaux de fromage à côté de la deuxième bouteille de vin de velours aux trois quarts pleine. Fabienne alluma une chandelle, éteignit le lustre rond du plafond. Sous les reflets moirés de la flamme vacillante, Fabienne dit qu'elle avait, elle aussi, quelque chose à fêter. Elle raconta d'une voix hésitante la petite blessure qu'elle avait infligée à son amie Julie, et l'étrange contentement qu'elle en avait retiré. Ferdinand s'emporta; il parla de l'extrême générosité de Fabienne et du profit que les autres y trouvaient sans la moindre reconnaissance. Il parla d'exploitation, d'esclavage, de grandeur d'âme, de mesquinerie, d'abnégation. Il parla de l'altruisme des femmes. Fabienne l'écoutait, amusée. Le sujet était délicat, le terrain était glissant. Ferdinand patinait bien. Il pesait ses paroles.

— Tu as une âme de missionnaire, tu voudrais sauver l'univers. Méfie-toi, Fabienne, le monde est vaste. Sois économe de tes largesses, n'éparpille pas aux quatre vents ta trop belle prodigalité. Qui trop embrasse...

Ferdinand s'interrompit d'un air coupable et posa un bec maladroit sur le menton de Fabienne.

— ... mal étreint? chuchota-t-elle en lui rendant son baiser. Leurs visages se rapprochèrent inconsidérément. Leurs lèvres étaient douces et fruitées. Ferdinand visait de plus en plus juste. C'est alors que Fabienne proposa d'aller se coucher. Ferdinand hésita longtemps, si longtemps que Fabienne se mit à regretter cette invitation qu'elle avait plutôt l'habitude d'attendre. Pour une fois que c'est moi qui propose, s'était-elle dit et, pensant à Julie, ça n'a pas l'air bien drôle d'essuyer un refus, mais voilà que Ferdinand comprenait soudain et...

— Est-ce qu'il est parti, m'man? dit une voix lointaine qui semblait sortir de nulle part.

Fabienne souleva le drap vert qui lui recouvrait la tête. Sophie grimpa sur le lit.

— Est-ce que tu dormais, m'man? Est-ce que Ferdinand est parti?

— Euh... oui Sophie, Ferdinand est parti.

Sophie farfouillait dans les cheveux de Fabienne. Elle tira sur l'élastique bleu qui retenait la torsade et démêla la longue tresse molle et broussailleuse. En silence elle peigna les bandeaux clairs avec ses doigts et les étendit lentement sur l'oreiller. Les doigts étaient légers, prévenants. Fabienne ferma les yeux. Sophie se releva et s'agenouilla au-dessus de sa mère pour admirer la coiffure.

— Pas mal, annonça-t-elle gravement en épiant le visage immobile. Les yeux sont un peu pochés tout de même mais les joues sont roses et le sourire... ce sourire, comme il a l'air heureux! Et la coiffure, quelle merveille! En plein ce que je voulais. Comme ça Fabi, t'as l'air d'un soleil.

Et Sophie embrassa précieusement les rayons brun et or. Fabienne la tira vers elle; l'enfant résista et s'allongea à côté, les yeux fixés au plafond.

— Maman, est-ce que Ferdinand a couché ici?

— Oui, répondit simplement Fabienne.

— J'veux dire ici, dans ton lit?

— Ben, oui, dit-elle de la même façon.

— Et... c'était bon? demanda Sophie en tournant sa tête sur l'oreiller.

— Oui, c'était bon, déclara Fabienne. C'était très bon.

8. Aubes

Alexandre Chalifoux s'éveilla. Il était sept heures. Il le vit à l'horloge chromée suspendue au-dessus du bar. Il avait froid dans son sac de couchage et il fut pris d'une indomptable envie de pisser. Il se tira machinalement de l'enveloppe de duvet et se dirigea vers les toilettes. Il grelottait. C'était pas la peine de coucher dans cave pour qui fasse moins chaud, pensa-t-il, j'ai toujours froid le matin. Il enfouit les mains dans son pyjama Batman et grimpa les escaliers, le dos courbé, la tête sur l'estomac. En haut tout était silence. Son père était parti pour la shoppe et les autres dormaient encore. Il entendit en passant près de la chambre de mémère le puissant ronflement qu'elle poussait en dormant. Il s'assit sur la cuvette glacée, il avait négligé de baisser le siège coussiné, et écouta pensivement le mince filet d'urine coulant entre ses jambes. Il avait très mal dormi.

Toute la nuit, il avait nagé dans une rivière sans fin, poursuivi par une bande de poissons à tête de rhinocéros. Il nageait vite et bien mais ses mouvements étaient gênés par une grosse poche de linge qu'il devait porter sur le dos, une tête d'oreiller pleine de morceaux d'étoffes. Au début la poche était légère mais progressivement elle était devenue très lourde et Alexandre avait découvert avec effroi qu'elle s'était

133

subitement transformée en un sac de plastique transparent rempli de chatons. Les chatons étaient vivants; ils miaulaient à fendre l'âme et leur fourrure était toute mouillée. Alexandre devait les sauver de la voracité des cruels poissons rhinocéros. Sophie l'attendait au bout de la rivière. Il ne la voyait pas, elle, mais apercevait au loin un petit pied blanc qui s'agitait dans les remous de l'eau verte. Il n'avait pu cependant arriver jusque-là. Un poisson l'avait mordu dans le cou et il s'était réveillé. Il avait pu alors constater que ce qu'il avait pris pour les dents d'un poisson n'étaient en réalité que les canines inoffensives et froides de la fermeture Éclair de son sac de couchage. Il n'avait pas ri toutefois, encore sous l'effet de l'épouvantable poursuite.

Alexandre se releva, retroussa ses culottes et redescendit au sous-sol. Il allait se recoucher et dormir encore un peu. À côté de son lit de fortune, son frère Paulo remua doucement. Il était étendu sur un vieux matelas gris et noir sans nulle couverture. Alexandre réintégra son sac et ferma les yeux. Aussitôt, les bouches énormes des poissons réapparurent sous ses paupières. Qu'est-ce que c'était déjà le nom des poissons dans le film qu'il avait regardé avant de s'endormir? Des piranhas. Oui. C'était bien ça. Très rapides et très voraces. Et avides de chair humaine. Voilà donc pourquoi il avait fait ce rêve étrange.

Hier soir son père était rentré plus tard que d'habitude. Il avait une grande boîte plate dans les mains. Il avait regardé fièrement ses deux fils et leur avait dit: "Les enfants, va falloir que vous soyez bien smates à l'avenir parce que popa vous a acheté un autre beau gadget. Une vraie aubaine!" avait-il ajouté à l'intention de sa femme qui avait froncé les sourcils qu'elle avait noirs et épais. "Seulement quatre cents piastres et avec ça, et pour le même prix, trois beaux films gratis." Et il avait posé précieusement la boîte sur la table de la cuisine en disant: "C't'un maniétoscope. Avec ça Georgette, tu vas pouvoir watcher toutes les téléromans pis moué, toutes mes games de hockey. Voyez-vous, c't'une espèce de machine qui peut téper toutes les programmes de tivi. Pis en plus, a peut passer toutes sortes de films, toutes les sortes de films", avait-il précisé en clignant de l'oeil vers sa femme. On va s'faire du fun, la mére!"

Georgette n'avait rien dit sur le moment. Elle avait très vite réfléchi et calculé que, tout compte fait, les bières à maison coûtaient moins cher que les bières à taverne et que Roger allait devoir sortir moins souvent avec ses tchums soi-disant pour watcher les finales de hockey, de football pis de biseball. Devant l'encourageant mutisme de Georgette, Roger avait donc transporté dans leur beau sous-sol fini, leur nouveau et non moins beau maniétoscope.

— Qu'est-ce que vous voulez écouter, les boys? avait fini par dire le père après avoir farfouiné deux longues heures dans l'appareil.

— Y'a un film d'amour...

— Ah non! pas ça!

— Y'a un film de vampires.

— Ah non! cé trop épeurant!

— Pis y a un film de poissons.

— Oui, oui. Les poissons!

— Ben c't'encore en angla, avait dit Paulo quand le film fut commencé.

— Je l'sais, mé y en avait pu en frança, avait dit le père légèrement ennuyé.

— Ça fait rien, avait remarqué Alexandre, même en français, on comprend pas des fois!

Et toute la famille, la mémère était descendue pour l'occasion, s'était plus ou moins captivée devant la terrifiante aventure d'une innocente bande d'humains attaquée par une méchante bande de piranhas. Roger avait commandé une pizza extra-large all dressed et on avait un peu oublié de regarder les séquences où n'apparaissaient pas les poissons carnivores. Ensuite Alexandre s'était étendu dans le sleeping

135

et Paulo avait voulu faire de même. Une longue querelle avait suivi et Roger avait fini par dénicher un vieux matelas où son fils avait pu s'allonger.

Alexandre se retourna. Paulo dormait paisiblement. De longues mèches blondes et sèches pendaient sur son front et lui cachaient l'oeil droit. Ses lèvres étaient entrouvertes, trois dents luisantes perlaient sous la salive. L'enfant était étendu sur le côté, les mains entre ses cuisses, les jambes à demi-repliées. Alexandre pensa que son frère n'avait pas l'air de faire des mauvais rêves, qu'il avait plutôt ce visage tranquille qu'il ne lui voyait pas souvent. Paulo sortit une langue rose, la fit tourner sur ses lèvres et referma sa bouche sur un sourire extasié.

Alexandre fut pris d'un besoin impérieux de réveiller son frère, un désir cruel d'interrompre ses secrètes rêveries. Au moment où il levait la main pour obéir à cette furieuse envie, son regard fut attiré par une tache sombre qui s'agrandissait lentement sous la hanche de Paulo. Une tache mouvante ombrait peu à peu les fines rayures du matelas, s'avançait telle une lente marée près des doigts indécis d'Alexandre. Spontanément il voulut dire à son frère: "Aïe, Paulo, réveille-toi, t'es encore en train de pisser au lite." Il ne le fit pas.

Il laissa l'odeur acide et tiède envahir ses narines. Il se souvint avec délices de la chaude caresse de l'urine sur sa peau hérissée et frissonnante quand, la nuit encore parfois, il se laissait aller à ce suave abandon. Cette fièvre insidieuse et pénétrante après les patients sursauts de résistance, cette coulée bienfaisante entre ses jambes froides était ce qu'il connaissait de meilleur dans l'intimité de ses nuits cauchemardesques. Après, c'était plutôt désagréable, pensait-il en observant le pyjama collé sur les cuisses de Paulo, parce que tout devenait froid, mouillé et puant.

Paulo ouvrit un oeil fauve. Sa bouche était boudeuse, il avait son visage de jour.

— Tu vas t'être puni, ricana Alexandre en échafaudant intérieurement les plans de sa journée.

* * *

Jérémie Rossignol lorgnait, attentif, sa montre numérique officielle E.T. Son grand-père la lui avait offerte le jour de son anniversaire. Ça n'était pas celle qu'il désirait. Celle qu'il voulait, lui, Jérémie, c'était celle qu'il avait vue à la page 52 du catalogue *Distribution aux Consommateurs*.

— Maman, lis-moi ce qui est écrit ici à côté de la lettre *M*.

Julie soupirait et répétait docilement:

— *Montre-eau Remex étanche. Sonnerie, calendrier. Chrono 1/10 sec. Pile 5 ans. Valait 27.97$. Prix D.C. 24.97$.*

— C'est celle-là que je veux, avait dit Jérémie d'un ton assuré. Est-ce que c'est très cher 24.97$?

— Mais oui, Jérémie, c'est très cher!

— Bon, avait déclaré Jérémie, on la demandera à grand-papa.

C'est ce qu'on faisait généralement quand Jérémie désirait un cadeau trop cher, on demandait à grand-papa. Il avait toujours de l'argent dans les grandes poches de son pantalon. Sa mère, elle, n'avait pas de poche dans les grandes jupes dont elle s'enveloppait. Pas de poche, pas d'argent. Seulement quelquefois, les premiers jours du mois, quand elle se rendait à la banque.

— C'est ben que trop bébé! avait lancé Jérémie quand il avait déballé le petit paquet que lui avait remis son grand-père. J'ai huit ans moi, lui avait-il crié, les yeux pleins de larmes.

— Oh! excuse-moi, avait dit l'homme en se grattant vigoureusement la tête. Des montres-eau, y en avait plus.

L'enfant incrédule le dévisageait furieusement:

— As-tu regardé à la page 52 du catalogue?

— Oui Jérémie, j'ai examiné toutes les pages de montres. Il n'y avait plus rien en bas de trente dollars, ajouta-t-il penaud.

— Est-ce qu'elle est étanche au moins?

— Je ne crois pas, avait répliqué le grand-père, de plus en plus mal à l'aise.

Julie, pour sa part, l'avait trouvée hideuse, cette montre E.T. Comme tout le monde, elle avait vu et apprécié le film du paisible extra-terrestre. Mais elle soupçonnait une machination diabolique sous la mise en marché immodérée de ses grotesques effigies. La communauté terrienne n'était-elle pas sursaturée de biens inutiles? Toutefois soucieuse de ne pas davantage alourdir une atmosphère largement suffocante, elle avait ravalé ses mots et sa colère, se contentant de jeter un regard chargé vers son père.

"Viens, avait-elle dit à Jérémie, je vais t'apprendre à la régler." Et elle avait appuyé sur les boutons en évitant de regarder la monstrueuse tête de l'extra-terrestre. Jérémie, peu à peu rasséréné, s'était enfin ressaisi, constatant avec philosophie que au moins elle fonctionnait cette montre de bébé. Et le cadeau d'abord méprisé s'était brusquement vu surestimé quand Jérémie l'avait bravement braqué sous les regards admiratifs de ses camarades. "Wow, est pas mal belle — Soupeure — Too much — C't'au boutte", avaient tour à tour clamé les Mathieu Jasmin, Sébastien Lachapelle, Paulo et Alexandre Chalifoux. "Moi, j'haïs pas la couleur du bracelet", avait ajouté Sophie Desnoyers en reluquant la cuirette

138

bleue, d'un bleu à peine plus clair que ses limpides prunelles. "Tu dis ça parce que t'es une fille", avait froidement répliqué Jérémie. Sophie s'était gardée de ne rien ajouter.

La montre marquait huit heures dix. Maintenant, Jérémie la portait tous les jours. Elle lui était fort utile pour ajuster son appétit aux heures des repas. Quand il entendait les impatients et sonores borborygmes de son ventre, il pouvait évaluer exactement le temps qu'il lui restait à patienter avant de s'attabler devant les plats de lentilles, de fèves soya, de pois chiches, de haricots rouges ou blancs.

C'était quand, au fait, le prochain repas de hot dogs chez Fabienne? Il fit un calcul compliqué; à l'aide des émissions de télé qu'il aurait dû voir la veille s'il n'avait pas accompagné sa mère chez une femme qui n'avait même pas de téléviseur, à l'aide des émissions visionnées l'avant-veille, il en arriva à la conclusion qu'il irait justement dîner chez Fabienne puisqu'on était mercredi et que tous les mercredis sa mère s'absentait toute la journée afin d'assister aux ennuyeuses réunions de la "Fraternité drabe".

Mais se trouvait-il dans la semaine faste des hot dogs ou dans la semaine saine, comme disait Fabienne? Car celle-ci avait dû intervenir devant l'appétit démesuré de cet adorateur de la saucisse et avait conçu un règlement tout simple qui permettait à chacun de choisir une fois sur deux le menu du mercredi midi. À qui donc le tour de choisir? Il fouilla l'épaisse chevelure blonde qui lui couvrait le crâne comme s'il allait découvrir entre les boucles serrées une réponse à cette capitale question. Par quelle étonnante association d'idées trouva-t-il effectivement au contact de ses cheveux qu'il avait englouti deux assiettées de macaroni au fromage la semaine précédente? Il s'en souvenait parfaitement bien. Même qu'il y avait aussi Alexandre et Paulo qui se faisaient garder et qu'ils avaient tous mangé leur dessert dehors, sur la petite table en rotin et que tous les enfants de la rue Fabre étaient venus les contempler.

Enhardi par la joyeuse perspective d'engouffrer deux ou trois hot dogs pour dîner, Jérémie lança loin de lui le livre de Tintin posé sur ses jambes grêles et sauta promptement au bas de son lit en entonnant le cri libérateur: "À vos postes marins d'eau douce! Le capitaine Jérémie se lève." Sa mère se retourna en grognant dans le lit voisin; leurs chambres étaient contiguës, séparées par un mince rideau de coton gris aux larges roses décolorées.

Jérémie, vêtu d'un slip blanc béant sur ses cuisses maigres, courut vers la cuisine. En passant dans la pièce salon-salle à dîner-boudoir-bibliothèque il tourna le bouton du vieux téléviseur noir et blanc et poursuivit sa course jusqu'à la salle de bain. Il bascula bruyamment le siège et, tenant son pénis à peu près au-dessus de la cuvette, il dit d'une voix impatiente: "Quelle perte de temps que de pisser. Moi j'inventerai un jour des hommes sans pénis qui n'auront plus besoin d'uriner." Il secoua la chose molle, la remit dans sa culotte et, toujours au pas de course, fit deux tours exubérants de cuisine afin de mettre en valeur un adroit freinage devant le gros frigidaire jaunissant. "Mille millions de mille sabords, j'ai une faim à avaler des milliards de kilomètres de tartines de caramel." Il tira violemment sur la poignée et ouvrit toute grande la porte grinçante. Il scruta les quelques plats suspects recouverts de soucoupes dépareillées, grimaça sur la brique de tofu, le pot de yogourt et le citron ratatiné et repoussa furieusement la porte. "On va encore mourir de faim John", lança-t-il à son compagnon imaginaire. Il se laissa mollement tomber sur le sol et jeta de sa voix aiguë: "Foutue maison de pauvre, espèce de baraque trouée sans confiture, espèce de taudis dégueulasse sans caramel." Il s'étendit de tout son long, fit un tour, deux tours, trois tours, roula jusque devant le téléviseur. Il ajusta l'image brouillée du Schtroumpf étourdi d'un coup de pied, pivota d'un demi-tour, se tourna sur le ventre et, toujours allongé, les coudes reposant sur une fleur élimée du tapis, il posa son menton boudeur sur le support de ses paumes réunies.

Les longs pieds blancs de Julie s'avancèrent sur la moquette bourgogne et un pan de jaquette écrue voila le visage alangui du Schtroumpf paresseux. "Pas si fort", murmura une voix rauque au-dessus de Jérémie. Il leva les yeux, retroussa les lèvres, siffla entre ses dents "Salut Julie" et replongea son regard dans celui du petit homme gris. Julie émit deux longs bâillements, mit de l'eau dans la bouilloire, le pot de yogourt sur le napperon et disparut dans les toilettes. Jérémie se détacha de l'écran, "ça c'est trop niaiseux", marmonna-t-il, puis de sa voix perçante, il cria à Julie:

— Maman, y a pus rien à manger dans maison!

— Es-tu bien sûr qu'il n'y a plus RIEN? répondit une voix glacée.

— Ben, puark! Y a juste des trucs dégueulasses.

— Non, non Jérémie. Y a encore des biscottes, du yogourt... elle s'interrompit hésitant à ajouter à cette brève nomenclature les haricots rouges et le tofu. Oh! il y a aussi un fond de céréales dans l'armoire, ajouta-t-elle, soulagée.

Elle entendit aussitôt un sonore remue-ménage à travers la cloison. Il faut absolument que je m'arrête à l'épicerie après la réunion, pensa Julie. Pour une fois, Jérémie n'exagère pas, il ne reste vraiment plus rien dans le garde-manger. Elle donna quelques coups de brosse nerveux à sa longue crinière rousse, remonta ses lunettes rondes sur son nez et sortit de la salle de bain.

Jérémie, assis sur un tabouret, balançait ses longues jambes bronzées. Il tenait dans une main une grosse boîte de *Sugar Crisp*, dans l'autre une poignée de céréales. Avec une belle insouciance, il lançait les petits grains dans les airs et de sa bouche arrondie essayait de les gober. Une majorité impressionnante de céréales retombaient impoliment sur le plancher.

Julie l'observait en silence, l'oeil attendri. Son fils avait aujourd'hui toutes les raisons du monde d'user de manière si cavalière de leurs dernières provisions. Elle était une mère coupable de négligence outrancière.

— Je t'aime, je t'aime, je t'aime! lui cria-t-elle dans un brusque élan de repentir.

— Je t'aime, répondit Jérémie la bouche pleine. Il mastiqua prestement sa bouchée et frôla nonchalamment la joue de sa mère.

— C'est bien aujourd'hui que je dîne chez Fabienne? demanda-t-il.

— Oui, fit Julie en versant l'eau bouillante sur la dernière cuillerée de café noir dans le cornet de papier. J'espère qu'elle est bien reposée, ajouta-t-elle d'un ton très légèrement froissé.

* * *

"Y est huit heures et demi", lança la voix sèche de Maria. Thom repoussa du pied les minces couvertures de coton. L'homme d'ocre rouge s'arrêta de marcher dans sa tête. Thom ouvrit les yeux et fixa les taches sombres du plafond. Elles étaient à leur place, blessures familières où se dessinaient les contours râpés du petit monde qu'il s'inventait. Lui et Jeff s'amusaient parfois à y découvrir des paysages fantastiques habités de monstres effroyables. Ce matin, elles n'étaient que de larges crevasses, de pauvres bavures de tapisserie décollée.

Il palpa le cahier humide sous sa camisole; il avait jugé plus sûr de dormir avec sa lettre. Il tourna la tête et vit Jeff qui, assis sur le bord du lit voisin, se penchait sur ses chaussures et tentait d'en nouer les lacets épaissis par les noeuds. Thom voyait la peau blanchâtre entre l'herbe jaune et clair-semée des cheveux. Il toucha machinalement la brosse douce sur sa tête et tout son corps fut secoué du tic électrisant. Il se leva, enfila ses souples pantalons de jogging par-dessus ses caleçons troués et sortit de la chambre.

— Attends-mouâ, Thom, cria la petite voix de Jeff.

Dans la cuisine il s'assit en face de son père, lui-même attablé devant un coffre gris où s'entassaient pêle-mêle des hameçons de toutes sortes, des bouts de fil de nylon, des couteaux rouillés, des flotteurs, des plombs et de vieux chiffons tachés.

— Tu fais le ménage, p'pâ? s'enquit Thom en fixant l'attirail de pêche.

— Hmm! grogna le père.

Il sourit tout de même à son fils sans lui cacher la flamme joyeuse et puérile brillant dans son oeil clair. Maria baissa le volume de la radio.

— Ils annoncent des orages pis d'la tourmente pour demain, lança-t-elle. J'souhaite ben qu'on soit pas pris dans la tempête pis qu'le moteur cale point comme l'année passée. T'sais avec la pluie, on sait jamais...

— T'inquiète pas, m'man, fit la voix lente et tranquille de son mari. Le char est corrèque asteure. J'l'ai arrangé cette semaine. Y est comme un neu.

Maria lui jeta un coup d'oeil torve. L'été dernier, Harry lui avait raconté la même histoire; ils avaient dû s'arrêter pendant trois longues heures, au bord de la route, en attendant qu'il remette la vieille bagnole en état de rouler. Bah! songea-t-elle, le principal, c'est qu'on parte d'icitte au plus vite. Demain, c'est encore si loin. Aujourd'hui, toutes ces com-missions à faire! Elle s'essuya le front, posa deux bols de céréales devant Thomas et Jeff, lequel venait de s'asseoir à sa place.

— Avez-vous paqueté vos affaires, vous autres? demanda-t-elle en dardant son regard vif dans les yeux de Thomas.

— Oui, m'mân! mentit Thom.

Jeff loucha vers son frère et pencha le nez dans son bol. Il était lui-même en faute et n'avait nulle envie de se faire disputer.

— Bon, dépêchez-vous. Après on va aux commissions. Touâ Thomas, t'as besoin d'un pantalon pis d'une couple de chandails. Tes camisoles sont toutes trouées. Pis des lacets aussi.

— Mouâ aussi des lacets, fit Jeff en levant bien haut la jambe pour montrer son soulier détaché.

— Pis un costume de bain, m'mân, insista Thom.

— Tu peux bien encore te baigner en caleçons...

— T'avais dit qu'j'en aurais un cet été, m'mân, reprit Thom, déçu.

— J'avais dit, j'avais dit... À Petit Port, y aura personne pour examiner tes dessous.

— Oh! m'mân... Thom la regardait, suppliant.

— On verra, on verra. S'il nous reste de l'argent après toutes ces dépenses.

— Mouâ aussi, j'veux un costume de bain, gémit Jeff.

— On verra! conclut Maria excédée.

Et Harry qui ne disait rien et qui continuait de polir bêtement un hameçon. Lui aussi voudrait bien quelques agrès pour garnir son coffre de pêche. À elle, que resterait-il, après avoir payé pour tous les autres? Thom avait avalé goulûment son déjeuner. Il s'essuya la bouche du revers de la main et se leva précipitamment.

— Où tu vas, touâ?

— J'ai quèque chose à faire, m'mân. Ça s'ra pas long. Et sans attendre, Thom se précipita dehors.

144

Le ciel était jaune et lourd. Une épaisse couche de nuages s'acharnait à filtrer les rayons d'un soleil invisible. Thom longea la ruelle jusqu'à Saint-Grégoire et tourna le coin. Il aperçut trois grosses boîtes de carton dressées dans le terrain de jeu du *Pacifique*. Il regarda curieusement cet amas insolite dans le champ de broussailles et traversa obliquement la rue pour voir d'un peu plus près l'étrange édifice. Il pénétra par l'ouverture basse dans la boîte du milieu et vit qu'on avait essayé de percer deux portes latérales, permettant d'accéder aux deux autres boîtes. Une bonne idée, se dit-il, mais moi j'aurais plutôt découpé les panneaux de côté et collé soigneusement les parois de carton.

Il sortit, lut la pancarte accrochée au vieil arbre. Il ne put s'empêcher de sourire. Un château! Il regarda à nouveau les trois boîtes et revint vers l'écriteau. Il prit le temps de lire jusqu'au bout. Alexandre et Sophie, murmura Thom. Ils sont complètement fous! Un château! Un château? Cette minable petite cabane! Pourquoi pas un théâtre de marionnettes?

Il se retourna vivement. Mais oui! Un théâtre de marionnettes, quelle idée géniale! Il imaginait les manipulateurs, agenouillés dans l'ombre des boîtes, agitant de petits personnages frétillants. Il y avait de la musique aussi, des cris d'enfants et de frénétiques applaudissements. Thom saluait aimablement la foule curieuse accourue pour contempler le spectacle. Son spectacle. La voix de Sophie lisait le texte de présentation: *Idée originale, Thom O'Leary.* Il souriait. Il n'avait plus ce méchant tic qui secouait tout son corps.

Thom sortit de sa torpeur. La cigale chantait. Demain, il serait à Petit Port, il entendrait les lointaines sirènes des bateaux. Pourquoi les idées géniales lui arrivaient-elles toujours trop tard? Il courba la tête, retraversa la rue et bifurqua sur Fabre. Maintenant, il n'aurait plus le temps d'exécuter ses projets. Tout de même, cette idée, il allait la garder pour lui. Peut-être en parlerait-il à Fabienne au retour. Mais au retour, ce serait déjà l'automne. Il se sentit tout à coup très las et très malheureux. Il aurait voulu quitter instantanément cette chaleur humide et se retrouver sous le vent parfumé de la mer.

Il s'immobilisa devant la maison de Fabienne, souleva sa camisole et tira sur le cahier gondolé. Il détacha la page de la lettre, la plia maladroitement en quatre et marcha sur l'étroit trottoir de ciment devant la porte. Il scruta à travers les mailles fines du rideau: la double porte du vestibule était fermée. Il glissa son papier dans la mince ouverture cerclée de métal et s'approcha de la fenêtre ouverte, les rideaux étaient tirés. Il colla son oreille au grillage: le silence. Puis soudainement le coucou se mit à égrener les heures. Thom compta jusqu'à neuf puis lança de sa voix la plus forte:

— Salut Fabienne, le facteur est passé!

* * *

— T'es encore en train de m'battre Mathieu Jasmin, marmonna Sophie en voyant ses pastilles blanches virer au noir.

Mathieu souleva ses longs cils, plissa ses grands yeux paisibles et émit un petit rire satisfait. Sophie se pencha sur le jeu d'Othello et réfléchit longuement: il faudrait que je réussisse à m'avancer dans ce coin. Avec ce coin, je pourrais retourner toute cette rangée de pièces noires et toute la diagonale gauche. En posant mon pion ici, Mathieu va aussitôt me manger mais je pourrai tout à loisir m'installer dans ce coin stratégique et le manger à mon tour. Elle hésita quelques secondes encore.

Mathieu observait une mouche qui volait au plafond. Le coucou sortit soudainement de son abri et se fit un devoir d'annoncer l'heure. Mathieu compta patiemment sept, huit, neuf...

— Y est neuf heures, déclara-t-il fièrement. Il savait compter jusqu'à vingt.

Une voix toute proche les fit tous deux sursauter. Quelqu'un avait crié derrière la fenêtre du salon. Mathieu se leva et courut à la fenêtre pendant que Sophie pénétrait dans le vestibule et ouvrait la porte d'entrée.

— Hé Thom, reviens! cria Sophie. Mais l'enfant continua de courir sans l'avoir entendue. Arrivé devant sa maison, il monta dans une auto stationnée en face. La grosse voiture bringuebalante démarra et passa en cliquetant devant Sophie et Mathieu, lequel l'avait rejointe sur le balcon. Sophie agita la main et Thom cria quelque chose par-dessus la vitre entrouverte.

— Qu'est-ce qu'il a dit? demanda Mathieu.

— J'ai pas compris. Sophie haussa les épaules. Dommage! J'voulais l'inviter à continuer le château. Il a toujours de bonnes idées Thom.

— Ah ben pas lui! protesta Mathieu. Y veut toujours bosser tout le monde.

— Ça l'empêche pas d'avoir des bonnes idées.

— En tout cas, moi j'l'aime pas beaucoup, répliqua Mathieu en insistant sur le dernier mot comme pour atténuer son antipathie. Ma mère dit que son père a déjà été en d'dans, continua-t-il.

— Qu'est-ce que tu veux dire?

— Ben j'pense qu'y a fait de la prison ou quelque chose comme ça. Ma mère parle des fois du monde qu'a connaît pis qui sont en prison pis a dit toujours qu'y sont en d'dans. A dit aussi qu'y s'sont faites pogner pis que c'est ben bon pour eux-autres. A dit aussi qu'y a du sang indien Thom pis que c'est pour ça qu'y est méchant, pis voleur, pis menteur, pis qu'ses parents sont toujours en bouésson.

— J'pense pas que les Indiens aient tous ces défauts-là. Les voleurs, ça seraient plutôt les Blancs qui leur ont arraché leur terre.

— Comment ça?

— Ben avant, avant que les découvreurs viennent s'installer dans notre pays, c'était aux Indiens la terre. Pis les lacs, pis les forêts aussi. Ce sont les Blancs qui leur ont volés. Pis les Blancs, c'est nous autres... Comprends-tu?

Non, Mathieu ne comprenait pas. Si les Blancs étaient des voleurs, pourquoi ne les mettait-on pas en prison?

— Pourquoi y se vengent pas d'abord, si on les a volés, les Indiens?

— Parce qu'ils sont pacifiques, répondit Sophie d'une voix de soeur missionnaire.

"Pacifiques" un autre mot que Mathieu ne comprenait pas. Coudon! Y en a donc ben des mots que j'connais pas, s'étonna l'enfant.

— C'est quoi ça, "pacifiques"?

— Ça vient du mot paix. Ça veut dire que les Indiens ne veulent pas la guerre. Qu'ils veulent la paix. Que même si on leur a pris leur pays, ils préfèrent nous laisser tranquilles. Tu vois bien qu'ils sont meilleurs que tu penses.

— Peut-être, dit Mathieu hésitant, mais Thom, lui, c'est pas un pacifique. Y est toujours là à vouloir se batailler...

— C'est parce qu'on le provoque.

— Oui mais moi j'y ai jamais rien volé. C'est pas moi qui y a pris sa terre, pis ses lacs, pis ses forêts. Lui, par exemple, y se gêne pas pour me voler mes bonshommes de guerre. C'est lui le voleur, pas moi.

Sophie, à court d'arguments convaincants, repoussa les boucles humides sur son front.

— Y fait chaud dehors, dit-elle. Si on rentrait finir not' partie?

Mathieu, qui avait l'habitude des problèmes irrésolus, la précéda dans le vestibule. Il se pencha sur un morceau de papier.

— Regarde! Thom a laissé quelque chose.

— Montre. C'est donc pour ça qu'il disait que le facteur était passé.

Elle déplia la feuille de papier brouillon. Mathieu se haussa par-dessus son épaule.

— *Chair Fabiène*, lut-elle à voix haute. Elle s'interrompit déçue. C'est pour maman!

Elle tenta de poursuivre sa lecture en avançant dans le couloir mais l'écriture était si serrée par endroits qu'elle devenait illisible.

— Tiens m'man, un message, annonça-t-elle à Fabienne en clignant de l'oeil.

Celle-ci, captant le regard complice, crut que le billet venait des deux enfants. Elle essuya cérémonieusement ses mains savonneuses sur le linge à vaisselle replié sur son épaule et s'assit devant la table de cuisine.

— *Chair Fabiène*, commença-t-elle. Elle s'arrêta interdite. Mais Sophie, qui a écrit cette lettre? Ça n'est pas toi qui...?

— C'est Thom, m'man. Il l'a glissée dans la porte.

— Bon!... *Je t'écrie pace que j'ai pas faite exprai. J'ai cassé ta vitre pace que Jeff me agassais. C'est un axident. Exquse moi.*

Elle tourna la feuille. Au verso Thom avait esquissé un dessin à la mine. Il avait dessiné une haute maison à pignon sur laquelle une mince cheminée fumait abondamment. Dans le ciel souriait un soleil rayonnant et flottaient cinq gros nuages aux contours aiguisés. Chantal serait ravie, soupira intérieurement Fabienne. À côté de cette maison, au bien-être calorifique assuré, se tenait une humble niche d'où se déroulait une longue laisse au bout de laquelle se dressait une étrange créature.

— C'est un chien, avait constaté Mathieu en suivant du bout du doigt la corde qui retenait la bête.

— Oui mais comme c'est drôle, ajouta Sophie, c'est un chien à tête humaine.

— Hein?

— Oui, regarde!

Et en effet dans le visage rond, Thom avait tracé deux yeux très noirs, un petit nez et une bouche grande ouverte. Les oreilles étaient à leur place de chaque côté de la tête et le crâne était parsemé de traits courts et serrés.

— Comme ses cheveux coupés courts, avait rêveusement murmuré Sophie. Tout en haut du dessin, il avait écrit en majuscules:

JEUDI ON PORT POUR PETIT PORT.

— C'est vrai, se souvint Fabienne à voix haute, il m'en avait parlé dimanche. Je n'y pensais plus. Je lui avais promis un dîner avant son départ.

— Ben là, y peut pas. Y est parti en auto avec son père, conclut Mathieu satisfait.

— Bon, dit Fabienne en se levant. Elle plongea ses mains dans l'eau de vaisselle. Ce midi, il y a Jérémie. Si toutefois Thom revenait pour dîner, inutile de penser à les inviter ensemble. Ce sera une guerre sans merci. Elle soupira. Il restait une montagne d'assiettes à laver. À moins que...

Mathieu s'empara d'une fourchette à fondue fraîchement lavée et, s'en servant comme d'une épée, il se mit en garde comme un escrimeur et s'exclama:

— Paulo te l'avait ben dit, Fabienne, que c'était Thom qui avait cassé ta vitre.

— Hmm? fit distraitement Fabienne. Il aura au moins eu le courage de s'excuser.

Mathieu laissa tomber la fourchette.

— Viens Sophie, que je finisse de t'battre.

— Ouais, répondit Sophie en ramassant l'ustensile. Après on ira continuer le château.

9. Le songe creux

La maison était silencieuse. Sophie et Mathieu étaient au *Pacifique*. Fabienne ouvrit un tiroir et en ressortit une pile de petits papiers blancs. Elle s'assit devant la table de la cuisine et prit l'un des crayons dans la tasse ébréchée posée à côté du bouquet de pompons. Elle s'absorba dans la contemplation d'une fleur rouge, puis se pencha sur le papier. Tiens, des poulets à frire en spécial chez Provigo! Elle en prit note sur sa liste d'épiceries. Deux dollars seize le kilo! Ça vaut bien le détour par Mont-Royal, pensa-t-elle en étudiant les cahiers publicitaires étalés devant elle. C'est infiniment pratique toutes ces chaînes d'alimentation à portée de jambes. Je réussis chaque semaine à acheter au moins les deux tiers de nos épiceries à rabais. Je me demande comment font tous ces gens qui achètent deux jours sur trois chez le dépanneur. C'est vrai, il faut bien qu'ils vivent ces petits commerçants! C'est pas ce que je leur donne qui les fera engraisser. Oh! J'oubliais les courgettes. Monsieur Beausoleil m'a commandé trois gâteaux aux courgettes pour la fin de semaine. "Ce sont mes préférés", m'a-t-il dit avant-hier, d'une bouche gourmande. "Vous allez tout manger votre profit", lui ai-je répliqué en riant. Il a haussé les épaules: "Ma femme a pas le temps d'en faire. Avec le commerce vous savez..."

Moi, réfléchit Fabienne, je ne travaille pas et j'ai tout juste le temps de confectionner deux ou trois gâteaux par semaine qui me rapportent deux dollars pièce. "C'est mieux que rien", m'a déclaré Georgette Chalifoux quand je lui ai avoué mon maigre bénéfice. "Ça te prend quoi? Une heure pour les faire? Ça te fait donc six piasses de l'heure. C'est pas si pire. Sais-tu que c'est plusse que Roger gagne à shoppe? Pis tu fais ça ben tranquille dans ta cuisine. Si tu veux, m'a en parler à ma tchume de fille qu'est caissière chez Métro. À connaît ben le gérant naturellement, pis a pourrait y demander si y voudrait pas t'en passer quèques douzaines par semaine. Aïe, sais-tu que ça pourrait être payant!" Georgette calculait. "Trois douzaines à deux piasses, ça te ferait déjà soixante-douze piasses clair dans tes poches. Même que tu pourrais les vendre plus cher! Y sont tellement bons tes gâteaux", avait-elle dit en se servant un deuxième morceau.

"Non, non, avait protesté Fabienne, je fais ça juste pour arrondir les fins de mois. J'ai pas envie de transformer ma cuisine en pâtisserie." Et elle avait ajouté en rougissant: "C'est un petit budget spécial pour les enfants." Sans ajouter que les fils Chalifoux y puisaient leur large part. "Cé ben comme tu voudras, avait dit Georgette, mé me semble que tu devrais y penser. J'te dis que ça s'vendrait ben chez Métro... Dans toué cas, tu m'donneras tes recettes." Pas de danger, pensait Fabienne, qu'avec ses deux enfants, sa belle-mère, son mari pis son pensionnaire, elle trouve le temps de me faire concurrence.

Le coucou chanta une fois dans le salon et la sonnette retentit en même temps. Fabienne ajouta quelques mots sur la liste et s'avança dans le couloir. Elle vit à travers le rideau les boucles blondes de Jérémie. Elle ouvrit la porte et l'enfant se laissa tomber dans ses bras. Il avait un oeil gai, l'autre triste:

— Salut Fabi!

Julie marchait vers Saint-Grégoire. Elle se retourna et agita la main au-dessus du nuage roux de ses cheveux.

— Suis pressée. Suis en retard, lança-t-elle.

— Bonne journée Julie, murmura Fabienne en mimant trois petits becs sonores sur les joues de son amie.

Jérémie, la tête calée au milieu de son épaule, ne bougeait pas. Il avait la consistance d'une guenille mouillée. Fabienne contempla le ciel: un seul nuage compact.

— Quelle étuve, gémit-elle.

— Quelle fournaise, fit la voix au-dessous.

— Un four, insista-t-elle.

— Un radiateur, souffla Jérémie.

— Une boule de feu, gronda Fabienne.

— Une patate chaude! conclut Jérémie. Fabienne, Fabienne, ouille je fonds. La chaleur me brûle et me fait fondre. Regarde, je coule de partout, et en parlant, l'enfant se glissa jusqu'à ses pieds.

— John, la chaleur m'a tué, dit-il encore et il s'allongea mollement sur la galerie.

— Dommage! Fabienne s'adressa à l'invisible compagnon de l'enfant. Dommage John, Jérémie devait manger avec nous.

Jérémie rebondit immédiatement sur ses jambes.

— C'est bien le jour des hot dogs? demanda le ressuscité.

— Oui, répondit Fabienne. J'ai cependant une proposition à te faire...

L'enfant s'était rembruni:

— Laquelle?

Elle le poussa dans la maison et referma la porte.

— Laquelle?

— Que dirais-tu d'un déjeuner sur l'herbe, d'un dîner sous les arbres, d'un pique-nique au parc Laurier?

— Aux hot dogs?

— Ben non, aux sandwiches.

— Aux sandwiches à quoi?

— A ce que tu voudras!

— Bon, au baloné d'abord, consentit le fils de Julie. Pis une au jambon. Pis une autre au beurre de pinottes.

— Parfait! s'exclama Fabienne.

Une grande variété de viandes froides s'offraient en spécial chez Métro et le beurre d'arachide se vendait soixante-trois cents de moins chez IGA. Ah! les pique-niques, quelles libératrices fuites loin de la cuisine, quels pieds de nez au lavabo. Congé de vaisselle! Oui, après celle qu'elle venait de se payer, le papier ciré lui serait un couvert de reine. Aux poubelles les assiettes! "Bon, jubila-t-elle, il faut maintenant que j'aille acheter tout ça. Tu viens avec moi?" demanda-t-elle, ne dédaignant pas deux bras supplémentaires pour transporter les provisions.

— Ah non! C'est trop plate les épiceries! annonça l'immodéré gourmand. J'aime mieux rester ici et faire un dessin.

Fabienne fut étonnée. Jérémie ne manifestait jamais le désir de dessiner. D'habitude, il préférait les bricolages. Il prétendait que le dessin, c'était pour les filles.

— Pourquoi dis-tu cela? lui avait un jour demandé Fabienne.

— Parce que Julie dessine, avait bêtement répondu l'enfant.

— Et puis? Il y a certainement autant d'hommes que de femmes qui dessinent.

— Peut-être, mais moi j'aime mieux fabriquer des objets.

— C'est ton droit le plus légitime, Jérémie, de préférer les bricolages mais tu n'as pas à mépriser ceux qui aiment mieux faire autre chose et surtout tu n'as pas à qualifier de féminines toutes les activités qui t'emmerdent.

Fabienne avait quelque peu haussé le ton en terminant sa phrase et l'enfant avait baissé la tête, penaud. Elle s'en était voulu ensuite de cette remarque, consciente que Jérémie risquait à jamais de se détourner du dessin, confondant la colère de Fabienne et son aversion à lui pour ce jeu. L'occasion était trop belle de réparer cette méprise.

154

— Écoute, dit-elle, j'ai quelques petites choses à terminer avant de partir. Prends le temps qu'il te faut. Je serais si contente d'avoir enfin un dessin de toi que je puisse afficher avec les autres. Regarde, il y a justement une place là sur le mur d'en face. Une place qui t'attend et elle montra un petit espace de mur dénudé entre les dizaines de feuilles coloriées tapissant la pièce.

— Je t'ai déjà dessiné une fusée hier, déclara Jérémie, tout à coup indécis.

— Oui et tu l'as découpée, soupira Fabienne.

— Qu'est-ce que tu veux que je dessine alors? demanda-t-il hésitant.

— Ce que tu voudras Jérémie. C'est toi-même qui m'as tout à l'heure proposé un dessin. Tu avais bien une idée en tête, non?

— Ben non! Euh... oui. J'sais pas!

— Pense à un objet, à une personne, à un paysage que tu aimes beaucoup. Et dessine-le. C'est tout simple.

— C'est trop difficile. J'ai pus le goût d'dessiner.

Fabienne sentit monter en elle une petite vague d'agacement. Il a parfois le talent d'arracher une à une toutes mes réserves de patience, pensa-t-elle en disposant devant lui les crayons de bois, les crayons feutre, les craies de cire et quatre feuilles de papier.

— Quand tu as fini, tu m'appelles, et sans rien ajouter elle se glissa furtivement hors de l'atelier.

Elle tendit l'oreille en avançant dans le couloir. Jérémie ne la suivait pas. Peut-être s'était-il enfin décidé? Quel était donc ce mystérieux refus devant toute forme de graphisme et de graphie? Car non seulement Jérémie n'aimait pas dessiner, mais il s'obstinait à repousser tout apprentissage de l'écriture. À huit ans, sous les quolibets mordants de ses camarades de classe, il se targuait de ne savoir ni lire ni écrire.

155

— C'est inutile, déclarait-il en croisant les bras devant son cahier d'écolier, en l'an 2000, on n'en aura plus besoin. On écrira avec des ordinateurs, on lira sur des téléviseurs.

— Même sur des téléviseurs, il faudra bien que tu apprennes à les lire, ces livres, lui répliquait Julie, penchée sur les devoirs de son fils.

— Ben non niaiseuse! Ils seront en images, comme les Tintin, lui criait Jérémie.

Peut-être ce petit garçon de l'avenir a-t-il raison, se dit Fabienne en vidant tranquillement le réfrigérateur de son contenu. Peut-être est-il si intégré au processus de la révolution technologique qu'il ne peut s'adapter à un système scolaire désuet encore modelé sur un mode d'apprentissage démodé? pensait-elle en étalant les pots de confiture maison sur la table. Je ne suis qu'une pauvre réactionnaire de croire qu'il faille encore enseigner aux enfants à lire et à écrire. Des machines aux pouvoirs ignorés transformeront l'humanité toute entière. Les mots n'auront qu'un temps. L'ère de l'écriture s'éteindra comme l'ère des dinosaures. Les bibliothèques ne seront plus que de vastes musées où de rares et vénérables érudits sauront encore déchiffrer les signes cabalistiques d'une époque révolue. De même que l'écriture le langage se perdra dans la nuit des temps: les habitants de la terre utiliseront un code unique pour communiquer. Les langues s'atrophieront dans les bouches devenues inutiles et stériles. Finis les problèmes de langage et d'incommunicabilité. Les pensées se révéleront intactes dans toute leur troublante nudité. Plus de malentendus possibles, plus de conflits donc, plus de guerre. Une société parfaite. Parfaitement ennuyeuse oui, cogitait Fabienne en frissonnant pendant que la chaudière se remplissait d'eau tiède.

Fort heureusement je ne serai pas le témoin horrifié de ces mutilantes métamorphoses. Mais Sophie, elle, devra vivre tous ces changements. Devra-t-elle se débarrasser, comme on le fait d'un vêtement trop usé, des valeurs que je lui ai intuitivement transmises? Comme je l'ai fait moi-même d'une pratique religieuse vieillotte, abandonnera-t-elle pour toujours l'indispensable exercice de la lecture et de l'écriture? Ou sera-t-elle comme je le souhaite la mémoire vivante de mon infini respect des mots?

Fabienne transporta le seau devant la porte béante du réfrigérateur et plongea son chiffon usé dans l'eau claire. Pourquoi Jérémie et Sophie sont-ils si différents? Comment deux enfants si semblablement éduqués par deux femmes seules ont-ils réussi à se ressembler si peu? Est-ce bien comme me l'affirme si candidement Jérémie parce que lui est un garçon et Sophie une fille? Quelle part de vérité faut-il circonscrire dans ce mot d'enfant qui revient comme un leitmotiv? À quel modèle masculin fait-il allusion en me renvoyant sans cesse cette boutade agaçante? Il n'y a pas davantage d'homme dans la vie de Jérémie que dans la vie de Sophie. À peine quelques amis. L'image de Ferdinand se dessina sur la paroi froide et blanche du réfrigérateur. Fabienne frotta énergiquement une petite tache jaune qui s'acharnait à s'incruster. Elle se souvint brusquement d'une scène qui avait eu lieu ici même dans la cuisine, quelques années auparavant.

Jérémie venait d'arriver dans le quartier. Sophie avait fait sa connaissance en jouant à la cachette au *Pacifique*. Elle avait plus tard raconté leur rencontre à Fabienne. Pendant qu'Alexandre comptait jusqu'à cent, le dos courbé, la tête enfouie dans son bras appuyé au gros tronc de l'arbre solitaire, Sophie avait eu l'idée de grimper dans l'un des wagons immobilisés sur la voie ferrée. Elle s'était péniblement hissée jusqu'à la plate-forme et là, une main secourable avait tiré la sienne et l'avait entraînée dedans. Cette main, qu'elle avait d'abord prise pour celle de Paulo, appartenait à un petit garçon blond tout frisotté qu'elle n'avait jamais vu. Ils avaient commencé à parler, le temps avait passé, Sophie avait oublié le jeu et Alexandre avait piqué une belle colère en les découvrant enfin dans la fraîcheur du vieux train, bavardant tranquillement comme de vieux amis. Sophie avait ensuite emmené son nouveau copain chez elle où elle lui avait fièrement montré l'atelier, sa chambre et sa mère. L'enfant avait ouvert de grands yeux sur le réfrigérateur.

— On n'en a pas chez nous.

— Comment vous faites?

— On achète à mesure. Pis l'hiver, on met ça dehors dans une vieille armoire.

— Tu veux un verre de jus? avait demandé Fabienne, voyant que Jérémie immobile ne pouvait détacher ses yeux de la mystérieuse et opaque porte blanche.

— S'il vous plaît madame!

Il parlait d'une voix nette et précieuse. Il avait suivi Fabienne pas à pas, du réfrigérateur aux armoires, des armoires à la table, s'attachant à ses gestes comme au contenu alléchant du garde-manger.

— Tu as faim? avait encore demandé Fabienne.

— Oui, avait-il répondu de sa voix flûtée. J'ai pas mangé depuis deux jours.

Fabienne et Sophie s'étaient regardées, flottant entre l'attitude compatissante ou carrément moqueuse, ne sachant s'il fallait s'attrister ou sourire devant l'allure énigmatique de ce petit bonhomme. Elles avaient décelé dans ses dernières paroles une sorte d'hésitation trompeuse. Fabienne opta pour la crédulité et lui prépara un imposant sandwich à la dinde.

— Vous avez du ketchup? demanda-t-il ensuite sérieusement.

Fabienne sortit la bouteille rouge et versa quatre gouttes grosses comme des cerises entre les carrés de pain brun. Une longue fréquentation des enfants lui avait appris à se méfier de ces bouteilles imprévisibles faites pour couler généreusement.

— C'est beau chez vous, avait déclaré Jérémie. Chez nous, les planchers et les plafonds sont pleins de trous, les clous passent à travers les murs, les tiroirs sont tout croches et les portes ferment même pas. De temps à autre il s'arrêtait pour mastiquer, jetant des coups d'oeil brefs à Fabienne et à Sophie afin de vérifier si elles écoutaient. Elles écoutaient, elles étaient tout oreilles. Elles regardaient la jolie blouse à fleurs bleues qu'il portait, vraisemblablement de confection signée. Les apparences sont parfois trompeuses. Peut-être ce petit garçon bien habillé était-il véritablement pauvre...

— Y a même un trou si grand, continuait l'enfant, il se leva et décrivit un arc avec ses bras, si grand que j'ai failli tomber sur les voisins d'en bas.

— Ben là, t'exagères! lui lança Sophie.

L'enfant vint se rasseoir et continua à manger. Au bout d'un moment il demanda:

— Est-ce que vous êtes riches?

— Non, dit simplement Fabienne.

— Certainement pas! ajouta Sophie.

— Ben nous autres on est pauvres. C'est parce que mon père est mort qu'on n'a pas d'argent. Avant on était riches.

— Et comment est-il mort, ton père? s'informa Fabienne.

— Dans un accident d'avion, annonça Jérémie, après avoir avalé une longue gorgée de jus d'orange. Il était pilote d'avion, déclara-t-il fièrement.

— Et maintenant, tu vis seul avec ta mère?

— Oui, j'avais un frère mais il est mort aussi.

— Dans le même accident? reprit Sophie troublée.

— Oui, fit Jérémie, en baissant les yeux.

Voyant que l'enfant se taisait, Fabienne chercha d'autres sujets pour meubler le silence ému. Jérémie termina son repas et retourna dans sa maison pleine de trous. Il revint au bout d'une semaine puis passa plusieurs jours sans donner de nouvelles. Mais bien vite, il devint un habitué de l'atelier, de Sophie et de la cuisine de Fabienne.

159

C'est seulement plusieurs mois après la première visite de Jérémie que Julie vint sonner chez Fabienne. Elle était pressée. Elle avait un cours à une heure, elle voulait bien prendre un petit café. Mais oui, avec un morceau de gâteau, elle n'avait pas pris le temps de déjeuner. Après un rapide tour de maison, c'est beau, c'est grand, et une minute de recueillement devant les extravagants bricolages de son fils, elle s'était assise dans la cuisine. Elles avaient vite sympathisé: semblable enfance sans histoire, même éducation bourgeoise abruptement interrompue, pareille passion des mots et des images. Fabienne lui avait parlé avec ménagement de l'accident. "L'accident, mais quel accident?", demandait Julie, les yeux soudainement figés dans ceux de Fabienne. Celle-ci racontait. Celle-là s'étonnait.

— Mais non, Bernard m'a laissé tomber dès qu'il a su que j'étais enceinte. Il ne voulait pas d'enfant. Et moi, je crois bien que je ne voulais pas de mari. C'est déjà assez difficile de vivre avec un enfant. Crois-tu qu'il faudrait en plus s'encombrer d'un mari? Écoute. Jérémie fabule. Il s'est inventé un père comme il aurait aimé en avoir un et, pour le punir de l'avoir délaissé, il l'a fait mourir aussi cruellement qu'innocemment.

— Jérémie n'a donc jamais eu de frère?

— Pas plus que je ne voudrais d'autres enfants, avait-elle dit en se levant. Celui-là me suffit amplement.

Et comment donc! avait pensé Fabienne. Après avoir promis qu'elle irait à son tour déguster le café, elle avait posé une autre question. Sur le pas de la porte, alors que Julie s'enroulait dans ses longues écharpes, elle avait demandé:

— Avez-vous un réfrigérateur?

Julie l'avait à nouveau regardée très sérieusement:

— Non. Ça c'est vrai! On a dû laisser l'autre dans l'ancien logement et les fonds manquaient pour le remplacer. Mais nous en aurons un d'ici deux semaines. J'en ai vraiment assez d'acheter mon lait au demiard.

— Et pour la viande, que fais-tu?

— On n'en mange pas! avait répondu Julie sans sourire. Tiens je parie que mon fils ne t'en avait rien dit...

— Oh non, avait répliqué Fabienne en songeant à tous les quartiers de porc, de poulet et de boeuf que Jérémie avait déjà digérés.

— T'en fais pas, avait dit Julie, ailleurs tout est permis!

Maintenant, Fabienne savait se défier des récits abracadabrants du fantasque Jérémie. Elle triait habilement ses histoires, supprimait les trop nombreux superlatifs, émiettait patiemment les phrases jusqu'à l'insignifiance. Elle écoutait avec attention les réponses évasives; c'est dans la brièveté que Jérémie se révélait sincère. Ou bien elle s'amusait à étirer indéfiniment ses récits: elle gonflait les ballons de ses mots, embarquait toute entière dans l'imaginaire de l'enfant. Ensemble, ils baragouinaient de délicieux délires verbaux truffés d'onomatopées redondantes.

Fabienne recula de deux pas pour évaluer son travail. Quelques taches tenaces maculaient encore l'émail laiteux mais l'intérieur était propre, étincelant. Elle remit sur les étagères les pots de confiture, de moutarde, d'olives, le sac de carottes, le plat de margarine, le petit paquet de jambon, les trois pommes. Jérémie s'approcha. Il allait dire qu'il avait faim, elle en était sûre. Il le dit. Elle lui dit qu'il avait droit à une pomme. Il la prit sans rouspéter.

— Est-ce que tu vas l'accrocher là mon dessin?

Il désignait ceux de Paulo et Mathieu, fixés devant la fenêtre avec des punaises.

— Montre!

Jérémie croqua dans sa pomme et lui tendit la feuille. Fabienne la posa en précaire équilibre sur le châssis, au-dessus des deux autres. Elle prit une voix affectée à l'accent indubitablement pompeux et commenta:

— Hmm! beau mouvement, belle cadence. On a affaire certes à un artiste bien vivant, bien grouillant. Un trait vigoureux, décidé, une composition savante parfaitement orchestrée. Cette personne est douée d'un esprit pénétrant. D'une belle sensibilité aussi et d'une imagination débridée. Oui, mais. Oh! Tst, Tst, Tst! Quelle mollesse dans la couleur! Ce génie ne serait-il pas un brin paresseux? Hmm! Et cette signature illisible qui prend une place abusive ne serait-elle pas la preuve d'une incommensurable vanité?

Jérémie souriait perplexe:

— Est-ce que tu l'aimes mon dessin?

— Qu'est-ce que c'est? demanda Fabienne en retrouvant sa voix.

— Ben tu l'vois bien, c't'une maison.

— Oui mais bien spéciale. Pourquoi ce toit recourbé vers l'extérieur?

— C'est une pagode, une maison chinoise.

— Bon. Et tous ces cercles devant la maison?

— C'est un champ de citrouilles.

— C'est un très joli dessin, Jérémie. On dirait vraiment que ta maison flotte dans le ciel.

Et en effet, sans aucune retenue, ni aucun soutien ou terrain, la maison voguait au milieu de joyeux nuages rouges et bleus alors qu'en dessous s'alignaient en diagonale quatre rangées irrégulières de bulles rouges et violettes que Jérémie identifiait comme des citrouilles. Tout en bas de la feuille, Jérémie avait tracé deux longues lignes horizontales sans doute dans un désir d'évoquer tout de même cette bonne vieille terre. Mais toute la vie, toute la couleur se concentraient réellement dans le ciel, près du soleil dont on ne voyait qu'un oeil et qu'un demi-sourire.

— C'est vraiment la maison la plus extraordinaire que j'aie vue, avoua Fabienne.

— C'est vrai? s'étonna l'enfant ravi.

— Foi de Fabienne, jura-t-elle en s'interrogeant intérieurement: les habitants du Céleste Empire avaient-ils un jour pratiqué la culture de la citrouille?

— T'es fine, s'était exclamé Jérémie en mouillant la joue de Fabienne de jus de pomme.

Elle s'essuya en riant, ajusta la bandoulière du petit sac de cuir sur son épaule et prit la menotte fraîche de Jérémie.

— Sophie et Mathieu sont au *Pacifique*. Tu vas les rejoindre pendant que je cours acheter les provisions du pique-nique?

Ils sortirent tous les deux dans l'été étouffant.

10. Blues

En cheminant vers le *Pacifique*, Jérémie eut une idée qui lui sembla lumineuse. Clic! Une pochette jaune s'alluma dans une bulle au-dessus de sa tête comme il en voyait dans ses bandes dessinées. Il allait surprendre ses amis, leur causer la peur de leur vie! Il longea Saint-Grégoire sans être aperçu. Sophie devait être dissimulée derrière l'une des boîtes; il voyait cependant Mathieu, le dos de Mathieu et son bras droit allant et venant sur la surface du carton.

Jérémie tourna l'angle de la rue Papineau et s'engouffra dans le tunnel du viaduc. Il avait chaud. Il se débarrassa de sa chemise blanche, en déroula les deux manches et les noua autour de sa ceinture. Comme ça, il devait avoir l'air d'un explorateur fouillant les forêts humides de l'Amazonie. C'est ce qu'il dit à John. Les voitures passaient à côté de lui dans un vacarme étourdissant. "Ces moustiques nous rendront sourds, John", cria-t-il dans l'espoir de faire cesser le tapage. John ne répondit pas. John ne répondait jamais quand Jérémie lui parlait. Il ne le contredisait jamais. Et il était toujours là. Il était assurément le plus grand ami que Jérémie avait sur cette foutue planète.

Julie avait assuré à Jérémie que John était son ange gardien. Jérémie n'avait pas compris et Julie lui avait expliqué. Un ange, oui, Jérémie voulait bien: John était invisible et avait certainement quelques paires d'ailes pour suivre Jérémie dans ses courses époumonantes. Mais gardien, ça non, jamais. John n'était pas un gardien. C'est Jérémie qui veillait sur John.

Jérémie grimpa le sombre escalier de ciment en se bouchant le nez et respira une grande goulée d'air chaud en arrivant dans la lumière éblouissante. Du monticule où il se trouvait, il pouvait voir que la cabane n'avait nullement l'air d'un château. Un château ça? Cet amas de caisses! Des cases de nègres oui, des baraques de sous-alimentés, des bicoques de miséreux!

Il descendit lentement la butte et s'accroupit derrière une roche. Personne. Il attendit quelques instants. L'une des boîtes remua. Sophie et Mathieu devaient être à l'intérieur de la cabane. Jérémie s'allongea dans l'herbe haute et commença à ramper comme il l'avait vu faire à des soldats dans des films de guerre. Des centaines de papillons, de mouches et d'insectes tournoyaient devant ses yeux. "Non, des milliers", chuchota-t-il à John. Il avançait à courts intervalles prudents. Les chardons lui grattaient le ventre, ses coudes le démangeaient. "Pas drôle la vie de fantassin", maugréa-t-il et il fut pris soudainement d'une incontrôlable envie de rire. "Je vais les surprendre, je vais leur faire peur" et le rire chatouillait sa poitrine. Il était maintenant tout près de la grande boîte centrale, il attendait le moment propice. Des chuchotements étouffés lui parvinrent puis s'arrêtèrent brusquement. C'était le moment. Il allait sauter et soulever d'un seul coup ce château de carton, il allait...

— On t'avait vu! lança une petite voix claire au-dessus des portes centrales.

La tête de Sophie apparut dans la lucarne, ronde comme la pleine lune.

— T'as manqué ton coup, ajouta Mathieu en sortant par les portes du dessous.

— Bah! fit seulement Jérémie dépité.

Sophie se faufila dehors et sans plus s'occuper du nouveau venu elle suivit Mathieu derrière le château. Mathieu tenait un pinceau et un petit pot de gouache bleu royal. Il avait l'air préoccupé d'un peintre abandonné par l'inspiration:

— Écoute Sophie, j'en aurai jamais assez. Regarde c'qui m'reste dans mon pot.

Sophie se gratta la tête. Ses boucles brunes étaient collées sur son front et sur ses joues, ses yeux s'agrandirent de consternation.

— Ben va falloir renoncer à avoir un château bleu, dit-elle en s'essuyant le front, y laissant deux larges empreintes grises. Elle contempla sans plaisir un petit rectangle déjà peint en bleu.

— À moins qu'on trouve d'autre gouache!

Jérémie s'était approché:

— Ma mère en a des centaines de pots de gouache!

— Bleue? demanda Sophie, ses yeux perçant ceux de son ami comme deux sondes.

— De toutes les couleurs, lança Jérémie en haussant les épaules.

— De toute façon, a voudra jamais nous les prêter! ajouta la voix penaude de Mathieu.

Les trois enfants se turent. La cigale poussait sa grésillante plainte. Chacun était plongé dans ses propres pensées. Sophie se demandait comment effacer cette ridicule paroi bleue, Mathieu cherchait où il pourrait se procurer d'autre gouache et Jérémie écoutait les bruyants glouglous de son ventre. Une des boîtes s'agita alors frénétiquement. Jérémie recula d'un bond.

— Hé! Qu'est-ce qu'il y a là-dedans? Ça bouge.

— C'est...

Mathieu coupa la parole à Sophie.

— C'est un monstre, rugit Alexandre en sortant gauchement de la boîte.

Mathieu se tapait les cuisses en riant.

— On t'a bien eu, han?

— Tel est pris qui croyait prendre, lança Sophie hilare.

Jérémie fanfaronnait.

— J'ai même pas eu peur!

— Que tu dis, ricana Alexandre. En tout cas, moi, j'ai fini. J'lâche la job. Chère princesse, vos pièces sont enfin communiantes.

— Communicantes! corrigea Sophie.

— Comme tu voudras, soupira Alexandre. Jérémie viens voir!

Ils disparurent tous les deux à l'intérieur du château. Sophie s'empara d'un des morceaux de carton découpé et le contempla méditativement.

— Avec ça, marmonna-t-elle, on pourrait peut-être fabriquer une tour.

Elle fit une tentative pour arrondir le carton. Il se plia à plusieurs endroits. Trop rigide. Il nous faudrait un carton gaufré.

— Pis d'autre gouache, ajouta Mathieu. Qu'est-ce que je fais maintenant si j'peux pus peinturer?

Sophie ne savait pas. Elle était embêtée, très embêtée. Construire un château c'était bien plus difficile qu'elle ne l'avait cru. Elle le voyait dans sa tête, si parfaitement beau, si parfaitement semblable aux images que Ferdinand avait montrées hier soir... Elle s'assit par terre. Elle était découragée. Elle le dit à Mathieu qui hocha pensivement la tête.

— On va en parler à Fabienne, dit-il. Elle a toujours des additions pour tous les problèmes, continua-t-il très sérieusement. Elle va sûrement trouver une idée.

Sophie ne sourcilla pas. Certes c'était vrai, mais elle aimait tellement mieux trouver les solutions elle-même.

Jérémie et Alexandre, leur visite terminée, vinrent s'asseoir auprès d'elle.

— Qu'est-ce que tu en penses? demanda Sophie à Jérémie.

— Je trouve ça idiot.

— Idiot toi-même! lui souffla Alexandre.

— Qu'est-ce que tu trouves idiot? répliqua Sophie, d'une voix légèrement offensée.

— Ben, de construire un château en plein vingt et unième siècle! lança Jérémie pontifiant. Aujourd'hui y a même plus de roi pis de reine pour habiter les châteaux.

— Ben là, tu te trompes! protesta le paisible Mathieu. J'en ai déjà vu une, moi, une princesse avec son prince à la télévision.

— Pis même si y en avait plus, qu'est-ce que ça changerait? C'est juste pour jouer! Pis des fois, on joue ben aux Romains pis aux lions dans les arènes, pis des Romains, y en n'a pus non plus!

— C'est pas pareil, les arènes, c'est un jeu de guerre, se défendit Jérémie.

— Ben, penses-tu qu'on peut pas faire la guerre dans les châteaux? C'est justement pour ça qu'on les construisait les châteaux, pour résister aux attaques ennemies. À part de ça, c'est toujours ce qui t'intéresse toi, la guerre! constata l'imprudente Sophie.

— Pis toi c'est le seul jeu qui t'intéresse pas, siffla Jérémie. Pauvre fille, va! dit-il encore, la bouche tordue de dédain.

Sophie, rouge de colère, regarda tour à tour Mathieu et Alexandre. Ils baissaient honteusement le nez sans savoir où poser leurs yeux.

— En tout cas, toi, Jérémie Rossignol, on peut pas dire que tu sois brave, brave pour un gars, fulmina Sophie. J'ai jamais vu quelqu'un pédaler comme toi à l'approche de Thom O'Leary. Ah pour ça, dans c'temps-là, tu bats des

169

records de vitesse. Oui. T'es le champion des froussards! Tu f'rais un détour de dix kilomètres pour pas le rencontrer. Tu peux te vanter tant qu'tu voudras d'être un gars, tu, t'es... Sophie chercha une injure,... t'es rien qu'une femmelette!

— Espèce d'omelette! renchérit Alexandre, soudain solidaire.

— Toi, Alexandre, mêle-toi pas de ça, éclata Jérémie, soulagé et ravi de changer d'adversaire, t'es même pas capable d'aligner trois mots comme du monde. Tu parles pas, tu blasphèmes! Pis ta famille pareil. Ta grand-mère est à moitié folle pis ton père y r'semble à un ourang-outang anthropoïde. Vous êtes tous des pachydermes, cria-t-il, soudain inspiré par de récentes lectures télévisées.

Le fils Chalifoux essuya l'offense sans broncher.

— Hou don toué! Hé! Pis ta mère, elle, han? Ta mère mange rien que des p'tites graines. Pis ton père... ben ton père t'en as même pas, constata-t-il en balbutiant.

Jérémie sans répondre baissa les yeux. Sophie, piquée à vif, remarqua avec stupéfaction qu'elle pouvait rapidement changer de camp dans cette bataille. Et que toujours, elle était du côté des victimes. Elle allait défendre l'orphelin quand Mathieu, que le débat commençait à ennuyer, décida d'intervenir et laissa tomber timidement:

— Ben moi, j'en ai un père.

— À ta place, j'f'rais pas le fier! lui lança Alexandre.

Sophie ulcérée planta le feu de ses prunelles dans les billes fuyantes d'Alexandre.

— J'ai pas faite exciprès, s'excusa-t-il, mal à l'aise.

Mathieu se tordait les mains. Une cigale importune scia le silence. Jérémie renifla et déclara courageusement:

— D'abord des châteaux bleus, ça n'existe pas!

— C'est vrai, admit Sophie, soulagée de revenir à des sujets moins délicats. Autrefois, ils étaient en pierre.

Mathieu se frotta les yeux. C'est lui qui avait eu l'idée de le peindre en bleu. Le livre d'images de sa mémoire était rempli de châteaux colorés.

— En pierre?

— Bien sûr. Tu l'as vu toi-même sur les photos de Ferdinand!...

— Mais alors... c'est facile. On n'a qu'à trouver du papier à crèche.

— À quoi? fit Jérémie.

— Ben oui, à crèche. T'sais, quand c'est Noël et qu'on fait la crèche en dessous du sapin, ma mère prend toujours un papier spécial qui ressemble à de la roche.

— Mais oui! s'emballa Sophie. Mathieu, t'es génial! et elle embrassa sa joue rebondie.

Mathieu sourit, gêné. Sophie se frotta les mains.

— Au travail, dit-elle. En attendant de trouver le papier miracle, on va percer d'autres fenêtres. Comme ça, il y aura moins de grandes surfaces à couvrir.

— Et les tours? Comment que tu vas les faire les tours? demanda Alexandre en bâillant.

— Une chose à la fois! déclara Sophie. Elle se leva et reprit joyeusement le crayon glissé sur son oreille. Mathieu la suivit et ils commencèrent à tracer des plans.

Alexandre s'allongea dans l'herbe. Il en avait vaguement assez de ce château. Il bâilla de nouveau et dit à Jérémie:

— Chus crevé moi. J'ai mal dormi.

Et il raconta laborieusement sa nuit et le film qui l'avait fait cauchemarder.

— J'l'ai déjà vu, c'film-là, lui répliqua Jérémie.

— Ça s'peut pas. Où ça? Avec qui? Alexandre méfiant questionnait.

— Au cinéma, avec mon frère!

— T'as même pas d'frère, ricana Alexandre.

Jérémie jeta un coup d'oeil à Sophie, elle ne l'écoutait pas, absorbée dans son travail d'architecte. Il continua de fignoler son mensonge. Ça n'était pas un vrai mensonge.

171

Bientôt, il aurait un frère. Julie en avait fait la demande à l'Association des Grands-Frères. Elle disait que même faux, il valait mieux en avoir un que pas du tout. Elle lui avait même affirmé que ce grand-frère l'emmènerait au cinéma, faire du sport, se promener en voiture, assister à des matches de soccer, toutes activités pour lesquelles Julie avait peu d'attirance. Ça te prend un modèle masculin, avait-elle assuré à son fils; pour un garçon, c'est indispensable. Le modèle, Jérémie s'en fichait pas mal, mais il ne dédaignait pas les insouciantes promenades que ce faux frère allait lui proposer.

— T'as même pas de frère, insistait Alexandre.

— Ben oui, j'en ai un! Ma mère l'avait abandonné, déclara-t-il innocemment, pis un jour, elle l'a retrouvé.

— Quel âge qu'y a? demanda Alexandre, l'oeil soupçonneux.

Jérémie hésita un instant. Alexandre se mit à rire.

— Dix-sept ans, cria la voix nouée de Jérémie.

Il avait trop tardé à répondre. Alexandre se roulait dans l'herbe en s'esclaffant.

— Maudit menteur! T'es rien qu'un maudit menteur!

À travers ses larmes, Jérémie vit l'image d'Alexandre se dédoubler. "C'est trop pour un seul homme", avoua-t-il à John. Il aurait voulu se jeter sur lui et lui faire ravaler ses paroles. Mais il savait le frère de Paulo entraîné aux sauvages corps à corps. Il réprima un sanglot, se leva et s'approcha de Mathieu. Celui-ci découpait patiemment une fenêtre. Des filets de sueur ruisselaient sur ses joues. Le couteau allait et venait, déchirait le carton. Le petit garçon s'appliquait à la tâche. Il sourit en apercevant Jérémie tout en continuant son harassant labeur. Jérémie les yeux encore humides regarda avec tendresse son ami besogneux.

— Tu veux que je t'aide? lui demanda-t-il gentiment.

— Non, répondit tranquillement Mathieu, j'pense que j'capable tout seul.

Jérémie se détourna déçu. Il jeta machinalement les yeux sur sa montre numérique officielle E.T. Onze heures trente-trois. Il avait faim. Fabienne n'allait sans doute pas tarder à venir les chercher pour le pique-nique. Il se demanda si Sophie était au courant du dîner au parc. Et si surtout Alexandre était invité. Il lui jeta un regard haineux et entraîna Sophie et Mathieu assez loin du château. Il les prit aux épaules et leur chuchota quelques mots à l'oreille.

Alexandre, toujours allongé dans l'herbe, arrachait des petites touffes de foin et les déshabillait de leurs épis. Il observa moqueusement le manège de Jérémie. Ce dernier avait bien l'air de confier un secret à ses amis. Sophie lança soudain un retentissant "Youppi!" Mathieu lâcha son couteau, s'empara des deux mains de Jérémie et s'élança dans une danse comique.

Alexandre réfléchit. Cette scène lui rappelait quelque chose, une image, deux personnages qui valsaient sur le pont d'un navire. Deux hommes? Non. Deux personnages... Mais oui, c'étaient Tournesol et Tintin dans "Le trésor de Raqueman-le-rouge", l'album que Fabienne lui avait donné. Elle lui avait dit: "Si tu arrives à le lire en entier, à voix haute, je te le donne." Et il l'avait lu en entier à voix haute. Ça lui avait pris trois mois. Une page à la fois chaque jour, après les devoirs qu'il faisait toujours chez Fabienne depuis qu'elle avait lu, dans son cahier de quatrième année, les mots que la maîtresse y avait écrits à l'encre rouge: *Moyenne en français: 40 sur 100. Année scolaire SÉRIEUSEMENT compromise.* Depuis, après l'école, il se rendait directement chez Fabienne. "Si tu as de bonnes notes, de très bonnes notes, lui avait-elle encore dit, tu auras la permission de souper ici." Après plusieurs semaines de travail acharné, Alexandre avait fini par décrocher une note parfaite qui lui avait valu un somptueux repas. Et peu à peu, les soupers s'étaient multipliés si bien que tous les enfants de la rue Fabre avaient exigé de faire leurs devoirs chez Fabienne. Elle avait dû modifier les

règlements et inventer un système de récompenses semblables pour les plus jeunes cancres. Quant à Alexandre, il
devait désormais accumuler trois très bonnes notes pour
avoir le plaisir de se remplir le ventre chez elle. Malgré ces
sévères restrictions, il avait réussi à savourer quelques
bonnes bouffes et montait en sixième. Malheureusement
l'été, aucun concours ne lui promettait l'accès à la table de
Fabienne et Sophie. Il devait donc user de ruse et miser sur la
générosité de Fabienne; il comptait depuis la fin des classes
quatre déjeuners et trois dîners.

Aujourd'hui, c'est le jour de Jérémie, pensa-t-il en
regardant tourner les deux enfants. S'ils mangent dehors, j'ai
juste à apporter mon lunch. Ça me fera quatre dîners,
rumina-t-il, un foin entre les dents. Sophie s'était jointe à la
joyeuse sarabande. Qu'est-ce que ça pouvait être, cette nouvelle qui leur faisait tant plaisir? Alexandre se leva, cracha les
brins d'herbe mêlés à sa salive et s'avança vers eux. Les trois
enfants s'arrêtèrent de tourner.

— C'est quoi vot' secret? demanda-t-il, l'air faussement
indifférent.

— On te l'dit pas!

— Ben quoi, on pourrait bien lui dire. Après tout y
pourrait apporter son dîner, lança négligemment Sophie.

Jérémie la foudroya du regard:

— J't'avais dit de pas l'dire!

— Ah! Ah! ricana Alexandre, j'ai compris, c't'un pique-
nique.

— Non, c'est pas vrai, cria Jérémie.

— Un pique-nique au parc Lafontaine... chantonna
Alexandre.

— Non, au parc Laurier, laissa candidement échapper
Mathieu.

— J'vous avais dit de pas l'dire, brailla Jérémie.

— Ben, j'voulais pas, s'étrangla Mathieu, c'est sorti tout
seul.

Jérémie, les joues en feu, les repoussa violemment et courut s'enfermer dans la cabane. Alexandre se mit à courir vers la rue.

— Où tu t'en vas toi? gémit Mathieu, déconfit.

— M'en vas me faire des sanouitches, lui hurla Alexandre en traversant la rue.

Il fila jusqu'à la ruelle, reluqua en passant la maison des O'Leary, le chien était dans la cour et dormait au bout de sa laisse, et s'arrêta tout essoufflé sur la galerie. Il agita impatiemment la clenche, la porte était barrée.

— Meunute, meunute! cria la voix de Rose-Armande.

Elle boitilla jusqu'à lui, dégagea le crochet.

— Vite, vite mémère, prépare-moué des sanouitches.

— Y'a pas de presse mon ti-gars, fit-elle ensommeillée. Cé pas ça qu'on mange à midi. J'ai ouvert une bonne canne de mécaroni.

— Ben non mémère, j'mange pas icitte. J'mange en pique-nique à midi.

— Ah ben ta mère m'l'avait pas dit. Dis-moué pas qu'tu vas m'laisser tu seule toué tou. M'as t'ête encore pognée pour manger toute la bouête asteure!

— Paulo est pas là?

— Y'é parti avec sa mère chez Rossy. J'cré ben qui vont manger là aussi, y a une vente trottouère sua rue Mont-Rouéyale.

— Ah le snoro! Y'a encore sauté sa punition, çui-là.

— Ben non! Y l'a faite à matin, marmonna la grand-mère.

Voyant qu'elle s'était pesamment rassise, Alexandre fouilla dans le garde-manger et se confectionna en vitesse deux sandwichs au beurre d'arachide. Il prit une canette de jus dans l'armoire, hésita devant un sac de biscuits. Fabienne aurait sûrement pensé au dessert. Il laissa les biscuits sur la tablette et chercha un sac pour enfouir ses provisions. Sa grand-mère parlait en se berçant.

175

— Enwaïe donc mon ti-gars, reste don un peu avec ta mémère. Est toujours tu seule la pauv' vieille avec juste la tivi à qui parler. Cé pas drôle ça! Tu vas wouère quand tu vas d'ête vieux comme moué, avec quasiment pus d'jambes pour marcher, tu vas wouère, tu vas wouère, répétait-elle en se balançant sur la chaise grinçante.

Alexandre écoutait attendri cette voix chantante, ces mots qu'elle semblait longuement mastiquer avant de les laisser s'échapper comme à regret, accompagnés de sonores claquements de langue. Ces interminables soliloques avaient bercé son enfance; à l'écoute de cette rassurante musique, il avait fait ses premiers pas, prononcé ses premiers mots. Rose-Armande avait bien souvent endormi son petit-fils de ses inlassables et moelleuses mélopées. Elle inventait des histoires sans fin avec une seule intrigue toujours la même répétée à l'infini comme un refrain. Elle parlait comme d'autres respirent, sans y penser, avec un inévitable instinct de survie. Elle parlait, elle chantait. Seule avec toujours la même chanson. Alexandre écoutait la plaintive musique:

Ben oui, ben oui,
pauv' ti-gars, pauv' mémère,
sont partis chez Rossy
pis vont p't'ête ben manger là!

Ces paroles, ce rythme contenaient toute la tristesse du monde. Alexandre trouva un sac dans l'armoire, y jeta négligemment son lunch. Le chat Moutarde s'avançait en rasant la table de son pelage fauve. Le félin redressa sa queue touffue et pointa son museau entre les jambes d'Alexandre. L'enfant se pencha, souleva délicatement le fardeau ronronnant et le déposa dans les plis de la robe fleurie.

— Tins, dit Alexandre, le regard embué, comme ça mémère, tu s'ras pus tu seule!

11. Les faux-semblants

Posant délicatement un pied devant l'autre, Fabienne avançait médusée: herbes à dinde, marguerites, boutons d'or, chicorées sauvages, bourses à pasteur, mélilots, liserons, silènes enflées... Tête de linotte, se dit Fabienne, j'ai oublié mon répertoire! Elle s'arrêta, déposa les deux gros sacs qu'elle portait et vérifia leur contenu. Elle l'avait bel et bien oublié; elle avait celui des oiseaux, pas celui des fleurs. Tant pis, je n'y retourne pas. J'ai assez zigzagué comme ça ce matin: les épiceries, le détour chez Provigo et la Fruiterie en ville que j'ai failli oublier pour les courgettes. Et puis le casse-croûte préparé en vitesse... Ouf!

Elle repoussa la tresse tiède couchée sur son épaule. Une malicieuse pointe de remords lui chatouilla la conscience. Tout de même avec ce livre, quelle passionnante leçon de botanique elle aurait pu donner. Botanique? Non. Leçon de choses. Les enfants adoraient découvrir en marchant.

Elle secoua la tête, chassa les pensées importunes et embrassa d'un regard le terrain de jeu de sa pépiante marmaille. C'était un amoncellement désordonné de broussailles, un fantastique jardin de fleurs des champs. Chaque fleur avait un nom bien à elle; bien plus, elle en savait une qui comptait plus de vingt-cinq prénoms. Fabienne prit le temps de fouiller ses souvenirs. Elle se rappela son ravissement en ouvrant le livre; l'imagination populaire avait baptisé sans vergogne les odorants bouquets de l'été. Chaque poète d'occasion avait délié sa langue et choisi autant de surnoms empreints de tendresse que de sobriquets gouailleurs. Les gourmands, les libertins, les dévots et les scatophiles, les frustrés s'étaient donné le mot. Sucrette, pain d'oiseau, artichaut, cochon de lait, mille-feuilles, grassette, belle de nuit, sourcil de vénus, chemise du bon dieu, sabot de la vierge, manchette de notre-dame, barbe de capucin, saigne-nez, péteux, pisse de chien, pet d'âne, charbonnier lugubre, pirevire enragée, parfum de vieux garçon, remords de conscience. Sans parler des poètes véritables: bujoline, choubourroche, lupin noir, lin de crapaud, pipique, mauve négligée, amarante épiée...

Fabienne se courba sur une fine grappe de pétales violets. Une brosse à dents, murmura-t-elle admirative en détachant l'épi pourpre. Elle fixa la tige délicate sous l'élastique qui nouait ses cheveux, reprit ses deux paquets et s'avança vers le château. Les enfants étaient à l'intérieur. Elle entendait leurs voix assourdies par le carton. Elle s'approcha sans bruit. Sophie parlait:

— Oui mais, y a que Jésus qui ait vraiment existé.

Fabienne sursauta et tendit l'oreille. Jérémie avait pris la parole:

— Ulysse aussi, c'est une histoire vraie. Ma mère me l'a dit, annonça-t-il d'une voix tranchante.

— C'est seulement une légende, dit doucement Sophie, et les légendes, on ne sait pas si c'est vrai. Tandis que Jésus, c'est absolument sûr. C'est écrit dans Les Évangiles.

— Pas si sûr que ça, reprit aussitôt Jérémie. Les Évangiles, ce ne sont que des livres, de très vieux livres, insista l'enfant qui abhorrait la lecture. Faut pas toujours croire ce qu'ils racontent! Les apôtres ont très bien pu les inventer... Tu devrais te méfier! conseilla-t-il d'un ton paternel.

— Pis Superman d'abord, est-ce que c'est vrai? interrogea Mathieu.

— Ben non, niaiseux! entonnèrent de concert les deux autres voix.

— Ah! ben? Comment ça se fait qu'on le voit à la télévision? Pis que j'ai son poster dans ma chambre? demanda la voix du plus jeune.

— Parce que... commença Sophie.

Jérémie l'interrompit aussitôt impatiemment:

— En tout cas, c'est Ulysse le plus fort. Pour retrouver son fils Télémaque, il a...

Fabienne entendit une suite de sons bizarres et inarticulés et vit avec étonnement l'aile gauche du château se soulever tranquillement et demeurer en équilibre instable dans les airs. À côté des bouts ronds des running shoes de Jérémie apparurent Sophie et Mathieu, assis en tailleur, lesquels fixaient Fabienne, ahuris.

— Ah! t'étais là? constata seulement Sophie.

La boîte retomba aussi soudainement qu'elle s'était soulevée et les enfants disparurent sous le carton. Suivit un impressionnant remue-ménage, une bousculade feutrée ponctuée de soupirs et de cris, la boîte s'éleva à nouveau et bascula dans l'herbe au grand désespoir de Sophie et Mathieu.

— Aïe, tu vas toute la démolir, s'écria ce dernier, pendant que Jérémie émergeait triomphant et se précipitait sur Fabienne. Il lui fit une ceinture de ses bras et se cala sur son épaule.

— Oh! Fabi, Fabi! J'ai faim, j'ai faim! aboyait-il en secouant sa crinière dorée.

Sophie réparait les dégâts en marmonnant.

— Pour une fois qu'on a de la visite, t'aurais pu te r'tenir de t'prendre pour Samson.

Fabienne, flanquée de Jérémie, s'approcha avec curiosité de l'écriteau lézardé accroché au vieil arbre solitaire.

— *Château des Chats-Noyés*, lut-elle à voix haute. Hmm! Un peu lugubre, non?

Sophie rougissait. C'est bien ma fille, pensa Fabienne, pestant secrètement contre cette incontrôlable manie. Mais ça lui va à ravir, dut-elle constater en souriant aux pommettes roses. Sophie bredouillait:

— Tu comprends, m'man, au début, on était juste Alexandre et moi pour construire le château. Alors on a cherché un nom commun, ben non, un nom propre qui nous était commun. Bon! C'pas ça, mais en tout cas. On a pris une partie de chacun de nos noms de famille puis on a fait un seul nom avec. Ben ça donné *Chats-Noyés*, comme tu vois, dit-elle en louchant d'un air désolé vers la pancarte.

Tout en écoutant, Fabienne détachait les syllabes et essayait d'autres combinaisons guère plus heureuses. Voyons avec les anagrammes: *CHALIFOUXDESNOYERS:* dix-huit lettres. Mêlons-les bien et réécrivons. *FOUS À LIER*, reste neuf lettres, non! *YEUX FOLICHONS*, c'est mieux, reste cinq, *CHAUDES FOLIES* aussi. Bon essayons encore. *DOUCHES ROYALES, FILOUS CHARDONS*, reste quatre. Patience! *SOYONS DE FAUX-RICHE*. Hmm! Presque mais une vilaine faute et reste encore un *L*. Un dernier effort *LYS DES FAROUCHES NOIX*. Oui, dix-huit lettres, mais ça ne veut rien dire. Bah! *FOLIE DES RAYONS CHUX* non plus. Au diable les mots, rumina Fabienne, les yeux fatigués.

— Heureusement que Mathieu Jasmin et Jérémie Rossignol sont là pour te prêter main forte! déclara-t-elle à Sophie, après un long silence, remettant à plus tard l'épuisante solution de ce nouveau problème onomastique.

— Alors? On y va? dit-elle encore.

— Ouiii, crièrent en chœur Mathieu et Jérémie.

— Ben non, intervint Sophie, faut attendre Alexandre. Y est parti chercher son dîner. À part de ça, la visite est pas ben, ben curieuse, ajouta-t-elle à l'intention de sa mère. T'as même pas regardé not' château, et ce disant elle poussa doucement Fabienne à l'intérieur de la boîte.

Jérémie s'était détaché de sa chaude étreinte au moment où Sophie avait parlé d'Alexandre et avait maugréé tout bas avec un désir évident de ne pas se faire entendre. Mathieu et Sophie attendaient inquiets les commentaires de la visiteuse. Elle sortit enfin, fit le tour des murailles, inspecta le créneau, les meurtrières, s'arrêta devant la surface à moitié peinturée.

— Bleu? demanda-t-elle en levant un sourcil au-dessus de son oeil azuré.

Mathieu et Sophie répondirent en même temps que ben oui, mais ben non, que c'était leur première idée mais qu'ils en avaient eu une autre, que c'était lui Mathieu qui l'avait eue taleure. Et l'enfant expliqua le choix du nouveau revêtement. Fabienne sourit. Mathieu leva fièrement vers elle les grands balais de ses cils. Elle promena ses doigts dans l'épais toupet soyeux et lui dit que vraiment il avait de bonnes idées. L'enfant la regardait, fixait le bout de sa tresse brune.

— Qu'est-ce que t'as dans les cheveux? Et il toucha le minuscule bouquet.

— Une brosse à dents, répondit Fabienne en découvrant une rangée de dents blanches.

Mathieu se mit à rire en se frottant le ventre. Une brosse à dents, répétait-il et il se tenait les côtes.

— Té don nounoune, Fabienne, des fois, disait-il en hoquetant. Une brosse à dents, une brosse à dents... Et il riait sans pouvoir s'arrêter.

Sophie, souriante, jetait des oeillades complices à Fabienne. Une voix interrompit leur manège:

— Touche pas à ça, maudit fouilleux!

Jérémie avait craché les mots avec colère. Les autres se retournèrent. Alexandre venait d'arriver et farfouillait dans les sacs.

— Moi aussi, sont au beurre de pinottes, ricanait-il. Y était en spécial, pas vrai Fabienne?

Elle rougit, s'empara du paquet à moitié déballé et le remit en hâte à côté des autres.

— Et Paulo? Il vient avec nous?

Alexandre haussa les épaules.

— Y'é encore en pénitence, annonça-t-il en détournant les yeux.

— On est bien assez nombreux comme ça, déclara Jérémie.

Fabienne se garda de lui révéler qu'elle s'était arrêtée chez les O'Leary. Malheureusement ou fort heureusement, Thom et Jeff n'étaient pas chez eux. Elle se pencha sur les deux sacs.

— Prêts ou pas prêts, j'y vais! s'exclama-t-elle.

— ON Y VA! répondirent quatre voix joyeuses.

Le petit groupe s'ébranla. Tous les enfants voulaient porter les gros sacs. Chacun s'y essaya. Trop pesant, constata Mathieu. Trop encombrant, rouspéta Jérémie. J'en ai assez d'un, se défendit Alexandre. T'aurais dû prendre le sac à dos, remarqua Sophie. Fabienne les reprit en soupirant. Au retour, ils seraient plus légers. Alexandre se mit à courir.

— Premier rendu! cria-t-il.

Il s'arrêta au coin de Garnier, se retourna. Les autres avançaient tranquillement sans s'occuper de lui. Il revint sur ses pas en sifflotant, rythma sa marche à celle de Jérémie et Sophie. Fabienne suivait derrière avec Mathieu. De temps en temps, le petit garçon levait sa tête ronde vers Fabienne et éclatait de rire. "Une brosse à dents, une brosse à dents", gazouillait-il au milieu de ses rires. Fabienne s'interrogeait: devait-elle rompre le charme hilarant ou laisser l'enfant continuer de la prendre pour une folle? Elle choisit de laver sa réputation. Elle s'immobilisa, déposa ses paquets, détacha de sa tresse le bouquet déjà fané et dit à Mathieu:

— Regarde. Les pétales de la fleur ont tendance à se rassembler tous du même côté. Certaines personnes ont trouvé qu'elle ressemblait ainsi à une brosse à dents. C'est un surnom. Cette fleur s'appelle aussi vesce jargeau.

L'enfant l'écoutait, regardait, méditatif, la petite grappe violette. Il prit la tige entre ses doigts boudinés, la porta à ses lèvres, fit le geste de se brosser les dents. Il rit de nouveau, la gorge renversée et ses yeux s'illuminèrent soudain.

— Je comprends, assura-t-il excité, comme s'il venait de trouver les réponses à toutes ses questions. C'est comme pour ma fusée, quand Julie disait qu'elle avait l'air d'un... pénis. C'est juste parce qu'elle trouvait que mon dessin ressemblait à un sexe d'homme. En réalité c'était un faux nom, déclara Mathieu. Comme pour les fleurs.

— C'est à peu près ça, dit Fabienne, amusée du rapprochement qu'elle n'avait pas songé à faire. Un faux nom, un surnom, toutes les fleurs en ont un et même plusieurs. Et parfois, ils sont plus jolis que leurs noms véritables.

— Tu veux dire que les faux sont plus beaux que les vrais? s'inquiéta Mathieu, très ennuyé.

— Parfois oui... Et plus drôles aussi.

— Ça c'est vrai, admit l'enfant. Brosse à dents, c'est bien plus comique que...

— Vesce jargeau?

— Qu'est-ce que vous faites? crièrent les autres loin devant. Dépêchez-vous!

— On arrive, on arrive, attendez-nous!

Mathieu et Fabienne reprirent leur marche et les rejoignirent. Les trois philosophes discutaient âprement. Alexandre disait que le plus fort, c'était Hulk, Jérémie que c'était Ulysse, que Hulk était fort juste des fois quand il devenait l'autre et qu'il pétait ses habits. Jérémie joignit le geste à la parole et bomba sa poitrine maigre et dénudée: le short resta béant sur ses cuisses. Il fit une nouvelle tentative, pinça le nez, serra les dents; son teint basané prit subitement une teinte suspecte dénuée de toute ressemblance avec l'homme verdâtre de la télévision.

— T'es rouge comme une tomate, lui lança Alexandre.

— Pis toi, t'as l'air d'un potiron, clama Jérémie en retrouvant son souffle.

— Espèce de légumes, leur jeta Sophie.

Ils se turent un instant. Sophie en profita pour s'éclaircir la gorge et annonça d'un air inspiré:

— Eh bien! C'est tout simple: le plus fort c'est Hulk, le plus ancien c'est Ulysse mais le plus puissant, c'est Jésus et, confiante, le sourire imperturbable, elle attendit les commentaires.

Les deux garçons haussèrent les épaules; avec elle, il n'y avait jamais de vrais gagnants.

— Pis Superman, lui? interrogea Mathieu.

En guise de réponse, Jérémie leva solennellement les bras comme le héros de Mathieu et galopa vers le parc, dont on voyait maintenant le terrain verdoyant. Tous les enfants s'élancèrent à sa suite, les bras comiquement étendus devant eux.

Fabienne, les mains sciées sous les poignées, accéléra le pas. Elle s'envola en pensée dans leur sillage. Que n'avait-elle pas leur bienheureuse insouciance pour les rejoindre en planant? Elle s'inventa une jolie cape bleu nuit, piquée de brillantes étoiles, et leva le nez vers le rafraîchissant feuillage des arbres. Pas le moindre frémissement sur les feuilles poussiéreuses. Elle prit le petit chemin asphalté, contourna le terrain de baseball désert, longea la grille de la piscine et aperçut les quatre enfants qui lui faisaient des signes, à côté d'une des tables. Les cris lui parvenaient déformés YOU-HOU, YIEN HI-HI, HELLE HABLE, HIEN HITE, HON HA HAIM.

Elle pria ses pieds d'oublier encore un peu leur fatigue cuisante. Elle mesura en petits trottinements la distance qui les séparait de la halte reposante. Elle compta à rebours. Elle tricha, comme toujours quand elle était seule, ajouta cinq à six pas de plus avec ses seuls pieds pour témoins. Zéro, leur confia-t-elle en s'assoyant lourdement sur le banc de bois. Bientôt, aussi vrai que le temps fuit comme une bête à l'affût, je ne pourrai plus compter sur vous. Ses pieds oublieux lui firent la sourde oreille; ils se glissèrent sous le banc et frétillèrent de plaisir en se dégageant des sandales.

Fabienne hissa les sacs sur la table. Les enfants déballèrent hâtivement les paquets. Ils mangèrent comme quatre. Fabienne l'avait prévu. Elle avait une infaillible connaissance de leur démesure. Elle grignota elle aussi plus que de coutume, happant les restants de coups de bec gourmands. Les courses de la matinée l'avaient mise en appétit. On babilla savamment, la bouche pleine. Les héros à nouveau refirent surface. Chaque enfant défendit vaillamment les couleurs de son idole. On s'efforça cette fois-ci de trouver un vainqueur en dépit d'une Sophie vaguement froissée qui s'acharnait à modérer le débat. On se traitait de tous les noms. Jérémie puisa dans le gouffre insondable de son imaginaire. Alexandre contre-attaqua généreusement fouillant son irrévérencieuse mémoire. Il y eut de gros mots. Mathieu se boucha les oreilles et continua de tourner la tête vers chacun des intervenants, mimant l'attitude semi-passive du spectateur d'un match de ping-pong. On tourna vite en rond dans cette arène d'injures. À court de mots gras, Alexandre hissa le premier le drapeau blanc de la fatigue. Sophie, muette depuis deux ou trois insultes, se leva lentement et salua Fabienne:

— Madame le président, dit-elle d'une voix grave, la séance est levée.

Les deux femmes furent les seules à rire. Alexandre, qui n'aimait pas rester à l'écart de leur coutumière complicité, sourit bravement d'un air entendu. Puis, tout aussi rapidement qu'il l'aurait fait pour sauter un mot difficile dans une lecture, il sortit une soucoupe ronde de son sac et la posa sur la table au milieu des papiers chiffonnés.

— Qui veut jouer au friselis? demanda-t-il à la ronde.

Fabienne sourit. La langue d'Alexandre lui fourchait parfois de charmante façon. Ce dernier se méprit toutefois sur le sens du sourire, il le prit pour un aquiescement.

— Fabienne va jouer avec nous! s'écria-t-il et, sans s'occuper de ses protestations, il la tira loin des tables.

— Rééé! firent les autres enfants.

— Non, non, s'excusait Fabienne, il faut faire le rangement.

— Laisse faire! Laisse faire!

Alexandre se prêta de bonne grâce à un ménage sommaire de leur salle à manger et revint se planter devant Fabienne, juste assez loin pour ne rien percevoir de sa confusion. Jérémie, Sophie et Mathieu s'étaient spontanément placés en cercle, à bonne distance les uns des autres et piétinaient d'impatience. Fabienne avec une contrainte non feinte se soumit à leur jeu. Elle y trouva un plaisir insoupçonné malgré ses maladresses. On la hua copieusement; elle était une piètre lanceuse. Elle ne fit rien pour améliorer ses performances et put très vite s'éclipser sans trop décevoir les bons joueurs, lassés de grimper aux arbres. Mathieu la suivit, content d'avoir échappé aux habituelles railleries de ses camarades; Fabienne avait tout pris pour elle avec un étrange sourire. Lui, en tout cas, il n'aimait pas qu'on le traite de pas bon, de vieille poire, de manchot, de pingouin et d'amputé. Fabienne s'assit à la table. Elle avait les joues rouges et les yeux brillants. Mathieu s'assit à côté d'elle.

— Tu fais semblant, dit-il en la regardant par en dessous.

— Semblant de quoi? fit seulement Fabienne essoufflée.

— D'être pas bonne!

— Comment ça? s'étrangla Fabienne.

— Ben ça se peut pas que tu sois pas bonne, que tu manques toujours la soucoupe quand on te la lance pis que tu l'envoies toujours dans les plus hautes branches ou sur les tables de pique-nique. L'enfant hochait la tête. Ça se peut pas j'te dis. Tu le fais exciprès!

— Mais non, protestait Fabienne. Je te jure. Je suis pas douée pour les jeux de plein air. Je n'en ai pas l'habitude.

Cette réponse n'avait pas convaincu Mathieu. Son front demeurait inquiet sous le rideau des cheveux, son toupet s'allongeait sur ses yeux. Les adultes se devaient d'être parfaits. Sinon, comment les enfants sauraient-ils apprendre correctement et devenir parfaits à leur tour?

— Si je jouais plus souvent, continuait Fabienne, il est certain que je deviendrais meilleure. Mais je n'en ai pas vraiment envie. Vois-tu, tout ce que j'aime dans ce jeu-là, c'est de courir pieds nus dans l'herbe. Le reste, lancer la soucoupe, attendre qu'elle me parvienne, ça ne m'amuse pas. Je trouve ça plate si tu veux le savoir. C'est une simple question de goût. Pour ma part, je préfère occuper mes mains autrement et laisser vagabonder mes pensées.

Fabienne fouilla un des sacs affalés sur le banc et en tira une pelote de laine verte et un petit crochet métallique, toute prête à faire bouger ses doigts. Quant à son esprit il aurait volontiers pris le large n'eût été des deux bouées rondes posées sur elle comme deux yeux inquisiteurs. Mathieu fixait avec attention sa gardienne imparfaite. Elle cuisinait les meilleurs gâteaux de la rue Fabre, confectionnait les plus beaux abat-jour en papier de riz du quartier, tricotait les plus grandes couvertures en laine du monde, comment n'était-elle pas la meilleure joueuse de Frisbee du parc Laurier?

— Et ça ne te fait rien? demanda l'enfant dubitativement.

— Quoi donc? murmura Fabienne en comptant ses mailles.

— De pas être la meilleure joueuse de Frisbee du parc Laurier?

Elle éclata de rire:

— Bien sûr que non. À chacun ses préférences, à chacun ses spécialités. On ne réussit bien que ce qu'on aime... Par exemple, si tu décides de faire une tarte aux raisins et que tu n'aimes pas les raisins, il y a beaucoup plus de chances que tu manques ton coup que si tu fais une tarte aux fraises et que tu adores les fraises. Parce que, en choisissant de cuisiner un plat que tu aimes, tu vas tout mettre en oeuvre pour ensuite pouvoir t'en régaler. Tandis qu'en cuisinant un mets pour lequel tu as peu d'appétit, en t'interdisant déjà le plaisir d'y goûter, tu anéantis tout enthousiasme.

Mathieu se lécha les lèvres, il raffolait tout autant des tartes aux raisins que des tartes aux fraises. Il observa le crochet d'acier glisser sur une maille, tirer sur la laine et revenir en bouclant une maille et une autre et une autre.

— Mais il y a des tas de choses que j'aime et que je ne réussis pas, constata Mathieu.

— Moi aussi, soupira Fabienne. Il faut apprendre et réapprendre toujours.

— Même quand on est vieux?

Fabienne avait froncé les sourcils, une maille avait filé.

— Encore et toujours, répéta-t-elle. C'est aussi important que de respirer. Si tu t'arrêtes, c'est l'engourdissement progressif de ton cerveau; la vie quitte peu à peu ton intelligence et tu deviens alors un être sans âme avec nulle part où aller. Mais ne crains rien, cela ne va pas t'arriver. Curieux et attentif comme tu l'es, ça risque bien de ne jamais t'arriver. Apprendre c'est ce que tu fais là maintenant en me questionnant et en me regardant crocheter.

— Mais ça ne m'apprend pas à crocheter, là, de te regarder, protesta Mathieu.

— Peut-être. Mais rien ne se perd, annonça mystérieusement Fabienne. Mathieu s'essuya le front. Il ne comprenait pas toujours tout de suite ce que lui disait Fabienne. Parfois il fallait des jours et des jours avant qu'une petite phrase ne revienne et s'éclaire. Elle était drôle Fabienne mais elle tricotait joliment vite. Elle montrait le petit rectangle vert.

— Regarde, cinq rangs de vingt-cinq mailles, ça fait... Ça fait cent vingt-cinq mailles d'une discussion à brides abattues, dit-elle, en riant pour elle seule. Cent vingt-cinq brides de moins à ajouter à mon foulard de laine.

— Et il t'en reste combien?

— Oh! des milliers, sans doute.

Mathieu ouvrait de grands yeux.

— Des milliers! répétait-il, des milliers!

— J'en ai déjà cent vingt-cinq, reprit joyeusement Fabienne. Un petit peu chaque jour et j'aurai bientôt fini. Pour l'instant, je m'arrête. J'ai les mains moites, la laine se mouille et résiste et j'ai envie d'une bonne brise de balançoire.

Mathieu se leva vivement et s'empara des deux sacs qu'il trouva très légers maintenant. Fabienne le suivit pieds nus, ses sandales à la main. L'enfant s'arrêta pour l'imiter. Ils marchèrent quelques minutes dans l'herbe fraîche. Les amateurs de Frisbee avaient disparu. Le parc était à peu près désert à part quelques "bronzeux" tenaces qui se faisaient béatement cuire au soleil. L'asphalte était bouillant. Ils durent remettre leurs sandales. La plupart des gens devaient être à la piscine. Pourvu qu'ils ne souhaitent pas se baigner, se dit Fabienne. Elle avait volontairement oublié le maillot de Sophie parce que Mathieu n'avait pas le sien. Ils suivirent le petit chemin menant au terrain de jeu.

Le coin était animé. Il y flottait une odeur de savon, de poudre et de pomme. Quelques jeunes femmes poussaient leur poupon dans les cageots de bois des balançoires. Hi-Han, Hi-Han! Les bébés riaient en agitant leurs petits bras. D'autres, accroupis dans le sable, s'absorbaient à recréer le monde. Les enfants étaient nombreux; leurs cris perçants signalaient leur plaisir. Des petits groupes piaillants s'affairaient autour de chaque manège. Une file serrée attendait derrière la haute glissoire. Mathieu y courut, fit la queue, grimpa les marches étroites et, parvenu au sommet, salua Fabienne d'un sourire triomphal avant de s'asseoir sur le métal usé. Les shorts trop grands empruntés à Sophie s'ouvraient largement sur ses cuisses. Il serra pudiquement les jambes. Il n'avait pas l'habitude des vêtements amples; sa mère, pressée de le déguiser bien vite en petit homme, l'habillait de costumes raides et ajustés. Il lâcha les mains et se mit à glisser, aussitôt suivi d'un jeune impatient qui tomba maladroitement sur lui, en bas, dans la poussière. Mathieu se releva dignement et épousseta ses culottes. Son sourire avait disparu. Il montra le doigt à l'importun, le majeur dressé, comme il l'avait vu faire à son ami Paulo, puis revint calmement vers Fabienne.

— Ce geste que tu as fait, qu'est-ce que ça veut dire? demanda malicieusement Fabienne.

— Ça veut dire: mange d'la marde, lui répondit gravement Mathieu.

Ils se dirigèrent tous deux vers les grandes balançoires. Toutes étaient occupées. Dans l'une d'elles, tirant fort sur les chaînes et levant haut les jambes, Sophie prenait son élan pour rejoindre le ciel. Elle chantait à tue-tête une chanson incompréhensible. Fabienne n'entendait pas les paroles, il y avait trop de bruit et les mots se perdaient dans l'incessant balancement. *Ça devait être une de ces chansons, sans thème et sans logique, comme Sophie en psalmodiait le soir avant de s'endormir. Sur un air monotone, voire obsédant, la petite fille énonçait des mots sans suite comme elle l'eût fait pour une liste d'épiceries, racontant en désordre les événements de sa journée. À ce moment, quand dans le soir silencieux, Fabienne entendait la voix claire et juste de sa fille s'enrouler en volutes mélodieuses, elle posait le livre ouvert à côté d'elle, appuyait la tête sur le coussin bleu et l'écoutait s'envoler doucement vers le sommeil. La voix s'arrêtant aussi soudainement qu'elle s'était fait entendre, Fabienne reprenait son livre. C'était un point du jour, un moment à nul autre pareil où Fabienne retrouvait son antique solitude, à quelques pas de sa fille sereine endormie.*

À ce rappel du soir, Fabienne frissonna. La chaleur était suffocante. Le soleil dardait ses pointes brûlantes. Sophie les avait vus Mathieu et elle. Ralentissant son allure, Sophie ratissa le sol d'une jambe, chaque fois qu'elle pouvait l'attraper, et sauta prestement sur le terrain.

— Oh m'man! Je glissais sur les nuages!

Elle se pressa sur Fabienne, la regarda un moment en souriant et s'éloigna en trottinant. Mathieu retenait la balançoire, il se hissa sur le banc.

— Pousse-moi! cria-t-il.

Fabienne obéit tant et aussi longtemps que Mathieu n'en eut pas assez d'essayer de monter jusqu'au ciel. Jérémie arriva en claudiquant. Sophie le suivait avec Alexandre.

— Y'é tombé!

— C'est toi qui m'a poussé, déclara le blessé en se penchant sur son genou poussiéreux. J'ai mal au coeur, ajouta-t-il, le visage plus pâle que sa culotte. Alexandre avait poussé trop vite le tourniquet. C'était de sa faute...

— Té don feluette! lui répliquait l'accusé.

On quitta le terrain de jeu assourdissant. Sous le panache d'un grand érable on s'apaisa sur les dessins d'oiseaux. Fabienne avait ouvert son grand livre d'images. On épia le feuillage, on ne trouva que des moineaux. Pas le moindre bois-pourri, pas davantage de iank-iank, aucun peur-oui ou croa-croa. Jérémie eut beau prétendre avoir entendu le fameux ihlé-ayoli-ahlili-ahliloa-ilolilli, personne ne le crut. Alexandre lui rabâcha puic-puic-puic et on chercha un autre jeu.

On joua à faire le mort. Le premier qui bouge est vraiment mort. Il fallait un juge. Fabienne fut élue à l'humanité, constata Alexandre, à l'unanimité corrigea Sophie. Fabienne s'assit au milieu des cadavres. C'était un jeu reposant. Alexandre tint une demi-minute. Il avait le "fou de rire". Jérémie fut peu après éliminé. Il contesta la décision du juge: Alexandre l'avait chatouillé. On recommença. Dans le même ordre, ils durent s'avouer morts. Fabienne les avait vus cette fois: ils avaient pouffé en même temps. Sophie resta immobile quatre bonnes minutes, on vérifia sur la montre E.T. Un long bâillement la tira de sa torpeur. Restait Mathieu, le paisible Mathieu. On s'accroupit autour de lui en chuchotant. Il était parfaitement immobile. Seul son ventre se soulevait et s'abaissait. Tout le reste de son petit corps ne bougeait pas. Ses lèvres étaient entrouvertes, ses cils ombraient ses joues. Ses paumes reposaient bien ouvertes le long de ses cuisses.

— Il dort, murmura Fabienne. L'enfant ne bougeait pas.

— Ça compte pas, décida Jérémie.

— On retourne jouer, conclut Sophie.

Alexandre courait déjà devant. Jérémie revint, remit sa montre à Fabienne, reprit sa course. Fabienne s'allongea dans l'herbe. Elle observa le feuillage vernis sur le gris bleuté du ciel. Elle avait envie de dessiner; elle suivit la fine nervure d'une feuille, parcourut sa tige, s'accrocha à la branche, grimpa jusqu'au tronc usé. Arbres, admirables modèles de vie. Racines puissantes dévorant le sol, puisant leur sève dans la terre prodigue et la repoussant jusqu'à leurs branches baladeuses ivres de liberté. Fabienne ferma les yeux. La silhouette anguleuse de Ferdinand se dessina sous ses paupières provoquant un agréable émoi dans son bas-ventre. Comme un rêve oublié ressurgit au soir, une odeur ou peut-être seulement une position identique à celle du réveil recrée le souvenir onirique, le grand jeune homme tendre se lova en elle à la manière d'un foetus. Présent et lointain. Et fragile. Fabienne ouvrit les yeux, tourna la tête. Mathieu la regardait.

— J'dormais pas!

Il y eut un long silence. Fabienne le laissa s'insinuer entre eux.

192

— L'homme... mon père, il l'a fait exciprès d'ébouillanter ma mère.

Il avait dit cela d'un ton neutre, contenant froidement sa colère mais il y avait une question dans sa phrase. Fabienne en avait perçu la timide élévation. Elle attendit quelques secondes avant de répondre avec d'infinies précautions:

— Il avait trop bu de petites bouteilles brunes. Il ne savait plus ce qu'il faisait.

— Pourquoi?

Oh! le piège cruel innocemment tendu. Pourquoi, la parole insidieuse négligemment jetée, pleine du sous-entendu de toutes les interrogations du monde. Les enfants la posaient inlassablement. Pour eux, il y avait manifestement des réponses à chacune de leurs questions. Des vérités à l'endos de chacun de leurs mensonges. C'était simple, définitif. C'était oui ou c'était non. L'homme était bon ou méchant. Depuis hier, Mathieu tournait autour de Fabienne sans oser réclamer son jugement. Il attendait. Fabienne l'avait laissé faire. Il lui fallait le temps qu'il prenait pour toutes choses. Et voilà qu'alors où elle s'y attendait le moins, alors que son corps las autorisait son esprit, toutes défenses assoupies, à musarder librement, voilà que l'enfant réclamait son verdict. Mon père est-il un homme mauvais? Mathieu attendait, patient, ses yeux confiants vides de toute malice, tranquillement levés vers Fabienne. Elle choisit parmi les centaines de réponses possibles, celle qui lui parut la plus honnête, la moins accablante:

— Ton père boit parce qu'il est malheureux. Il pense que le plaisir que lui procure la bière le rendra plus heureux. Le malheur, c'est une maladie. On ne sait pas comment on l'attrape, on ne sait pas comment s'en guérir. Mais quand on l'a, on cherche à s'en défaire de toutes sortes de façons. Ton père, lui, aime bien boire de la bière. Seulement, s'il en boit beaucoup, il ne sait plus ce qu'il fait.

— Pourquoi?

À nouveau la question se recompose. Une énigme résolue, une autre se tisse.

— La bière a un drôle d'effet sur le cerveau. Quand tu en bois un peu, la sensation est très agréable. C'est comme si tu quittais ton corps. Un peu comme si ta tête se mettait à voler sans ton corps. Mais plus tu en bois, plus ta tête s'éloigne de ton corps. Ton corps continue à bouger sans ta tête, sans ta conscience, sans ta raison. Alors ton corps peut faire n'importe quoi parce que ta tête n'est plus là pour le conseiller. Tu vois, un corps sans cerveau, c'est comme une voiture qu'on aurait mise en marche sans conducteur.

L'enfant n'ajouta rien. Il ne bougeait toujours pas. Peut-être la voiture sans conducteur faisait-elle un accident dans sa tête. Fabienne referma les yeux, le fantôme de Ferdinand avait disparu. À la place, cinquante petits bateaux ivres bravaient les flots.

— Pourquoi t'as pas de père, toi, Fabienne?

Il ne fit aucun doute dans l'esprit de Fabienne que Mathieu s'était trompé.

— Est-ce que tu veux parler de mon père ou de celui de Sophie?

Mathieu hésita, le temps de reconnaître sa méprise.

— Euh... ben... de Sophie.

Fabienne s'assit, repoussa sa tresse.

— Sophie a un père, j'ai un père, tous les enfants, tous les parents du monde en ont un. Seulement le père de Sophie et moi, nous avons décidé de ne pas vivre ensemble.

Et comme pour répondre d'avance à la prévisible question de l'enfant, elle ajouta:

— Parce que nous croyions que nous serions plus heureux ainsi.

Oh! le pieux mensonge! Fabienne en frémit. À présent, la question se tournait vers elle. Pourquoi ce déguisement hâtif de la vérité? Ça ne pouvait être qu'un lapsus, un désir inavoué. Car cette décision de vivre seule avec sa fille lui

194

appartenait entièrement. Elle n'avait pour cela aucunement consulté le géniteur de sa fille. De quel droit se serait-il immiscé dans leur vie de secrètes connivences? Du seul fait qu'il avait un jour déposé sa semence dans son utérus fécond? Quelle autorité ce geste commandé essentiellement par le plaisir lui donnait-il? Puisque son rôle n'était qu'accidentel, Jean-Pierre ne devait-il pas rester dans l'ignorance? Quant à Sophie...

— Est-ce qu'il buvait? demanda la petite voix de Mathieu.

Confuse, Fabienne lui fit répéter sa question.

— Est-ce qu'il buvait, le père de Sophie?

— Non, fit seulement Fabienne.

Elle n'avait même pas cette excuse-là.

Les enfants arrivaient en courant. Il fallait que Fabienne vienne chronométrer avec la montre. Sophie était restée cinq bonnes minutes la tête en bas. Et Jérémie presque aussi longtemps. Pour le chat-pendu, c'était un record.

— Vite, vite, vite!

— Remets tes sandales et grouille-toi.

— Mathieu réveille-toi.

— Paresseux!

— Fainéants!

— Accourez observer les champions.

— La joie est libre, saperlipopette!

— Venez.

Mathieu fut proclamé gagnant. Il était resté six minutes trente-deux secondes, la tête en bas, ses cheveux noirs et brillants auréolant sa tête rouge, pendant que Fabienne lui tenait les jambes. D'ailleurs, il y serait encore si les enfants lassés n'avaient pas suggéré un autre jeu. Il s'agissait de s'étendre sur une petite butte de gazon et de se laisser rouler jusqu'en bas. C'est celui, ou celle ajoutait Sophie, qui réussit à rouler le plus droit qui devient l'arbitre. On se moqua beaucoup de Fabienne parce qu'elle n'arrivait pas à se rendre à la ligne d'arrêt. À chaque tour, son corps s'éloignait des limites du trajet et bifurquait loin de côté. "Je dois être trop grande", s'excusait Fabienne. Alexandre ricanait, sa tête s'approchait de son menton; il allait bientôt la dépasser. On nomma donc Fabienne arbitre à vie pour tous les jeux, parce qu'elle était vraiment trop maladroite.

Mathieu trouva des boutons d'or dans l'herbe, Alexandre et Jérémie du trèfle, Sophie des marguerites. Sophie noua les tiges, Fabienne tressa des bracelets, des colliers, des couronnes. On ramassa de gros bouquets. Quand Fabienne remit la montre au poignet de Jérémie, il était quatre heures dix-sept et les enfants étaient fleuris comme des parterres. Fabienne avait des courses à faire rue Laurier. Les enfants iraient continuer le château jusqu'à cinq heures, pas plus tard, promis, juré. On se retrouva tous à la sortie des toilettes. Mathieu avait l'air décomposé.

— Vingt-quatre secondes, hurla Sophie.

— Vingt-trois, murmura Alexandre.

— Deux minutes, mentit Jérémie.

— Vingt-sept, proclama Fabienne.

Mathieu baissait honteusement la tête.

— Et toi et toi?

— Combien de temps ton pipi?

— J'sais pas, fit l'enfant penaud, j'sais juste compter jusqu'à vingt.

— C'est pas grave, va!

— On va t'apprendre.

— Vingt et un, vingt-deux, vingt-trois...

La petite troupe s'éloigna. Fabienne les regarda rapetisser et disparaître ensemble au hasard d'un tournant. Bon. Allons-y! Dans l'ordre, l'épicerie, le fleuriste, la librairie;

salade, myosotis et papier collant. Et au galop! Je mérite bien
une douche et un café avant le souper. Elle prit le raccourci de
la pelouse, les pieds à la fraîche, une récompense pour ses
vaillants alliés. L'air ne bougeait qu'en marchant. Elle fit
comme si le soleil n'existait pas, oubliant le vert parasol des
arbres pour arriver plus vite. Vivement la pluie, pria-t-elle. Le
trottoir l'obligea à se rechausser. Par bonheur le feu était au
rouge. Chez Métro, elle paya à la caisse éclair, une salade,
un pain Cousin, traversa en diagonale, poussa la porte du
fleuriste.

— Bonjour madame!

Tiens elle devait avoir l'air inhabituel. Rarement on l'appelait madame. Elle repoussa ses cheveux, toucha le collier de
fleurs. La vendeuse la regardait avec insistance.

— Vous avez encore le petit bouquet de myosotis?

La vendeuse continua de la fixer, longuement lui sembla-
t-il. Fabienne rougit. Elle s'impatienta secrètement. Était-ce
toujours sans raison, cette chaleur qui lui mordait les joues, le
front? Bon, la vendeuse s'éloignait, se dirigeait justement là
où le bouquet était hier. Vite, vite, avant que je ne change
d'idée, se dit-elle. Elle avait décidé de l'acheter à n'importe
quel prix. À condition qu'il soit raisonnable. Oui, bien sûr, raisonnable. La vendeuse revenait.

— C'est trois dollars vingt-cinq, dit-elle en tendant les
fleurs à Fabienne.

Celle-ci sursauta, le souffle coupé.

— Évidemment ça peut vous paraître cher, ajoutait la
jeune femme devant son air déconfit.

— Mais ce sont des fleurs artificielles! balbutia Fabienne,
profondément troublée.

— Vous trouvez vraiment que c'est trop cher?

— Ce n'est pas la question, c'est...

Fabienne ne put finir sa phrase. Quel besoin avait-elle de
justifier son choix?

Elle sortit en s'excusant:
— Ça ne me convient pas.

Artificielles. Elle mastiquait le mot dans sa bouche. Il avait un arrière-goût de boîte de conserve, une odeur fade de parfum cher éventé, de maquillage défraîchi, de mégot taché de rouge à lèvres, de vieux kleenex ratatiné. Des fleurs mensongères. Une aiguille délicate lui perça la poitrine à la place du coeur, le venin du remords s'insinua lentement jusqu'aux rameaux filamenteux de sa conscience. Les reliquats émiettés d'une vieille croyance religieuse se relièrent mystérieusement. Une punition. Ça devait être une punition infligée à cause de ce mensonge de tout à l'heure... C'est bien fait pour toi, lui chuchota l'un des deux anges qui habitaient jadis dans sa tête. Lequel avait parlé? Le bon ou le mauvais?

Elle huma la chaude odeur des pains Durivage. Elle marchait dans la rue Fabre. Elle avait oublié de s'arrêter dans la petite librairie. Elle se frappa la tête, se traita d'étourdie, mais poursuivit néanmoins sa route. Ses pieds étaient sales, sa gorge avait soif; si le bon Dieu le voulait bien, elle se permettrait deux récompenses astringentes: la douche puis le café. N'en déplaise aux deux drôles d'oiseaux qui venaient de réintégrer leur domicile dans son esprit, le bon et le mauvais.

12. La sourde oreille

La maison était pleine de pénombre. Fabienne en apprécia l'obscurité bienfaisante, plus tiède que fraîche, qui l'abritait de l'été. Elle fit quelques pas dans le couloir sombre, s'arrêta. On venait de frapper trois coups impatients à la porte d'en arrière. Elle soupçonna le poing indélicat de Paulo. Elle avança prudemment vers la cuisine, pencha la tête, reconnut les mèches trop longues collées aux cils bruns de l'enfant. "Pitié, petit mousse, le capitaine est fatigué." Elle l'observa à la dérobée; le front buté, le pli maussade de la bouche. Quel drame se jouait sous la tignasse blonde? Elle écarta d'un geste de la main les remords bourdonnant tels des moustiques autour de sa tête. Pour quelque raison obscure, Paulo avait été privé de pique-nique. N'avait-il pas droit à une petite compensation?

"Suffit. Un peu de paix s'il vous plaît! Laissez-moi du moins le temps de vous aimer de loin." Fabienne glissa jusqu'à sa chambre, les grandes persiennes étaient closes tamisant l'ombre fraîche de la cour. Elle ouvrit précautionneusement un tiroir, trouva une petite culotte, s'empara d'une robe légère dans le placard. Les coups avaient repris tout près, la fenêtre de sa chambre était à une proximité inquiétante de la galerie. Fabienne prit son élan, traversa la cuisine

199

en vitesse et s'immobilisa dans la salle de bain. Les oreilles aux aguets, elle écouta: le silence puis le triple martèlement à peine plus têtu. Elle soupira. Paulo ne l'avait pas vue.

Elle referma soigneusement la porte des toilettes, ajusta le jet d'eau, froide, chaude, tiède, enjamba la baignoire. Le nez levé, les cheveux dénoués, les yeux fermés, la bouche grande ouverte, elle attendit l'averse dure. L'eau gicla, roula sur sa peau, l'habilla de gouttes luisantes. Ses pieds firent deux empreintes brunes sur l'émail blanc du bain. Elle mouilla ses cheveux de shampoing, savonna son corps satiné, frotta, frotta, frotta jusqu'à la meurtrissure. "Mon âme est souillée. Il faut que je la lave. Une poussière poisseuse la recouvre toute. Enfuis-toi de moi sale souillure."

Une sonnerie grésillante interrompit sa supplique. Elle se frotta les oreilles. "Je n'entends rien. Je suis sous la douche! JE N'ENTENDS RIEN QUAND JE SUIS SOUS LA DOUCHE!" cria-t-elle à qui voulait l'entendre. La sonnerie sourde répéta sa plainte insistante. Fabienne se mit à chanter: "L'eau-loue-lie. La-loue-l'eau." Plus fort. "VOS-VOUS-VIE. VA-VOUE-VEAU!" Mais toujours le timbre inlassable résonnait au loin.

"Je ne répondrai pas." Elle se jura qu'elle n'irait pas répondre, qu'elle aurait pu tout aussi bien ne pas entendre avec cette pluie qui tombait si fort sur ses oreilles. Au septième coup, elle ferma les robinets, observa tristement le tourbillon savonneux disparaître dans le renvoi d'eau. Au huitième, elle s'essuyait les pieds, au neuvième, elle enfilait sa robe, redressait le turban de la serviette. Il n'y eut pas de dixième. La main posée sur le récepteur, elle attendit en vain.

Elle revint dans la cuisine. Paulo n'était plus sur la galerie. Il faut absolument que je répare cette fenêtre, se dit-elle en voyant les dessins qui en masquaient maladroitement l'ouverture. Elle rangea la salle de bain, essuya et peigna ses cheveux, prépara du café. Les pompons rouges étaient fanés et se déshabillaient sur la table. Elle les jeta dans la poubelle. Clap!

Quelque chose l'ennuyait, l'agaçait. Comme une aigreur à l'estomac, un goût acide dans sa bouche. Elle retourna dans la salle de bain, se brossa les dents. Elle scruta sans amitié le reflet de son visage dans le miroir. Une petite tache brune là sur la joue. Elle gratta avec son ongle, râcla énergiquement. La peau rougit. La marque restait, indélébile. Une tache de rousseur! Elle se sourit gravement, bravement, éclata de rire. Le coeur n'y était pas. Une lueur inquiète veillait au fond de ses yeux. Elle mit du rouge sur l'autre joue trop pâle pour que les deux se ressemblent. La cafetière éructait sur la cuisinière. Elle allait s'asseoir enfin.

Elle s'assit. Elle versa le liquide odorant dans la tasse blanche, prit un peu de sucre du bout de sa cuillère, la plongea dans le café fumant. Le sucre fondait. Elle tourna l'ustensile jusqu'à ce qu'elle ne sente plus les petits grains rouler sur la porcelaine. Elle se pencha sur sa tasse, y surprit son image déformée. Elle n'allait plus fuir. Elle but une petite gorgée, en vérifia, en savoura le goût mi-amer, reposa la tasse.

Tout à l'heure, les enfants avaient suspendu le cours hésitant de ses réflexions. Elle en avait été momentanément soulagée, remettant allègrement à plus tard l'organisation de ses pensées, la laborieuse édification de ses raisonnements. Maintenant, il fallait revenir en arrière, ouvrir cette petite blessure qu'elle s'était pressée de panser sans l'examiner. Où était la fêlure? Où était le mal dans sa décision de vivre seule avec sa fille? Jamais elle n'avait nourri une quelconque culpabilité face à ce geste de pure autonomie. Pourquoi alors ne pas l'endosser seule et pourquoi tout à coup laisser croire qu'elle en avait partagé la responsabilité avec Jean-Pierre? Ne s'agissait-il pas d'une sorte de fuite, d'un frauduleux détour comme elle en empruntait parfois avec une tranquille distraction? Une fugue naïve au pays de l'illusion, là où les aveugles ont leurs plus troublantes visions! Une espèce de mensonge absolument inconséquent. Mais pourquoi?

On ne s'échappe pas sans raison du réel. Pourquoi inventer quand la réalité est raisonnable et satisfaisante? À qui cette vérité aurait-elle pu déplaire? Pour sûr, aux yeux de Mathieu, elle avait cherché à innocenter son père, ce fugueur impénitent. En évoquant la possibilité d'une entente profonde entre deux êtres, elle avait cédé au besoin de présenter à l'enfant une image solide et harmonieuse du couple. C'était certes une raison justifiable, estimable même, mais était-ce bien l'unique raison?

Fabienne remit du café dans sa tasse, du sucre, juste ce qu'il fallait, remua pensivement la cuillère. La deuxième tasse était la meilleure, la plus savoureuse. Les papilles astucieusement aiguisées par la première concoction s'épanouissaient de plaisir. Elle but une longue gorgée; la température en était parfaite, le goût suave. Le café agissait comme un révélateur. Elle courba la tête, fixa son oeil bleu dans le liquide noir, pareil à l'oeil bleu de sa fille. L'iris la regardait piqueté de doutes et de reproches. Elle sut tout de suite que la réponse faite à Mathieu n'était que le timide brouillon d'une autre réponse qu'elle destinait à Sophie. Elle reconnut immédiatement la douleur fulgurante qui lui perçait le coeur. Elle avait emprunté le chemin tortueux du mensonge comme pour jauger ses propres limites, comme pour s'habituer à cette route sinueuse qu'elle devrait emprunter désormais.

Sophie n'avait pas encore exprimé ses regrets de n'avoir pas de père. Peut-être les avait-elle enfouis secrètement au fond de sa mémoire? Il y avait longtemps, très longtemps semblait-il à Fabienne, que la petite fille n'avait pas abordé le sujet directement, se contentant de malicieuses allusions à propos de Ferdinand. Fabienne n'y avait prêté que peu d'attention. Sophie était une enfant sereine. Quand toutefois le trouble venait obscurcir son regard, elle posait question sur question, écoutait attentive les réponses sages et prudentes de Fabienne. Elle reconnaissait avec une patiente logique la justesse des arguments. Jusque-là l'entente avait été complète, la complicité entière. Jusque-là? Jusqu'à quand? À quel moment le bel équilibre avait-il été rompu? Et, l'était-il?

N'était-ce pas l'effet trompeur du café battant furieusement ses tempes qui semait l'obsédant soupçon? Fabienne voulait le croire. Elle se servit une troisième petite tasse. La dernière. Elle fut contente d'entendre des pas sur la galerie. Elle déverrouilla la porte mais dut revenir en hâte vers le couloir, le téléphone sonnait à nouveau. Cette fois, plus de dérobade. Elle décrocha le récepteur. La voix de Chantal était enjouée, presque joyeuse. Fabienne en fut surprise et rassurée. La mère de Mathieu subissait habituellement les lendemains de crises avec un fatalisme cynique. Le type d'accident dont elle était la coutumière victime laisse souvent des cicatrices hideuses au creux de l'âme. Aujourd'hui rien ne transparaissait sous le léger bavardage. Mais Fabienne écoutait distraitement: de désolants sanglots lui parvenaient de la cuisine, un enfant pleurait. Elle tira sur le fil pour apercevoir le malheureux, impossible sans détacher son oreille de l'écouteur. Elle s'excusa auprès de Chantal:

— Les enfants viennent d'arriver. Je crois qu'il s'est passé quelque chose. Sans doute une trop vive dispute ou une chute sans gravité. Attends-moi deux secondes. Je reviens ou je te passe Mathieu...

Fabienne marcha légèrement jusqu'à la cuisine. Sophie se jeta dans ses bras. Fabienne frémit. Son coeur galopait dans sa tête.

— Oh! ma douce, ma mouche, qu'est-ce qui t'arrive? Qui t'a fait mal? Qui t'a fait pleurer?

— Oh! m'man, c'est terrible, c'est épouvantable!

Sophie sanglotait. Elle répétait sans cesse les mots: terrible, épouvantable. Fabienne la serrait contre elle. Sophie bouleversée tremblait de tout son corps, mouillait sa robe et ses bras. Fabienne n'y tenait plus. Elle articula faiblement:

— Mais qu'est-ce qui s'est passé?

Sophie poussa une longue plainte déchirante.

— Le château... quelqu'un a démoli notre château!

Et pour confirmer la nouvelle, Mathieu se mit à raconter:

— Quand on est revenu du parc, sur le trottoir, on n'a pas vu les trois grosses boîtes de carton. Et puis, quand on s'est approché, on les a pas vues non plus. On a trouvé ça bizarre mé, quand on est arrivé sur le terrain, le château était tout déchiré, même pire...

Mathieu fit une pause, regarda Sophie qui essuyait ses larmes et ajouta précieusement:

— Oh! dis-lui toi. Moi ch'peux pas!

— Oh! m'man, le château n'était plus qu'un amas de carton et de...

— Crottes! compléta dédaigneusement Mathieu.

Fabienne contint une furieuse envie de rire. Elle avait eu si peur que ce soit autre chose, que sa fille fût blessée d'une tout autre façon. Elle se détourna pudiquement vers l'armoire, fouilla nerveusement deux tiroirs, passa une débarbouillette sous le robinet d'eau froide.

— Ta mère est au téléphone Mathieu. Si tu veux lui parler et lui demander de rappeler plus tard...

Elle contempla attendrie le visage bouffi de sa fille, épongea les larmes, rafraîchit les joues et le front brûlants.

— Là, tout doux. Apaise-toi ma fille. Tes larmes ont lavé ta peine. C'est fini maintenant.

Et en effet Sophie ne pleurait plus. Elle s'était assise devant la tasse de porcelaine blanche et la regardait rêveusement. Fabienne s'en empara comme si le gobelet avait gardé des traces de ses élucubrations secrètes. Elle but le café froid et grimaça comiquement. Sophie ne sourit pas. Mathieu avait raccroché le téléphone. Il vint s'asseoir en face de Sophie.

— En tout cas, y va nous payer ça!

— Qui donc? demanda Fabienne.

— Celui qui a fait ça!

— Qui est-il? demanda-t-elle encore.

— On ne le sait pas, mé...

— On va le savoir, ajouta Sophie vindicative.

Fabienne tenta de faire diversion, annonça le menu du souper: tomates vinaigrette, salade aux oeufs et au saumon, fromages, et pour dessert...

— On n'a pas faim, l'interrompit Sophie. Après ce qu'on vient de voir, c'est assez pour couper l'appétit.

— Évidemment pas tout de suite. Mais vers six heures, six heures et demi.

— ...

— Crois-tu qu'on pourrait manger plus tôt ce soir et se passer de collation? insistait Fabienne.

— ...

— Pour ma part, avec cette journée de grand air et de jeux, j'ai une faim dévastatrice.

— ...

— Que diriez-vous d'un bon bain pendant que je prépare le festin?

Les yeux de Sophie s'animèrent enfin.

— Excellente idée, dit-elle d'une voix faussement joyeuse.

Elle disparut dans les toilettes et fit couler de l'eau pendant que Mathieu courait chercher des vêtements propres. Il revint avec un pantalon rouge et un chandail orange pour lui, une jupe et une blouse bleues pour Sophie. Il les montra gaiement à Fabienne; il commençait à apprécier les emprunts à Sophie. Il fila la rejoindre et referma la porte.

Fabienne, le coeur au repos, écouta leurs éclats de rire fuser par-dessus le rafraîchissant clapotis de l'eau. Elle mit des oeufs à cuire dans un petit chaudron, prépara deux vinai-grettes, une à l'ail, l'autre à la moutarde, lava la salade, le céleri, coupa les concombres, les tomates. Les chagrins d'enfants ne durent pas. Leurs larmes les effacent aussitôt. Ce sont de brèves averses au milieu d'une journée de soleil. Ma blessure est en moi, en attente, à demi-refermée. La nuit viendra l'absoudre et la stigmatiser. Mais que ce jour me paraît long, avec cette nuit si petite entre lui et hier.

— Fabienne, viens ici! cria impérativement Mathieu.

— Oui. J'arrive. Qu'est-ce qu'il y a?

Fabienne avança au milieu des vapeurs chaudes et parfumées du bain. L'enfant se tenait debout, une serviette enroulée autour des hanches. Il avait l'air embarrassé d'un plongeur sans maillot. Il s'écarta de la baignoire, tira la tête de Fabienne à portée de sa bouche.

— J'ai pas de culottes de rechange, chuchota-t-il.

— Mets celles de Sophie, répondit Fabienne en respectant le ton de confidence.

— Des culottes de fille? s'offusqua Mathieu, un registre plus haut.

— Mais, qu'est-ce que ça change?

— Ben, pour pisser?

— Tu les baisseras. Ça n'a rien d'humiliant.

L'enfant se gratta piteusement la tête, baissa éloquemment les yeux.

— Écoute. Trois solutions s'offrent à toi. La première: tu remets les tiennes. Seulement, ce n'est pas très hygiénique, voilà déjà deux jours que tu les portes. Je préfère les laver maintenant; tu verras, elles vont sécher très vite, disait Fabienne. La deuxième, tu mets celles de Sophie, elles t'iront parfaitement. Si ça te déplaît, par contre, il reste une troisième possibilité. C'est que tu n'en portes pas du tout.

— Quoi? fit seulement l'enfant.

— C'est à toi de choisir, ajouta Fabienne en clignant de l'oeil à Sophie.

Cette dernière sourit fugacement. Mathieu tendit cérémonieusement ses culottes sales à Fabienne. Elle ne sut pas tout de suite laquelle des deux propositions Mathieu avait adoptée car l'eau bouillonnait sous le petit chaudron et lançait des gouttes chuintantes sur le rond du poêle. Elle courut baisser le feu puis se fit un devoir de savonner le sous-vêtement du pudique petit garçon. Après l'avoir soigneusement rincé elle sortit sur la galerie et l'épingla sur la corde. La chaleur était moins accablante quoique tenace, la ruelle était déserte.

Quand elle rentra, Sophie et Mathieu sortaient de la salle de bain; leurs peaux brillantes, leurs chevelures humides fleuraient bon. Fabienne proposa une partie de Mille Bornes histoire de se titiller l'appétit.

— Monsieur le soleil couchant! Madame la nuit!

Fabienne leur présenta des sièges. Mathieu écarquilla les yeux sur la jupe bleue de Sophie, contempla amusé son pantalon bourgogne, son chandail orangé. Il chercha longuement une épithète appropriée en lorgnant la robe rose de Fabienne.

— Madame la fleur évanouie, lança-t-il, l'air satisfait en tirant la chaise de Fabienne.

Fabienne sourit. Sophie ne corrigea pas l'inconvenant qualificatif. Elle était ailleurs. Elle joua distraitement. Un pâle sourire vint à peine éclairer son visage lorsqu'elle déclara par deux fois: "Coup fourré!" Elle étala sans émotion une autre "botte" sur la table alors que Fabienne languissait sur un "feu rouge" et que Mathieu attendait impatiemment une "roue de secours". Sophie avait toutes les chances. Fabienne le lui dit. Deux yeux glacés aux reflets métalliques la fixèrent un instant et retombèrent lourdement sous leurs paupières. Fabienne frissonna. Sa fille absente lui échappait. En ces rares moments d'interférence elle se sentait impuissante. Absurdement inutile dans son rôle de mère attentive. Une imperceptible angoisse s'installa dans l'estomac de Fabienne à côté de sa faim. Sophie avait remporté la première manche sans manifester le bruyant enthousiasme des jeunes gagnants. Les autres joueurs en furent désarçonnés.

On mangea cependant de bel appétit. Mathieu tassa la salade au bord de son assiette et avala goulûment l'oeuf, le saumon, le pain-gâteau et le seul fromage qui sentait bon. Il gazouillait comme un oiseau. Il commenta fièrement ses victoires aux jeux de l'après-midi; il avait été le mort le plus immobile et le chat le plus longtemps pendu du parc Laurier. Il rappela en riant les maladresses de Fabienne, soutira habilement deux ou trois sourires à Sophie. Avec une délicatesse touchante, il s'essaya à dérider son amie. Il réussit. Fabienne reprit des couleurs et de la salade. La vie était bonne à nouveau, le fromage et le fond de la bouteille de vin de velours comblèrent tous les creux du ventre. Une petite brise tiède pénétrait doucement par la porte moustiquaire. Sophie riait à gorge déployée. Son assiette était vide.

La sonnerie du téléphone retentit à nouveau, agaçante, importune. Fabienne soupira. Mathieu courut répondre, appela Sophie. Les deux enfants se passaient mystérieusement l'écouteur pendant que Fabienne débarrassait la table. Ils complotaient un nouveau jeu, tiraient les plans d'un autre château. Sans doute. Fabienne s'émut de leur courte mémoire; le chagrin se dissout comme le sucre au fond du café. Mathieu et Sophie avaient terminé leurs mystérieuses conversations, ils passèrent devant elle, la tête haute, sans lui jeter un regard. Elle se sentit tout à coup exclue de leur enfance.

— On va jouer, dirent-ils à l'unisson, et ils partirent sans fermer la porte.

— Pas trop tard! leur cria Fabienne en entendant le coucou de sept heures et demi.

— Non, non, crut-elle comprendre.

Leurs voix s'étaient perdues dans les dédales de la ruelle.

Fabienne fit de l'ordre dans la cuisine, lava, essuya et rangea la vaisselle. La lassitude empâtait ses mouvements. Sa tête lui semblait vide maintenant, d'une légèreté inquiétante.

Un ballon qui allait s'envoler. Elle palpa le muscle affolé qui sautillait sur sa paupière. Mon corps a grand besoin de repos, reconnut-elle. Quant à mon âme, elle s'engourdit d'inanition. Vite un livre pour l'alimenter à son tour. Comme une somnambule, elle se dirigea vers le divan bleu. Mais au fond du couloir, derrière les brides ajourées du rideau, une longue silhouette, le coude levé, s'apprêtait à sonner. En dépit de cette vision bien nette, elle sursauta au son du timbre et son coeur remua plus vivement dans sa poitrine. Elle repoussa les cheveux doux et légers flottant autour de sa tête. Ce n'est qu'en ouvrant la porte qu'elle sut combien elle avait désiré cette apparition.

Il était là, un sourire timide découvrant la pointe de ses incisives aiguës et gourmandes, une lueur de fin du jour au fond des yeux. Ils s'assirent tous deux sur le bois de la galerie usée. Ses genoux pointus faisaient deux hautes arêtes devant leurs deux regards posés sur le même invisible point. Il raconta avec animation son entrevue avec son futur patron, truffant son récit de détails amusants: les mains glissantes de monsieur Pigeon, sa cravate à pois, les ongles violets de la secrétaire, la pile de circulaires renversée par mégarde. Il riait. Il serait conseiller en voyages et chargé de la publicité. Deux lourdes responsabilités, lui avait confié monsieur Pigeon, incapable de préciser pourtant le contenu de ces tâches. Il en saurait davantage lundi, lui avait-il assuré encore. Ferdinand avait accepté sans trop d'impatience cette réponse quelque peu laconique. Il aurait largement le temps, au jour le jour, de percer le mystère de ses toutes neuves attributions.

Fabienne écoutait la voix chaude et grave, toute au plaisir d'en apprécier les vibrations. Son oreille encore pleine de petites flûtes et de petits cris s'extasiait sur le trémolo de baryton. Qu'il faisait bon parfois s'éloigner des rumeurs enfantines! Ferdinand se tut. Un vent doux remuait les feuilles. Les oiseaux envolés, on ne savait vers quelle dernière quête, étaient silencieux. Le soleil rosissait le ciel. Tous les habitants de la rue Fabre semblaient assis sur la galerie. Au loin, un commentateur s'égosillait sur le sort des Expos.

Les voisins d'en face, un couple d'âge moyen, véritables piliers de balcon, distillaient leur silence. Leurs fesses étaient rivées à leurs chaises elles-mêmes soudées au bois de la galerie. Ils étaient là depuis le beau temps, creusant leur fauteuil soir après soir; ils seraient là jusqu'à l'automne, innocentes enseignes de l'été. Fabienne les observait, muette. Lui, la tête grise penchée sur la camisole, semblait prisonnier d'une douce somnolence; elle, tricotait mécaniquement sur les replis de son ventre, levant à courts intervalles les lacs brillants de ses lunettes. Fabienne compta les grappes humaines ornant les balcons. Tout ce petit monde installé comme pour un spectacle semblait attendre quelque chose. Mais quoi? Elle fit part de ses interrogations à Ferdinand qui, comme elle, balayait la rue de son regard ardent.

— Qu'est-ce qu'ils attendent? Oui, quoi? Peut-être la pluie. Peut-être cet orage qu'on annonce inutilement depuis deux jours et qui ferait tant de joie aux arbres et aux champs. Ou bien la chute lente et quotidienne de cet incomparable ballon rouge qui flotte présentement entre les deux cheminées de l'incinérateur. Ou bien tout autre chose. Ferdinand fit une pause. Un homme attend une femme; une femme un enfant. Qui sait ce que chacun porte en lui d'espérances?

Il avait dit cela d'une voix incertaine hésitant à dévoiler ses secrètes pensées. Oh! comme je t'aime en ce moment Ferdinand Latendresse, pensa Fabienne furtivement. Elle se mit à parler, d'un ton détaché, racontant sa journée de grand air et d'enfants. Elle écoutait interdite les paroles qui jaillissaient en cascade de sa propre bouche. Tromperie, fuite, pensait-elle en parlant. Mais que c'était bon de les laisser s'échapper d'elle comme un torrent impétueux, d'oublier pour un temps la lassante logique qu'elle s'appliquait à injecter dans ses discours et jusque dans ses plus intimes réflexions. Enfin une oreille rompue aux subtilités du langage pouvait-elle l'écouter sans l'interrompre, sans réclamer allusivement d'indispensables explications à laquelle l'aspirant adulte avait droit. Elle relata ainsi toute sa journée: l'arrivée inopinée de Jérémie, les courses dispersées, la visite au château, le pique-nique, les jeux insensés, sa ridicule maladresse, les savantes conversations sur les héros enfantins, le terrible chagrin de sa fille et son hâtif refoulement... Elle s'arrêta étonnée. Il y avait longtemps, bien longtemps qu'elle n'avait autant parlé. Et elle n'avait pas tout dit. Bien peu à vrai dire. Quelques faits restaient à examiner avant d'en évoquer le déroulement.

— C'est inouï de constater tout ce qui peut se passer dans la banale journée d'une femme.

— D'une mère, précisa Ferdinand. Et de famille très nombreuse, ajouta-t-il en riant.

Fabienne se racla la gorge.

— J'ai soif! Que dirais-tu d'un verre de... Non. J'ai une meilleure idée. Que dirais-tu d'un cornet de crème glacée? Un tourbillon napolitain?

— Oh! Una cassatta. Mais si, una cassata per favore!

Fabienne disparut dans la maison. Elle se sentait légère. Ce flot de paroles l'avait libérée de sa fatigue. Elle creusa deux trous bien ronds dans la crème marbrée, posa deux boules en équilibre sur les cornets placés dans des verres, mais oui, bien sûr, elle n'avait que deux mains, refit deux autres trous dans la crème, un aux fraises pour Fabienne, un autre au chocolat pour Ferdinand, referma le couvercle, rangea le contenant dans le congélateur, s'empara des deux cornets, lécha une goutte qui risquait de s'écouler, marcha rapidement dans le couloir, un cornet dans chaque main. Que la vie était douce parfois, si suave, si...

Ferdinand n'était plus sur le perron. Des gens couraient dans la rue Fabre, d'autres dégringolaient les escaliers; tout le monde s'enfuyait vers la tache rouge du soleil. Il s'était passé quelque chose. "Il y a eu un accident", dit quelqu'un à

211

Fabienne. "Là-bas, au coin de Saint-Grégoire." Fabienne gémit, fit quelques pas sur le trottoir ses cornets à la main, se ravisa, retourna dans la maison, reposa les cornets dans les verres, courut, courut, courut.

— Pourvu que... non

Les mots s'enfuyaient dans sa tête, une clameur désolée montait du groupe de gens rassemblés au coin.

— Sophie! cria Fabienne. Sophie!

13. Le châtiment

— Thomâs! Où tu vâs comme ça? lança la voix puissante de Maria. Thom se retourna, son geste masquant à peine le tic sournois qui le secouait tout entier.

— Juste un p'tit tour m'mân, dit-il suppliant, le dernier, promit-il en injectant dans son regard une bonne dose de sincérité.

Maria scruta longuement le visage de son fils aîné. Pouvait-elle lui faire confiance? Pourrait-elle un jour lui faire confiance? Thomas mentait si souvent et avec une telle assurance que Maria perdait maintenant à tout coup dans le jeu lassant des devinettes où il l'entraînait si souvent avec une cruelle insolence. Elle toisa le regard noir et ardent, le regard d'un homme fier et droit comme l'avait été son père. Mon Dieu! Puisse-t-il un jour lui ressembler! D'habitude quand Thomas avait ces yeux-là, Maria pouvait s'y fier. L'enfant, la main sur la clenche, attendait un aquiescement qu'il n'avait pas coutume de réclamer. Cette attitude parut de bon augure à Maria.

— Bon, fit-elle en maugréant. Mais tu rentres de suite après. Y a encore ben des affaires à paqueter. Pis ensuite faut tout transporter dans la machine. Je m'demande ben quelle place y va rester pour nous autres, ajouta-t-elle d'une voix éteinte.

— On montera tous ensemble sur le toit, répliqua Thom en riant dans l'espoir d'égayer sa mère et de faire jaillir le gros rire qu'il aimait tant.

Maria grimaça un sourire, but une longue gorgée à même sa bouteille de bière. Elle loucha machinalement vers l'horloge.

— Sept heures et demi, gémit-elle. Écoute...

Elle chercha un point de repère, Thomas n'avait pas de montre, elle vit le ciel rougeoyant au travers des vitres sales.

— Bon. Tu rentres dès que le soleil est couché.

— Correct, m'mân. À tantôt!

Thom se glissa dehors. Pictou dormait près de la galerie, le corps enroulé dans sa laisse. L'enfant se pencha, effleura le museau sec. Le chien souleva une paupière, montra un oeil rouge, tapota la terre sèche avec sa queue.

— Demain, tu pourras galoper à ton aise, lui confia Thom.

L'animal ferma son oeil indifférent. Thom se releva, fit quelques pas sur le gravier. Ses souliers neufs faisaient un drôle de bruit sur le sol rocailleux. Il écouta avec plaisir ce nouveau son et se courba pour examiner ses chaussures. Pour sûr, elles étaient trop grandes, bien trop grandes. Sa mère les lui achetait toujours trop grandes. "Ça te durera plus long-temps", disait-elle de son ton sans réplique. Bah! En tout cas, c'était bien mieux que seulement des lacets comme elle avait d'abord projeté de lui acheter. "Et tant pis pour le maillot de bain", avait commenté Thom avec bonne humeur. Avec ces semelles de crêpe épaisses comme des livres de classe, il gran-dissait d'au moins trois centimètres. Et puis la forme longue et arrondie, le cuir rigide et robuste créaient l'illusion de pieds immenses. Des pieds de géant, pensait Thom en avançant dans la ruelle déserte.

Il renifla avec gourmandise la bonne odeur qui flottait dans l'air tiède. Quelqu'un faisait griller de la viande dans une cour. Demain on fera cuire du poisson sur les braises. Demain... Thom se retourna. Il avait perçu un bruit, un léger frôlement. Il pressa le pas. Pourvu que Jeff ne vienne pas le rejoindre. Thom en avait profité pour sortir pendant que son frère était aux toilettes. Jeff passait des heures dans le cagibi. Sans blague, une fois, il y était resté trente-cinq minutes pendant que Thom se tortillait devant la porte. "T'as fini là? — Non, ça vient pâs!" lui avait répondu la voix traînante. Sa mère disait qu'il était constipé. "Comme son père", ajoutait-elle en riant avec Thom.

Il arrivait au coin de Saint-Grégoire lorsqu'il aperçut un objet brillant sur une petite touffe d'herbe qui poussait inopinément entre deux pans de ciment disjoints. Il se pencha, ramassa un pot de gouache bleue presque vide. Il décolla le couvercle mal refermé, constata avec satisfaction que la peinture était épaisse au fond du pot, qu'il pourrait facilement en tripler le volume en la diluant avec de l'eau. Avant de reboucher le bocal, Thom y plongea le nez, frétilla des narines. Il aimait bien cette odeur âcre qui flottait certains après-midis dans l'atelier de Fabienne quand celle-ci voulait bien céder aux prières des enfants et ouvrir les petits pots de toutes les couleurs. "À condition que..."

— Oui, répétaient docilement les autres, à condition qu'on fasse bien attention à ne renverser ni eau, ni petits pots, à condition qu'on rince soigneusement les pinceaux après chaque trempette, à condition qu'on ne travaille pas plus de deux à la fois." Ces trois exigences respectées et sous la surveillance attentive de Fabienne, Thom avait découvert émerveillé l'étonnante multiplicité des trois couleurs primaires. Avec pour seule base le bleu, le rouge et le jaune on pouvait créer une gamme infinie de couleurs; quels mystérieux magiciens étaient les peintres!

Thom vissa le bouchon et fourra le bocal dans sa poche. Le soleil descendait lentement à l'horizon. Sans doute Fabienne était-elle assise sur la galerie en train de siroter le café noir dans sa petite tasse. Elle et Sophie étaient souvent dehors à cette heure. Sophie disait que c'était le moment le plus beau du jour, le temps où toutes les couleurs se mélangent dans le ciel. Si donc elles étaient sur le balcon, il pourrait les voir en tournant le coin. S'il les voyait il aurait certainement le courage d'aller vers elles. Certainement elles lui avaient pardonné d'avoir cassé une vitre. Après tout c'était un accident et il s'en était excusé. Et peut-être en guise d'au revoir, Fabienne voudrait-elle lui prêter un petit peu de gouache jaune, un petit peu de gouache rouge...

À moins que Sophie ne soit au château? Il tourna la tête vers *Le Pacifique*. Il voyait très nettement la petite gare; elle était jolie ainsi avec ses bouquets de fleurs roses, mauves et blanches. Tiens il pourrait en faire un tableau plein de couleurs. Oui, pour Fabienne et aussi pour Sophie. Il lui faudrait cependant un petit peu de blanc. Il penserait tantôt à leur en emprunter. Il fouilla des yeux le champ familier où bourdonnaient encore des guêpes, des abeilles, où volaient des papillons blancs. Les boîtes avaient disparu. Mais peut-être ne les voyait-il pas! Les enfants les auraient-ils transportées ailleurs? Il traversa la rue Saint-Grégoire. Mais où auraient-ils pu installer des caisses si encombrantes? Leurs cours étaient toutes trop petites.

Il chercha l'emplacement où on avait édifié le château de carton; il le trouva facilement, l'herbe était couchée là où les enfants avaient construit leur cabane. Mais plus de trace des murs de carton. Seulement un morceau... Mais... qu'est-ce que c'est que ça? Thom s'approcha d'un nuage de grosses mouches affairées à dévorer un festin nauséeux, un étron brun de bonne et ferme consistance. Thom recula de surprise, un sourire moqueur se figea sur ses lèvres. Faut être joliment pressé pour le faire ici, pensa-t-il, et il imagina un passant

216

embarrassé détroussant vitement ses culottes. Ça n'arriverait pas à Jeff, ricana-t-il. Il n'eut toutefois pas le loisir de poursuivre ses saugrenues réflexions car une voix toute proche le fit tressaillir:

— Quécé que tu fais là? Cherches-tu quette chose?

Thom se retourna, le tic irritant secoua sa tête. Alexandre Chalifoux se tenait devant lui, les mains dans les poches, un sourire narquois plissant ses yeux de petite fouine. Plus surpris que confus, Thom prit quelques instants pour répondre. Il n'aimait pas Alexandre: cet air fendant qu'il avait toujours, l'argent qu'il prenait plaisir à faire sonner au fond de ses poches, les repas qu'il quêtait jour après jour chez Fabienne...

— *Le Pacifique* est à tout le monde, lui dit-il enfin.

— *Le Pacifique* oui, le château non, déclara Sophie qui apparut soudain derrière le tronc massif de l'arbre rabougri.

Elle avait le feu aux joues et deux petites flammes liquides dansaient dans ses yeux bleus. Thom la regarda étonné. Pourquoi était-elle en colère?

— Ben, y est même pus là votre château, bredouilla Thom.

— Justement, tu dois le savoir, toi, pourquoi y'é plus là! dit solennellement Mathieu en sortant lui aussi de sa cachette.

Trois paires d'yeux hostiles fixaient maintenant le visage décomposé du visiteur.

— L'assassin revient toujours sur les lieux de son crime, fit une voix fusant dans le feuillage et Jérémie sauta prestement aux côtés de ses trois camarades.

Thom recula. Il sentit confusément qu'il devait fuir, que les enfants l'accusaient d'une faute monstrueuse qui les avait rendus furieux. Il baissa le nez sur ses souliers; il leur faudrait être à la hauteur de leur démesure. Il allait s'élancer quand deux tenailles solides ramenèrent ses bras derrière son dos. Il gigota, effrayé; l'étreinte se resserra et un souffle chaud parcourut son échine.

— Tu té fait raser a bolle, lui ronchonna Paulo en resserrant ses pinces.

— Lâche-mouâ, touâ, maudit baveux!

Jérémie, quelque peu rassuré par la force de Paulo, osa faire trois pas vers Thom.

— On va te faire un procès, annonça-t-il. Tu vas payer pour le château pis pour tous les autres crimes que t'as commis. La fois que tu m'as volé mon bicycle, pis la fois que tu m'as mis des piquants plein les cheveux pis que ç'a pris soixante-douze heures à ma mère pour les enlever. Pis la fois que tu m'as crié des noms, ajouta-t-il les larmes aux yeux.

— Pis la fois que t'as dessoufflé les tayeures de notre cat par cat, continua Alexandre. Pis la fois que t'as cassé toutes les vitres dans not' cave, pis la fois que t'as attaché la queue du chat après a corde à linge, pis la fois que tu té faite un chapeau avec les culottes de mémère...

— Ça suffit! hurla Sophie. On n'est pas là pour laver not' linge sale. Sinon on n'aurait pas assez de toute la nuit, lança-t-elle impatiemment. Le crime qu'il a commis, c'est d'avoir saccagé notre château et c'est pour ce crime seulement qu'il devra être puni.

— Le château, c'est pas moi, gémit Thom, avouant du même coup toutes les autres fautes.

Et il se mit à frétiller comme un poisson dans un filet. Paulo eut du mal à le tenir. Il fit un signe à son frère. Alexandre s'approcha, tira un bout de corde de sa poche et noua les poignets de Thom. Paulo débanda ses muscles.

— Fiou! J'commençais à être tanné.

Il se frotta les mains, fit un demi-tour et s'arrêta devant Thom qui le fixait haineusement.

— T'as l'air d'un gorille, d'un bâtard, d'un mongol!

Et il s'agita dans une secousse grotesque, s'efforçant d'imiter les tressaillements involontaires de Thom.

— Assez Paulo! cria Sophie.

Le jeune frère d'Alexandre cracha dans l'herbe et lança sournoisement son poing dans l'abdomen du captif. Thom s'affala sur le sol, sans un mot, sans une plainte. Sophie s'approcha vivement et repoussa vigoureusement Paulo.

— Assez! Suffit!

Thom se releva tranquillement. Il n'avait plus peur, même plus cette envie de fuir qui l'avait démangé tout à l'heure. Non. Sophie était là, elle avait un sens aigu de la justice. Elle n'allait pas l'accuser sans preuve et des preuves elle n'en n'avait pas. Il plongea son regard fier dans les yeux clairs de Sophie. Les lueurs rouges y flottaient encore. Le soleil baissait à l'horizon. Ce qu'il avait pris pour des flammes de colère n'était que le reflet du disque rouge. Demain il verrait ce même soleil allumer les cimes hautes des noirs sapins. Demain... Mathieu s'approcha. Il avait observé la scène en retrait. À présent que Thom était attaché, il le craignait moins.

— Qu'est-ce que t'as dans la poche? lui demanda-t-il, d'une toute petite voix.

Tous les enfants scrutèrent en même temps la grosse bosse sur sa cuisse.

— C't'un pot de gouache. Je l'ai trouvé l'aut' bord d'la rue, s'empressa d'ajouter Thom.

— Montre, réclama la voix patiente de Mathieu.

Thom haussa significativement les épaules. Alexandre fouilla la poche et en sortit le bocal bleu.

— Notre pot de gouache bleu royal! s'exclama Mathieu.

— Ça c'est une preuve, proclama Jérémie, c'est LA peuve!

Il déposa un chargement de brindilles qu'il avait mystérieusement glanées autour du petit groupe et se planta devant Sophie.

— Écoute. De nous tous, y avait que Thom qui n'était pas au pique-nique cet après-midi et...

— Paulo non plus, l'interrompit Alexandre.

— J'étais sorti avec môman! objecta Paulo.

— Et toi Thom, c'est quoi ton alibi? demanda Jérémie qui affectionnait les séries policières.

— Qu'est-ce que tu veux dire? s'informa l'accusé.

— Ben. Où t'étais, toi, après-midi?

— Moi aussi, j'étais sorti. On est allé faire des commissions toute la journée.

— C'est vrai, assura Mathieu. On l'a vu partir à matin dans leur vieux bazou.

— Et à quelle heure êtes-vous rentrés? s'inquiéta l'aspirant détective en levant cérémonieusement son poignet.

— J'sais-tu mouâ? Y devait être quatre heures, quatre heures et demi.

— Plutôt quatre heures, rectifia sévèrement Jérémie.

— Et le pot de gouache, tu l'as trouvé où? interrogea-t-il encore.

— J'te l'ai dit, juste l'aut' bord d'la rue, en face, lui répondit Thom légèrement agacé.

— Ben ça, ç'pas vrai! protesta Mathieu. Je l'avais laissé ici, devant le château.

— Voilà, fit seulement Jérémie qui trouvait la preuve largement accablante.

— Écoute, dit philosophiquement Sophie, on n'attaque pas un château pour voler un simple pot de gouache.

— Pourquoi pas! s'emporta Jérémie. Voleur comme il est, y marcherait cent kilomètres à pied pour voler un verre d'eau, y dévaliserait une banque pour dérober un sou noir, y défoncerait un restaurant pour avaler un pois chiche.

Alexandre riait. Jérémie lui lança un coup d'oeil complice.

— Écoute, fit-il encore, si t'es pas convaincue...

— On va voter, trancha Alexandre.

— La voix du peuple, reprit Jérémie.

— La démographie, ronronna Alexandre.

— Dé-mo-cra-tie, corrigea Sophie.

— À huis clos? demanda Jérémie hésitant.

— Ben non, à main levée, répliqua Sophie.

Le jury fit cercle autour de l'accusé.

— Avant de voter, il faut délibérer, annonça Sophie.

— Qu'est-ce que c'est ce mot-là? Encore un que j'connais pas! s'étonna Mathieu.

— Ça veut dire étudier toutes les preuves qui pèsent contre l'accusé, continua Jérémie.

Les enfants se mirent à discuter. Sophie disait que le pot de gouache c'était pas une preuve, qu'elle avait parfaitement vu Thom le ramasser de l'autre côté de la rue alors que les autres essayaient de trouver une bonne cachette. Oui mais s'il l'avait trouvé, c'est qu'il l'avait perdu, que peut-être juste après le crime il l'avait échappé en s'enfuyant. Peut-être! Peut-être... Ça n'était pas une preuve suffisante. Une preuve. C'était sûr, c'était... Sophie cherchait le mot juste, c'était indubitable. Alors, qu'est-ce qu'il fallait comme preuve? Est-ce qu'on devrait procéder à l'analyse des crottes? Ç'aurait été une solution. Seulement, on n'avait pas les compétences pour le faire. Alors? Alors il faudrait que l'accusé avoue son crime, qu'il se déclare lui-même coupable.

— Hein?

— T'es complètement folle!

— Y est ben que trop menteur pour ça!

— Penses-tu qu'avec ce qui l'attend, y va dire que c'est lui?

Les garçons protestaient. Thom commençait à s'ennuyer. Le soleil flottait maintenant au-dessus de la petite gare comme un insolent ballon rouge. Dans quelques minutes il allait disparaître et tirer avec lui le grand rideau de la nuit. Thom bougea les mains derrière son dos. Distraitement, parce qu'il n'avait rien d'autre à faire. La corde était glissante, le noeud se déplaçait facilement. Alexandre ne savait pas faire les noeuds, il faisait toujours les choses à moitié. Trop pressé. Fabienne le lui disait souvent: "Tu finis jamais ce que tu commences, tes dessins sont inachevés, tes phrases restent en suspens dans l'air comme des poussières inutiles. Va jusqu'au bout de tes idées, tu en garderas le meilleur." Lui, Thom, finissait toujours ses dessins, ses phrases et il faisait de vrais noeuds, bien solides.

Il glissa habilement une main, l'autre était libre. Il épia très discrètement l'assemblée. Sophie, Jérémie, Alexandre et Mathieu parlaient tous en même temps. Une vraie basse-cour, eut-il le temps de penser en s'élançant. Il fit un pas, deux pas sur ses souliers de géant, ne termina pas le troisième, sa jambe gauche était prise au piège. Avant même de le voir, il sut qu'il avait oublié Paulo, que c'était lui qui soudait sa jambe au sol. Il s'écrasa violemment dans l'herbe.

— La voilà ta preuve! s'écria Jérémie.

— On ne s'enfuit pas quand on est innocent! déclara-t-il encore en fixant Sophie. Han? Qu'est-ce que tu en dis? Est-ce que tu te sauverais, toi, si t'étais pas coupable?

Sophie réfléchit quelques instants.

— Euh... je n'pense pas.

— Bon, alors!

— Alors quoi?

— Alors, il est coupable. C'est Thom qui est le coupable! proclama-t-il sentencieusement.

Les cinq enfants entouraient de nouveau le fuyard. Thom ne bougeait plus; il était étendu le nez dans la terre sèche, la jambe emprisonnée sous les paumes de Paulo.

— J'ai une idée, cria quelqu'un, on va le torturer.

— Oui t'as raison, il faut le faire parler.

On chuchota. Il y eut des éclats de rire, des exclamations de surprise et de joie. On s'affaira derrière son dos. Jérémie s'avança les bras chargés de brindilles et les déposa à côté de la tête de Thom.

— Tu vas me l'payer, marmonna-t-il entre ses dents.

Mathieu vint à la rescousse. Les deux enfants entreprirent patiemment de détacher les chardons des branches.

L'opération fut longue, mais enfin quand ils eurent chacun une poignée de piquants ils se penchèrent tout près du visage de Thom et s'appliquèrent à déposer les boules hérissées sur sa chevelure. La victime ne broncha pas.

— Ça tient pas, fit Mathieu déçu.

— Ben non, ça glisse, remarqua Jérémie incrédule.

— C'est sûr, y'a une brosse, conclut Alexandre.

— On peut pas tous avoir de belles frisettes comme les tiennes, lança moqueusement Sophie.

Les deux bourreaux parurent déconcertés.

— Faut trouver d'aut' chose.

— Oui mais quoi?

— Tchèquez-le vous autres! s'écria Paulo. Moué je l'ai!

Il se leva hâtivement et courut s'accroupir dans le champ. Jérémie, avec une crainte manifeste, entoura à deux mains la cheville de Thom pendant que Mathieu s'assoyait tranquillement sur son dos.

— Comme ça, y pourra pus s'en aller, dit-il en riant.

Paulo revint bientôt. Les quatre enfants l'observèrent curieusement. Il avançait lentement; son bras précautionneusement tendu tenait un carton où voletait une nuée de mouches.

— Pas ça! cria Sophie, qui avait deviné son répugnant dessein.

— Y va la manger sa maudite marde, ricana l'enfant.

— Oui, oui, crièrent les autres.

— Non, supplia Sophie. Vous n'avez pas le droit, s'emporta-t-elle.

— Comment ça, pas le droit? Et lui, est-ce qu'il avait le droit de détruire notre château? Est-ce qu'il avait le droit de chier sur notre propriété? C'est toi la première, Sophie Desnoyers, qui voulais te venger. Pis mademoiselle fait des simagrées. Tout d'un coup, elle change d'idée. Peut-être qu'il est pas coupable. Pas coupable? LUI? Tu trouves pas qu'il a assez fait de coups pendables, qui nous a assez bavés? Ben non. On sait ben, toi, t'es une fille. Tu pardonnes toujours. Ben m'as te l'dire moi. T'es rien qu'une peureuse, pis une froussarde. Pis t'as peur de te salir les mains. Comme toutes les filles! Sais-tu comment ça s'appelle ça? De la LÂCHETÉ! T'es rien qu'une lâcheuse. T'es même pas capable d'aller jusqu'au bout de tes idées!

Jérémie se tut. Il n'avait plus de salive. Il considéra Sophie qui l'avait écouté sans exprimer la moindre émotion. Son visage était pâle, ses yeux bizarrement fixes. Elle s'empara du grand couteau que Paulo tenait dans l'autre main, découpa un morceau de fange brune sur le plateau de carton. Des mouches s'envolèrent lourdement, retombèrent sur l'excrément poisseux.

— Tournez-le! dit-elle d'une voix sourde et froide.

Mathieu se leva, ses yeux exorbités rivés à l'extrémité du couteau. Jérémie lâcha la jambe de Thom et se jeta sauvagement sur lui. Paulo et Alexandre lui tinrent solidement les bras derrière le dos. L'enfant était maintenant assis et se cambrait faiblement. Sophie s'agenouilla près de lui. C'est rien que de la crotte, se disait-elle, rien que de la crotte. Tous les bébés en mangent quand ils sont petits. C'est rien que de la crotte, des aliments en décomposition. Deux mouches s'agglutinaient sur le tronçon nauséeux, les pattes collées, les ailes engluées. Rien que de la crotte...

Thom regardait Sophie, les yeux vides, les yeux fous de Sophie figés dans leur odieuse contemplation. Son coeur battait avec fracas dans sa poitrine. Elle ne va pas le faire. C'est impossible. Il faut qu'elle me regarde, qu'elle voie ses yeux dans les miens, toute cette horreur...

Le couteau s'approcha de la bouche de Thom, lentement, inexorablement. Thom sentit l'odeur infecte envahir ses narines, il mit dans ses yeux une prière insensée. Sophie aperçut enfin le visage de Thom, la brosse courte de ses cheveux, sa petite gueule de bête traquée, ses yeux mobiles et affolés de chien captif.

— NNONNNN!

Le son avait jailli, strident comme une longue sirène plaintive. Sophie ne sut pas tout de suite qu'elle avait crié. La résonance en avait été si aiguë qu'elle semblait sourdre d'ailleurs. Ce cri n'avait plus rien d'humain; c'était une blessure ouverte. Tous les enfants avaient tressauté de surprise et, de peur, relâché leur étreinte.

Dès que le gémissement eut cessé, Thom bondit sur ses jambes et se mit à courir. Il était libre, il le savait, il le sentait. Plus personne ne pourrait l'arrêter. Il courait, l'homme d'ocre rouge courait avec lui dans sa tête. Il grimpait les montagnes, sans fatigue, sans jamais s'arrêter. C'était lui qui l'avait tiré de ce cauchemar, de ce rêve étrange où le jeu n'avait plus de loi. L'homme avait crié. Un cri grondant comme le tonnerre, puissant comme la tempête, avait jailli de sa large poitrine et paralysé tous les gestes. Ils couraient maintenant du même pas tranquille à l'abri des obstacles. Les branches craquaient sous leurs pas. Thom courait dans ses souliers trop grands. Il passa sans s'arrêter du trottoir à l'asphalte, tourna la tête vers le soleil, timide auréole rouge au-dessus de la gare. Il ne vit pas la voiture qui tournait en trombe sur Saint-Grégoire. Il ne perçut pas le choc sur sa hanche. Il s'envola quelques secondes entre la vie et la mort et retomba durement sur le ciment. Il n'entendit pas le second cri, le hurlement déchirant de Maria.

Seul Paulo avait réagi quand Thom avait pris la fuite. Il avait aussitôt cherché à s'élancer à sa poursuite. Alexandre l'avait retenu: "On l'a assez puni de même", avait-il murmuré d'une voix blanche en le regardant courir. Sophie s'était assise dans l'herbe, le couteau encore à la main, lasse, épuisée, incapable de faire un geste, de formuler une pensée. Elle avait observé Thom, les petites jambes de Thom pédalant vers sa maison. Mathieu s'était essuyé la bouche, il venait de renvoyer son souper. Il s'était rapproché de Jérémie lequel fixait la rue allumée de reflets rougeâtres. Tous les enfants avaient pu voir, les yeux et la bouche arrondis, la voiture avaler le petit corps de Thom et le projeter dans les airs. Aucun d'eux n'allait oublier l'image mouvante de son étonnante pirouette.

14. Bourrasques

Sophie, Sophie! Fabienne courait en remuant les lèvres, son coeur battait au rythme du prénom. Elle vit tout de suite la tête de Ferdinand qui émergeait comme un phare au-dessus du flot remuant des curieux. Elle chercha sous le pli immobile des lèvres, à travers l'oeil attentif, une espèce d'apaisement à son angoisse; le profil impénétrable était figé dans la cire orange des derniers rayons du soleil. Fabienne se haussa sur la pointe des pieds, constata une fois de plus l'inutilité de ce geste. Tout en se faufilant entre les coudes serrés de la foule, elle pensa avec soulagement que Ferdinand n'aurait pas été debout s'il se fût agi de Sophie, qu'il aurait été comme cette femme agenouillée qu'elle voyait maintenant de dos et qu'elle ne put identifier immédiatement. La femme pleurait. De brefs sanglots puissants et hachurés sortaient comme à regret de sa voix de gorge. "On pourra point partir demain, on pourra point partir demain", se lamentait-elle, inlassablement. Fabienne fut profondément troublée de reconnaître Maria et d'en écouter la plainte navrée. Ce qu'elle contenait d'égoïsme souverain lui perça le coeur. Comment Maria pouvait-elle, devant le corps de son enfant inerte, user de tant de banalité et de tant d'indifférence? Mais la voix avait un tel accent de profond désarroi que Fabienne reconnut l'absurdité de la

227

douleur. On ne trouve jamais les paroles opportunes, pensa-t-elle, les mots sont des masques cachant les blessures.

Thom était étendu sur le dos, les bras arrondis autour de sa tête. Il semblait dormir d'un paisible sommeil. Fabienne observa son éblouissante sérénité. Ce visage si souvent convulsé de tics disgracieux avait le calme surnaturel de la mort. Pourvu que ce ne soit que la petite, pria Fabienne, cette mort qui disparaît au matin avec un vibrant éclat de rire. En réponse à cette muette supplique, Thom ouvrit soudainement des yeux étonnés où passa un fugace éclair de terreur. Une sirène écorchait l'air de sa plainte affolante. Des portes claquèrent tout près. Deux brancardiers firent leur chemin vers le corps immobile.

— J'peux pas m'lever, remarqua l'enfant sans surprise. Est-ce que j'ai encore mes jambes? demanda-t-il ensuite en soulevant une tête inquiète.

L'un des infirmiers se pencha sur lui:

— Sont encore toutes là, dit-il en riant. T'en fais pas, va. On va s'en occuper. Tu vas faire un beau tour d'ambulance, ajouta-t-il en le plaçant sur la civière.

On hissa Thom dans la fourgonnette, Maria grimpa derrière eux.

— J'veux y aller mouâ aussi, supplia Jeff.

— Non, répliqua sèchement Maria, touâ, tu restes avec ton père.

Jeff pencha un front boudeur.

— Cé pas juste, murmura-t-il.

C'était toujours à Thom qu'arrivaient les aventures extraordinaires. Lui, Jeff, n'avait jamais que des blessures sans gravité. Harry O'Leary lui prit la main et l'entraîna vers la maison. Les gens s'écartèrent silencieusement pour les laisser passer.

Personne ne leur adressait jamais la parole. "Curieuse famille, disait-on. Pas comme les autres. Elle, a du sang indien. Lui, c'est un étranger. Étranger? Comment ça? Y'é né

228

sua rue Fullum. Ça fait rien, son nom... tsé O'Leary, c'est pas d'icitte ça! Pis y'a déjà faite d'la prison. Tu m'dis pas? Ben, cé vrai! J'le tiens d'mon beau-frère qu'y'é dans police pis qu'y a à voir aux dossiers. Paraît qu'cé des affaires pas trop catholiques... Ben quoi? Y sont les seuls sua rue Fabre à aller à messe toué dimanches. Waïe, ben ça doué-t-être pour ça... J'ai dans mon idée qu'y ont quèque chose à se r'procher. Ben, voué-tu, c't'à eux autres que ç'arrive des affaires de mêgne. Pis elle, est pas d'icitte, ç't'une Acayenne. T'as pas r'marqué commence qu'a parle? Waïe, son accent? Ben a vient du Nouveau-Bronzewick ou quèque part par là. A parle la même langue que nous autres, ben sûr, mé des fois, j'ai d'la misère à comprendre. Surtout quand qu'a crie. Ben t'as dû déjà l'entendre crier... Tsé qu'à tète la bouteille en enfant de Marie!"

Fabienne se rappelait parfaitement la première fois où Maria était venue sonner chez elle: des cheveux très noirs, un visage énergique, de petits yeux très vifs et très brillants.

— Entrez, lui avait dit Fabienne.

Enfin une femme pas trop grande, avait-elle pensé en souriant. Maria était à peu près de sa taille.

— Non, j'ai point le temps. Thomas! Jeff! Venez! On s'en va.

Elle parlait d'une voix forte et mate avec une économie de paroles qui avait surpris Fabienne. Ses enfants étaient plus loquaces. Thom surtout mais Jeff ne donnait pas sa place quand Thom n'était pas là. Il y eut quelques rares autres fois où Fabienne essaya en vain de faire avancer Maria jusqu'à l'atelier. Elle restait résolument dans le vestibule, elle était inévitablement pressée. À peine Fabienne avait-elle pu lui soutirer quelques phrases au sujet de leur maison d'été, de cet accent si joli qu'elle avait involontairement légué à ses fils. Ses yeux s'allumaient au son syncopé de Petit Port. "Oui, une petite maison. Oui, les enfants aiment ça. Tout l'été, oui. On pêche, oui. HA! HA!" Elle riait. "Non, il faut que je parte. Oui. C'est ça." Elle repartait.

On l'aurait dit effrayée. Peur? Mais de qui? De quoi? De déranger? N'était-ce qu'un excès de discrétion, qu'un farouche besoin d'isolement? Fabienne ne savait pas. Elle n'avait plus insisté. Il fallait laisser les gens garder leur secret. Elle avait bien assez autour d'elle de femmes en mal de confidences pour s'interdire de réclamer celles que d'autres préféraient lui taire.

Harry O'Leary s'assit sur le palier élimé du balcon de bois. Ses mains pendaient, inutiles et oisives au bout de ses bras grassouillets. Ses yeux étaient vitreux et fixes comme ceux des poissons pêchés. À côté, Jeff montrait la brosse blonde et clairsemée de son crâne, ses épaules se secouaient en silence. Les voisins avaient commencé à se disperser par petits groupes et regagnaient tranquillement leur fauteuil, leur galerie. Les parents Lachapelle, Benoît Beaubien, les Beausoleil, Ambroise Doucette et les autres s'en retournaient chez eux. Le spectacle était terminé. Il n'y avait plus rien à voir. Même pas de sang à montrer aux curieux qui arrivaient encore des rues avoisinantes. C'est fini, disait-on, un soupçon de regret dans la voix. Ils s'en allaient rejoindre leur ennui, attendre un autre incident, un autre événement qui saurait les tirer de leur désoeuvrement désolé.

Fabienne chercha Ferdinand, leva machinalement les yeux au-dessus des attroupements isolés, se retourna vers le champ que l'ombre commençait à couvrir. Non loin de la vieille gare, de l'autre côté de la rue, une petite bande s'attardait auprès d'une longue voiture jaune. Sophie! murmura Fabienne, retrouvant du même coup son angoisse assoupie. Elle était là ainsi que Mathieu, Jérémie, Alexandre, Paulo, Ferdinand et un homme qu'elle ne connaissait pas. Sophie! Comment ai-je pu l'oublier si totalement? Elle traversa la rue à grandes enjambées comme sans doute Thom avait dû le faire, songea-t-elle furtivement. Sophie ne se précipita pas dans ses bras comme son coeur de mère eût été en droit de s'attendre malgré sa monstrueuse distraction. C'est Fabienne qui, en regagnant le trottoir, dut s'accroupir devant elle et la presser sur sa poitrine. Le petit corps lui sembla tendu, rebelle à la caresse.

— Mais qu'est-ce que tu as ma douce?

La petite fille baissait obstinément les yeux. Pour sûr, le chagrin était trop grand. Sophie aimait beaucoup Thom. Un jour, elle avait dit à Fabienne: "Thom est le garçon le plus intelligent que je connaisse." "Oui?" avait dit Fabienne, appliquée à compter les mailles de son tricot. "Mais oui. Écoute. Il n'avait pas de berlingot pour fabriquer sa maison. T'sais, comme celles que nous mettons au pied du sapin de Noël. Eh bien, il s'est lui-même confectionné une forme et regarde, c'est la plus jolie maison du village." Fabienne s'était penchée sur la maquette. Thom avait en effet astucieusement relié les murs de carton par des languettes de papier collées aux quatre coins. Il avait tenté de reproduire une maison de la rue Fabre; la réplique était parfaite. "Il ne manque ni les escaliers, ni les balcons. Même la corniche dentelée y est", avait remarqué Fabienne en examinant le modèle réduit. Fabienne était ravie. Enfin un enfant avait-il cherché à représenter une maison telle qu'il en habitait. C'était un précédent. Tous les autres, sans excepter Sophie, dessinaient inlassablement des maisons à pignons manifestement absentes de leur environnement immédiat. Peut-être s'agissait-il d'un espoir inavoué de la part des enfants, d'un désir secret d'habiter une maison semblable... "Et tu crois que cette ingéniosité, que cette belle débrouillardise dont Thom fait toujours preuve est un signe de grande intelligence?" avait demandé Fabienne, curieuse de suivre le raisonnement de sa fille. "Ben, c'est sûr, avait affirmé Sophie. T'sais, m'man, Thom n'est pas très bon à l'école. Mais l'école, c'est pas la vraie vie. Avec toutes les idées qu'il a, Thom va assurément devenir un très grand peintre, un très grand architecte ou bien un très grand

231

inventeur. Seulement, il y a une chose, avait-elle continué hésitante, une seule chose, que je n'aime pas en lui. C'est... ce sont ses mensonges! Avec lui, pas moyen de savoir s'il dit la vérité. T'sais, avec Alexandre ou avec Jérémie, c'est facile. On n'a qu'à regarder leurs yeux et on sait tout de suite s'ils mentent. Même avec Paulo, c'est pareil. Mais pas avec Thom, avec lui c'est impossible, je n'y arrive jamais. Jamais!" avait-elle conclu d'un ton désolé.

Les yeux de Sophie restaient résolument fixés sur ses souliers. Les autres enfants étaient tous pareillement absorbés à ne rien faire. Alexandre broutait du foin, Paulo à ses côtés effeuillait négligemment une marguerite, Jérémie nouait des boucles sur une vieille ficelle et Mathieu cueillait des grappes de brosses à dents.

— Est-ce que Thom était avec vous? demanda Fabienne.

Elle s'était adressée à Mathieu, voyant qu'elle n'obtiendrait pas de réponse de Sophie. L'enfant agenouillé dans les arbustes releva sa tête ronde, pâle comme une lune.

— Ouais, fit-il dans un souffle.

Alexandre prit aussitôt la parole. Sophie releva la tête et le scruta froidement.

— Ben oui! On jouait là, pas loin.

Il fit une pause, lança un coup d'oeil à Sophie.

— Pis tout d'un coup, continua-t-il, le ton précipité, tout d'un coup Thom est parti à courir comme un fou. Comme si une guêpe l'avait piqué. Lui, y courait. Nous autres on r'gardait. Pis là, le char est arrivé pis on l'a toutes vu r'bondir comme une balle. J'ai jamais vu quelqu'un r'voler de même, compléta Alexandre.

Il y eut un silence assez bref, mêlé à d'imperceptibles soupirs. Sophie reprit la contemplation de ses souliers.

— C'est vrai! crut bon d'assurer Jérémie comme si Fabienne eût pu avoir quelques raisons d'en douter.

Mathieu se releva avec une espèce de soulagement.

— Regarde, Fabienne! J'ai un plein bouquet de brosses à dents!

Il souriait.

— Ouuui! fit Fabienne, absente.

Elle se retourna. L'homme qui était avec Ferdinand sanglotait. Presque aussi grand que son compagnon, il avait de larges épaules et une poitrine rebondie qui étirait ostensiblement les boutonnières de sa chemise. Sous des cheveux blonds et bouclés comme ceux de Jérémie, il avait un visage rose, des yeux très grands et très clairs d'une couleur indéfinissable et un nez petit, très petit, trop petit, remarqua Fabienne en le mesurant à celui de Ferdinand. On aurait dit une tête de poupon sur un solide corps d'athlète. L'homme pleurait ou semblait pleurer. En tout cas, ses larges épaules se soulevaient en mouvements courts et convulsifs. De loin, sa peine paraissait feinte tant elle était insolite. Fabienne s'approcha.

— J'l'ai pas vu, gémissait-il, j'l'ai pas vu. J'avais le soleil en pleine face. Une grosse boule rouge qui m'pétait les yeux. J'l'ai juste vu r'voler. Pauv' tit corps! Un choc, un gros boum, pis un p'tit oiseau qui s'envole. Plein de spots rouges. J'l'ai pas vu, pas vu. Combien de fois avait-il répété sa complainte à Ferdinand? Il semblait intarissable. Fabienne détourna les yeux. Les chagrins des autres sont tellement plus gênants que les nôtres.

— Excusez-moi! dit-elle. Ferdinand, je retourne à la maison. T'as besoin de quelque chose?

Ferdinand la regarda avec reconnaissance et se tourna vers le jeune homme blond.

— Écoute vieux. T'es pas en état de conduire pour le moment. Si tu veux, j'peux aller te r'conduire. J'ai pas mon permis avec moi, alors on va prendre un taxi.

— T'es un ben bon gars, dit l'autre. T'as raison. J'veux pus toucher à un char de toute ma vie. Tu comprends j'l'ai pas vu, reprit-il, j'l'ai pas vu c'tit-gars là...

233

— Bon, coupa Ferdinand. Fabienne, tu veux nous appeler un taxi?

— Tout de suite Ferdinand. Allez les enfants, ON S'EN VA, lança-t-elle.

Ils se rassemblèrent tous en une ligne grouillante et tournèrent plusieurs fois la tête avant de traverser. Deux policiers bavardaient encore au milieu d'un groupe.

— Eh! Les enfants? Vous avez vu quelque chose? s'inquiéta l'un d'entre eux.

— On jouait d'l'aut' bord, répondit aussitôt Alexandre. On l'a juste vu s'faire frapper.

Ils poursuivirent leur chemin. Georgette sortit sur le balcon.

— Quécé qui s'est passé? hurla-t-elle, bien avant qu'ils soient devant sa porte. J'étais dans cave. J'ai rien entend! Assis-toué deux meunutes Fabienne pis conte-moué ça.

Fabienne soupira. Elle était fatiguée; depuis le moment où elle avait jugé la journée interminable, ça devait être après le souper, il lui semblait en avoir vu s'écouler deux autres. Elle s'assit sur une marche de bois et demanda à Georgette qu'elle appelle un taxi. Celle-ci fit la commission à Roger qui la fit lui-même à mémère laquelle la transmit derechef au pensionnaire. C'est finalement Alexandre qui téléphona pendant que Jérémie reprenait le récit de la première version. Elle différait vaguement de celle d'Alexandre: une mouche, et non une guêpe, avait bel et bien piqué Thom et il s'était envolé aussi puissamment qu'un ballon de football américain. Sophie, Mathieu et Paulo n'émirent aucun commentaire. On vit bientôt un taxi noir s'arrêter au coin de la rue et deux hautes silhouettes s'y engouffrer vivement. Ne restait maintenant que l'impressionnante automobile jaune qui faisait une tache claire sous le ciel bleuissant. Fabienne était assise entre Mathieu et Georgette. Sophie, un degré plus bas, contemplait rêveusement le champ désert. Une petite brise s'était levée et poussait des papiers chiffonnés sur le trottoir.

Fabienne écoutait distraitement Georgette qui avait habilement détourné la conversation sur sa journée de magasinage.

— Y'é-tu mort? l'interrompit abruptement Paulo.

Il balançait nerveusement ses jambes sous la rampe du balcon.

— Comment? Vous ne savez pas? Vous n'êtes pas allés voir? s'étonna Fabienne.

Cette attitude lui parut bizarre. Comment des enfants si curieux...?

— On voulait pas voir le sang, murmura Jérémie appuyé à côté de Paulo.

Fabienne les rassura ou du moins crut les rassurer. Il n'y avait pas eu de sang. Thom était bien vivant et il avait ouvert les yeux. Il avait même parlé et...

— Qu'est-ce qu'il a dit? jeta impatiemment Alexandre.

Cinq paires d'yeux manifestaient la même hâte. Sophie s'était retournée et fixait fébrilement Fabienne. Celle-ci le leur répéta, la voix éteinte, comme elle s'en souvenait. Un silence soulagé suivit.

— Cé ben d'valeur, mé y a c'qu'y mérite, le salaman! annonça Georgette.

Fabienne se leva, dit qu'elle était fatiguée, qu'elle avait peu dormi la nuit dernière... Le regard de sa fille lui empourpra les joues. Elle partit confuse. Mathieu mit sa main dans la sienne. Elle était froide comme un glaçon. Elle se rappela les cornets restés dans les verres, son départ précipité. Est-ce que j'ai fermé la porte? Est-ce que je l'ai verrouillée? Est-ce que j'ai ma clé? Non, je n'ai rien pris. Alors...

— Salut tout le monde! cria Jérémie.

Et il grimpa l'escalier en chantonnant joyeusement:

— Y'é pas mort le mort. Le mort y'é pas mort. Y'é pas mort le mort...

— Est-ce que Julie est rentrée? s'enquit Fabienne.

La porte rouge s'ouvrit sur la tête rousse de Julie, une tête échevelée, ensommeillée. Elle agita la main vers eux en bas. Bienheureuse Julie, songea Fabienne, ne sachant trop si elle lui enviait son sommeil ou l'insouciante ignorance dans laquelle il l'avait plongée. Elle salua celle qui avait bien l'air d'être encore son amie.

La brise n'allait pas tarder à changer de nom; elle dessinait des tourbillons de poussière dans la rue. Quelques assis déplièrent leurs jambes et replièrent leur chaise sur les galeries. D'autres avancèrent le front et les coudes sous la caresse du vent. Le temps restait lourd. Le tonnerre gronda au loin. Fabienne pressa le pas, les pieds dociles de Mathieu l'imitèrent. Sophie les attendait déjà devant la porte. Elle frissonnait. Elle n'avait pas sa clé. Fabienne non plus. La porte d'en arrière ne devait pas être verrouillée. De toute façon, si elle l'était, il serait facile d'étendre le bras par la fenêtre brisée. En faisant bien attention! Mathieu voulait bien faire le tour et y aller mais pas tout seul. Sophie l'accompagna. À contrecoeur. Fabienne le vit dans la hâte exagérée qu'elle mit dans sa course, laissant trop loin derrière les petites jambes de Mathieu. Que lui cachait sa fille impatiente, le voile obstiné de ses paupières? Combien de temps faudrait-il à Fabienne pour percer son silence?

Elle compta distraitement les secondes comme elle le faisait parfois pour chasser des réponses informulées. Petites fuites inoffensives en attendant la grande escapade du sommeil. Vite se coucher dans la tiédeur des draps, retrouver le relent capiteux des amours matinales. Fabienne s'accouda à la rampe du balcon. Le vent secouait les branches, des rameaux de feuilles roulaient sur le pavé. Elle aperçut le jeune Paulo qui entrait chez le dépanneur. Quelle sorte de faim le démangeait toujours? Il avait un insatiable appétit d'oisif. Quand il n'avait rien à manger, il s'ennuyait. Encore ses parents veillaient-ils à en diminuer les nombreuses occasions. Paulo avait toujours quelques sous dans ses poches pour tromper sa faim. Il sortit. Vingt-deux secondes, avait calculé Fabienne. L'enfant tenait un gros sac de chips qu'il déchira maladroitement. Le papier s'envola, Paulo le suivit des yeux, surprit le regard de Fabienne. Il eut un brusque tressaillement. Fabienne le perçut malgré la distance. Que lui cachaient les enfants? Leur comportement hésitant, inattendu camouflait une énigme. Fabienne soupira. Tu te fais des idées ma vieille! Rien que de très prévisible dans la surprise de Paulo; ne venait-il pas de céder à un geste qu'elle décriait avec tant d'acharnement? L'enfant se sentait coupable, c'est tout. D'ailleurs, il plongeait maintenant une main avide dans le sac et courbait la tête pour n'en pas perdre une miette. Sans la regarder, Paulo reprit son trottinement vers sa maison, le vent gonflant sa chemise comme un parachute. Une goutte de pluie mouilla le nez de Fabienne. Une goutte moqueuse, insolente, observa Fabienne en l'essuyant. Elle inspira goulûment l'air qui fraîchissait.

Le tonnerre roula de nouveau quand Mathieu ouvrit la porte, hors d'haleine.

— Sophie a couru tout le long, elle m'a même pas attendu, elle s'est enfermée dans sa chambre, se plaignit l'enfant sans reprendre son souffle.

Fabienne entra. La maison avait emmagasiné toute la chaleur du jour; le contraste était plus manifeste maintenant que le soleil avait disparu. Elle bifurqua vers le salon, ouvrit toute grande l'unique fenêtre; l'orage allait bientôt éclater, des éclairs déchiraient le ciel. Fabienne marcha vers la cuisine, passa devant la porte close. Vivement la pluie, vivement les pleurs de ma fille meurtrie! Mathieu la suivait pas à pas. Sur la table, elle vit les deux cornets dans les verres. Une partie de la crème avait glissé au fond du biscuit et traversé les parois, l'autre s'était écoulée sur les verres et laissait une nappe brunâtre et collante qui dégoulinait jusque sur le plancher. Fabienne trouva l'image si drôle et si dérisoire qu'elle ne put s'empêcher d'éclater d'un grand rire, vite dédoublé par le ricanement nasillard de Mathieu. Elle essuya le dégât et tout en continuant de pouffer elle raconta au jeune curieux la collation interrompue.

Sophie passa près d'eux, nimbée d'une aura de glace et referma la porte des toilettes. Elle urina longuement. Ce filet de musique refroidit considérablement leur humeur. Fabienne hésita, revint au salon, Mathieu sur les talons.

— Tu es fatigué? demanda-t-elle.

Elle alluma la lampe.

— Pas tellement, mentit Mathieu en bâillant.

Fabienne retira les coussins bleus, tendit les draps sur le divan.

— Avant, tu vas me conter une histoire, ordonna l'enfant.

— Laquelle?

— Celle que tu voudras.

Il bâillait de nouveau, les yeux rétrécis. Fabienne avait la tête vide. Elle s'approcha de la bibliothèque, choisit un petit livre. Sophie referma la porte de sa chambre.

— Tu connais l'histoire de Marcellin Caillou?

— Non.

Fabienne s'assit par terre à côté de Mathieu étendu entre les draps et ouvrit le livre.

— *Le petit Marcellin Caillou aurait pu être un enfant très heureux comme beaucoup d'autres enfants, malheureusement...*

Elle continua de lire lentement se laissant émouvoir au récit touchant et tendre. De temps en temps, Mathieu penchait la tête pour regarder les dessins du petit livre. Cependant, quand elle arriva au milieu de l'histoire, au moment où Marcellin apprend le déménagement de son inséparable voisin, Fabienne entendit un éloquent ronflement au creux de son oreille. Elle reposa le livre, elle connaissait la suite. Elle l'avait lu bien des fois à Sophie avant que sa petite bonne femme de fille ne sache le faire. Avant de refermer la lumière, elle embrassa la joue rebondie, démêla le tas de vêtements jonchant le tapis. Elle ne trouva pas de petites culottes. Elle sourit. À moins que... Elle souleva délicatement le drap. Mathieu était nu. Elle tira le cordon de la lampe. À cet âge, les habitudes se perdent aussi facilement qu'elles s'attrapent.

Dans l'obscurité, elle put voir un fin rayon de lumière entourant la porte de la chambre de Sophie. Elle s'avança, frappa trois coups timides, pénétra dans la pièce. Sa fille était allongée sur le lit par-dessus les couvertures, toute habillée. Elle ne bougeait pas. Dormait-elle? Non. Le corps était immobile. Sophie devait retenir son souffle. Fabienne s'assit doucement sur le lit et chuchota tendrement:

— Qu'est-ce que tu as ma mouche?

— Ne m'appelle pas TA MOUCHE! cracha rageusement Sophie.

Fabienne frissonna. Oh! de quels surnoms ridicules affublons-nous nos enfants? Ma mouche! Pas plus tard qu'hier j'ai tué de mes mains une de ces agaçantes bestioles. Misère! Comme je t'aime mal, ma fille. Pardonne-moi. Je suis lasse, cette journée m'est si longue. Ne me juge pas sur des mots creux. Mais d'où te vient cette soudaine violence et pourquoi la diriger contre moi? Qu'ai-je fait, à part cette faute grossière, pour mériter ta colère?

Mais les mots restaient prisonniers de sa surprise. Sa gorge était nouée par la fureur de Sophie. Comment un tel accent de haine avait-il pu jaillir de la bouche de sa fille sereine? Fabienne ne dit rien mais posa simplement sa main désolée, sa main humiliée sur l'épaule de Sophie. Sa main qui portait sans doute tout le poids de sa détresse car à son contact la petite fille éclata en sanglots. De longs sanglots éperdus, haletants, bouleversants. Elle essayait de parler, elle n'y parvenait pas. Chaque parole lui arrachait une nouvelle plainte, un nouveau gémissement. Comme si chaque laborieux hoquet aiguisait sa douleur. "S'cuse-moi, pas capabl' — ma faute — trop malheureuse — ma faute — répugnant." Sans suite, incohérentes, les bribes de phrases, brisées, hachurées s'égrenaient péniblement. L'une d'elles revenait, insistante comme un leitmotiv en entraînant dans son sillage un torrent de complaintes excédées. "Ma faute, ma faute", hoquetait encore Sophie, étouffant le reste dans l'oreiller.

Fabienne, atterrée, écoutait impuissante le tumulte de sa douleur. Il est des peines si profondes qu'on ne peut les partager. Coupable. Sa fille était coupable ou du moins le croyait-elle. Mais de quelle pensée abominable, de quel geste ignoble s'accusait-elle ainsi? Et par quels détours le pernicieux sentiment avait-il cheminé jusqu'à elle? La culpabilité est-elle un mal nécessaire ou comme le présumait Fabienne le souffle de vie de la conscience? Et la conscience? N'était-elle pas une pauvre fabulation?

Désormais ma fille tu ne connaîtras plus de repos. Va, va jusqu'au bout de tes larmes et vide-toi de ta honte. Si tu veux encore trouver grâce à tes yeux, dépouille-toi de tes chimères. Jamais ta lutte n'aura de cesse. Le venin est injecté dans les artères de ton âme; il te faut vivre avec et subir les crues de son débit capricieux.

Sophie ne pleurait plus. La tête enfouie dans l'oreiller, elle geignait doucement, engourdie de fatigue. Fabienne retira sa main, une main qu'elle trouva lourde et inerte. Sophie s'assit sur son lit, se moucha bruyamment, déboutonna sa blouse. Fabienne lui retira ses souliers, ses bas, Sophie se laissait faire. Son corps était mou et chaud. Fabienne détacha le bouton de la jupe, glissa la fermeture Éclair, tira sur les vêtements de toile et sur la petite culotte. Sa fille se faufila dans les draps. Elle semblait apaisée. Elle tendit les bras, noua ses mains humides autour du cou de Fabienne, entraîna la tête contre sa joue mouillée.

— Demain, je te raconterai, promit-elle d'une voix rauque.

Fabienne s'écarta pour voir enfin le petit visage. Des larmes s'enflaient encore au coin des yeux, brouillant le globe rose, humectant les prunelles bleues.

— Oui demain, murmura Fabienne, demain...

— Maman, gémit Sophie. Je voudrais... je voudrais redevenir une petite fille et dormir dans ton ventre.

Fabienne se leva, contempla sérieusement son ventre plat, revint à sa fille. Un pauvre petit sourire crispait ses lèvres.

— Ben non. J'sais ben, j'peux pas, fit Sophie résignée.

Fabienne lui sourit.

— Demain, nous reparlerons, assura-t-elle, complice.

Elle tourna le bouton de la lampe de chevet et sortit sans bruit de la chambre, sans refermer la porte. Mathieu dormait; elle entendit son souffle léger, rassurant. Il faisait noir dans la maison, une obscurité reposante, bienfaisante. Mais il faisait encore très chaud.

Elle glissa jusqu'à la fenêtre du salon, elle s'était déchaussée, ses sandales traînaient près du divan bleu. Elle s'assit comme le faisait souvent sa fille matinale, une jambe repliée sur le chambranle. La pluie tardait à venir. Le vent continuait à souffler dans les branches, détachait des lambeaux de ramures qui s'envolaient violemment, râpaient l'asphalte poussiéreux. Fabienne observa longuement le feuillage se balancer sous les blafardes lueurs des réverbères. La plupart des voisins avaient quitté leur poste d'observation, gênés par les imprévisibles courants d'air. Quelques irréductibles restaient, le corps immobile, attendant l'orage. Le tonnerre avait cessé ses roulements mais de fugaces et aveuglants éclairs zébraient encore le ciel.

Ils attendent pour rien. La tempête est ailleurs. La pluie ne viendra pas, pensait Fabienne, s'efforçant de ne garder son esprit en éveil que pour le seul contentement de ses yeux. Sa raison toutefois ne l'entendait pas ainsi. Elle repassa le disque usé de ses réflexions, abruptement interrompues dans l'après-midi et qui avaient sans relâche tenté de refaire surface. Des questions fusaient auxquelles répondaient chacun leur tour, le bon ange, le mauvais. Fabienne écoutait amusée leurs répliques cinglantes. Elle se tenait en retrait, épiant leur emportement. Le bon ange défendait Sophie, louangeait son innocence, rejetait tous les torts sur l'égoïsme outrancier de Fabienne. Le mauvais se froissait, secouait ses ailes noires, parlait d'autonomie, de légitimité. Leurs éclats de voix fusaient par la fenêtre ouverte. Assez, leur répliqua Fabienne, soudainement et mystérieusement investie d'une toute neuve assurance. Oui, ma fille un jour me reprochera de l'avoir privée d'un père. Oui, elle le fera. Elle ne serait pas ma fille sans cela. Elle en aura le courage et la cruelle impudence. Je le sais maintenant comme je sais qu'elle aura la même hardiesse pour m'absoudre. Nul ne saurait soutirer le jugement de la clémence à un innocent, dit-elle à son bon ange, ou alors cette rémission n'a aucune valeur. Or, ma fille connaît à présent les tourments du remords, confia-t-elle plus bas à l'autre, le mauvais ange, mais je verrai à la guider dans ce labyrinthe aux multiples issues.

Fabienne appuya son nez à la moustiquaire. Un imperceptible froissement d'ailes s'éleva dans l'air du soir en même temps que le bruissement persistant des feuilles. Des gouttes de pluie obliques striaient la façade des maisons comme un transparent dans un cahier. Une silhouette courbée avançait précipitamment sur le trottoir d'en face. L'ombre de Ferdinand s'arrêta, bougea la tête en direction de la fenêtre. Fabienne esquissa un geste dans l'obscurité, l'ombre se détourna, grimpa deux par deux les marches de bois et disparut derrière le gouffre noir de la porte. Un éclair illumina la rue d'une pâleur funèbre; le tonnerre éclata tout proche.

Fabienne se leva, baissa la fenêtre, avança lentement dans le couloir. Quand elle passa devant la chambre de Sophie, un mince filet de lumière en encadrait la porte. Fabienne s'arrêta, écouta un moment, attentive. Mathieu ron-

ronnait sur le divan; un bruit familier, un grondement sourd annonça l'imminente sortie du coucou. Il chanta dix fois et referma sèchement la porte de sa maison. Dix heures. Fabienne poursuivit sa marche dans le noir jusqu'aux toilettes. Quand elle sortit, des gouttes de plomb rebondissaient sur le hangard de tôle, il pleuvait à boire debout. Fabienne prit le temps de penser qu'elle n'avait pas soif, zigzagua jusqu'à sa chambre, se déshabilla lentement comme pour attiser le plaisir qu'elle commençait à savourer sur son corps engourdi. Elle roula dans son lit, ferma les yeux. Elle s'endormit tout aussitôt.

Troisième partie

jeudi, 4 juillet.

15. Le trompe-l'oeil

Les murs étaient blancs, parfaitement lisses. Pas une crevasse, pas une fissure ne risquait d'entraîner l'oeil en dehors de l'impeccable surface. L'éclat du neuf. Même le plafond montrait une semblable aseptique propreté. Thom tourna la tête à droite. Un homme était couché sur un lit et lui tournait le dos. L'homme dormait. Thom voyait son épaule se soulever et s'abaisser doucement au rythme de sa respiration. Il ronflait. Une espèce de grognement mouillé montait la gamme jusqu'à une note très aiguë et dégringolait en cascades vers des sons caverneux. Les cheveux de l'homme étaient gris. Des mèches serrées et brillantes ornaient l'oreiller blanc. Blancs les draps aussi sur lesquels reposait le bras de l'homme montant et descendant comme une chaloupe portée par les vagues.

Thom inspecta son propre corps, la forme suspecte et momifiée de ses jambes immobiles, la colline neigeuse du bout de ses pieds pointant sous le drap. Il n'avait pas envie de les bouger. Peut-être le pouvait-il, mais il sentait obscurément qu'il ne devait pas le faire. Ses jambes lui semblaient séparées de son corps; elles appartenaient à quelqu'un d'autre, quelqu'un qui voulait se reposer. Il remua la tête. Elle, obéissait bien. Il vit un autre lit à côté du sien. Celui-là

247

était vide. Cependant quelqu'un s'y était couché car les draps étaient chiffonnés et défaits. Le lit était sur des roulettes. Thom put constater que l'autre, celui dans lequel l'homme ronflait, avait la même particularité; il en déduisit que le sien devait également pouvoir voyager dans tout l'hôpital. Ça devait être amusant: il imagina un instant une course folle à travers les couloirs silencieux.

À quel moment l'avait-on transporté dans cette chambre? Il ne s'en souvenait pas. Un docteur à lunettes lui avait fait une piqûre. "Ne regarde pas", avait recommandé le médecin alors que Thom se penchait sur l'aiguille. Thom ne l'avait pas écouté. Il avait continué à observer la seringue se vider dans son bras. "Ça ne fait pas mal", avait-il constaté ensuite en riant. L'homme n'avait pas souri. Il s'était aussitôt détourné vers d'autres malades. Il y en avait plein dans la salle d'urgence où les brancardiers l'avaient déposé après la promenade en ambulance. Ceux-là avaient été très gentils avec Thom, ils avaient bien voulu faire hurler la sirène tout le temps qu'avait duré le voyage. C'était si excitant de parcourir la ville en alertant tout le monde, en s'attachant tous les regards. Bien sûr, Thom n'avait pu voir tous ces passants figés par le passage assourdissant de la voiture. Mais il avait deviné leur étonnement dans l'inconfort de sa civière. "Oyez, oyez bonnes gens, voici Thom O'Leary. Il est blessé, il est à moitié mort." À moitié mort, c'est tout juste comme il se sentait présentement, une moitié inerte, l'autre moitié bien vivante.

Thom souleva le drap, étira le cou pour examiner ses jambes qui ne bougeaient pas. Elles étaient brunes et tranquilles, doublement inutiles. Il se souvint de leur insouciance, de leur bienheureuse légèreté quand il avait couru dans le champ, quand il avait traversé la rue. Jamais elles n'avaient couru si vite. Jamais! Ça devait être grâce à ces souliers énormes que sa mère lui avait achetés, ces souliers de géant rapides comme des bottes de sept lieues. Sa mère les lui avait ôtés dans l'ambulance.

— T'en auras point besoin à l'hôpital, lui avait-elle dit.

— Ben m'mân, laisse-mouâ-les quand même, avait supplié Thom.

— Nnon! avait sèchement répondu Maria.

Elle avait noué les lacets des souliers les uns aux autres et les avait déposés sur ses genoux jusqu'à la fin du trajet. Ensuite, Thom les avait vus se balancer au bout du bras de Maria alors qu'elle le suivait derrière l'espèce de chariot roulant dans lequel on l'avait poussé. Ils avaient ainsi traversé d'interminables couloirs où des gens attendaient, quelques-uns assis, d'autres étendus sur des lits. On s'était enfin arrêté dans une salle où régnait une grande animation. Il y faisait très chaud. Là aussi des gens attendaient mais la plupart se lamentaient et pleuraient. Thom était installé près de la porte de sorte qu'il pouvait voir et dans la salle et dans le corridor. Beaucoup de personnes ressortaient, un bras, une jambe ou la tête entourés de bandages tandis que d'autres arrivaient sans cesse les membres couverts de sang. À côté de Thom un grand jeune homme brun sanglotait. Grand, il devait l'être, en tout cas plus que Thom, car ses pieds dépassaient au bout du lit étroit sur lequel il était allongé. Sa chemise était déchirée à l'épaule, grande ouverte sur une plaie rouge d'où pendaient des lambeaux de chair.

— Ça fait mal? lui avait demandé Thom

Des gouttes de sang tombaient une à une sur le parquet luisant.

— Oh! un peu, avait répondu le jeune garçon.

Il s'était mouché le nez avec la manche de son bras valide. Quel âge pouvait-il avoir? Quinze, seize ans?

— C'est pas pour ça que j'pleure, avait-il continué. Cé plate. Cé tellement plate...

— ...

— J'pourrai pas jouer à partie de d'main... Tu comprends, chus l'meilleur lanceur de mon équipe. Les gars vont être en maudit cont' moi.

Thom n'avait pas répliqué. Il le trouvait pas mal nono de pleurnicher pour une niaiserie pareille. Il avait contemplé la nappe rouge qui s'agrandissait sur le plancher et avait tourné la tête. Sa mère était assise sur une chaise basse près de lui et jouait machinalement avec les lacets des gros souliers.

— Allez-vous partir pareil, m'mân? lui avait-il demandé

— J'sais point...

— Vous pourriez y aller quand même. Pis j'irais vous rejoindre.

— Peut-être...

— J'ai sûrement rien de grave. Demain j'vas être comme un neu, avait-il ajouté en clignant de l'oeil.

Et comme pour convaincre Maria, Thom avait tenté de s'asseoir sur son matelas. Le mouvement lui avait arraché un cri étonné. C'est alors qu'il avait pensé que quelque chose était fêlé en lui, non pas brisé mais simplement fissuré. Un peu comme cette vitre qu'il avait un jour frappée et qui n'était pas tout de suite tombée en miettes, se contentant de zébrer sa surface de fines lignes concentriques.

— Ne bouge pas Thomâs. Ne t'agite point!

Non il n'allait plus bouger. Pour ne pas que ses os s'effritent et se répandent à l'intérieur de son corps, il n'avait plus bougé. Seulement tourné la tête de temps en temps quand quelqu'un entrait ou sortait. Et puis un médecin était venu le chercher et lui avait fait une piqûre. Des infirmières l'avaient placé sous de gros appareils qui s'étaient allumés sur son corps. Ensuite, il ne savait plus.

Depuis combien de temps était-il dans cette chambre blanche? Il y avait une fenêtre en face du lit inoccupé. Un carré de lumière. Il faisait jour. Impossible pourtant d'apercevoir le soleil ou un morceau de nuage.

— Qu'est-ce que tu cherches, petit?

En entendant la voix, Thom remarqua qu'on ne ronflait plus à côté. L'homme le regardait, deux émeraudes luisaient entre ses cils. Une barbe argentée poussait en désordre sur son

250

menton, courait le long de ses tempes et se mélangeait à ses cheveux d'un gris plus sombre. Tous ces poils brillants entouraient sa tête comme une crinière.

— Je cherche le soleil, répondit lentement l'enfant.

— Oh! le soleil! T'as raison, petit. Le soleil, le soleil! Sans lui que serions-nous, toi et moi? Des poussières, petit! Deux petites poussières noyées dans l'obscurité du néant. T'as raison de chercher le soleil, c'est une bien belle quête. Oui, bien utile. Seulement tu ne le trouveras pas derrière cette fenêtre. Je la connais bien, moi, cette fenêtre. Tout ce qu'elle montre, c'est un morne mur de ciment. Eh oui! Quelle idée, vas-tu me dire, de percer des fenêtres qui regardent des murs? Oui, hein? Et je te donne vingt fois raison. C'est une idée absolument déraisonnable. Mais, que veux-tu, il y a des gens qui ne savent pas se servir de leurs yeux.

Et ce disant, l'homme avait baissé les paupières. Thom le fixa un moment. À lui l'idée ne paraissait pas déraisonnable. C'était tout de même mieux un peu de lumière que pas du tout. Dans la chambre de Thom, il n'y avait même pas de fenêtre.

Maintenant que l'homme reposait sur le dos, Thom pouvait voir qu'il était gros, non pas comme l'était son père, avec toute cette chair molle greffée à son ventre, mais plutôt massif avec une poitrine énorme qui descendait en pente douce jusqu'à ses pieds.

— Tu as faim, petit? demanda l'homme sans ouvrir les yeux.

— Quelle heure est-il? fit Thom en guise de réponse.

— Je n'en sais rien. Je sais seulement qu'il est l'heure de déjeuner.

— Comment le sais-tu? interrogea l'enfant.

— Écoute!

L'homme plissa le nez qu'il avait fort et busqué.

— Entends-tu les chariots rouler dans les corridors? Le bruit des assiettes qu'on soulève, qu'on déplace? Les talons qui claquent? Entends-tu tout ça, petit?

251

Thom écouta la rumeur lointaine et confuse. Il ferma les yeux.

— On entend mieux les yeux fermés, remarqua-t-il.

L'homme émit un petit rire.

— T'as raison, petit! Les oreilles s'agrandissent quand on n'y voit rien.

Thom scruta les oreilles de l'homme, toucha les siennes ni plus ni moins grandes que des oreilles ordinaires. Il voulut le lui dire mais l'homme continua:

— Savais-tu, petit, qu'on peut voir avec les oreilles?

C'en était trop! Décidément cet homme l'irritait. Qu'allait-il encore ajouter d'aussi absurde? Et puis cette façon qu'il avait de l'appeler petit!

— Je m'appelle Thom! dit l'enfant d'une voix impatiente.

— Oh! Thom! Thom, excuse-moi. Je crois bien que tu n'aimes pas que je t'appelle petit.

— Non, répliqua brusquement l'enfant.

L'homme ne dit plus rien. Il gardait les yeux fermés. Les bruits se rapprochaient. Une jeune femme blonde entra bientôt dans la chambre.

— Bonjour Élise.

L'homme avait ouvert les yeux et fixait le plafond.

— Comment saviez-vous que je serais là ce matin? demanda la jeune femme.

— J'ai reconnu ton pas. Sais-tu que tu as un trottinement absolument remarquable?

La jeune fille éclata de rire. Une ribambelle de clochettes. Elle se pencha sur le lit, tira une tige de métal qu'elle se mit à tourner vivement. Une portion du matelas se souleva. L'homme se retrouva assis.

— Monsieur Adam, vous êtes l'homme le plus perspicace que je connaisse. Oh! mais vous avez de la visite! ajouta-t-elle en dévisageant Thom. Et très jeune! Conmment se fait-il qu'on l'ait placé ici?

L'homme qu'elle avait appelé Adam haussa les épaules.

252

— Sans doute n'y avait-il pas d'autre place.

Il fit un geste vers le mur du fond.

— Maintenant, il y en aura amplement.

Elle se tourna vers le lit défait.

— Est-ce que monsieur Jolicoeur est...?

— Oui, ils l'ont emmené cette nuit, murmura Adam.

— Le pauvre homme! Mais pourquoi ont-ils laissé son lit? D'habitude...

Elle s'interrompit, s'approcha de Thom.

— Et toi? Comment t'appelles-tu?

— Thomas O'Leary.

— Et pourquoi es-tu ici?

Thom fut soudain intimidé. La jeune fille en parlant s'était penchée vers lui et lui souriait aimablement. Elle portait au cou une fine chaîne dorée où pendait une curieuse breloque très brillante.

— J'ai eu un accident. Je ne peux plus marcher, dit l'enfant.

— Bon. Je verrai sur ta fiche si je peux te servir un déjeuner. Pour l'instant je vous apporte le vôtre monsieur Adam.

Elle s'éloigna et revint aussitôt portant un plateau. Elle le posa sur une table étroite qu'elle ajusta au-dessus des genoux d'Adam.

— Il y a du jus d'orange, du gruau, un petit pain et des confitures. Et puis du café. Bon appétit!

Avant de sortir, elle se tourna vers Thom et lui fit un geste de la main.

— Je reviens tout de suite.

Et elle sortit. Adam avait commencé à manger son gruau. Sa tête restait immobile. De temps en temps, il portait une serviette de papier à sa bouche et essuyait soigneusement les poils gris de sa moustache ou de sa barbe. Il mangeait lentement sans regarder sa cuillère. Thom l'observait en silence. Il trouvait étrange que l'homme s'intéresse si peu à ses

253

aliments et qu'il préfère garder les yeux devant lui. Peut-être voyait-il sa nourriture avec ses oreilles! Thom sourit. Adam repoussa le bol vide au bord du plateau, essuya une fois de plus ses moustaches. Puis, les yeux toujours rivés au mur, il chercha du bout des doigts le petit pain, le trouva, en prit une bouchée. Thom leva les yeux au plafond. Il le fait exprès, pensa-t-il. Il agit exactement comme s'il voulait me laisser croire qu'il n'y voit rien. Il me fait marcher...

— C'est une blague! murmura Thom, réfléchissant à voix basse.

— Quoi donc?

Adam mastiquait.

— Thom, qui fait des blagues?

— Touâ! dit l'enfant, suspicieux.

— Tu crois que je ne suis pas véritablement aveugle?

Et ce disant, Adam avait tourné la tête et fixait le front de Thom, trois centimètres au-dessus de ses yeux incrédules. Thom vit les iris verts et brillants.

— C'est impossible! protesta-t-il, impossible!

— C'est pourtant la vérité, dit posément Adam. Je ne vois rien. Rien. C'est drôle! Les gens prennent toujours beaucoup de temps à s'en apercevoir. On dirait que leurs yeux refusent d'apprendre que les miens sont morts. Ils sont aveugles eux aussi d'une certaine manière. Thom restait perplexe.

— Mais alors, comment as-tu deviné que je suis un enfant? C'est touâ le premier qui m'a parlé tout à l'heure et tu m'as appelé petit.

— Tu as une excellente mémoire, Thom, seulement as-tu déjà oublié les oreilles?

— Ben ça, j'le crois pas! Les oreilles n'ont pas d'yeux!

— Et tu as raison. C'est une façon de parler. Les miennes sont si aiguisées qu'elles perçoivent mieux que des lunettes. Écoute. Cette nuit, quand on t'a transporté ici, quand on t'a soulevé et déposé dans un lit, ton corps m'a paru très léger; il n'a fait qu'un mince froissement sur le matelas. Et ton souffle était discret comme une brise. Et puis un enfant ne remue pas comme un adulte. Je peux même te dire que tu ne peux pas bouger tes hanches et tes jambes puisque pas une fois tu ne t'es retourné dans ton sommeil pendant les quelques heures où je suis resté éveillé.

— Quoi d'autre? demanda Thom pensif. Et la fenêtre? Comment sais-tu qu'il y a une fenêtre ici et qu'elle regarde le mur?

Adam ferma les yeux, posa un index épais sur ses lèvres.

— Chutt! fit-il doucement. Écoute encore. Élise revient mais elle n'est pas seule. Quelqu'un d'autre la suit. Un pas léger et précipité. Sans doute une visite pour toi, petit.

La jeune femme blonde apparut dans l'encadrement de la porte. Elle fixait Thom en souriant.

— Tu en as de la chance! déclara-t-elle avec bienveillance. Déjà une entorse au règlement. Une visite matinale!

Elle se pencha dans le corridor.

— Venez madame.

Maria pénétra timidement dans la chambre. En passant près du lit de l'homme, elle lui jeta un bref coup d'oeil. Adam, le regard fixé sur son gobelet, buvait une gorgée de café. Elle s'approcha de Thom. Elle paraissait petite, très petite devant le mur blanc et lisse. Ses yeux étaient brillants mais cernés. Dans sa main droite, elle tenait encore les lacets au bout desquels pendaient les gros souliers. Elle les déposa sur le lit, se plia et embrassa gauchement la joue de Thom. Il inclina la tête. Sa mère lui semblait mal à l'aise et lointaine. Elle devait être fatiguée. En parlant, elle s'arrêtait abruptement pour reprendre son souffle.

Elle lui dit qu'elle n'avait pas dormi, qu'elle avait passé la nuit à attendre le docteur, qu'elle avait fini par le rencontrer. Thom avait le bassin fracturé. Il l'avait échappé belle! Ce n'était pas grave. Seulement un peu long à guérir. Il pourrait à nouveau marcher. Oui. Et courir aussi. Sans doute. Non. Il n'y aurait pas de plâtre, pas d'opération. Thom n'avait qu'à rester couché jusqu'à ce que ses os se replacent. Il resterait à l'hôpital quelque temps. Oui. Quelques semaines. Peut-être deux, on ne savait pas encore. Thom avait été très chanceux de ne pas être tué sur le coup!

Maria fit une pause, tourna la tête vers le lit voisin, revint au visage de son fils. Il y avait autre chose. Elle repoussa la mèche noire qui barrait son front, s'approcha tout près de l'oreille de Thom. Elle parlait maintenant à voix basse.

— J'ai téléphoné à ta tante. C'est elle qui viendra te voir ici. Elle t'apportera des fruits, des jeux, des livres, ce que tu voudras. Et puis, quand tu seras guéri, elle viendra te reconduire à Petit Port avec ton oncle. Ça devrait point être long.

Elle s'arrêta pour respirer, essaya de sourire.

— Nous autres, on part demain, ajouta-t-elle vivement.

Thom détourna la tête, fixa le profil serein et immobile d'Adam. Deux semaines sans bouger! Deux semaines? Peut-être plus! Son regard se brouilla soudain. Pendant que sa mère, son père, son frère... Ils n'avaient pas le droit de le laisser ainsi. C'était injuste, cruel. Sa mère était égoïste, elle ne l'aimait pas. Elle ne songeait qu'à son plaisir. Elle allait se bercer sur l'écume remuante des vagues, tirer les filets, marcher dans le sable mouillé alors que lui, Thom, devrait supporter ce vieux père Noël radoteur...

Juste au moment où Thom crut qu'il était devenu le plus malheureux des enfants, à l'instant où une larme allait s'échapper de son oeil, Adam se tourna vers lui, souleva la peau parcheminée de ses paupières et lui sourit. Il repoussa ensuite le drap et se leva précautionneusement de son lit. Debout il était très grand. Thom put alors constater qu'il n'était pas vraiment gros mais seulement très large et très robuste. Adam enfila sa robe de chambre et se dirigea vers la porte sans aucune hésitation. Avant de disparaître, il leva le bras et sans se retourner agita la main en signe de salut. Thom inspira profondément et s'essuya les yeux.

— Tsé, m'mân, cet homme est aveugle!

Maria sursauta, se retourna distraitement et fixa son fils sans comprendre. Elle s'était attendue à de véhémentes protestations, à une violente crise de larmes, à des mots, à des injures, à des supplications inutiles qu'elle aurait froidement repoussées. Au lieu de quoi, Thomas s'intéressait à son voisin de lit. Cet accident aurait-il rendu son fils raisonnable? Elle poussa un soupir soulagé et contempla Thomas avec admiration.

— Tu deviens un homme, mon fils. Je suis fière de touâ!

Thom haussa les épaules.

— Bah! T'sé m'mân, à l'hôpital il faut être patient!

En prenant tout à coup conscience de son jeu de mots son corps fut secoué de rire. Sa mère rit avec lui comme si elle avait saisi le calembour. Son rire le rendit heureux bien que le sien lui fît mal dans les hanches. Ils parlèrent encore un peu. Et puis elle partit. Élise lui apporta peu après un plateau et souleva légèrement son lit pour qu'il puisse manger. Il fut content de voir la pièce d'un peu plus haut.

— Est-ce que monsieur Adam est vraiment aveugle? demanda Thom à la jeune fille pendant qu'elle défaisait le lit voisin.

— Mais bien sûr.

— Et.. est-ce qu'on pourra le guérir?

— Oh! ça n'est pas pour ça qu'il est là! Adam doit passer des examens. Il souffre d'une maladie étrange qui déconcerte tous les médecins...

— Il est là pour longtemps?

— Ça je l'ignore! C'est difficile à dire, on ne sait jamais... Seulement, tout à fait entre nous, j'espère qu'il va rester longtemps. Je l'aime beaucoup tu sais.

Thom ne répondit pas. Élise sortit en emportant les plateaux.

Adam revint et se recoucha. Ils étaient à nouveau seuls tous les deux. Le bruit avait cessé autour de leur chambre. Thom songea quelle drôle d'équipe ils faisaient, Adam sans ses yeux, Thom sans ses jambes. Il abaissa les paupières. L'homme d'ocre rouge apparut dans sa tête. Il avançait tranquillement vers lui. Il portait un fardeau sur ses épaules. L'homme s'approchait, les jambes d'un enfant pendaient sur sa poitrine. Thom put voir que cet enfant avait son propre visage; ses cheveux étaient longs, doux et soyeux comme avaient été les siens avant qu'ils ne tombent sous le rasoir du barbier. Les bras de l'enfant entouraient la tête de l'homme, une tête auréolée d'une barbe et de cheveux argentés, un visage où scintillaient deux diamants verts. Thom ouvrit les yeux, observa rêveusement le profil de son voisin.

— Est-ce que je peux t'appeler Adam? murmura-t-il.

— Évidemment, puisque c'est mon prénom, répondit la voix paisible.

Thom garda le silence un moment.

— Alors, tu peux m'appeler petit, chuchota Thom.

Et il referma les yeux.

16. L'invitation au voyage

Fabienne était roulée en boule dans un nuage de mousse bleutée. La mousse était douce, fraîche et légèrement humide. Fabienne était à l'intérieur du ventre de Sophie. Dans sa main qu'elle avait potelée comme celle d'un bambin, elle tenait un long cordon relié au nombril de Sophie, lequel était semblablement noué aux nombrils de Mathieu, Alexandre et Jérémie. Les trois enfants flottaient eux aussi mais à l'extérieur. Fabienne pouvait les voir quand elle ajustait le lien élastique sur son oeil. De temps à autre, le cordon ondulait en fines secousses. "C'est l'heure de sortir m'man, lui disait alors sa fille, c'est l'heure de ta renaissance. Vas-y, pousse, tu vas y arriver." Fabienne protestait: "Je suis si bien, là. Garde-moi encore un peu." Mais le cordon indifférent recommençait à secouer et vibrait, résonnait comme un téléphone...

Le téléphone! Ça devait être lui qui sonnait, grésillant, insistant. Fabienne repoussa le drap vert, courut à l'appareil, attrapant au passage sa robe de chambre. Elle se râcla la gorge:

— Ouuui?
— Bonjour mameselle!

Elle reconnut la voix qui l'appelait toujours mameselle. Cela agaçait Fabienne. Elle ne savait pas pourquoi elle était chaque fois si irritée. Un jour elle allait dire à Chantal qu'elle n'aimait pas qu'on l'interpelle ainsi, qu'elle avait un prénom joli et bien à elle.

— Excuse-moi, je dormais, bredouilla Fabienne.

Bon, voilà qu'elle s'excusait maintenant! N'était-elle pas pourtant dans son droit de dormir à... mais au fait, quelle heure était-il donc?

— Dix heures, dit Chantal en riant.

— Oh! Incroyable, j'ai dormi douze heures. Ça ne m'était pas arrivé depuis...? Et je parie que ton fils et ma fille nagent encore dans les vapeurs du sommeil. Attends-moi deux secondes, je vais voir... Fabienne déposa l'écouteur, fit quelques pas vers les deux pièces attenantes: ils dormaient en effet chacun de leur côté. Elle avança jusqu'à la fenêtre du salon, l'ouvrit toute grande. Une brise délicieuse lui souffla au visage. En penchant la tête, Fabienne put voir quelques nappes bleues au-dessus des toits. L'orage avait parfaitement nettoyé le ciel et chassé l'humidité. La pluie brillait encore sur l'herbe. Fabienne se hâta vers le téléphone, elle avait largement dépassé les deux secondes annoncées.

Chantal allait bien. Enfin, pas pire. Sa peau faisait des cloches là où l'eau bouillante l'avait éclaboussée. Des pustules laides et répugnantes; une vraie peau de lépreuse. Elle en aurait pour un mois à cacher ses épaules et sa poitrine sous des blouses attachées jusqu'au cou. Le salaud, l'enfant de chienne, il allait lui payer ça. Elle ne savait pas encore comment mais elle allait lui faire avaler la maudite bouilloire d'eau bouillante. Il la recracherait jusqu'au sang! Chantal se taisait. Fabienne l'entendait aspirer longuement la fumée et la rejeter avec impatience.

Hier soir, Chantal avait téléphoné aux environs de neuf heures. Il n'y avait pas eu de réponse. Est-ce qu'ils étaient sortis? Fabienne perçut une once de reproche dans la voix. Elle rassembla ses souvenirs. Hier? Oui, il s'était passé quelque chose. Un accident au coin de Fabre et Saint-Grégoire. Thomas O'Leary avait été heurté par une voiture. Non! Non! Mathieu n'avait rien. Oui. Il était prudent, lui. Il regardait toujours avant de traverser. Il avait été bien élevé, lui. Oui. Mais oui, Sophie lui avait prêté des vêtements. Des sous-vêtements aussi. Fabienne avait lavé les autres.

De toute façon, Mathieu n'en avait plus pour longtemps à se déguiser en fille. Fabienne pouvait le rassurer et lui dire que Chantal viendrait le chercher après dîner. D'ailleurs c'est pour cela qu'elle téléphonait. Pour avertir Fabienne d'être là sans faute quand elle reviendrait de la banque. Sans faute, avait promis Fabienne avant de raccrocher.

Pauvre Chantal. Elle n'avait pas de chance. On aurait pu dire que le malheur lui courait après. Comme cet homme dont elle était séparée depuis quatre ans et qui la poursuivait sans cesse provoquant chaque fois un nouveau drame. Sous prétexte qu'il avait un fils et qu'il prenait son rôle au sérieux, il revenait irrégulièrement s'occuper de lui. Ces visites occasionnelles laissaient des marques variables sur le corps ou sur l'esprit de Chantal. "J'pense que j'l'aime encore. J'l'ai dans la peau, c'gars-là", disait-elle parfois à Fabienne en lui montrant ses ecchymoses. Pourtant elle avait bien essayé de remplacer ce mari épisodique et encombrant. Le dernier amant en lice lui avait fracturé la mâchoire. Lui, ne buvait pas, il sniffait. Il n'était pas violent. Seulement quand il était en manque. Le précédent était trop jeune. Il lui avait fumé toutes ses pensions. Les autres étaient ou bien des opportunistes impénitents ou bien des pourvoyeurs intéressés.

— Pas de chance ch'te dis, pas de chance!

— Et si tu essayais de les rencontrer ailleurs que dans les clubs...?

— Ailleurs? Où ça? En connais-tu ben des places où y'a d'autre sorte de monde à part les tapettes, les intellectuels pis les boutonneux? D'ailleurs, j'lés intéresse pas. J'pogne juce

avec les bums. Y'a juce eux autres qu'y m'crousent. À part de
ça, penses-tu qu'un homme, un vrai, voudrait m'faire vivre,
moi pis Mathieu? Pas de danger va! Des filles, Y'en a à pel-
letée qui couchent sans demander leur dû. Pas fou le gars!
Penses-tu qu'y va payer pour quèque chose qu'y peut avoir
gratis. T'es ben naïve, ma fille! Moi, chus née pour un p'tit
pain.

Les p'tits pains de Chantal c'étaient des gars de bicycles,
des chômeurs recyclés dans les délits mineurs, des freaks entre
deux brosses. Elle les grignotait sans appétit. Faut bien
manger pour vivre. Le grand amour, c'était de la brioche pour
les gens en moyens. Pour elle le verbe aimer se conjuguait en
deux temps: le passé composé et le futur. Parfois une diseuse
de bonne aventure lui promettait un homme. La trentaine
avancée (c'était plus sûr), les tempes grises (si séduisant),
charmant (oui mais pas trop), très à l'aise (c'est important).
Elle rêvait un peu, se faisait belle, attendait. Elle aurait tant
voulu donner un père à Mathieu. Comme Julie elle pensait
qu'il fallait un modèle mâle à son fils.

— Tu peux pas comprendre, toi, Fabienne. C'est pas
pareil, t'as une fille. Son modèle à elle, c'est sa mère. Elle a
pas besoin d'un homme pour s'identifier. Et pis, toi, t'es drôle,
on dirait qu'les hommes t'intéressent pas.

Fabienne ne répondait pas. Elle cherchait en vain des
mots moins sages que ceux que lui dictait son coeur. Son âme
de soeur missionnaire doutait de l'aide timide qu'elle voulait
lui fournir. Son petit catéchisme ne contenait qu'un mince
passage sur les causes perdues: le soleil luit pour tout le
monde.

Fabienne retourna dans sa chambre. Les persiennes
vertes filtraient un air frais et vivifiant. Elle se recoucha. Un
tout petit instant pour retrouver le rêve interrompu. Il n'est
pas bon de suspendre le cours d'un rêve; on risque de brouiller

le message. Le sien lui parut clair, limpide. Elle avait pris pour elle le désir de sa fille meurtrie. Ainsi lovée dans son ventre elle avait avalé les malheurs de Sophie, chassé sa douleur, conjuré ses terreurs. Étrange transfert! commenteraient les psychanalystes. La paix monsieur Freud, la paix! Fabienne avait trois gâteaux aux courgettes à préparer, deux paniers de linge à lessiver, un carreau à réparer en plus d'une communication délicate à rétablir avec sa fille. Mais elle se sentait légère, bien disposée à affronter la dure réalité du quotidien. Elle tira joyeusement sur les persiennes, la lumière était splendide; le vent idéal gonflerait les draps sur la corde et promènerait dans la ruelle l'arôme de ses gâteaux. La cour cependant nécessitait un bon nettoyage. Bon. Une chose à la fois. Vivement le jus d'orange et le café.

En s'habillant, Fabienne vit une enveloppe bleue sur la robe fanée qu'elle avait portée la veille. Elle s'en empara avec curiosité. Son nom y était écrit en lettres hautes, fines et sages. Sophie! Voilà donc pourquoi sa fille ne dormait pas quand elle était passée devant sa chambre hier soir. Une pointe de tendresse s'installa au coin de ses yeux. Ainsi donc, Sophie avait une fois de plus choisi le chemin de leur complicité: elle avait écrit ce qu'elle n'avait su lui dire. Elle ouvrit fébrilement l'enveloppe, hésita. Et si je la gardais pour la lire en sirotant mon café! Peut-être ma joie serait-elle plus complète? Ou ma peine moins vive? En effet, comment être sûre que cette lettre n'allait pas la chagriner, n'allait pas la blesser comme hier les paroles si dures, si violentes, si cruelles? Mais non! Les enfants ne tarderaient plus à se lever maintenant et encore il lui faudrait s'interrompre. Ne fuis pas Fabienne. Laisse là ta béate ignorance. Allez, ouvre! "C'est l'heure de ta renaissance Fabienne. Vas-y, pousse, tu vas y arriver." Fabienne déplia lentement les feuillets et lut:

LETTRE À MA MÈRE

Mercredi soir, 9 heures 45.

Chère Fabienne,

T'en souviens-tu? Tu disais, rien n'est tout à fait bon, rien n'est tout à fait mauvais. Je te croyais. Je te croyais toujours. J'envalais tes paroles comme un grand verre d'eau. Tu sais quand j'ai très soif et que je le bois tout d'un coup les yeux fermés. Je ne te crois plus. Tu es ma mère. Mais je ne te crois plus. Tu t'es trompée. Le mal c'est moi. Je suis devenue mauvaise. Tout au complet. De la tête au pied. Je suis mauvaise. J'ai honte. Tu vas dire que c'est la partie bonne en moi qui a honte. Non. J'ai honte parce que j'ai peur. Peur de la Sophie mauvaise qui est en moi et qui a fait quelque chose que je ne pourrai pas avouer à personne. Pas même à toi. Les autres te le diront peut-être. Pas moi. Jamais. Tu disais toujours que c'est plus facile d'écrire. Je te croyais. Je te croyais tellement que tout ce que tu disais devenait vrai. Je t'écrivais, c'était facile. Je ne peux plus. Ça ne sort plus. C'est bloqué. Ça ne se dit pas et ça ne s'écrit pas. Ça ne s'oublie pas. Maintenant je me demande comment je vais vivre quand même. Tu ne pourras plus me supporter. Je suis devenue tellement mauvaise que tout ce que je pense est contaminé. C'est ça. Le microbe s'est répandu. Aussi bien dire que je ne pourrai plus parler si je ne sais plus penser. Qu'est-ce que tu ferais d'une fille muette? Et méchante.

2ᵉ partie

J'ai réfléchi. Tu vas être fière de moi. Pour une fois que c'est pas toi qui m'envoie réfléchir dans ma chambre. Comme je ne pouvais pas dormir j'ai cherché des idées. J'en ai trouvé une. *Ma foi pour une fille mauvaise c'est pas mal. Tu sais. Au moyen âge les grands pécheurs se faisaient ermites. Pour se faire pardonner leurs fautes. Je vais faire comme eux. Je vais partir moi aussi. Je crois qu'au Mont-Royal je pourrai survivre. Il y a beaucoup de touristes qui pourront me donner à manger. Je vais faire des provisions comme les écureuils. Mais il y a un mais. Là maintenant je suis dans ma chambre et il pleut dehors. Il pleut très fort. Si ça continue demain, j'aurai besoin d'un abri. Penses-tu que Ferdinand voudra me prêter sa tente?*

Oui?
Non?
(cochez s'il vous plaît)

D'ici l'hiver, je pense que j'aurai le temps de guérir. J'espère. J'espère aussi que tu ne t'ennuiras pas trop. Moi. Je peux bien te le dire tout de suite je vais m'ennuyer. De toi. Parce que même si tu es pas parfaite. Je t'aime.

3e partie

Je veux que tu donnes toutes mes affaires à Thom O'Leary. Si tu comprends pas lui va comprendre. Mais tu peux garder mes crayons de couleur. Les tiens sont trop abîmés par les enfants. Je penses que je t'ai tout dit. Demain je vais partir très tôt sans te réveiller. J'ai mis mon réveil à six heures.

Sophie qui t'aime quand même.

P.S. J'oubliais le principal. Je voudrais que tu déchires et que tu brûles toutes mes lettres qui sont dans les boîtes magiques. Je ne veux plus de trace de l'autre Sophie. Fais quand même attention de ne pas flamber la maison. Je t'embrasse.

Ta nouvelle fille.

Fabienne ne put s'empêcher de sourire en repliant les pages bleues. Combien de fois, quand elle était enfant, avait-elle fait son baluchon en oubliant immanquablement sa brosse à dents? Oh! sans doute pas des centaines mais assez souvent pour que sa mère ait eu le loisir de s'y habituer.

— Tu as eu peur? lui demandait Fabienne en défaisant son bagage.

— Tu ne m'en as pas laissé le temps, lui répliquait sa mère en riant.

Son père, en apprenant l'incident, lui confiait alors:

— Tu as l'âme d'une grande voyageuse, Fabienne!

Sans doute avait-il raison. Tous ces faux départs n'étaient certainement que de petites fugues avortées au pays de l'aventure. Mais dans le projet de Sophie, n'y avait-il pas un désir d'une autre sorte?

Fabienne acheva de s'habiller, rangea la lettre dans un tiroir. Tout en accomplissant les gestes routiniers du matin, elle se surprit à fredonner. Elle entendit remuer dans le salon. Mathieu se montra bientôt, les hanches ceinturées de sa taie d'oreiller.

— Est-ce que mes culottes sont sèches?

— Tes culottes? Oh, elles sont restées sur la corde pendant l'orage. J'ai bien peur que non Mathieu.

L'enfant pencha la tête d'un air ennuyé.

— Est-ce que je peux déjeuner comme ça?

— Pourquoi pas?

— Ben ma mère, a voudrait jamais, elle.

— Tu crois? Mais pourquoi? Tu n'es pas tout nu!

— Non mais a voudrait pas. Je l'sais. C'est comme pour hier, alle aurait jamais voulu me laisser aller au *Pacifique*, le soir.

— Ah?

— Non.

— Mais puisque le soleil n'était pas couché...

— Soleil, pas soleil, alle aurait pas voulu!

Hmm? Mathieu allait-il reprocher à Fabienne sa mésaventure de la veille? Il avait un air buté, inhabituel.

— Tu as faim Mathieu?

— Si j'ai faim? J'ai vomi toute mon souper hier. J'ai pus rien dans l'estomac.

— Tu ne me l'avais pas dit...

— Tu me l'avais pas demandé!

— C'est vrai.

— Est-ce que tu veux savoir autre chose?

— Autre chose? À propos de quoi Mathieu?

— À propos de ce qui s'est passé hier au *Pacifique*! De toute façon, je dirai rien. J'ai promis!

C'était donc ça, cette humeur si peu engageante, si rarissime après une bonne nuit de sommeil. Mathieu, de peur de révéler ses secrets, se parait d'avance d'une carapace. Qu'y avait-il bien pu se passer pour qu'il s'entoure de tant de précautions? Au moins cet incident avait-il créé une parfaite complicité entre les enfants. Mais que cachait l'unanimité de leur silence? Fabienne contempla soucieusement sa première tasse de café. Pourquoi Thom s'était-il enfui si brusquement du terrain de jeu hier? Elle ne croyait ni aux piqûres de guêpes ni aux piqûres de mouches. Non. On avait voulu lui faire peur. Ou plutôt, on l'avait cru coupable de la destruction du château, oui, et on avait voulu le punir. Une vengeance, un châtiment avait provoqué la fuite de Thom et du même coup ce fortuit accident. Et maintenant tous les enfants portaient le poids de la culpabilité. Voilà donc pourquoi leur comportement lui avait paru si bizarre...

Mathieu assis devant Fabienne attendait visiblement un encouragement à son mutisme.

— J'dirai rien! insista-t-il.

— Écoute Mathieu. J'en ai assez deviné pour comprendre à peu près ce qui s'est passé. Et je n'ai nulle envie de te questionner. Alors si tu veux, parlons d'autre chose. Tiens, j'ai une bonne nouvelle à t'annoncer. Chantal a téléphoné tout à l'heure: elle vient te chercher cet après-midi.

L'enfant ne manifesta ni joie, ni surprise. Il continua à manger ses céréales. Fabienne se versa une deuxième tasse de café. Mathieu s'essuya la bouche.

— Est-ce que je peux prendre un autre bol?

— Vas-y, sers-toi.

— Fabienne?

— Vouui?

— L'homme... mon père, est-ce qu'il sera là après-midi?

— Non.

Mathieu prit tranquillement la boîte de céréales et la pencha sur son plat, les flocons glissèrent doucement vers l'assiette. Il ajouta du sucre, versa du lait sans en renverser une goutte. Ses gestes étaient lents, méthodiques, précis. Il faisait toute chose avec cette même concentration.

— Fabienne?

— Hmmm?

— Est-ce que Sophie est vraiment ta fille?

— Quelle question! Mais bien sûr Mathieu!

— Ben comment ça se fait qu'elle est méchante? Pis que toi, t'es fine?

— Est-ce qu'il n'arrive pas à tous les enfants d'être méchants?

— Oui... Mais est-ce que tu l'aimes quand même?

— Oui.

Mathieu prit une bouchée, mastiqua, avala, s'essuya la bouche.

— Ben moi, j'aime pas mon père. Même quand y'é pas méchant...

— ...

— Est-ce que ça se peut qu'on n'aime pas ses parents? J'veux dire, est-ce qu'il faudrait les aimer quand même?

Fabienne hésita avant de répondre.

— C'est une question très difficile Mathieu. L'amour, c'est un bien drôle de sentiment. On peut trouver des tas de raisons pour aimer quelqu'un. Mais on peut en trouver des tas d'autres pour détester la même personne. C'est une question de choix. Toi, par exemple, tu choisis de détester les défauts de ton père, tu pourrais cependant choisir d'aimer ses qualités.

Mathieu ne fit aucun commentaire. Il termina son déjeuner en silence. Fabienne ruminait: le petit sacripant, il va finir par me prendre au piège. Si je lui avoue enfin que les questions n'ont pas toutes une réponse unique et irréversible, ne va-t-il pas me lancer un insolent pourquoi? Et je n'en finirai jamais d'égrener le chapelet des parce que... L'enfant s'essuya posément la bouche et se leva dignement de table dans son curieux costume de romain. Il allait écouter la télévision, c'était l'heure de ses bonshommes. C'est ça, se dit Fabienne, va alimenter ton réseau de questions. Est-ce que Hulk porte encore ses caleçons quand il se transforme? En attendant je vais voir dans quel état sont les tiens sur la corde à linge.

Fabienne sortit sur la galerie. Le ciel avait ce bleu invraisemblable de carte postale, moutonné des seuls nuages de l'incinérateur. Quelle belle journée pour partir en voyage! *Vois sur ces canaux dormir ces vaisseaux dont l'humeur est vagabonde...* Fabienne chantonnait.

— Waïe, beau temps pour laver, lui cria Georgette.

Fabienne sursauta. Sa deuxième voisine étendait des draps sur sa corde. Fabienne lui fit un petit geste de la main, repoussa les culottes de Mathieu vers le carré de lumière ensoleillée et rentra aussi lentement que lui permettait sa hâte de fuir sa bavarde voisine. Elle haïssait ces conversations hurlées entre les cordes à linge. Sitôt dans la cuisine elle tira la mini-laveuse jusqu'au lavabo. C'était un modèle compact et économique du type "remplit, lave, vide, essore; remplit, rince, vide, essore". Ce genre d'appareil propre à vous faire regretter les humbles planches à laver.

269

— Juste cent piasses de plus pis t'aurais eu une laveuse comme la mienne, lui lançait parfois Georgette.

— C'est tout de même mieux que la buanderie, la consolait Julie.

— Oui, mais tout aussi long, gémissait Fabienne.

Et puis une simple distraction, une toute petite minute d'inattention et c'était l'inévitable lavage de plancher.

— D'une pierre deux coups, ricanait Sophie en essuyant le parquet.

Fabienne vissa le boyau de remplissage au robinet et fit couler de l'eau dans la cuvette. Elle sépara en trois piles un premier panier à linge. Elle tendit l'oreille, la voix claire de Sophie s'approchait dans le couloir. Le coeur de Fabienne accéléra sa course. Sophie apparut rayonnante.

— Oh! Fabienne, Fabienne, c'est extraordinaire! Absolument surprenant! J'ai fait un rêve m'man et je m'en souviens. Un rêve FABULEUX. Un rêve beau comme... comme une peinture, comme un tableau. Écoute. Je marchais dans une forêt la nuit. Tu étais là aussi mais tu marchais derrière moi. Il y avait beaucoup de monde qui me suivait. Toute la rue Fabre était là. Monsieur Doucette, les Lachapelle, Les Wall, les Beausoleil, les Chalifoux, tout le monde, tous les voisins. Ils portaient des chandelles et des feux de Bengale. D'autres avaient des lampes de poche. On voyait plein de petites étoiles briller à travers les sapins. C'était beau, c'était féérique. Une brume bleue recouvrait le sol. C'était la nuit. Est-ce que je t'ai dit que c'était la nuit? Oui? Bon! On voyait les couleurs un peu comme en plein jour mais plus sombres et puis tout à coup la brume s'est levée et au lieu de disparaître dans le ciel, tout le monde est resté dessus. Et tout le monde s'est élevé en même temps au-dessus des arbres et on a continué à monter comme ça très doucement. Et puis on traversait des nuages et à chaque couche qu'on transperçait il y avait une nouvelle couleur et une nouvelle musique. Oh! que c'était beau! J'aurais voulu rester dans mon rêve et continuer à m'envoler toujours. Tu te rends compte? Ça faisait une éternité que j'avais pas rêvé. Je pensais que j'étais devenue... anormale. Je suis si contente!

— C'est tout? demanda Mathieu, qui l'avait suivi et écouté la bouche ouverte.

Sophie avala son verre de jus d'orange d'une traite.

— Ben quoi? Qu'est-ce qu'il te faut de plus? C'est un rêve fantastique, non? Peut-être que je le raconte mal... Tu étais là toi aussi Mathieu et tu t'élevais avec les autres.

Mathieu parut heureux de cette remarque.

— J'aurais aimé ça être dans ton rêve pour de vrai, dit-il ravi. Mais après, qu'est-ce qui s'est passé?

— Après? J'me suis réveillée!

— Ah!

Il pivota sur ses talons. Il venait d'entendre la musique de Super-Souris. Il trottina jusqu'au salon. Fabienne referma les robinets, mit du savon et un premier chargement de linge. Sophie plaça deux tranches de pain à griller.

— Est-ce que tu as lu ma lettre, m'man? demanda-t-elle à voix basse.

— Oui.

— J'ai changé d'idée, m'man. Quand le réveil a sonné, j'étais tellement fatiguée que j'avais plus envie de me faire ermite. Mais t'en fais pas, j'vais quand même me punir. Je vais trouver un autre moyen, ajouta-t-elle, pensive.

Fabienne regarda sa fille pendant que celle-ci retournait les tranches dans le grille-pain. Son teint était clair, ses yeux avaient à nouveau toute la limpidité du ciel de ce matin.

— Ne te juge pas trop durement, Sophie.

Sa fille baissa les yeux.

— Tu as des nouvelles de Thom?

Le ton était grave soudain.

— Non. Je vais téléphoner chez ses parents tantôt.

271

Le bavardage se fit plus léger. On décida du programme de la journée. On se promit de nettoyer la cour, de compléter les épiceries, de ranger l'atelier. Et puis si on avait le temps, on irait jusqu'à la bibliothèque, il fallait rendre les livres demain au plus tard. Ah! saperlipopette, Sophie n'avait pas fini son Jules Verne. Et c'était palpitant, il ne restait qu'une quinzaine de pages. Vite, vite, vite, elle se lécha les doigts et courut vers sa chambre. Fabienne commença à préparer ses gâteaux pendant que la lessiveuse lessivait. Elle râpa les courgettes, tamisa la farine, la poudre à lever, le soda, la muscade. Elle vida l'eau du lavage, essora le linge, ajusta les robinets pour le rinçage.

— Fabienne, Fabienne, viens ici! cria Mathieu par-dessus les bruits du remplissage.

— Viens toi, lui répondit Fabienne de la même façon.

— J'peux pas, vite! J'ai quelque chose à te montrer. Faut que tu viennes, TOI, insista l'enfant.

Fabienne soupira, s'essuya les mains, marcha jusqu'au salon. Personne. Elle continua jusque dans l'atelier, les deux enfants y étaient. Mathieu hilare montrait Sophie du doigt. Elle se cachait honteusement le front.

— Regarde, regarde! Sophie s'est coupé la couette du toupette. Montre-lui Sophie.

Mathieu était plié en deux. Sophie souleva sa main droite et découvrit son front. Une large tonsure décentrée dévoilait son crâne rose. Elle tenait dans sa main une poignée de cheveux bouclés.

— J'voulais m'punir, gémit-elle, navrée.

— T'as l'air d'une Punk, gloussa Mathieu en rigolant.

— Est-ce que c'est vraiment si affreux? demanda la coiffeuse penaude.

— Ça pourrait être pire, dit Fabienne en riant.

Sophie courut vers le miroir, inspecta sévèrement sa calvitie.

— Et tu as l'intention de continuer? ajouta malicieusement Fabienne. Aurais-tu par hasard besoin de notre aide?

Mathieu était crampé. Sophie tourna la tête, loucha vers sa mère d'un air incrédule.

— Ben non! J'voulais juste en couper un p'tit peu. C'est pas suffisant?

Fabienne souriait. Sophie baissait les yeux.

— Bon! Faudra que je trouve autre chose, murmura-t-elle.

— J'aurais bien une idée, dit Fabienne en hésitant.

— Dis! déclara stoïquement la petite fille.

— Ce cadeau que tu réclames pour ta fête...

— Quoi? La caméra? Mais m'man, ça fait presque un an que j'en rêve...

— ...

— Tu n'y penses pas, m'man?

— Mais puisque tu veux te punir, choisis donc de te priver de quelque chose de précieux!

— Ben, t'es plus dure que moi, m'man!

Fabienne haussa les épaules. Mathieu lui toucha le bras.

— Aïe Fabienne, dit-il lentement, les yeux agrandis, y a quèque chose qui coule dans le passage.

— AH! NON!

Fabienne courut jusqu'à la cuisine. La lessiveuse avait encore débordé.

17. Révélations

Jérémie tourna le bouton du vieux téléviseur noir et blanc; l'image se brouilla, rapetissa soudainement et laissa un petit point noir quelques instants sur l'écran gris. Jérémie le fixa et aperçut son visage se réfléchissant sur la vitre légèrement convexe. Il examina sérieusement son nez déformé, ses yeux fuyants, l'auréole bouclée de ses cheveux.

Il était tanné d'être un enfant. À la télévision, l'été, ils repassaient toujours les sempiternelles vieilles émissions. Ça faisait bien cinquante fois qu'il voyait ce dessin animé usé qui datait certainement de l'âge des cavernes. Et la piscine Laurier qui n'ouvrait qu'à dix heures! Qu'allait-il faire jusque-là? Il avait déjà bouffé deux bols de céréales et trois tartines de caramel. Au moins Julie avait-elle fait les commissions et pensé à lui acheter du caramel. D'habitude elle ne voulait pas qu'il en mange. "C'est malsain, disait-elle, il y a du colorant dans le caramel, ça te fera un de ces intérieurs..." Qu'est-ce que ça pouvait bien faire? Elle, Julie, fumait vingt-cinq paquets par jour et ne s'inquiétait pas de la couleur de ses poumons. "Tu pollues mon oxygène avec tes cigarettes, lui répliquait Jérémie, moi au moins, mon caramel ne te fait aucun mal." Julie le regardait alors en souriant et lui répétait qu'elle s'excusait, qu'elle l'aimait, qu'elle ne pouvait faire autrement.

Jérémie s'allongea sur le dos, souleva ses jambes longues et fines et les fit pédaler dans l'air. Depuis deux semaines, depuis qu'on lui avait volé sa bicyclette, il ne savait plus quoi faire de ses jambes. Ça devait être Thom O'Leary qui la lui avait piquée. Même s'il ne l'avait jamais vu enfourcher une bicyclette, Jérémie était sûr que c'était lui. Puisque Thom était le seul garçon à ne pas rouler sur deux roues, ça ne pouvait être que lui. D'ailleurs Thom O'Leary était un vrai voleur, tout le monde le disait. Mais Jérémie n'avait pas de preuves. Aux policiers qu'il avait stoppés dans la rue en sortant de la piscine après le délit, Jérémie avait expliqué qu'il connaissait l'identité du voleur. Il avait tracé un portrait très fidèle de Thom: petit, l'air d'un gorille ou d'un orang-outang, les yeux sournois, les mains et la tête toujours en mouvement. Les deux policiers s'étaient lancés un regard entendu dans la voiture bleue et avait ensuite posé une série de questions à Jérémie. Quelles tartes! Bien sûr qu'il n'avait rien vu puisqu'il était en train de se baigner et qu'il nageait toujours sous l'eau! Avant de démarrer, celui qui ne conduisait pas avait dit à Jérémie: "Tsé bonhomme, y'a plein de monde qui vole des bicycles à Montréal!" Jérémie était furieux. "À quoi ça sert la police d'abord?" Ils avaient ri, ces deux épais-là, et Jérémie s'était assis découragé sur le bord du trottoir, la clé du cadenas serrée dans sa main. Cow-boy sans monture, cascadeur sans voiture, il était rentré à pied annoncer la nouvelle à Julie. Elle avait crié; il avait hurlé plus fort qu'elle. Ben oui il avait barré son cadenas, ben oui il avait averti la police. "Tsé Julie, c'est plein de monde qui vole des bicycles à Montréal." "Bicyclettes, avait répliqué Julie, la troisième en deux ans!" Décidément la société était malade, pourrie de l'intérieur. Gorgée de déchets chimiques et organiques, elle s'empoisonnait peu à peu, n'allait pas tarder à régurgiter cette monstrueuse surabondance dans une immense explosion nucléaire. "Puissions-nous un jour nous enfuir de cette ville, de ce pays, de cette planète et vivre un peu plus sainement!"

Jérémie laissa mollement retomber les moulinets de ses jambes et se berça un moment sur l'arc de son dos. "T'en fais pas, Julie, j'inventerai un jour des engins spatiaux si puissants qu'ils pourront nous entraîner en dehors de cette galaxie souffreteuse, loin des voleurs de bicyclettes", murmura-t-il entre ses dents sans éveiller Julie qui dormait dans sa chambre. Jérémie se remit prestement sur ses pieds d'un élan ferme et si brusque qu'il fit sursauter la chatte noire qui lapait le fond d'un bol sur la table. Pénélope bomba le dos, émit un bref miaulement de surprise et leva vivement la tête sous la caresse amicale de l'enfant. Elle montra une langue rose, la promena délicatement sur ses babines noires et mouillées de lait. Appuyée sur trois pattes, elle se mit en devoir de nettoyer le poil soyeux de son museau en se servant de la quatrième comme d'une débarbouillette. D'un mouvement circulaire qui passait chaque fois sur sa langue râpeuse, elle humecta soigneusement toute la partie droite de sa frimousse jusqu'à l'oreille pointue, puis recommença la même opération à l'aide de ses coussinets gauches. Ensuite elle s'arrêta et, comme si elle n'avait su que faire, elle fixa Jérémie de ses prunelles dorées.

L'enfant la prit doucement et la pressa sur sa poitrine chétive. "Toi aussi, tu viendras avec nous, lui chuchota-t-il, et tu retrouveras enfin le chat Ulysse que tu attends." Cette éventualité sembla sourire à la chatte car elle se mit aussitôt à ronronner de contentement. "Il n'y aura que toi, Julie et moi, continua Jérémie, et peut-être grand-père s'il veut venir avec nous. Mathieu... je ne sais pas encore, il est si jeune, sa mère voudra-t-elle le laisser partir? Quant aux autres, ils devront tous rester ici et y mourir. Même Fabienne, même Sophie! Sinon c'est toute la rue qu'elles voudraient trimballer. Toute la rue? Non. Toute la planète! Elles aiment tout le monde. Et si on les emmène tous, cela va recommencer comme maintenant. Et il faudra encore et encore reconstruire des vaisseaux et redéménager. Ça n'en finira plus. Non. Qu'elles se débrouillent ou bien qu'elles sautent avec toute la planète.'' Et pour bien faire sentir à Pénélope toute l'ampleur de la présumée déflagration, Jérémie la lança soudainement dans les airs en poussant des vrombissements formidables. La chatte retomba habilement sur ses pattes, prit le temps de s'ébrouer mais s'éloigna à bonne distance de son maître turbulent.

L'enfant ignorant sa future compagne interstellaire continua de mimer les terribles séismes tout en tournant inlassablement dans la petite pièce salon-salle à dîner-boudoir-bibliothèque. Le mouvement eût pu devenir perpétuel s'il n'avait entraîné un léger glissement de tapis qui creusa peu à peu une vague grandissante dans la carpette bourgogne. Le pied nu de Jérémie heurta bientôt le renflement importun et le reste de son corps s'écrasa au sol. Il y eut un bref silence dont Pénélope profita pour s'installer prudemment près de la fenêtre de la cuisine. "Espèces de macaques à la noix de coco, bougres de sapajous à la confiture", jeta-t-il à d'invisibles babouins. En se relevant, Jérémie ramassa une petite potiche qui avait malencontreusement glissé d'une tablette. Par bonheur, elle était intacte. On voyait cependant les cicatrices mal camouflées d'une chute antérieure; Jérémie la regarda étonné, elle avait résisté à une explosion nucléaire. Il pivota sur ses talons et constata un arrogant immobilisme autour de lui. Tout était en place, rien n'avait bougé. Il avança dans le corridor jusqu'à la chambre de sa mère. Un grand pied blanc inerte émergeait entre le futon* et la couverture indienne.

— Oh Zulie, Zulie, dis-moi que tu es vivante, roucoula l'enfant en se glissant dans le lit.

---

* *Futon*: matelas japonais.

278

Julie ouvrit un oeil myope et aperçut la tête blonde de son réveille-matin.

Elle rassembla dans sa tête les pièces éparpillées du casse-tête de sa mémoire, se rappela qu'elle était mère de ce charmant enfant et le regarda, émerveillée à défaut d'être bien éveillée. L'été hâlait sa peau, éclaircissait son regard, allumait d'or ses cheveux; ses jambes et sa taille s'affinaient, s'allongeaient. Jérémie grandissait en beauté; la sagesse n'allait pas tarder à lui venir. Déjà, il boudait moins souvent, consentait à faire son lit, à ranger sa chambre; il devenait responsable. Intelligent, imaginatif, sportif, sensible à la qualité de son environnement, très averti des perturbations de son époque, il allait devenir un adulte équilibré.

— Ze t'aime Zulie, ânonnait la voix grêle.

Julie plissa le front.

— Mais tu zézayes, Jérémie? dit-elle inquiète.

— Ze suis ton tout petit enfant, annonça Jérémie blotti sur sa hanche.

— Que t'arrive-t-il? Que couves-tu? Que me caches-tu?

Julie palpa le front, les mains, fouilla fébrilement les yeux de son fils. Il se laissait faire, un sourire à la fois moqueur et rassurant sur les lèvres.

— Rien, déclara-t-il, z'ai zuste envie de zouer au bébé avec toi.

Julie ne répondit pas. Il y avait bien des mois, des années que Jérémie n'avait pas adopté une attitude semblable. Et voilà que juste au moment où Julie projetait pour lui un avenir raisonnable, il comptait à rebours les jours de ses huit ans. Elle le fixa à nouveau, sourit à son tour des pièges espiègles que lui tendait son fils révéré. Mais voyons, il ne veut que jouer, il en a encore l'âge. Impatiente Julie, tu as donc si grande hâte de le voir devenir un homme! Ne peux-tu présumer dans quelle pénible solitude il te laissera alors? Allons, détends-toi et profite de sa présence, si puérile soit-elle.

— Bon! Jouons donc! lança Julie qui dissimulait mal sa contrainte.

— J'ai plus le goût de jouer, répliqua Jérémie en se levant.

Imprévisible, c'était tout juste le défaut qu'elle ne pouvait supporter chez son adorable fils. Chaque fois qu'elle acceptait ses conditions, chaque fois qu'elle consentait à se plier à ses exigences et avec quelle obstinée résistance, Jérémie changeait subitement d'avis. "Laisse faire, ça n'a plus d'importance", laissait-il tomber d'un air indifférent. Il avait l'art de la mettre en furie. Julie pensait parfois que ses rapports avec Jérémie étaient tout à fait semblables à ceux qu'elle avait eus quelque temps avec Bernard; des affrontements constants, une violence verbale exacerbée, de brusques regrets, de tendres renouements. Je vis avec mon fils comme j'ai vécu avec mon amant. Mais, est-ce bien parce qu'il ressemble à son père que Jérémie joue avec moi le même rôle?

Julie glissa les pieds dans ses pantoufles en paille et découvrit par la fenêtre le bleu placide du ciel. Cette couleur impeccablement nette lui rappela sans ménagement les trois sacs de linge sale qu'elle aurait à transporter jusqu'à la buanderie. Elle se leva cependant courageusement, ruminant de sombres pensées sur les minables prestations d'aide sociale qui ne lui payaient pas le luxe d'une machine à laver. Tout en continuant à maugréer elle avança jusqu'à la cuisine et s'affala sur une chaise coussinée. Jérémie avait allumé la télévision dans la pièce attenante. L'image était secouée de lignes obliques; l'enfant impatienté ferma l'appareil et entreprit de faire une promenade à cloche-pied autour de la table auprès de laquelle Julie était assise, rêveuse. Il clopina adroitement un premier tour.

— Tu vas à la piscine aujourd'hui? lui demanda Julie dans le secret espoir de le voir interrompre son étourdissante randonnée.

— Oui, fit distraitement l'enfant sans daigner s'arrêter.

— Avec tes amis? insista Julie sans se décourager.

— Non, j'ai pas envie de les voir aujourd'hui!

Jérémie s'immobilisa pour changer de pied et reprit sa sautillante promenade. Avec ses compagnons de jeux, l'enfant avait la même humeur vagabonde. Julie pouvait se rassurer, son fils manifestait la même attitude désarmante avec tout le monde. Jérémie était un solitaire, un farouche individualiste. Julie en était fière; il ne serait ni un suiveux, ni un lécheux de bottines.

— Julie?

Jérémie s'était enfin arrêté et regardait sa mère. Elle le contempla, soulagée, remarqua qu'il ne zézayait plus et lui accorda un sourire engageant.

— Oui?

— Tu sais ce qui s'est passé hier au *Pacifique*?

— Non...

Julie était si endormie hier soir quand Jérémie était rentré qu'elle avait négligé de le questionner sur son emploi du temps. Elle-même s'était couchée très tôt après son épuisante journée à la "Fraternité". Elle attendit quelques minutes, l'enfant tardait à expliquer. Ce silence n'avait rien de bon. Quand Jérémie hésitait trop longtemps avant de parler, il concoctait alors de mystérieuses fabulations.

— Alors? reprit méfiante la voix de Julie, que s'est-il passé au *Pacifique*?

— Ben j'ai donné une foutue volée à Thom O'Leary. Je l'ai envoyé r'voler dans l'décor.

Julie haussa les sourcils, chaussa ses lunettes et eut le loisir de constater la précision étonnante d'une habile culbute de Jérémie. Elle se retint toutefois d'en applaudir la performance méditant gravement sur les dernières paroles de son fils. Elle pencha la boîte de croque-nature sur son bol et haussa imperceptiblement les épaules. Jérémie n'était violent qu'en paroles. Tout à l'heure, elle irait interroger Fabienne sur les détails de cet improbable incident.

* * *

Georgette Chalifoux était assise dans la cuisine. Elle repoussa une assiette vide, tira vers elle une feuille de papier et grignota le bout de son crayon. Comment ça se fait, bon yen, que j'ai d'l'appétit d'même. Cé pas mêlant, j'ai toujours faim. On dirait que j'ai pas d'fond. J'viens d'manger deux toasts pis j'en mangerais encore deux autres. Faut tout d'même que j'me raisonne si j'veux rentrer dans ma robe rouge après-demain, cé-t-à peu près la seule qui m'fa encore. Cé la même que j'avais à communion de Paulo le mois dernier mé chus quand même pas pour m'en acheter une chaque fois qu'on fait des party.

J'espère ben qu'y va d'être réussi çui-là parce que si cé pour virer à chicane comme la dernière fois, j'aimerais autant qu'on fête mémère juce entr' nous autres. Soixante-cinq ans qu'à va awoère la vieille, cé ben pour dire comme le temps passe. Qui aurait pu penser qu'avec ses trois opérations pis ses vieilles cannes de jambes a pourrait s'rendre à l'âge de sa pension! Dans touécas, nous autres, on l'aura toffé jusqu'au boutte pis on aura été ben corrèques avec elle. Cé pas toutes les brus qui pourraient en dire autant. Cé vra qu'est ben c'mode pour garder les enfants mé dés fois a l'a un mautadit caractère. A besoin d'être généreuse asteure qu'a va awoère dés tchèques...

A pourra s'en garder un p'tit peu pour s'habiller mé pour le reste, le manger pis l'coucher, a besoin d'faire sa part. Parce que nous autres dans c'temps-ici, on arrive pas mal juce. Pour woère si Roger ava besoin d's'acheter un maniétoscope aussi. A crédit! Si y m'ava dit ça teusuite, j'l'aurais renvoyé porter sa bébelle. Waïe! Bon. Quécé qu'y m'a dit Roger? De pas inviter trop d'monde? Ben sûr, pas trop! Mé si a veut awoère des cadeaux mémère, faut ben qu'on invite toute la gagne. Sans ça, ça va faire des jalouseries.

282

Bon. O.K. pas Jules. Lui y boué juce du cognac c'te snob-là! Y fa dés ben beaux cadeaux parsampe. Alexandre avait eu vingt-cinq piasses pour sa confirmation pis Paulo pareil pour sa communion: y s'sentait lousse en ostic c'te fois-là. Les sacraments, ça l'pogne toujours aux trippes pis au portefeuille. Cé pas comme Albert: lui yé stiffe en tabarnoche. Un pauv' tit deux piasses toute ratatiné. Même pas d'cartes. Y y'a donné dans sa main pis y'a dit: "Tu t'achèteras un beau livre avec." "J'aime pas ça les livres" que Paulo y'a répondu. "Ben tu t'achèteras d'aut' chose d'abord, ché pas moué, une bébelle, c'que tu voudras." "Avec deux piasses? qu'a demandé Paulo, tu veux dire d'la gomme baloune mononcle." Non mé, y'é tu effronté c'Paulo-là! Ça fa rien. Cé toute quécé qu'y mérita Albert. Awoère su qu'y était cheap de mègne, on l'aurait pas honoré parrain. Dans touécas faut ben l'inviter, cé le frère de Roger pis cé le garçon de mémère.

Georgette suçota son crayon et ajouta quelques noms au bas de la liste. Ensuite, elle entreprit de les compter... quatorze, quinze, seize, dix-sept... Dix-sept téléphones à faire! Non, pas tant que ça, y en a que j'ai déjà appelés. Dix-sept fois deux, trente-quatre. Trente-quatre fois trois bières, ça fa, ça fa cent deux bières. Waïe! Cé quasiment neuf douzaines. Cé vra qu'y a ben des femmes qui bouèvent pas mé les hommes, y bouèvent pour quatre. Bon! Comme cé là, ça va encore coûter plus cher que ça va rapporter. Me semble que ça vaut pas ben la peine que j'me donne: le grand ménage, le régime... Elle passa une main grassouillette sur son front, aperçut Paulo qui la regardait en bâillant.

— Bon, te v'là l'vé, toué. J'espère que t'as pas mouillé ton lite au moins...?

— Non môman, à matin j'ai pissé dans l'lavabo.

— Dans l'lavabo? Tu pourrais pas pisser dans l'bol comme tout l'monde?

— Ben pôpa il fa lui!

— Pôpa, pôpa! M'as y parler à ce ciboulac-là!

— ...

— Pis Alexandre? Y dort encore le salaman?

— ...

Paulo farfouillait dans le garde-manger.

— Ben y'a pus d'caramel hostie!

— Parle pas d'même mon Jupiter. T'as pas honte, toué qui vient d'faire ta première communion?

L'enfant haussa les épaules, déposa un sac de pain sur la table, poursuivit ses fouilles dans le réfrigérateur.

— J'veux des gride-cheeze! annonça-t-il en s'assoyant.

— M'as t'en faire moué des gride-cheese!

— Mémère a m'en fa quand j'y demande.

— Waïe, ben cé juce une gâteuse! À part de ça, est pas là à matin. Est partie chez Mirna s'faire friser pour samedi.

Georgette passa une langue gourmande sur ses lèvres.

— Cé vra qu'ça s'ra bon un gride-cheese.

— Enwaïe don môman!

— Non! J'ai pas l'temps. À midi peut-être mé pas teu-suite.

Georgette se leva, fit couler de l'eau dans l'évier. Paulo pencha un front maussade sur son assiette. Alexandre arriva dans la cuisine, les cheveux hirsutes, les deux mains dans sa culotte de pyjama. Sans regarder ni sa mère ni son frère il s'arrêta devant la porte ouverte du garde-manger.

— Pus d'caramel, pus d'beurre d'Arabe, qui cé qui a fini le beurre de pinottes?

— Cé moué, répondit impatiemment Georgette. C'te nuite, j'pouvais pas dormir. Tsé comme ça m'énarve de r'ce-vouère!

— Ben cé juce après-d'main môman.

— Je l'sé, je l'sé, mé ça m'empêche pas d'm'énarver.

— T'as-tu invité Fabienne môman? demanda Alexandre.

— Ben non! Ton père a dit pas trop d'monde.

— Fabienne est pas ben grosse, a prend pas grand' place. Pis a boué même pas d'bière. Cé pas elle qui va coûter cher.

284

— Oui mé, j'pense qu'a l'aime pas ben ça ces souèrées-là. La dernière fois a l'a eu l'air de s'ennuyer pas mal.

Alexandre s'assit à sa place en face de Paulo. Celui-ci n'avait toujours pas levé la tête et contemplait furieusement son assiette vide. Alexandre tout en mastiquant un biscuit au chocolat le regarda par en dessous.

— Quécé qu'y a encore à matin, lui?

— Y veut manger un gride-cheese, lança moqueusement sa mère.

— Pis sa mémère est pas là pour y faire! Han? Cé ça? Pauv' tit gars va. Qu'y fa don pitié!

Et ce disant Alexandre avança le bras et lui tapota l'épaule. Paulo s'écarta brusquement.

— Toué, achale-moué pas!

— Quécé qu'y a don, ton frére? Depus hier, y'é pas parlabe.

Alexandre ricana et dit à voix basse:

— J'pense que je l'sé moué quécé qu'y a, j'pense que je l'sé...

Paulo lui lança un regard noir et s'empara du sac de biscuits. Alexandre continuait, insistant:

— J'pense que je l'sé moué, j'pense que je l'sé!

— Cé pas vra! Tu l'sé pas, éclata Paulo.

— Oui je l'sé, oui je l'sé, chantonnait Alexandre.

Paulo se leva, contourna la table; Alexandre l'imita, recula vers la porte de la cuisine et de sa voix de fausset entonna:

— T'as chié sul château, t'as chié sul château!

— Cé pas vra, c'é pas moué, hurla Paulo.

— Oui cé toué, lui jeta Alexandre en le fixant.

Paulo, rouge de colère, prit son frère par les épaules et le poussa brutalement sur la porte. La tête d'Alexandre fit un bruit mat sur le bois dur.

— Aïe! Tu vas l'tuer, toué, saint simonac d'ostic!

Georgette qui avait suivi la scène passivement s'avança vivement vers Paulo et lui asséna une vigoureuse taloche sur la joue. Paulo lâcha aussitôt Alexandre et marmonna entre ses dents.

— Quécé qu't'as dit? s'écria Georgette.

— Maudite vache! hurla l'enfant. Pis toué, maudit chien sale! ajouta-t-il en visant son frère. Oui cé moué, si tu veux l'savouère! J'l'ai toute déchiré vot' belle cabane en carton, pis j'ai chié t'sus. Vous aviez juce à pas m'laisser tu seul! Ben bon pour vous autres!

— Marche teusuite dans ta chambre, toué, mon enfant de géribouère. Ton père va-t-en faire lui dés maudites vaches!

Paulo saisit le sac de biscuits et recula posément au fond de la pièce.

— Jusqu'à quelle heure? demanda-t-il, l'air vaguement ennuyé.

— Jusqu'à cinq heures! hurla Georgette.

Alexandre se frottait le crâne.

— Un vra taureau! murmura-t-il à sa mère. Y connaît pas sa force. Une bonne fois y va m'assommer pour de vrai!

— Pareil comme son pére! J'me demande comment c'que m'as faire quand y va awouère quinze ans...

Georgette examina la tête d'Alexandre.

— Tu vas awouère une de ces prunes.

Alexandre sourit.

— Cé pas grave ça! Au moins j'y ai faite dire c'que j'voulais savouère. J'en connais une qui...

— Quécé que cé ça, c't'histoire de shit pit d'château? l'interrompit Georgette. Veux-tu ben m'dire de quoi cé qu'cé ça?

Alexandre dépeignit tant bien que mal la construction inachevée. Seul avec sa mère, il s'essayait parfois à l'impressionner en utilisant des mots qu'elle ne connaissait pas. Il orna le château de trop nombreux traîneaux et poutrelles, l'enroba d'un magnifique papier rouge brique et de trois tours en aluminium. Il exagéra un tant soit peu sa participation à

286

toute l'affaire puis raconta le pillage et la carte de visite du destructeur. Georgette l'écoutait en hochant pensivement la tête.

— Ça vous a coûté combien? demanda-t-elle, après un court silence.

Alexandre hésita, opta pour la sincérité, perdant ainsi l'occasion de se faire quelques dollars.

— Pas une cenne môman. On avait tout emprunté. C'était juce du carton!

— Ah ben, y'a rien là! dit-elle en retournant à sa vaisselle.

— Pis ça! On l'avait toute faite de nos mains...

— Vous avez juce à r'commencer.

Ah! Les enfants! pensait Georgette, y font tout le temps des tempêtes avec des verres d'eau. Un château en carton! Y'ont don pas l'sens des valeurs. Comme si ça pouvait être important. Bah! De toute façon, Paulo mérite ben sa pénitence. Y'avait pas d'affaire à m'traiter d'maudite vache. Pis à part de ça, y casse toujours toutes les bébelles de son frére. Cé pas corrèque ça, y'é pas normal c't'enfant-là. Comment ça s'fait que pluce j'le punis pis moins y'é du monde? Ses punitions sont trop smootes. M'as y'en trouver une, moué, qui va l'radoucir.

— Alexandre?

— Quoi?

— J'viens d'entendre ma brassée de linge s'arrêter dans cave. Pendant que j'sors l'étendre dewors, t'allumerais-tu la plaque à toaster?

— Pourquoi môman?

— Quécé qu'tu diras si on s'faisa chacun un bon gride-cheese?

18. L'échappée belle

Fabienne composa le numéro. La sonnerie grésilla, lui chatouilla cinq fois l'oreille, s'interrompit.

— Allo? fit une voix d'homme, grave et lointaine.

— Bonjour! Je suis Fabienne Desnoyers, la mère de Sophie. Thomas et Jeff viennent souvent bricoler chez nous... Vous êtes sans doute monsieur O'Leary?

— Oui, répondit brièvement la voix.

— Dites-moi, avez-vous eu des nouvelles de Thom?

— Oui.

— Est-ce qu'il est toujours à l'hôpital?

— Oui.

La même réponse laconique. Pas jasant le bonhomme. Faudra que je m'y prenne autrement. Des voix parlaient fort derrière et riaient...

— Est-ce que madame O'Leary est là?

— Non.

Enfin une variante mais guère plus explicite.

— Est-ce qu'elle est encore à l'hôpital? ajouta Fabienne sans y penser.

Trop tard. La réponse lui parvint sèche et tellement prévisible.

— Oui.

— Écoutez, je téléphone pour avoir des nouvelles de Thom, reprit patiemment Fabienne.

Elle appuya légèrement sur le mot nouvelles.

— Si vous savez de quoi il souffre, continua-t-elle, pourriez-vous me dire ce que c'est?

Bon. C'est ainsi qu'elle aurait dû commencer tantôt. Une question appelant une réponse un peu plus détaillée. Mais celle-ci tardait à venir. Au bout du fil, le son lui parvenait étouffé, comme si on avait bouché le récepteur. Fabienne attendit, s'impatienta.

— Allo?

Après quelques secondes, elle put entendre plus nettement le bruit de fond des conversations et puis plus proche Harry O'Leary qui toussotait.

— Le docteur a dit à ma femme qu'y pourrait encore marcher, mé le nom de sa maladie, j'm'en rappelle pus... Ma femme va r'venir taleure. Vous la rappellerez!

Un bourdonnement non équivoque suivit la déclaration. Le père de Thom avait raccroché.

Fabienne était désappointée. Pourquoi n'avait-elle pas pensé à lui demander le nom de l'hôpital? Pourquoi? Espèce d'étourdie, d'écervelée! Maintenant elle allait devoir retéléphoner et reprendre l'interrogatoire avec Maria. Serait-elle plus communicative? Rien n'était moins sûr. Maria était aussi farouche que son mari; ils semblaient se barricader tous deux derrière un silence gêné. Mais que cachaient-ils sous l'économie de leurs paroles? Y avait-il une pauvreté d'une autre sorte à l'intérieur de leur navrant dénuement? Pourtant Thomas et Jeff jouissaient de belles aptitudes qui devaient bien prendre racine chez leurs parents. Alors pourquoi ces derniers s'acharnaient-ils à en camoufler les manifestations? Où cachaient-ils leur humour vivifiant, leur débordante imagination? Cette inexplicable pudeur ne les enfermait-elle pas dans un infranchissable ghetto? Or, voulaient-ils en sortir? Selon toute apparence, ils supportaient avec insouciance la mise au ban de leurs voisins trouvant dans leur propre famille les partenaires de leur solitude.

Allons Fabienne! Que cherches-tu? Vas-tu encore tenter de sauver des naufragés volontaires? Laisse donc ces bienheureux sur leur île déserte et occupe-toi de ton petit navire. Il prend l'eau par le fond et tangue ton bateau ivre. Tiens-le droit sur le chemin obscur et remuant des flots. La route est ailleurs, invisible. Seul le vent en connaît les sinuosités vagues. Laisse, laisse, laisse-toi mener!

Fabienne reposa l'écouteur qui bourdonnait absurdement à son oreille, démêla sa tresse broussailleuse qui s'était dénouée. Dans la cuisine, la lessiveuse lessivait. Le linge s'agitait tout seul dans un remous mécaniquement mesuré, jetant une plainte monotone, obsédante. Le plancher était encore humide par endroits. Sophie et Mathieu l'avaient sommairement essuyé après la superficielle inondation. Les deux enfants étaient ensuite sortis dans le but de nettoyer la cour. Fabienne s'approcha de la porte moustiquaire et les observa dans leur tâche; ils s'appliquaient en silence.

La petite cour était loin d'offrir les avantages que Fabienne avait cru pouvoir en tirer lorsqu'elle avait loué le logement, quatre ans auparavant. Elle avait pensé alors qu'elle pourrait y aménager un humble jardin de légumes et de fleurs à côté duquel on viendrait manger quelquefois l'été ou simplement goûter les rayons du soleil. Mais un imposant hangar de tôle grise barrait à droite le chemin du soleil et décourageait jusqu'aux herbes dites mauvaises d'y pointer le bout de leurs feuilles. À gauche, la clôture décolorée des Wall, les plus proches voisins, délimitait l'étroit rectangle de la cour laquelle débouchait directement, sans aucune barrière, sur la ruelle.

Fabienne avait bien fait quelques demandes au vieux propriétaire rentier et sympathique qui s'occupait si mal de sa maison de la rue Fabre parce qu'il en avait tellement d'autres à améliorer. "Vous savez, mademoiselle Fabienne, de toutes les maisons que je possède, c'est celle que vous habitez que je préfère. Vous avez su la décorer avec tant de soin, avec une touche si féminine, il la regardait dans les yeux en disant cela, avec un goût si exquis que, chaque fois que j'y reviens, je la trouve parfaite avec plus rien à ajouter." L'homme avait des manières précieuses, raffinées. Fabienne aurait ri dans sa barbe si elle en avait eu une. Il devait abreuver ses locataires des mêmes flatteries douteuses usant de variantes choisies pour les flatter dans le bon sens du poil. Elle profitait habilement de la flagornerie. "Justement monsieur Laporte, si je m'occupe aussi convenablement de l'intérieur, ne pourriez-vous pas en faire autant pour l'extérieur? Les galeries souffrent cruellement d'une absence de peinture et ce n'est pas en silence. Écoutez-les gémir sous nos pas! Et ce hangar, ce monstrueux cache-soleil! On vous propose des subventions pour le démolir. Pourquoi attendre? Et cette clôture que je vous réclame depuis le premier jour?" Le propriétaire sortait un petit carnet écorné de la poche. "Les galeries, la clôture dites-vous? Bon. Je vais en prendre note. Est-ce qu'il y a autre chose? Oh! le hangar! Oui, bien sûr, le hangar! Je verrai, je verrai... Mais vous savez, ce qui compte vraiment c'est l'intérieur. De l'extérieur, ces maisons n'ont aucun charme; tout leur cachet, toute leur âme si j'ose dire, est à l'intérieur. Regardez-moi. Je ne suis qu'un vieil homme au corps usé, les années ont fané ma peau et rouillé mes os, mais touchez là, à la place du coeur, oui touchez, n'ayez pas peur, je ne suis pas un satyre, oui là, et bien ça pompe encore comme à vingt ans." Fabienne souriait, l'homme remettait le carnet dans sa poche, lui tapotait l'épaule, balayait la maison d'un dernier regard. "Oui, un bien bel intérieur, ajoutait-il en soupirant. C'est vous qui faites tout ça? Les rideaux, les lampes, les nappes? Joli, très joli! Des doigts de fée, mademoiselle Fabienne, une âme d'artiste." Il s'en allait. Fabienne regardait impuissante ses petites mains blanches. Il reviendrait dans un an, la même politesse enjôleuse dans la bouche, le même inutile carnet dans la poche. Aurait-elle pu insister? Sans doute. Mais le loyer était si raisonnable, monsieur Laporte n'allait-il pas profiter de quelques améliorations pour en hausser indûment le prix? Et puis, Sophie avait maintenant huit ans, la clôture n'était plus indispensable. Le hangar? Bof, on s'habitue. Les galeries? On les lave plus souvent, c'est tout.

Les enfants semblaient très absorbés par leur opération de nettoyage. Sophie achevait de balayer la galerie pendant que Mathieu ramassait les papiers et les bouts de bois qui traînaient.

— Pouache! Cé plein de crottes! déclara dédaigneusement Mathieu.

Sophie se retourna vivement, fixa un moment son ami, le rouge aux joues.

— C'est des crottes de chien! précisa-t-elle. Y'a pas de clôture ici, ils viennent tous faire leurs besoins chez nous. Laisse-moi faire, j'vais les ramasser.

Mathieu s'écarta et lui tendit une petite pelle.

— C'est vrai. T'es habituée, lui dit-il sans malice.

Sophie lui arracha la pelle des mains en lui jetant un regard furieux. La curieuse tonsure dégageait largement son front et accentuait l'inflexion du sourcil. Fabienne sursauta. La colère brillait dans l'oeil de sa fille. Mais pourquoi en ce moment précis? Qu'avait dit Mathieu pour raviver sa douleur? Sophie était habituée à cette tâche et n'en montrait jamais de dégoût. "Tsé, c'est rien que de la crotte", lui disait-elle souvent en nettoyant le terrain. La petite fille continua son travail en ronchonnant:

— Écoute Mathieu Jasmin! Si t'es toujours pour faire allusion au *Pacifique*, tu peux pas t'attendre à rester mon ami ben ben longtemps.

— Ben Sophie, j'disais pas ça pour hier! protesta Mathieu.

— T'es sûr? demanda Sophie, en examinant le beau visage ouvert de son camarade.

— Juré! déclara celui-ci en levant solennellement la main. Moi, si j'avais été capable, j'aurais fait la même chose que toi. Jusqu'au bout! ajouta-t-il après une seconde de réflexion.

Sophie parut atterrée. Elle s'immobilisa un instant la pelle dans la main, un moment qui parut très long à Fabienne tant sa fille était soudainement figée, paralysée dans son geste insolite, puis Sophie laissa retomber ses mains, sa pelle...

— Tu ne devrais pas dire ça. Tu ne dois pas le dire. Moi, je regrette ce que j'ai fait. Jamais plus je ne me vengerai.

Sophie avait parlé lentement mesurant chacune de ses paroles comme lorsqu'elle parlait à de tout petits enfants. Mathieu se gratta la tête avec une ferveur inquiète.

— Comment ça se fait d'abord que, y a pas deux minutes, tu voulais me punir?

— Quoi? répliqua Sophie comme si elle n'avait pas compris la question.

— Là, taleure, fit-il à voix haute, tu disais que j's'rais pus ton ami...

— C'est vrai, admit Sophie confuse, ça doit être plus fort que moi la méchanceté que j'ai en dedans.

Elle réfléchit un moment, secoua ses boucles brunes.

— Écoute Mathieu, continua-t-elle, tu vas être ma bonne conscience. Chaque fois que je dirai et ferai quelque chose de mauvais, tu devras m'avertir.

Mathieu hocha sa tête ronde, parut satisfait, hésita:

— Mé comment c'que j'vas faire pour savoir si c'est vraiment mauvais?

— Ben t'as une conscience, non?

— Une conscience?

— Quelque chose qui te dit dans ta tête si c'est bien ou si c'est mal.

— Ouais...

— Bon!

— Mais?

— Quoi?

— Ça m'a tout l'air que ma conscience est pas pareille comme la tienne.

— Comment ça?

— Ben moi, j'me s'rais vengé hier soir, comme toi! Seulement, toi, tu le regrettes!

— ...

— Tu dis rien?

— Je réfléchis...

— Bon! Quand t'auras fini, tu m'feras signe. En attendant, j'vas finir de balayer la galerie.

Fabienne s'écarta. La conversation semblait temporairement suspendue et la lessiveuse s'était tue. Une piquante odeur de muscade embaumait la cuisine. Fabienne essora des petites quantités de linge propre et vida l'eau du lavage. C'était agaçant tout de même de ne pas savoir de quoi sa fille s'accusait. Il aurait été si simple et si libérateur pour Sophie de se confier à Fabienne et de se dépouiller ainsi de son harcelant remords. Qu'avait-elle à craindre? Si Mathieu avait lui-même endossé son comportement de la veille, le méfait ne devait pas être bien grave. Fabienne soupira, remit de l'eau pour le rinçage, s'appuya de nouveau à la porte grillagée pendant que la cuve se remplissait.

Les deux enfants étaient maintenant tout près de la ruelle. Sophie achevait de bourrer un deuxième sac tandis que Mathieu, poussé par un zèle touchant, nettoyait le ciment poussiéreux. Ils parlaient en travaillant mais Fabienne ne pouvait les entendre. Elle les vit se retourner brusquement et regarder ensemble en direction de Saint-Grégoire. Quelqu'un les appelait et de toute évidence venait vers eux dans la ruelle. Fabienne aperçut bientôt Alexandre: il avançait à petits pas, se pliait en deux en se tenant le ventre, avançait encore, s'arrêtait, secouait sa poitrine gracile. Sophie se toucha le front. Alexandre riait. Mathieu les regardait l'un et l'autre, appuyé sur son balai. Sophie dit quelque chose en baissant les yeux. Alexandre pouffa encore en contemplant Sophie, puis s'arrêta, s'approcha d'elle et se pencha à son oreille. Mathieu s'avança vers eux. Ils se tinrent tous ainsi quelques secondes immobiles. Sophie courut vers la galerie, grimpa vitement les marches; Fabienne se faufila près de la lessiveuse. Il était temps, elle allait de nouveau déborder. Sophie pénétra précipitamment dans la cuisine et, sans regarder Fabienne, continua sa course jusqu'à sa chambre. Alexandre entra à son tour suivi de Mathieu qui referma la porte.

— Est-ce que je peux me laver les mains? demanda-t-il en montrant à Fabienne ses petites mains propres.

— Va dans la salle de bain, conseilla-t-elle. Ici, c'est trop compliqué.

L'enfant obéit. Alexandre se laissa tomber sur une chaise. Ses petits yeux malicieux scrutèrent le fourneau d'où s'échappaient d'appétissantes odeurs; ils se posèrent ensuite une fraction de seconde sur le nez de Fabienne et s'enfuirent négligemment vers le plafond.

— C'est Paulo qui a tout fait! annonça-t-il ensuite de la même voix qu'il prenait pour avertir Fabienne d'un dix sur dix pour une dictée.

— Qui a fait quoi?

— Qui a déchiré le château pis qui a chié t'sus, répliqua Alexandre satisfait. J'm'en doutais ben aussi...

Il essuya du bout du doigt une goutte de pâte tombée sur la table et ajouta d'un air indifférent:

— Cé ben d'valeur parce que cé Thom qu'on a puni à sa place...

— Et comment l'avez-vous puni? demanda Fabienne d'un ton qu'elle voulait détaché.

Elle se sentait odieuse de forcer leur secret mais elle devait savoir, elle voulait absolument percer leur mystère.

— On y a faite manger d'la marde, répondit Alexandre sans hésiter.

Fabienne comprit aussitôt que la déclaration d'Alexandre n'était pas une figure de rhétorique. Toutes les allusions mystérieuses contenues dans le dialogue de Sophie et Mathieu se dépouillèrent de leurs artifices. Éprouvait-elle de la répulsion pour ce geste cruel et bestial? Elle ne savait pourquoi elle avait imaginé quelque chose de plus sérieux, de plus irrémédiable. Pour sûr, l'idée que sa fille eût pu appuyer un tel geste lui parut incroyable mais...

— On avait promis qu'on le dirait pas, s'exclama Mathieu en sortant des toilettes.

— Bah! À Fabienne on peut tout dire, répliqua Alexandre.

Mathieu regarda un moment sa gardienne comme pour s'assurer qu'Alexandre disait vrai. Fabienne lui montra un visage impassible, du moins le pensait-elle... Les enfants la contemplaient en silence. Était-elle seulement plus pâle ou un peu triste? Elle repoussa les cheveux sur son front, s'éloigna, ouvrit toute grande la porte du four. Les gâteaux étaient prêts. Il fallait les enlever sinon ils allaient brûler. Cinq minutes de plus et ils l'étaient. La minuterie avait sonné sans qu'elle l'entende. Pourquoi? Ouf! Un peu distraite aujourd'hui, un brin trop légère!

— Hmmm! Ça sent bon!

Alexandre et Mathieu tournaient comme des mouches autour de Fabienne. Des mouches! Ma mouche! Sophie! Sa fille cruelle pleurait dans sa chambre. Ses larmes coulaient, se répandaient par flaques sur le plancher de la cuisine. La maison allait être inondée, le navire allait sombrer; des remous tournoyaient violemment et...

— Fabienne! Qu'est-ce que t'as?

— T'es blême comme un drap!

Fabienne s'essuya le front. Il était glissant, mouillé. Ses mains aussi.

— C'est rien.

Sa voix était sourde.

— Je suis un peu étourdie, fatiguée je crois. Laissez-moi seule un p'tit peu. J'ai besoin de me reposer.

Elle leur fit un pauvre petit sourire. Alexandre jeta un coup d'oeil déçu vers les gâteaux.

— C'est ça repose-toi.

— Va te coucher sur ton lit.

— On reviendra plus tard.

Ils sortirent sur la pointe des pieds. Qu'est-ce qui m'arrive? Je suis si lasse soudain. J'ai chaud, j'ai froid. Ma tête est vide. Un grand trou noir là où se forment d'habitude les petites figures de mes pensées. Rien. Le néant. Le gouffre aveugle du silence. La lessive. Il faut que je termine la lessive. Il faut que je me retrouve. Je ne suis plus là. Une autre est à ma place qui plonge ses mains dans l'eau froide, glacée. C'est bon. L'eau est claire et belle. Elle qui est à ma place et me ressemble en met un peu sur mon visage et dans mon cou. C'est doux. Les petites gouttes glissent sur mes épaules, entre mes seins. Caresses de vives langues glacées. Je suis bien. Je vais mieux. C'est moi qui dépose le linge dans la cuve. Je suis là à nouveau. C'est moi. Ce sont mes mains qui enfoncent les vêtements le plus loin possible dans l'eau fraîche, froide sur mes coudes. Voilà. Il suffit de bouger un peu pour revenir. J'avais quitté mon corps. Il était devenu trop petit pour ma tête. Ma tête était gonflée comme un ballon, elle s'élevait légère, flottait à côté du globe rond du plafonnier. Je n'avais qu'à bien tenir la ficelle. "Tiens-la bien fort", m'avait dit mon père. Moi, la tête en l'air, j'avais déplié mes doigts un à un pour voir ce qui arriverait. Le ballon s'était envolé au-dessus des chapeaux ronds de la foule et je l'avais rapidement perdu de vue. "Tu l'as laissé s'échapper", avait-il grondé, la voix pleine de reproches. Moi, j'étais contente, je lui avais rendu sa liberté. Un jour je lâcherai la ficelle et ma tête s'envolera. Oh! L'échappée belle! La fuite ultime au pays de l'insouciance et de la déraison.

Le linge tournoyait dans la machine poussant quelques bulles brillantes à la surface de l'eau. Dernière opération: rinçage. Enfin. C'était presque fini. Ensuite il faudrait penser à préparer le dîner. Encore! Bon. Des nouilles jardinières. Oui, avec une sauce aux champignons et au fromage. Oui. Un dîner vite fait; facile, facile. Peler les légumes pendant que le linge s'essore; les cuire, râper le fromage. Tout simple, un jeu d'enfant... Tiens, pourquoi pas?

— Sophie, tu viens m'aider à préparer le dîner?

Elle était venue aussitôt. Comme tout était possible, soudain! Il suffisait de demander: Est-ce que vous pourriez me libérer de ma solitude? Est-ce que vous pourriez m'aider à vivre? On se précipitait le coeur sur la main.

— Que veux-tu que je fasse?

Elle avait les joues roses, les yeux secs. Il vaut toujours mieux faire saigner la blessure, sinon on risque l'hémorragie interne. Bof! On dit tant de choses...

— Tu veux râper le fromage?

Oui elle voulait, elle aimait bien se servir de la moulinette. Elle souriait en tournant la manivelle.

— Je sais tout, dit Fabienne.

— Oui, j'ai entendu. C'est mieux ainsi m'man. Vois-tu, maintenant je me sens plus légère. C'est drôle! C'est comme si maintenant, tu portais ma faute à ma place.

Elle tourna ses prunelles bleues vers sa mère. Petit monstre! pensa Fabienne.

— Tu m'en veux beaucoup? reprit Sophie.

— Je devine que tu as eu ta leçon, répondit tranquillement Fabienne.

— Oh! Oui! Maintenant je ne punirai plus jamais d'innocents. Ni de coupables, ajouta-t-elle après un silence. Et puis... tu sais... l'argent de la caméra...

Elle hésita un peu.

— Oui?

— Eh bien, on la donnera à Thom. Au fait, tu as eu des nouvelles?

— Malheureusement pas beaucoup. Sa mère était encore à l'hôpital quand j'ai téléphoné tout à l'heure.

— Pauvre Thom! J'espère qu'il s'en sortira. Si tu savais comme je m'en veux...

— ...

— On peut t'y vous aider?

Alexandre et Mathieu écrasaient leur nez sur la moustiquaire. On les fit entrer et ils continuèrent à préparer le dîner pendant que Fabienne étendait le linge propre sur la corde. Un peu simpliste, un peu doucereuse cette remise de peine de la coupable Sophie, ruminait Fabienne.

— J'ai une idée, annonça-t-elle en rentrant dans la cuisine où les enfants s'affairaient chacun de leur côté.

— Quoi? Quoi? Quoi? pépièrent-ils en choeur, s'attendant de leur coutumière complice à quelque activité folichonne.

— Si on invitait Paulo à dîner? lança-t-elle hardiment.

La suggestion fut accueillie par un blizzard de commentaires:

— Lui?

— Tu n'y penses pas!

— Ton idée tient pas debout!

— Après ce qu'il a fait...

— T'es-tu virée folle?

— Laisse-nous le temps de lui pardonner...

Les répliques fusaient venimeuses, outrées, déçues. Fabienne les laissa retomber dans le silence. Peu importait; l'idée faisait son petit bonhomme de chemin. Sophie baissait le nez. Fabienne était rassurée. Il lui paraissait bien commode d'absoudre Thom maintenant que son innocence était reconnue. Et bien périlleux pour Paulo! Il faudrait veiller à éviter d'autres revanches.

Le dîner fut cependant délicieux et, il faut bien le dire, fort joyeux.

19. *Blanche-Neige*

Julie déposa les trois sacs noirs sur la galerie, referma la porte et descendit rapidement l'escalier. Ils n'allaient certainement pas lui voler son linge sale. Et puis, quand bien même ils auraient cette audace, elle serait débarrassée, pour une semaine ou deux tout au moins, de cette corvée ingrate qui lui revenait trop souvent à son gré. "Ils", c'était cette portion indéfinie du genre humain vaguement corrompue par le système. Pour une fois la désignation carrément masculine convenait parfaitement à cette bande d'idiots. "Ils" étaient indubitablement exploiteurs, violents et carnivores. Mâles? Pas uniquement, mais en majorité; le masculin ne l'emporte-t-il pas toujours sur le féminin? Eh bien! Qu'ils me le volent mon linge sale et qu'ils aillent le laver!

Elle repoussa le demi-cercle doré de ses lunettes et aperçut Paulo sur le balcon du dépanneur. L'enfant suçotait un de ces longs tubes oranges congelés infestés de glucose et de saveur artificielle. Encore à se polluer l'intérieur celui-là! Parfois je pense qu'il vaut mieux que nous soyions pauvres Jérémie et moi; nous privant fréquemment de l'essentiel, il nous est plus facile de négliger le superflu. Paulo lui hurla quelque chose de l'autre côté de la rue.

— Quoi?

— OÙ QU'IL EST JÉRÉMIE?

Julie n'aimait pas crier comme ça d'un trottoir à l'autre. Elle mima les battements rythmés d'une adroite nageuse de cent mètres. L'enfant eut l'air de comprendre, il s'assit aussitôt sur une marche de bois et croqua dans son popsicle. Julie pressa le bouton noir de la sonnette, ajusta ses lunettes, se pencha sur la fenêtre de l'atelier, remonta ses lunettes, attendit. La porte du vestibule s'ouvrit et Fabienne apparut, son image morcelée par les mailles des rideaux écrus.

— Oh Julie! Bonjour. Entre!

Fabienne s'essuyait les mains avec une serviette bourgogne.

— Je te dérange?

— Penses-tu! Je viens de finir une vaisselle qui n'en finissait plus. Viens. Je vais faire du café. J'attendais justement une occasion pour m'accorder ce petit plaisir.

Elle lui cligna de l'oeil.

— Viens, on va en salir encore, de la vaisselle!

Elle avança dans le couloir, vive et menue.

— Hmmm! Ça sent bon, dit Julie. Aux carottes?

— Non, aux courgettes. Le dépanneur m'en a commandé trois. Tu sais, il les mange au lieu de les vendre.

Elle riait.

— Fatiguée?

Fabienne arqua les sourcils, plissa comiquement le front et le nez, s'interrogea un quart de seconde.

— Bah! Un peu. Tu sais ce que c'est. La lessive, les gâteaux, le dîner. Ça n'en finit jamais. La vie est un perpétuel recommencement!

— Oui, soupira Julie. Mais sais-tu qui a prononcé cette sentence cruelle?

— Oh! Sans doute une sage ménagère.

— Non, c'est un homme.

— Qui l'eût cru?

— L'eusses-tu cru?

— Consolons-nous. Il y a toujours une petite femme derrière un grand homme, annonça Fabienne.

— Ou l'inverse...

— Comment?

— Eh bien, une grande femme derrière un petit homme, expliqua Julie.

Elles riaient toutes deux, debout côte à côte. Fabienne levait les yeux vers Julie, elle, penchait la tête pour regarder son amie. Elles se mesuraient, comparaient leur taille. Elles parlaient de Don Quichotte et Sancho Panza, de David et Goliath, de Charles de Gaulle et René Lévesque.

— Tous des hommes!

— C'est impossible! Se pourrait-il qu'on ne puisse trouver dans l'histoire un couple de femmes remarquables par la différence de leur format?

— J'ai bien peur que non.

— Alors, il faudra en inventer, dit rêveusement Fabienne.

Elle s'éloigna pour faire du café tandis que Julie s'assoyait devant la table. Elle examinait les quatre napperons.

— Tu as eu de la visite?

Fabienne se retourna.

— Alexandre a dîné avec nous.

Il y eut un léger malaise, un imperceptible silence. Julie avait parfois laissé entendre que Fabienne avait des préférés parmi les enfants.

— Mathieu est toujours là?

— Oui, mais il repart cet après-midi. Chantal doit passer le chercher tantôt.

— Et où sont-ils? Je ne les entends pas.

— Ils sont tous repartis au *Pacifique*. Ils ont finalement décidé de reconstruire le château.

— Le château?

— Tu ne sais pas?

Non, Julie ne savait pas. Jérémie ne parlait jamais de ses jeux à Julie. Il disait que ça ne la concernait pas, donc que ça ne devait pas l'intéresser. Il était très laconique sur sa jeune vie sociale, ne mentionnait que rarement le nom de ses amis. À la maison, il était taciturne. Le plus souvent, il s'installait devant le téléviseur avec ses jeux de Lego et ses bandes dessinées au cas où les émissions seraient trop décadentes. Quand toutefois il se décidait à parler, il devenait intarissable mais son discours prenait des allures douteuses d'épopées guerrières bruyantes et inaudibles. Julie n'insistait pas. Elle préférait nettement les ondes tranquilles de sa passivité aux échevelantes rengaines de son délire verbal. Du château elle ne savait rien, du pique-nique pas davantage. Fabienne déposa la cafetière fumante sur le plateau, deux tasses, deux soucoupes, deux cuillères, un pot de lait pour Julie.

— Si on allait au salon? J'en ai parfois assez de cette cuisine...

— Oui, t'as raison. Tout ce temps qu'on passe auprès de ces instruments de torture ménagère!

— Je pense parfois qu'il faudrait redéfinir le rôle des pièces dans la maison. Tu vas rire! Il m'arrive souvent de vouloir m'installer devant la fenêtre du salon pour laver la vaisselle ou bien de peler mes légumes sur la table de l'atelier devant les extravagants dessins de ma petite famille.

— Rien ne t'en empêche!

— Non. À part cette douce paresse qui me garde dans la cuisine parce que tout est là, pratique, à portée de la main.

— Ce n'est pas tant le rôle des pièces qu'il faudrait changer que le sévère emploi du temps auquel les femmes sont soumises.

— Tu as raison, je déraisonne. J'en ai envie aujourd'hui. C'est bien lassant d'être parent toujours et de toujours être porteuse de la logique.

— À qui le dis-tu!

Elles glissèrent jusqu'au salon, Fabienne derrière Julie.

— Je peux t'emprunter une cigarette?

Julie avait sorti le paquet rouge de son sac, portait le tube blanc à ses lèvres. Elle contempla son amie, étonnée, lui tendit le paquet. Fabienne lui avoua qu'elle fumait régulièrement avant la naissance de Sophie. Pendant sa grossesse, on l'avait un peu alertée. Nicotine: dangereux poison. Elle avait sagement renoncé à sa mauvaise habitude. Elle se serait privée de beaucoup plus pour le bien-être de son enfant.

— Je t'admire, lui confia Julie. J'aimerais tant pouvoir m'en passer.

— Ne m'admire pas trop! Si je fume cette première, elle risque bien de ne pas être la dernière.

— Et ça ne te fait rien?

Fabienne aspira une longue bouffée sous la flamme, rejeta lentement, lentement la fumée.

— J'ai un tel besoin de fuite aujourd'hui. Ce n'est peut-être que passager. Écoute, c'est très facile d'arrêter de fumer; il suffit qu'un grand changement survienne dans ta vie. Je suppose que le phénomène est réversible et qu'il peut se retourner contre moi.

— Je me disais aussi. Depuis quelques jours, tu n'es plus la même. Qu'est-ce qui t'arrive?

— Je ne sais pas. Tout est confus encore. C'est comme si tout à coup, je pouvais prendre une grande distance avec moi-même. C'est bizarre! J'aurais de la peine à l'expliquer... Mais je sens que je m'éloigne également de Sophie. Pendant toutes ces années, je me suis trouvée liée à elle, nous étions agglutinées, confondues. Une espèce de monstre bicéphale! Oh! rien de désagréable! Au contraire, une vie toute en douceur, toute en caresses. Un cocon moelleux et protecteur. Tu sais de quoi je parle, cette merveilleuse sensation d'être deux en toi. Eh bien! Je l'ai vécue jusqu'à ce jour. C'est fantastique, non? J'accouche de ma fille pour la deuxième fois.

— Il était temps!

— Je suppose que ma gestation a été un peu longue, ajouta Fabienne en riant.

— Et cette histoire de château, est-ce qu'elle a un rapport avec ta... transformation?

— Oui...

Fabienne raconta. La construction du château d'abord et tout le soin qu'y avait mis Sophie particulièrement, mais aussi Mathieu, Alexandre et sans doute Jérémie. Puis, comme elle l'avait appris, par bribes, elle expliqua la révolte des enfants devant le dégoûtant pillage et ensuite le cruel châtiment réservé au présumé coupable et son inconcevable accident.

— C'est absolument répugnant! déclara Julie.

Ses yeux roulaient, exorbités sous les vitres rondes de ses lunettes.

— Quelle barbarie! Ces enfants sont des monstres... Mais... es-tu bien sûre que Jérémie ait assisté à cet horrible spectacle?

— Incontestablement! Et je devine qu'il n'a pas été qu'un passif spectateur. Thom est un garçon vigoureux, il a certainement dû se débattre pour éviter cette punition.

— C'est impossible Fabienne, je ne peux pas y croire. Jérémie est un pacifique. Sa violence est purement gratuite. Elle n'est qu'une pauvre imitation de tout ce qu'il trouve à se mettre sous les yeux. Superficielle, je te dis, inoffensive, verbale. Il est incapable de cruauté. Incapable. Il s'est fait battre cent fois par Thom O'Leary ou de semblables primitifs. Il ne se défend pas, ne riposte pas. Il capitule, fait le mort.

Fabienne souffla lentement une dernière spirale de fumée, écrasa le bout de sa cigarette.

— Raison de plus. Il avait alors cent revanches à prendre et il n'était pas seul dans ce cas. Tous les enfants en voulaient à Thomas. Ils se sont sentis solidaires et ont tenté en groupe ce qu'ils n'osaient essayer chacun de leur côté. C'est banalement ainsi que se composent les petits drames qui font naître les grandes guerres. Pourtant, contrairement aux autres, ma fille n'avait aucun motif pour appliquer une correction à Thom qu'elle défendait régulièrement contre toute attaque. Eh bien, à ce que j'ai cru comprendre, elle a eu le rôle de meneuse dans cette affaire. N'est-ce pas un peu difficile à concevoir? Ma fille sereine et raisonnante s'est faite justicière, et non seulement elle s'est accordé le droit de punir mais de plus, elle a châtié un innocent. Car Paulo était le seul coupable...

— Ça ne m'étonne pas, fit vivement Julie.

— Je t'en prie, ne le juge pas toi aussi! J'espère bien qu'ils ne s'essaieront pas à le punir.

— C'est tout de même étrange. S'il n'y avait pas eu cet accident qui par définition même est partiellement dû au hasard, nous n'aurions probablement rien su de ces événements.

— En effet. Et cela donne à réfléchir! Combien d'autres secrets ignorons-nous encore? Tiens, Sophie, dont je suis la plus fidèle confidente, a pris la peine de m'écrire une lettre pour m'avertir qu'elle ne pourrait m'avouer son geste regrettable. Je n'ai appris que tout à l'heure, de la bouche d'Alexandre, les détails de ce sordide épisode. Sophie, honteuse, en aurait été incapable. Tu sais, elle a pris le virus.

— Le virus?

— La voici comme nous toutes atteinte de culpabilité chronique. Je croyais, moi, que les femmes de demain en seraient immunisées. J'avais tort. Ma fille veut payer le fruit de ses égarements. Hier, elle voulait se faire ermite, aujourd'hui elle s'est coupé les cheveux, demain elle offrira l'argent de son cadeau à Thom. C'est terrible Julie, c'est une véritable maladie honteuse que ce sentiment de culpabilité. Tu te rends compte? Moi qui croyais que ce virus provenait directement d'un enseignement religieux abrutissant largement diffusé par la vieille Ève et son pommier. Ben, ça m'a tout l'air qu'on n'en est pas encore au libérateur rejet de nos immémoriales fautes.

— Mais Fabienne, il est tout à fait justifiable que Sophie se sente coupable d'un geste dont elle est, semble-t-il, la première responsable...

— Sans doute Julie. Seulement pourquoi elle et pas les garçons? Pourquoi les femmes et pas les hommes? En connais-tu beaucoup, toi, des hommes qui se sentent constamment coupables et qui...

La sonnerie de la porte interrompit sa phrase. Fabienne se leva...

— C'est Chantal! Je pense qu'il ne faut pas l'inquiéter avec cette histoire.

— Elle a bien assez de ses problèmes, convint Julie.

Chantal entra d'un pas hésitant sur le précaire équilibre de ses talons hauts. Elle s'arrêta un moment devant le miroir ovale, détacha un à un les boutons d'une veste qu'elle avait enfilée par-dessus sa robe soleil. Elle montra à Fabienne les plaques rougeâtres, la peau encore enflée. À la banque tout le monde l'avait regardée. Heureusement qu'il faisait moins chaud qu'hier et qu'elle n'avait pas l'air trop folle avec sa veste de laine en plein été. Elle s'assit auprès de Julie. Fabienne s'empara du plateau et partit faire du café. Chantal fit à Julie le récit minutieux de son accident. Elle parlait d'une voix égale, placide, contrastant avec l'aigreur de ses propos. Julie l'écoutait en tirant nerveusement sur sa cigarette.

— Quelle brute! fulmina-t-elle.

— Y va me payer ça, le salaud.

— L'as-tu déclaré à la police?

— La police! Wowe ma fille! Si j'mets la police là-dedans, lui, y va mettre sa gang après moi. Pis cé pas juce les seins que j'vas avoir de brûlés. Cé toute la face! Comprends-tu?

— Les centres pour femmes battues, tu y as pensé?

— J'aime pas ça ces affaires-là. Chus pas une femme battue, moi! Chus une femme qui s'débat avec un fantôme. Le fantôme de mon mari. Y'é même pus mon mari c'gars-là, pis y continue à me r'nifler comme un chien. Ch'peux rien faire. Y'a plein de tchums dans pègre.

— Dans quel monde vivons-nous? disait Julie. Quelle sorte de société encombrait la planète? C'était véritablement un enfer que d'être citoyenne de la terre au vingtième siècle. Pour sûr, elle allait éclater cette planète, comme un abcès, comme une immense bulle de... Ma lessive! gémit-elle.

— Prends d'abord du gâteau, lui dit Fabienne en arrivant avec le plateau.

— Il n'était pas pour le dépanneur?

— Bof. J'en ferai d'autres.

Un silence s'installa entre le coucou et les petites cuillères.

— Cé tranquille ici, dit Chantal. T'écoutes jamais la radio, toi Fabienne, ou ben de la musique? Me semble que j'trouverais ça plate, moi, toujours le silence.

— Le silence?

S'il y en a un, je ne l'écoute pas, pensa Fabienne, le bourdonnement de mes songeries le recouvre entièrement.

— ... le silence, continua-t-elle, je ne l'entends pas souvent ici.

— La pollution par le bruit est un autre fléau, annonça aigrement Julie.

Et justement, des bruits s'amplifiaient dans le couloir: des martèlements de petits pas, des chuchotements de petites voix, des jaillissements de petits rires, des frôlements, des murmures, un joyeux tapage.

— Salut tout le monde!

Sophie était entrée, puis Mathieu, puis Alexandre.

— Il ne manque que Jérémie, dit Julie en riant.

— Mais non, il est là!

Jérémie apparut aussitôt.

— Coucou!

— T'étais pas à la piscine?

— J'y étais, j'y suis plus. Comme tu vois!

Les enfants éclatèrent de rire. Ils étaient excités, essoufflés. Leurs joues étaient rouges, leurs cheveux mêlés.

— Attention mesdames et messieurs! J'ai une grande nouvelle à vous annoncer.

Sophie reprit son souffle, poursuivit:

— Dans quelques jours...

Elle se gratta la tête.

— ... vers la fin de l'été, vous pourrez assister à un éblouissant spectacle de marionnettes.

Elle s'arrêta à nouveau, ravala sa salive, regarda Fabienne.

— Tsé m'man, ils ont bien voulu nous donner une boîte au magasin *La Famille Coloniale*. Mais juste une. Ouf. Alors on a pensé...

— C'est moi qui y a pensé, protesta Mathieu.

— Oui, c'est vrai. Alors Mathieu a pensé...

Elle sourit.

— ... qu'avec une seule boîte on pourra pas faire un château. Bon, alors, on a décidé...

— J'ai décidé, hurla Mathieu.

— ... il a décidé qu'on pourrait faire... Savez-vous quoi?

— Non.

— Non.

— Non.

— Savez-vous quoi?

— Allez Sophie, tout le monde le sait asteure. T'as manqué ton punch!

— Comment ça?

— Ben tu l'as dit avant.

— Quoi?

— Un spectacle de marionnettes.

— Ah?

— Ben!

— T'es sûr?

— Ben oui, niaiseuse!

— Pourquoi vous avez toutes dit non d'abord? s'étonna Sophie, les yeux brillants.

— C'est une très bonne idée, reprit aussitôt Fabienne. Vous avez des marionnettes?

— Non.

— On va les faire.

— J'sais comment moi.

— T'as des rouleaux, m'man? Des rouleaux de papier de toilette?

— Du tissu?

— Du papier de construction?

— De la colle, des ciseaux?

Ils parlaient tous en même temps.

— J'veux du gâteau, moi!

Alexandre léchait les miettes dans une assiette.

— Moi aussi.

Les trois autres avaient crié à l'unisson.

— Bon. D'abord le gâteau, ensuite les marionnettes, dit Fabienne avec entrain.

— Tu les gâtes trop! lui reprocha Julie.

— Mais puisqu'on se gâte, s'excusa Fabienne.

— Oui. Si vous en mangez, on a le droit nous aussi. Sans ça ce s'rait pas juste.

— Pas juste.

— Pas juste.

— Pas juste.

— Mathieu.

Chantal regardait son fils avec insistance.

— Tu viens pas dire bonjour à moman?

— Bonjour! fit Mathieu en se balançant timidement.

— Viens ici, lui dit Chantal, viens me donner un bi.

Mathieu s'avança, s'exécuta du bout des lèvres.

— T'es ben gêné tout d'un coup!

— C'est parce qu'il y a trop de monde, lui confia Julie.

— Tu m'aimes plus? insistait Chantal.

— Ben oui, j't'aime, répondit l'enfant les yeux baissés.

— Qu'est-ce que t'as? Té pas content d'me voir?

Chantal le tenait par les épaules, l'oeil humide...

— Tu m'trouves pas belle han? Cé ça?

— Ben non...

Il la regarda dans les yeux...

— Té belle moman. C'pas ça.

— Ben quoi?

— Cé parce que...

Il se tourna lentement vers Fabienne. Elle se rapprocha.

— Est-ce que j'vas pouvoir en faire des marionnettes, moi aussi, asteure que ma mère est r'venue?

— Mais oui Mathieu. Bien sûr! C'est comme avant. Tu viendras bricoler comme tu voudras, comme avant, répéta Fabienne.

— Bon, c'est corrèque d'abord, conclut l'enfant à voix basse.

Chantal restait silencieuse, les mains couvrant sa poitrine. Julie se leva mal à l'aise.

— Ma lessive m'attend, annonça-t-elle, comme si la perspective d'aller laver son linge la comblait de joie. Salut tout le monde. Je vous laisse.

Elle s'était levée, filait jusqu'à la porte. Fabienne la suivait. Julie était déjà dehors.

— Bon courage, lui souffla-t-elle et elle l'embrassa en vitesse, jeta un coup d'oeil sur le balcon; les trois sacs étaient toujours là.

— Salut Julie.

Fabienne referma la porte. Les enfants piétinaient d'impatience. Chantal se leva.

— Viens Chantal, on sera plus à l'aise dans la cuisine.

— C'est que, Fabienne, j'ai pas mal de choses à faire à maison. Si ça te fait rien, m'as y aller moi aussi.

Elle s'arrêta devant le miroir, boutonna sa veste.

— Tu crois que ça va guérir? Que ça va vraiment disparaître?

Fabienne observa le profil inquiet, le pli amer au coin des lèvres. Chantal tourna son visage éteint de poupée mélancolique, elle implorait des yeux, quêtait sa réponse.

— Oui, c'est très superficiel, Chantal. Dans un mois, ça ne se verra même plus!

Elle parut rassurée. Elle se pencha vers son visage, plissa les lèvres, fit bouffer ses cheveux d'un geste vif, mécanique.

— Tu m'enverras Mathieu pour le souper vers quatre heures, quatre heures et demi. J'pense que j'm'as faire un p'tit somme. Faut que j'me r'pose si j'veux faire une belle vieille.

Elle lui cligna de l'oeil, avança vers le vestibule, se retourna, hésita...

— Pis Mathieu?

— Oui?

— Tu crois qu'y m'aime encore?

— ???

— Ben à cause de ma peau toute ratatinée.

— Oui, rassure-toi, y t'aime encore.

— Bon. Tant mieux.

Elle avança prudemment vers la porte, vacilla, se retourna encore...

— Oh! j'oubliais, merci Fabienne! J'te r'vaudrai ça au prochain chèque.

— Mais non!

— J'y tiens. Des services comme ceux-là, ça s'paye. Viens pas me r'conduire, tes mousses s'énervent dans cuisine, moi j'connais l'chemin. Salut! Merci. À demain!

Chantal referma la porte du vestibule. Fabienne restait absurdement debout dans le couloir; une insidieuse vague de tristesse la submergea. Elle chercha dans les dernières paroles de Chantal laquelle avait creusé la dépression. À demain! Oui. C'était bien cette expression banale qui causait son désarroi. Comme si cette invitation, cet engagement représentait la promesse d'une succession de jours résolument semblables interdisant toute nouveauté. Oh Chantal! Laisse-moi croire que demain sera différent, qu'il nous réserve des surprises...

— FA-BIENNE!

— Qu'est-ce que tu fais?

— On a faim!

— Viens-t'en!

— Oui j'arrive!

Les enfants la réclamaient, demandaient du gâteau, des verres de jus, vite, vite, vite, après ils allaient recréer le monde. Ils m'empêchent de penser, se dit Fabienne en écoutant leur babillage, ils endorment mes terreurs.

— C'est moi qui écrirai l'histoire, disait Sophie.

— J'pourrai t'aider. Ma mère trouve que j'ai beaucoup d'imagination, déclarait Jérémie.

— Tu sais même pas écrire, lui lançait Alexandre.

— Je lui dic-te-rai, renchérissait Jérémie.

— Moi, j'ai hâte de fabriquer les marionnettes, chantonnait tranquillement Mathieu.

— Demain, on construira le castelet, promettait Sophie.

Pour eux demain était une certitude, ils y ensemençaient déjà leurs rêves les plus fous. Ils en parlaient la bouche pleine. L'avenir leur appartenait comme de raison. Ils avaient devant eux toute la vie à inventer, toute la planète à habiter, tout l'univers à parcourir.

— On y va? demanda Sophie.

— Un instant les enfants! Vous oubliez vos bonnes manières. D'abord desservir la table, rincer les verres, en profiter pour vous laver les doigts. Oui, toi aussi Jérémie. Ensuite, le vieux règlement tient toujours: pas plus de deux dans l'atelier, les autres s'occupent à autre chose. Dehors.

Votre projet est excitant mais avez-vous pensé aux dépenses qu'il suppose? La colle, les feuilles de couleur, il en faudra beaucoup. Vous devrez faire un budget et fournir chacun un petit montant d'argent. Toi, Alexandre, tu donneras plus que les autres. Ne dis pas "cé pas juste", tu en as plus que les autres. Vous pouvez tous vous passer du dépanneur pour quelques jours. Oui, toi aussi, Jérémie.

Fabienne s'arrêta, s'éclaircit la voix.

— Ce n'est pas tout, continua-t-elle. Vous ne pourrez probablement pas commencer aujourd'hui...`

— Han?

— Té plate, Fabienne.

— Rabat-joie!

— Casseuse de veillée!

— Comment ça?

— Pourquoi?

— Tu n'oublies rien Sophie? demanda lentement Fabienne.

Sa fille se retourna. Elle avait habilement recouvert sa tonsure d'une mèche épaisse de ses cheveux. Sophie rougit sous l'oeil scrutateur de sa mère.

— Quoi?

— Tu n'oublies rien? répéta Fabienne.

Sophie confuse ne répondait pas.

— La bibliothèque, ajouta Fabienne.

— Ah oui! la bibliothèque, s'exclama Sophie soulagée. Oui, c'est vrai, je dois aller à la bibliothèque, expliqua-t-elle.

Elle se frotta le nez.

— Ben m'man, on pourrait les emmener...

— Oui! crièrent les enfants.

— Tous? gémit Fabienne.

Prise à son propre piège! Elle réfléchit rapidement. Mathieu, c'était plus ou moins obligatoire, alors si elle

315

emmenait Mathieu... Bon, soupira Fabienne. À une condition...

— Laquelle?

— C'est que Paulo vienne aussi avec nous.

— ...

— Alors?

— ...

— Bon. Alors j'irai seule avec Mathieu et Sophie.

— Non!

— Bon, O.K. d'abord!

— Condition acceptée!

Pendant qu'ils attendaient déjà dehors, Fabienne ver-
rouilla la porte de la cuisine. Faudra que je m'occupe de ce
carreau, songea-t-elle en faisant de l'ordre sur la table. Il y
avait une pile d'assiettes, des verres, des tasses, des soucoupes,
des ustensiles.

Dans le salon, elle récupéra les trois livres qu'elle devait
rapporter. Elle s'immobilisa devant la glace du couloir, pinça
ses joues rondes pour leur donner de la couleur, recoiffa
vitement sa tresse, se sourit. Sa tristesse? Elle allait la laisser
là, au fond de la cuisine, petit cerne bistré dans le creux d'une
assiette. Il faisait une journée splendide, un soleil de dessins
d'enfants, un ciel de carte postale. Oui, un bien beau jour pour
partir en voyage. Les enfants l'attendaient devant la maison
des Chalifoux, Paulo était là, le sourire troué. Jeff, assis sur
les marches du balcon voisin, les regardait passer. Sophie
courut vers lui.

— Viens, on va à la bibliothèque. On t'emmène!

Elle souriait. Sa petite famille marchait devant Fabienne
d'un pas joyeux. En tournant le coin de Saint-Grégoire, elle
aperçut Ferdinand qui avançait d'un pas pressé vers leur petit
groupe. Le coeur de Fabienne trottina un peu plus vite. Le
café? Oui, le café produisait chez elle une arythmie. Le
médecin le lui avait confirmé.

— Tu ressembles à Blanche-Neige, lui dit Ferdinand qui venait de les rejoindre.

Blanche-Neige? Fabienne sourit, compta les enfants. Six. Avec Thom le compte y serait. Blanche-Neige? Mais oui, une femme de taille sans doute moyenne et sept petits hommes. Il faudrait qu'elle en parle à Julie. Elles n'y avaient pas pensé tantôt en dressant la liste des personnages célèbres par leurs disproportions. Fabienne regarda, amusée, les têtes blondes, les têtes brunes, leva les yeux vers Ferdinand. Il ne souriait plus.

— Je t'ai blessée? demanda-t-il, l'air ennuyé.

— Mais non, pourquoi?

Fabienne ne comprenait pas. Ferdinand regardait obstinément un des livres qu'elle tenait à la main.

— Eh bien!... Je ne voudrais pas que tu croies...

Il hésitait, cherchait ses mots. Les enfants étaient déjà loin devant.

— Que je croie...? Quoi donc, Ferdinand?

— Je voudrais que tu saches... que je ne me prends pas pour le prince charmant.

Fabienne éclata de rire.

— Oh! Tu fais allusion à ce livre, *le Complexe de Cendrillon...* Je n'ai même pas eu le temps de l'ouvrir. Je vais justement à la bibliothèque pour le rapporter.

— Je l'ai lu, moi, déclara Ferdinand. Je suis certain qu'il va te plaire. Si tu veux, je te l'apporterai ce soir. Après le souper, précisa-t-il.

— C'est ça, lui dit Fabienne. Et on se reprendra pour hier.

— Hier?

— Oui. On le mangera le cornet à...

— ... la napolitena...?

— Oui.

— À ce soir!

Ils se contemplèrent un bref instant; six petites voix les firent se retourner.

— IENNE — IENS — ÊCHE-HOI!

— OUI. JE VIENS!

Fabienne tourna plusieurs fois la tête avant de traverser la rue à sens unique. En courant, il lui sembla qu'elle volait un peu.

Épilogue

Premier avril

Il y a des mottons de neige grise qui traînent encore partout sur le gazon jauni. Les arbres sont noirs, déshabillés. Ils ont l'air ridicules ainsi offrant leurs branches vides au ciel indifférent. Un ciel couvert d'une brume terne masque imparfaitement un petit soleil blondasse. L'hiver s'éternise; il n'en finit pas de partir. Il est là sur le pas de la porte tenant son vieux chapeau dans ses mitaines sales comme un quêteux insistant. Allez! Ouste! Dehors! Fabienne m'avait pourtant dit: "Tu verras, le premier avril, ce sera presque déjà le printemps." Presque déjà, oui, c'est un peu vague, non? On annonce encore de la neige pour demain! "Pourvu que ça ne soit pas aujourd'hui", m'a-t-elle encore dit.

On dirait que ça ne lui fait rien, à elle, de quitter notre maison. Ben oui, je sais, nous ne sommes que locataires, notre maison ne nous appartient pas, monsieur Laporte avait parfaitement droit de la vendre. Oui. Joli cadeau de Noël qu'il nous a fait le bonhomme en nous annonçant que nous pouvions rester encore jusqu'au premier juillet. Il était mal à l'aise, c'est vrai, et il n'arrêtait plus de s'excuser. "Je suis trop vieux maintenant pour m'en occuper. Vous verrez, vous trouverez mieux." Fabienne a d'abord pris la chose très tristement. On a passé deux bonnes semaines à se promener d'une pièce à l'autre comme si on n'était plus chez nous. On se regardait toutes les deux, les yeux mouillés, le coeur chaviré. Et puis Ferdinand nous a parlé d'un couple de ses amis qui partent pour un séjour de trois ans en Afrique. Ils habitent une maisonnette charmante. Parce qu'ils y ont mis beaucoup de travail, parce qu'ils y sont très attachés, plutôt que de la vendre ils ont choisi de la louer à des gens qui sauraient l'entretenir et l'aimer autant qu'eux. Nous sommes allés la visiter dans la nouvelle vieille voiture de Ferdinand. Ben oui, elle est charmante cette petite maison à pignons avec des chambres mansardées, un escalier pour monter se coucher, un sous-sol pour les bricolages, une cour clôturée avec des érables, un lilas, un carré pour faire un potager. "Une vraie maison de poupée", a déclaré Ferdinand en rougissant et en regardant Fabienne. Elle, n'en revenait pas. "Tu te rends compte Sophie, on pourra souper dehors tous les beaux soirs de l'été, manger des légumes de notre jardin, cueillir des fleurs de notre lilas. Et puis on pourra semer d'autres variétés, des iris par exemple ou bien des myosotis. Et regarde toutes ces fenêtres, toute cette lumière pour éclairer nos journées."

— Oui mais, ce n'est que pour trois ans, m'man!

— Et alors? Trois ans, c'est déjà merveilleux, non?

— Et le loyer? Tu y as pensé? Cinquante dollars de plus que ce que nous payons maintenant. On n'arrivera jamais, m'man! Tu dis toujours que c'est juste pour...

— Je peux reprendre mon travail! J'y pensais d'ailleurs depuis quelque temps.

— Travailler ici? Tu n'auras jamais le temps!

— Je le trouverai. Pourquoi pas! Le Bien-être, c'est pas une vie...

Elle riait. Moi, j'étais de plus en plus malheureuse.

— Et mes amis?

— Nous les inviterons, Sophie. Ils viendront chacun leur tour.

— Ça ne sera plus pareil.

— Non. Rien ne sera plus pareil.

Elle avait dit ça en souriant comme si tout à coup elle était heureuse de bouleverser ma vie, de m'arracher à mes amis, à mon quartier.

— Tu es cruelle, m'man. Moi j'aimais mieux l'ancienne.

— Mais puisqu'elle est vendue Sophie...

Je l'ai alors boudée pendant toute une semaine. Mais je commençais à trouver ça plate de ne plus lui adresser la parole. D'autant plus que ça n'allait pas fort à l'école. Ma maîtresse m'avait prise en grippe depuis qu'elle m'avait surprise à me boucher le nez en sa présence. Ben oui, je ne pouvais plus la sentir. Elle empestait le parfum cher à dix kilomètres à la ronde.

— Tu exagères, Sophie.

— Un peu. Mais m'man, si tu la voyais, si tu la sentais, tu comprendrais. Je te jure, c'est irrespirable. Je ne suis pas la seule à me plaindre.

— Et Thom?

— Quoi Thom?

— Il est bien dans ta classe cette année. Qu'est-ce qu'il en dit, lui?

— Oh ben, il dit qu'on s'habitue. Il dit que ça vaut mieux que de sentir autre chose.

Bon. Fabienne s'était rendue à l'école. Elle avait rencontré le professeur de Sophie. Une femme peut-être se cachait sous l'épais maquillage, sous le sourire trop rouge; Fabienne n'avait pas réussi à la découvrir. Elle l'avait jugée froide, hautaine, mielleuse. Elles avaient longuement parlé de Sophie.

— Votre fille est certes intelligente, madame, mais ne pensez-vous pas qu'elle le sait un peu trop? Une enfant qui apprend trop vite brûle les étapes et se montre inutilement empressée de dépasser les autres.

— Ce n'est pas tant les autres qu'elle cherche à dépasser qu'elle-même.

— Vous croyez?

Elle l'avait gratifiée d'un sourire onctueux.

— Est-ce vous qui lui avez appris à lire et à écrire? Pourquoi n'avez-vous pas attendu qu'elle le fasse à l'école?

— Attendre? Sophie était si impatiente de lire qu'elle s'est elle-même décidée à décoder notre langue. Je n'ai fait que la guider dans son désir.

— Il faut parfois refréner ce genre d'impatiences...

Fabienne avait quitté l'institutrice un remords dans la gorge, une nausée sur l'estomac.

— Non seulement son parfum est de mauvais goût, sucré, alcoolisé, mais elle doit littéralement s'en asperger, avait-elle chuchoté ensuite dans le bureau de la directrice.

— Je sais, je sais, avait répondu la douce dame, mais voyez-vous, ce sujet est délicat. Mademoiselle Lamarre est une personne très compétente, son travail est irréprochable. Je puis difficilement lui suggérer une note de retenue dans l'usage qu'elle fait de ses parfums. Ça n'est pas de mon ressort et pour tout dire, je ne m'en sens pas l'audace. Mais si vous vouliez, vous Fabienne, l'idée me plairait assez et d'autres parents d'élèves vous appuieraient certainement dans votre démarche; si vous pouviez donc lui écrire une lettre personnelle et courtoise, oui je connais vos manières discrètes, peut-être accepterait-elle de ménager un peu de ses efforts pour sentir bon.

Elle lui avait gentiment souri attendant une réponse.

— Bon j'y penserai, avait murmuré Fabienne.

Mais sitôt rentrée, m'man m'a dit, l'air épuisée, quoique joyeuse:

— Sophie, cette rencontre m'a ouvert les yeux à défaut de me déboucher les narines. J'ai une idée lumineuse, ouvre grand le pavillon de tes oreilles.

— ???

— Au lieu d'attendre jusqu'en juillet, nous déménagerons le premier avril. Ainsi tu pourras changer d'école et t'épargner deux mois d'air vicié.

— Mais m'man, monsieur Laporte nous laisse jusqu'en juillet pour...

— Oui, mais puisque la maison d'Ahuntsic sera libre fin mars, pourquoi ne pas l'habiter dès le printemps?

— Ben oui mais, s'ils mouraient, Fabienne. As-tu pensé qu'ils pourraient leur arriver malheur?

— De qui parles-tu, Sophie?

— Des nouveaux propriétaires, voyons! Tu sais comme un accident est vite arrivé... Est-ce qu'il ne vaut pas mieux attendre pour voir ce qui va se passer...?

— Oh! Sophie!

Fabienne m'avait alors tirée jusqu'à elle et bercée comme elle le faisait parfois avec une grande douceur. Elle sentait le parfum de Ginette! Je ne lui ai pas dit. Hélas! Ils ne sont pas morts les nouveaux propriétaires. Ils sont venus hier encore déposer leurs grosses plantes vertes dans notre bel atelier. Ils vont en faire un boudoir. Quelle idée de faire un boudoir dans un atelier! Dans ma chambre, ils comptent installer un bureau et une bibliothèque. Je leur en souhaite moi des soirées hantées par les démons de mes nuits. Depuis l'automne je ne fais que cauchemar par-dessus cauchemar. C'est sûr, quand ils sont entrés ici la première fois, ils ont apporté le mauvais esprit. Ben qu'ils le gardent pis la maison avec. Ils veulent tout chambouler ici, détruire le hangar, poser une clôture, percer d'autres fenêtres. Ils appellent ça des améliorations. Comme si notre maison n'était pas montrable avant! En tout cas ils la trouvent pas si mal puisqu'ils veulent conserver toutes nos tapisseries et qu'ils achètent toutes les lampes de Fabienne. Pas toutes! La mienne je la garde.

— Et nous avec quoi on va s'éclairer?

— Avec le soleil, Sophie. Tu as vu toutes ces fenêtres?

— Ça t'en fera bien plus à laver!

— ...

— En tout cas cette lampe, je la garde. Elle est à moi non? Et puis, c'est la plus jolie, celle avec les fleurs séchées collées entre deux papiers, les liserons, les trèfles, les brosses à dents.

— Comme tu voudras. C'est tout de même vingt-cinq dollars de moins dans notre portefeuille.

— Qu'est-ce que ça fait? L'argent n'a pas d'importance.

— Oui, tu as raison.

— Ce sera mon souvenir, le souvenir de notre maison.

De toute façon, elle ne ressemble plus à rien notre maison, c'est un amoncellement de boîtes. Voilà plus de dix jours qu'on vit entourées de boîtes. Qu'on dort, qu'on mange entre des boîtes. Vite qu'on quitte à jamais cette maison qui n'est plus la nôtre.

Sophie, morose, appuie son front sur la vitre froide. La rue est déserte, les balcons vides, les fenêtres faiblement éclairées. Les arbres continuent à se couvrir de ridicule. Le nouveau dépanneur se penche sur ses piles de journaux. Les Beausoleil sont partis, deux hold up en deux mois, les pauvres! "Tout le monde s'en va de la rue Fabre", répétait encore hier Alexandre. C'est vrai. Les Lachapelle sont partis cet hiver, Chantal se cherche un logement, Julie parle toujours de déménager.

— Pis toi partie, ce s'ra pus pareil!

Alexandre avait souri, ses yeux étaient brillants, ses lèvres tremblaient.

— Ben tu viendras chez nous. Y'aura une chambre d'amis au deuxième. Tu pourras venir passer des fins de semaine. Fabienne l'a dit.

— Oui, seulement ce s'ra pus pareil!

— On s'écrira d'abord.

— Ah! moi tu sais, chus pas fameux pour écrire.

— Tu te forceras un peu. Moi, en tout cas, j'vais t'écrire. Tout c'qui se passera dans ma vie et dans ma tête.

— Tu dis ça pis...

— Quand j'le dis, j'le fais!

Alexandre l'avait regardée un moment sans parler, une lueur malicieuse dans les yeux.

— Tsé, le terrain du *Pacifique*...

326

— Hmmm?

— Y vont faire une discothèque. Mon père l'a su par un d'ses tchums.

— Ah oui?

— Cé le fun, j'vas pouvoir aller danser avec mes blondes!

Alexandre avait surveillé par en dessous le visage de sa compagne. Depuis qu'il avait changé d'école, il se vantait sans cesse de ses présumées conquêtes. Sophie l'avait toisé un instant, mesurant les quatre ans et les quatre pouces qui le séparaient d'elle. Au lieu de répondre, elle avait continué à colorier la huppe rousse d'un volatile de l'ordre des passeriformes.

— Tu dis rien? avait insisté Alexandre.

— Non.

— Ah! ben, cé la vie! avait-il lancé ensuite.

Cette petite phrase lui était restée sur le coeur.

Sophie touche machinalement une boucle de ses cheveux et la tortille entre ses doigts. Elle se retourne agacée, quitte le spectacle immobile de la rue. Quelque chose manque dans cette pièce. Bien sûr, le salon offre un piètre spectacle, plus rien n'y est à sa place. Les bibliothèques sont vides, les murs montrent leurs surfaces blêmes piquées des pointes moqueuses des petits clous qui retenaient jadis les petits cadres anciens. Ce n'est pas tant l'oeil que l'oreille qui se sent troublée par l'absence de cette chose. Qu'est-ce que c'est? Sophie ferme les yeux. Qu'est-ce qui manque? Quelque chose comme une présence, une musique... le coucou! Il n'est plus là, fidèle, rassurant. Le temps s'est arrêté. Fabienne a dû l'emballer tôt ce matin. Il avait sonné encore hier soir, Sophie avait compté dix heures avant de s'endormir.

Sophie s'avance tranquillement, se promène entre les caisses de carton soigneusement empilées; certaines sont encore ouvertes, aux trois quarts pleines. Fabienne a écrit un drôle de code sur les cartons. "A" c'est pour l'indispensable, le précieux, la survie, "E" pour le nécessaire, l'utile, l'accessoire, "I" pour le superflu, l'indésirable, les cadeaux "oupshon". Sophie remarque un grand nombre de "A". Dernières remplies, premières ouvertes. Les provisions de bouche mais aussi celles du coeur. Sophie s'approche de l'une d'entre elles imparfaitement refermée. Elle l'ouvre. Quelques livres, quelques disques, le coucou, des petits paquets de fleurs séchées et puis ces boîtes noires de chocolat *Black Magic*. Sophie en prend une au hasard, repousse le couvercle, quelques bouts de papier s'envolent et tombent. Sophie les ramasse: messages verts, billets roses, mots bleus, mauves, jaunes. *DANS UNE MÊSON ÊT UNE FAME ET DAN LA FAME ÊT UNE SOPHIE ET DAN LA SOPHIE ÊT UN QUEUR AVEQ EN DEDAN LA FAME LA SOPHIE ET LE QUEUR QUI BA TOUJOUR.* Sophie sourit. L'écriture est grosse, maladroite. *CI TU ME TROUVE PAS CE PACE QUE JE SUIS CACHE SOU LE LI. CHERCHE MOI DON.* C'est plein de fautes. Sophie soupire. Je lui avais pourtant dit de les jeter. Pauvre, pauvre Fabienne! Elle est beaucoup trop attachée à ses souvenirs. Je vais lui aider un peu à faire le ménage. Un grand sac de plastique noir gît justement sur le plancher. Sophie en vérifie le contenu: des souliers troués, des pots de verre vides, un coussin éventré, des bouts de chandelles. Bon, c'est bien pour jeter. Alors lentement, Sophie ouvre les quatre boîtes magiques contenant ses misérables poèmes et les verse une à une dans le sac. Et voilà! C'est moins romantique que le feu mais tout aussi efficace. Quand on change de maison, il faut savoir oublier tout ce qui nous rappelle l'autre. Sophie ajoute des journaux chiffonnés dans le sac, replace les boîtes vides.

Elle se sent bien soudain, légère. Elle revient à la fenêtre. La rue s'est animée sans elle. De petits groupes d'enfants passent, leur sac d'école sur le dos. Elle reconnaît parmi eux le trio de Mathieu, Jérémie, Paulo. Ils ont l'air conquérant des astronautes dans leurs costumes de neige usés. Ils marchent sans s'arrêter. Jérémie gesticule, Paulo baisse le front, Mathieu lève les yeux, rêvasse. Ils m'ont déjà oubliée, pense Sophie. Mais brusquement ils s'arrêtent, reviennent sur leurs pas, Jérémie se frappe la tête, Mathieu court derrière lui avec Paulo. Ils s'immobilisent tous trois devant la fenêtre, sans parler, sans sourire et regardent Sophie un long moment.

— C'est aujourd'hui que tu t'en vas? hurle Mathieu.

Sophie fait signe que oui. Elle penche plusieurs fois la tête. Ses dents sont serrées, ses yeux embués derrière les vitres grisâtres.

— Bon... ben... salut!

Ils lèvent les bras, agitent leurs mitaines, se détournent, reprennent leur chemin. Un peu moins pressés pourtant, le pas alourdi par leurs bottes boueuses. Sophie renifle. Une porte s'ouvre sur le balcon d'en face au deuxième étage. Fabienne chantonne dans la cuisine: *L'hiver nous irons dans un petit wagon rose avec des coussins bleus...* Les mots se perdent dans un vacarme de casseroles. Les longues jambes de Ferdinand dégringolent les escaliers. Sophie court à la porte, l'ouvre toute grande.

— Salut Ferdinand. Entre. On est presque prêtes!

Lithographié au Canada
sur les presses de
Métropole Litho Inc.